U0109280

古典詩歌研究彙刊

第二五輯

龔鵬程 主編

第 1 冊

唐詩中的嶺南書寫研究

陳雅欣 著

國家圖書館出版品預行編目資料

唐詩中的嶺南書寫研究／陳雅欣 著 — 初版 — 新北市：花木
蘭文化事業有限公司，2019〔民108〕
目 2+242 面；17×24 公分
（古典詩歌研究彙刊 第二五輯；第1冊）
ISBN 978-986-485-629-9（精裝）
1. 唐詩 2. 詩評
820.91   108000644

ISBN-978-986-485-629-9

9 789864 856299

古典詩歌研究彙刊
第二五輯 第一冊   ISBN：978-986-485-629-9

唐詩中的嶺南書寫研究

作 者 陳雅欣
主 編 龔鵬程
總 編 輯 杜潔祥
副總編輯 楊嘉樂
編 輯 許郁翎、王筑 美術編輯 陳逸婷
出 版 花木蘭文化事業有限公司
發 行 人 高小娟
聯絡地址 235 新北市中和區中安街七二號十三樓
         電話：02-2923-1455 ／傳真：02-2923-1452
網 址 http://www.huamulan.tw 信箱 hml810518@gmail.com
印 刷 普羅文化出版廣告事業
初 版 2019 年 3 月
全書字數 195767 字
定 價 第二五輯共 6 冊（精裝）新台幣 10,000 元   版權所有·請勿翻印

唐詩中的嶺南書寫研究

陳雅欣 著

作者簡介

陳雅欣，南投人，國立成功大學中國文學系碩士。曾任教於國立西螺高級農工職業學校，現任教於新北市立板橋高級中學。

提　　要

　　本文以唐詩中的嶺南意象為研究對象，考察嶺南地區在唐詩中如何被書寫，而如是書寫是否前有所承？在因襲的過程中，唐人是否也有所新變？新變的背後，又反應了怎樣的意義。

　　首先由史籍切入，探討唐前嶺南圖像如何被描繪。正史既以中原王朝為記載對象，徼外之邦多入列傳，則其中對嶺南地區的紀錄與品評，反映了諸夏對南方的文化觀。而在史籍之外，亦擬檢索唐前詩作，觀察其中所載，是否與史籍有所區判？這樣的不同是否展現了嶺南另一風貌？期能藉著這樣的討論，釐清唐前嶺南圖象的形成及其可能的影響，並對唐詩中的嶺南書寫，有先行的掌握。

　　接著分析唐代前期詩人的嶺南書寫，為使論文的論述更為明晰，擬按照時間先後列舉，並依檢索所得，集中討論初唐的張說、杜審言、沈佺期、宋之問四位詩人，加上安史亂後、大歷年間的劉長卿詩為討論文本，合稱唐代前期，以與中、晚唐二個階段作對照。

　　在釐清唐代前期詩人的嶺南書寫後，再次以韓愈、柳宗元、劉禹錫為主要研究對象，觀察中唐三大貶謫詩人入嶺後的創作取向及其異同？並研索這樣的異同反應了怎樣的意義。最後列舉晚唐入嶺詩人的諸多詩作，期能呈現晚唐入嶺詩人在身份上的多元化，及其創作面向的紛陳化。

目次

第一章 緒 論 …………………………………… 1
　第一節 論題的提出 ……………………………… 1
　第二節 選題之義界與處理方法 ………………… 11
　第三節 文獻回顧與評析 ………………………… 13
第二章 唐前嶺南圖像的型塑 ………………… 17
　前言 …………………………………………… 17
　第一節 命名與行政的模糊性 ………………… 22
　第二節 移民與遊宦的不穩定性 ……………… 40
　第三節 瘴鄉與戰爭──嶺南意象的成形與
　　　　影響 ………………………………………… 54
　第四節 想像與親臨──唐前詩作中的嶺南
　　　　書寫 ………………………………………… 69
　小結 …………………………………………… 87
第三章 唐代前期詩人的嶺南書寫 ……………… 89
　第一節 張說、杜審言詩中的嶺南書寫 ……… 91
　第二節 沈佺期、宋之問詩中的嶺南書寫 ……… 102
　第三節 劉長卿詩中的嶺南書寫 ……………… 118
　小結 …………………………………………… 130
第四章 中晚唐詩中的嶺南書寫 ………………… 131
　第一節 韓愈詩中的嶺南書寫 ………………… 132
　第二節 柳宗元詩中的嶺南書寫 ……………… 154
　第三節 劉禹錫詩中的嶺南書寫 ……………… 168
　第四節 晚唐諸詩人的嶺南書寫 ……………… 178
　小結 …………………………………………… 206
　附論：幸與不幸之間的省思 ………………… 207
第五章 結 論 …………………………………… 213
參考書目舉要 …………………………………… 217
附 錄 …………………………………………… 239

第一章　緒　論

第一節　論題的提出

　　鄭毓瑜在《文本風景——自我與空間的相互定義》中嘗言：

> 文學筆法固然不是客觀地呈現區域或地方，但是卻比看似
> 精確的統計圖表更能撐拄起當時深刻的社會脈絡與在地經
> 驗。其次，正因爲破除了主／客觀或現實／想像的二元世
> 界，空間無法單純被反映，同樣也無法完全被編造，這應
> 該是個人與空間「相互定義」的文本世界；空間設置可能
> 引導社會關係的實踐，但是社群生活實踐過程中的衝突協
> 調也可能重寫空間的意義。〔註1〕

較諸史籍，文學的書寫更多地反映了主觀在消化客觀事實後，對一地
的理解與感知；作品本身則展現了作者鎔鑄現實與想像後的二元世
界。準此，則唐代詩人面對嶺南地區，展現出來的思維世界又是怎樣
的面貌，遂成爲本文討論核心。

　　嶺南地區雖然早在秦代就有中原人士移居，但久居此地且有較
多文學作品傳世者，除江總外，並無他人，而南朝以前籍貫本爲嶺南

〔註 1〕鄭毓瑜：《文本風景——自我與空間的相互定義》（臺北：麥田出版
　　　社，2005 年），頁 16。

者，文集也多已亡佚〔註2〕。此外，在唐前史籍與詩作中，對於嶺南地區雖然已有初步的認識與描繪，但在型塑重點上多有偏向單一或負面之虞。如是情況到了唐代，有了改變。

在政治上，唐代達到前所未有的武功與聲勢；在文化上，中西交通發達，中原文化得以與邊族進行廣而深的交流；而在社會上，則由於大行科舉，社會階層產生大幅度地流動，知識分子也因而得以在政治舞台上發揮長才。

然而，政治環境中屬於阿諛奉承、爾虞我詐的一面，讓身處其中的文人矛盾也掙扎。爲了維護自己的理想、爲了保持本身的風骨與節操，文人們既不見容於當世，只能接受朝廷的懲處，遠走他鄉，踏上人生的另一段路途。

貶，亦稱貶謫、左降、左遷等，是中國古代行之有年的行政處罰〔註3〕。到了唐代，貶謫的體制不僅更爲嚴密，在數量上也有大

〔註2〕 據曾大興撰《中國歷代文學家之地理分布》，兩漢以前籍貫爲嶺南者列陳元一人；三國西晉列士燮；東晉十六國缺；隋唐之後，則有張九齡、張仲方、邵謁、黃損、曹唐、曹鄴、翁宏等人。詳見曾大興《中國歷代文學家之地理分布》（湖北：湖北教育出版社，1995 年），頁 1～88。又，據《魏晉本土文學地理研究》分析，陳元爲經學家，以治《左氏春秋》著名，士燮亦以治《尚書》、《左傳》聞名，《唐書·藝文志》載其集有五卷，今均亡佚，故可推論在南朝以前，籍貫爲嶺南者，且對於嶺南有描述者，僅楊孚一人。詳見胡阿樣著《魏晉本土文學地理研究》（南京：南京大學出版社，2001 年），頁 146～149。（筆者按：曾著未將楊孚列入文學家，故而在其書中，兩漢以前僅列陳元一人）

〔註3〕 張玉芳根據史料分析貶謫與免官、除名等的不同，以爲「貶謫，雖屬於一種降職處分，並不失官，比免官、除名爲輕。但卻意味著負罪受譴，從此必須遠離京國，投向遙遠未知的蠻荒之地，甚至老死他鄉，實際上形同流放。」詳參氏著：《唐詩中的罪與罰——唐代詩人貶謫心態與詩作研究》（臺北：國立臺灣大學中國文學系碩士論文，1996 年）。而尚永亮《元和五大詩人與貶謫文學考論》（臺北：文津出版社，1993 年）前言中亦云：「由於謫官往往要被遷往荒遠窮僻之地，形同流放，所以古人又多將貶稱爲『流貶』。固然，在流與貶之間還有一定差別，如唐穆宗長慶四年四月刑部奏文即謂：『流貶量移，輕重相懸……流爲減死，貶乃降資。』但對於士人而言，都

幅度地成長，且其中有相當大的比例，都是名傾一時的文人與政治家。觀此現象，除了與唐代的大一統、封建行政體制更爲完善有關之外，也與唐代的內亂有相當大的影響。

有唐一代，內亂不息。先是玄武門之變、武則天與章后之患，後又有安史之亂、永貞革新與牛李黨爭。諸多的內亂與黨派間的傾軋，讓文人陷在極爲矛盾且不安的環境中，身家性命遭到極大的威脅。在投入政治的大環境時，文人們是有滿腔抱負極欲實現的，然而一旦失勢，除了面臨原有職務被撤換之外，更得接受流放，甚至處以死刑的命運。也因此，唐代的流貶人數不僅較前朝大爲增加，且在組成分子上，也有相當大的改變。

隋唐時期，因大一統的局面尚未鞏固，嶺南西部出現過多次反叛〔註4〕，故而爲加強對西原蠻和嶺南西部其他民族的統治，唐朝首將嶺南西部納入全國統一行政區劃，且在機構設置方面也採取了一些變通的措施。除此之外，唐朝在隋代的基礎上，流放制度更爲完備〔註5〕，且與前朝有所分別處在於，唐代流人多安置於嶺南地區，對

形同遠離京城中心，是很嚴重的處分。

〔註4〕《新唐書·南蠻傳》載：「貞觀七年，東、西玉洞獠反，以右屯大將軍張士貴爲龔州道行軍總管平之。十二年，巫州獠叛，夔州都督齊善行擊破之，俘男女三千餘口。鈞州獠叛，桂州都督張寶德討平之。明州山獠又叛，交州都督李道彥擊走之。是歲，巴、洋、集、壁四州山獠叛，攻巴州，遣右武候將軍上官懷仁破之于壁州，虜男女萬餘，明年遂平。十四年，羅、竇諸獠叛，以廣州都督党仁弘爲竇州道行軍總管擊之，虜男女七千餘人。」可知唐初於嶺南的統治尚未穩定。（頁6327）

本文引用之二十五史爲《二十五史》（北京：中華書局，1975～1981年），並斟酌使用中央研究院漢籍全文資料庫（http://www.sinica.edu.tw/~tdbproj/handy1/）。

〔註5〕《新唐書》卷五十六〈刑法志〉中記載高祖：「詔僕射裴寂等十五人更撰律令，凡律五百，麗以五十三條。流罪三，皆加千里；居作三歲至二歲半者悉爲一歲。餘無所改。」太宗時，又有「玄齡等遂與法司增損隋律，降大辟爲流者九十二，流爲徒者七十一，以爲律。」可見在隋代流刑上，高祖與太宗均有所修改，使其更爲完備。詳見《新唐書》卷五十六〈刑法〉，頁1408、1410。

嶺南地區發展影響深遠。

　　觀唐代之所以以嶺南爲首要流放安置地，原因當與唐代流放目的有重大關聯，劉啓貴在其〈我國唐朝流放制度〉〔註6〕一文中指出秦漢以來流放的目的多爲實邊，以流人補充邊地兵源；而唐代的流放目的則首在「預防」與「懲戒」，故爲了維護皇帝的安全與王朝的穩定，凡危及皇帝與王朝安全者，一律流配遠方。然唐代初期，與北方突厥戰事不斷，南方統治相形之下較爲穩定〔註7〕，故在此權量下，嶺南遂成首要的流人安置地。

　　唐初對於嶺南的印象，可由幾則史料中略見。房千里：「凡天地之氣，煦嫗乎春，曦彤乎夏，淒乎秋而冽乎冬。楚之南當冬而且曦，燕之北當夏而且冽，是皆不得『氣』之中正。」〔註8〕房千里這段話，與《黃帝內經》、《淮南子》相類，以爲南方氣候「當冬且曦」，是不得「氣之中正」。狄仁杰亦曰：「天生四夷，皆在先王封域之外，東距滄海，西隔流沙，北橫大漠，南阻五嶺，天所以限中外也。」將五嶺以南的嶺南畫入「化外之地」。

　　除了在地理上的認知仍沿襲前朝外，嶺南作爲一「惡地」的形象，也顯然仍深植人心，觀《舊唐書‧江王元祥傳》載：

> 江王元祥（高祖子）性貪鄙，多聚金寶，營求無厭，爲人吏所患。時滕王元要、蔣王惲、虢王鳳亦稱貪暴，有授得其官府者，以比嶺南惡處，爲之語曰「寧向儋、崖、振、白，不事江、滕、蔣、虢。」〔註9〕

再如《舊唐書‧韋執誼傳》中記載：

〔註6〕 詳見劉啓貴：〈我國唐朝流放制度初探〉，《青海社會科學》1998年第1期，頁86～90。

〔註7〕 參劉學銚《中國歷代邊疆大事年表》，唐初邊疆經營多致力於突厥戰事，雙方交戰多次，在高祖武德六年，甚而一年七度進寇；相形之下，南方雖偶有小亂，但顯然較爲安定。唐在顧慮流人可能叛唐的情況下，遂將流人貶放南方，以避後患。詳見劉學銚：《中國歷代邊疆大事年表》（臺北：南天書局，1979年），頁133。

〔註8〕 《全唐文‧卷0706‧盧陵所居竹室記》。

〔註9〕 語見《舊唐書‧卷六十四‧江王元祥傳》，頁2435。

初執誼自卑官，常忌諱，不欲人言嶺南州縣名。爲郎官時，嘗與同舍詣職方觀圖，每至嶺南州，執誼遽命去之，閉目不覰。及拜相，還所坐堂，見北壁有圖，不就省七八日，試觀之，乃崖州圖也，以爲不祥，甚惡之，不敢出口，坐叔文之貶，果往崖州，卒於貶所。〔註10〕

在韋執誼貶崖州司戶前，韋執誼見聞嶺南輒惡，後果謫往崖州。這段史料在史傳中雖予人有「命」的感受，然韋執誼的態度，筆者以爲其實更反應了當朝文士在面對嶺南時的恐懼與不安。如是情況，迄晚唐仍在，《太平廣記・雜錄八・楊蘧》引《稽神錄》曰：

王贊，中朝名士，有弘農楊蘧者，曾至嶺外，見楊朔荔浦山水，心常愛之，談不容口。蘧嘗出入贊門下，稍接從容，不覺形於言曰：「侍郎曾見楊朔、荔浦山水乎？」贊曰：「未曾打人唇綻齒落，安得見耶！」因大笑，此言嶺外地，非貶不去。〔註11〕

在這段記載中，其實已然透漏嶺南地區的山水名勝，爲中原罕見，中原人士甚有特地前往尋幽訪勝後，念念不忘者；但在朝爲官的王贊卻將嶺南比爲「唇綻齒落」的境遇，甚至言己「非貶不去」。

如是的負面印象，除與前述「貶流地」有關外，唐人「重京官、輕外官」的觀念也影響甚深。觀重京官而輕外官的在西晉時已經出現。鬱林太守介登曾因在任內枉法，晉武帝將他召還京師，尚書荀愷卻以爲「遠郡非人情所樂」，召還一位在遠郡犯法的長官，並不是對他的懲罰〔註12〕。晉武帝時亦曾詔群僚舉郡縣之職以補內官〔註13〕，

〔註10〕語見《舊唐書・卷一百三十五・韋執誼傳》，頁3733。
〔註11〕語見《太平廣記・卷五百・雜錄八》，頁4106。
〔註12〕《晉書・李重傳》載：「鬱林太守介登役使所監，求召還；尚書荀愷以爲遠郡非人情所樂，奏登貶秩居官。重駁曰：『臣聞立法無制，所以齊眾檢邪，非必曲尋事情，而理無所遺也。故所滯者寡，而所濟者眾。今如登郡比者多，若聽其貶秩居官，動爲準例，懼庸才負遠，必有黷貨之累，非所以肅清王化，輯寧殊域也。臣愚以爲宜聽鑒所上，先召登還，且使體例有常，不爲遠近異制。』」詳參《晉書》卷四十六〈李重傳〉，頁1311。

目的是要官人重視外官，但顯然效果並不佳。唐太宗以來有意改變此種風尚。自武后以後，朝臣如李嶠、唐休璟、劉知己，中宗時的蕭至忠，開元年間的源乾曜、張九齡等也都對此有所評論，但這種重內輕外的現象已普遍存於唐代士大夫的心中，不是用朝廷命令所能改變的。〔註14〕

　　唐人重朝官的心理，在《舊唐書‧郭承嘏傳》中可明顯看出：

　　　　（大和）九年，轉給事中。開成元年，出爲華州刺史、兼御史申丞。詔下，兩省迭詣中書，求承嘏出麾之由。給事中盧載封還詔書，奏曰：「承嘏自居此官，繼有封駁，能奉其職，宜在瑣闈。牧守之才，易爲推擇。」文宗謂宰臣曰：「承嘏久在黃扉，欲優其祿俸，暫令廉問進關。而諫列拜章，惜其稱職，甚美事也。」乃復爲給事中。〔註15〕

據《唐六典‧門下省》：「給事中，正五品上。」〔註16〕又，《新唐書‧地理志》載：「華州華陰郡，上輔。」〔註17〕而「上州刺史，從三品，職同牧尹。」〔註18〕郭承嘏自給事中遷任華州刺史，除了昇級外，其俸錄亦有增加。文宗作此人事調動，據其說法是美事一件，但時人甚重朝官，紛紛將此項外調視爲懲罰，所以門下省與中書省各方皆詢問起草或建議此案之中書省官員，郭承嘏外調之原由；盧載遂封還詔書，直接上奏，表示對此項人事案之異議。文宗雖出於善意，最後仍採納群臣意見，使承嘏「乃復爲給事中。」可知在唐人的觀念中，外調多少帶有貶責的性質。

　　此外，吏治不良的問題，在唐代也時有所聞。嶺南節度使盧鈞

〔註13〕晉武帝下此詔後，傅咸的上疏頗能體現當朝官人對京官、外官的觀念。詳可參《晉書》卷四十七〈傅咸傳〉，頁1327～1328。
〔註14〕詳參甘懷眞：《唐代京城社會與士大夫禮儀之現象》（臺北：臺灣大學歷史研究所博士論文，1993年12月），頁36～39。
〔註15〕《舊唐書》卷一百六十五〈郭承嘏傳〉，頁4319。
〔註16〕《唐六典》卷八〈門下省〉。
〔註17〕《新唐書》卷三十七〈地理志〉，頁964。
〔註18〕《新唐書》卷四十九〈百官志〉，頁1317。

於開成五年奏曰：

> 伏以海嶠擇吏，與江淮不同，若非諳熟土風，即難搜求人
> 瘼。且嶺中往之弊是南選，今之弊是北資。臣管轄二十二
> 州，唯韶、廣州官僚每年吏部選授，道途遐遠，瘴癘交侵，
> 選人若家事任持，身名真實，孰不自負，無繇肯來。更以
> 俸入單微，每歲號為比遠，若非下司貧弱令使，即是遠處
> 無能之流，比及到官，皆有積債，十中無一，肯識廉恥，
> 臣任四年，備知情狀，其潮州官吏伏望特循往例：不令吏
> 部注擬，且委本道求才。若攝官廉慎有聞，依前許觀察使
> 奏正，事堪經久，法可施行。〔註19〕

南宋章如愚對歷史上兩廣官吏窳劣之因亦有深刻的揭露：「廣南之
地，去京華為龍遠，瘴癘蠱毒，種種穢惡，內地之人，南轅越嶺，不
啻斥逐，必罪戾孱庸，不得已然後膺其選，既百舍登途，往返重費，
不過厚取於民耳……疆域曠邈，按察稀臨，京闕萬里，起訴莫及，則
無聊汨沒之人，何憚而不為賄乎？」〔註20〕

　　除了遠地、俸祿等問題外，在唐代嶺南成為懲罰、流放罪犯的處
所，及朝廷之敵對勢力間排除異己打擊政敵的重要手段，顯然更加重
了人們對嶺南的恐懼及為官於斯的恥辱感。〔註21〕

　　並且，在唐代法令中，對貶官的處置也有逐步嚴酷的發展趨勢。
據則天長壽三年（694A.D.）五月的敕文，還容許貶降官在朝堂謝恩，
然後再給予三五天的裝束準備期間，《唐會要》載：

> 長壽三年五月三日敕：貶降官並令於朝堂謝，仍容三五日
> 裝束。至任日，不得別攝餘州縣官，亦不得通計前後勞
> 考。〔註22〕

〔註19〕〔清〕董誥等編：《全唐文・卷七百五十九・盧鈞・嶺南官吏請停吏
　　　　部注擬奏》（北京：中華書局，1987年），頁7888。

〔註20〕章如愚：《山堂考索》卷51〈輿地門・兩廣〉（北京：中華書局，1992
　　　　年）。

〔註21〕黃桂：〈韓愈與潮州若干史實辨析〉，《汕頭大學學報（人文科學版）》，
　　　　1999年第3期，頁91。

〔註22〕〔宋〕王溥撰：《唐會要》（北京：中華書局，1955年）卷41左降官

到了玄宗開元十年（722A.D.）六月，所發敕文也規定自今以後，凡有受過杖刑的流移左貶之人，應給予一個月的將息時間，然後發遣。可是，到了天寶五載（746）七月所發敕文，對貶官的處置便有了大幅度的嚴厲升級：

> 應流貶之人，皆負譴罪，如聞在路多作逗留，郡縣阿容，許其停滯，（按：此處疑有脫略）自今以後，左降官量情狀稍重者，日馳十驛以上赴任，流人押領，綱典畫時，遞相分付，如更因循，所由官當別有處分。〔註23〕

張九齡被貶荊州時的情形，據他自述為：「聞命皇怖，魂膽飛越，即日戒路，星夜奔馳。」〔註24〕自皇命下達起，一刻也不許多作逗留，只能儘快收拾裝束，星夜趕路啟程。

　　除了接到詔書後需要立即離京外，唐制公事出行每日走多少路，也有規定。《唐六典》卷三「戶部度支郎中」條規定：「凡陸行之程：馬日七十里。」天寶五載（746A.D.）又規定：「自今左降官，日馳十驛以上。」〔註25〕唐代一驛是三十里，十驛就是三百里。從一天最低要走七十里，至天寶年間規定的貶官日行三百里，對於貶官者來說，是越來越嚴苛的凌遲，也因此《資治通鑑》云自有此規定之後，「流貶者多不全矣」〔註26〕。

及流人條。

〔註23〕　《唐會要》卷41左降官及流人條，頁739。

〔註24〕　《全唐文・卷288・張九齡・荊州謝上表》。

〔註25〕　〔宋〕司馬光編著、〔元〕胡三省音註：《資治通鑑》卷215「玄宗天寶五載七月條」，頁。

〔註26〕　甘懷真以韓愈為例，說明唐代遊宦者赴任的相關規定，文稱：「貶官時一旦接到被貶的詔書，必須立即離京，一般不得超過第二天，家屬則隨之也必須離京。韓愈貶陽山時，「中使臨門遣，頃刻不得留。病妹臥床褥，分知隔明幽。悲啼乞就別，百請不領頭。」（《昌黎先生集》卷1〈赴江陵途中寄贈王二十補闕李十一拾遺李二十六員外翰林三學士〉。）貶潮州時自己先走，「愈既行，有司以罪人家不可留京師，迫遣之，女挐年十二，病在席，既驚痛與其父訣，又輿致走道，撼頓失食飲節，死於商南層峰驛。」（《昌黎先生集》卷35〈女挐壙銘〉）女兒的病死曾深深地刺痛了韓愈的心靈。從文中還可知，

　　爲了趕赴上任，唐代趕赴嶺南上任的貶官們，也只能捨安適、就速達。據嚴耕望考：「《太平廣記》所記貶逐之臣，道途可考者，例取商嶺、襄、荊道。大抵唐代京師長安與江淮嶺表間之交通，唯有東西兩幹線。東取汴河水道，西取商鄧陸路。汴河水道運輸量大，故物資運輸例多取東路，行旅者亦較安適。商鄧陸路行程捷近，故公私行旅多取西路，路途亦較艱辛。至於貶逐之臣需速行速達，不得求安適，故例取襄鄧捷徑也。」〔註27〕然而，其沿線山高水深，誠如李商隱〈商於新開路〉言：「六百商於路，崎嶇古共聞。」而丹江、灞河支流繁多，舟橋頗少；沿途林森木茂，時有猛獸出沒，更增加了通行的困難和危險。雖然有唐一代曾數次整修此道，但其險阻狀況還是很難從根本上得到改變。甚至所開新路「每經夏潦，摧壓踏陷，行旅艱辛，僵

　　不僅貶官本人要走驛路、住在驛中，家屬也住在驛裡。韓愈詩文中有許多出使乘驛馬、住驛中的記載。……查《元和郡縣圖誌》卷三四，知潮州『西北至上都取虔州路五千六百二十五里。』韓愈是『正月十四日蒙恩除潮州刺史，即日奔馳上道……以今月二十五日到州上訖。』（《昌黎先生集》卷39〈潮州刺史謝上表〉）此處的「今月」是三月，則韓愈用了七十一天，平均每天走八十里弱，速度不是很快，不過，依韓愈自己說，潮州距長安是「路八千」（《昌黎先生集》卷10〈左遷至藍關示姪孫湘〉。又同卷〈武關西逢配流吐蕃〉也說「直去長安路八千」。又皇甫湜在〈韓文公墓誌銘〉中還是說：「就貶八千里海上」，見《皇甫持正文集》卷6。），若依此計算，則韓愈一天走一百多里。元和初，韓愈從江陵回長安，走到「鄧（州）之北境，凡五百餘里。自庚子至甲辰，凡五日」（《昌黎先生集》卷15〈上襄陽于相公書〉），也是一天走一百餘里。」詳參甘懷真：〈唐代官人的宦遊生活〉，收入《第二屆唐代文化研討會論文集》（臺北：學生書局，1995年）。

〔註27〕嚴耕望編：《唐代交通圖考》（臺北：中央研究院歷史語言研究所，1985年）卷三「秦嶺仇池區」篇十六「藍田武關驛道」，頁664。而從唐代貶官所經道途可考者看，大都走藍田、武關道。如張九齡之貶荊州，顏眞卿之貶峽州，周子諒、薛繡、楊志成、顧師邕、王搏等人之流嶺南，即經此路南行。至於韓、柳等人之貶，不僅多經此道，而且不只一次。韓愈貞元十九年之貶陽山、元和十四年之貶潮州，都是取道藍、武一途；而柳宗元、劉禹錫於元和十年春被召還京時，亦經由藍武道。

仆相繼。」〔註28〕

　　史籍中所記載的嶺南已不可親，法令限制下的赴任過程又備爲艱辛，嶺南地區是否只能繼續「污名化」？在檢索兩《唐書》與《全唐詩》〔註29〕後，可以得知在唐代，有許多著名朝臣都被貶到嶺南，而這些朝臣同時也都具有文人身份，其中居嶺南超過半年以上，且有多首作品傳世者計有張說、杜審言、沈佺期、宋之問、劉長卿、戎昱、韓愈、柳宗元、劉禹錫與李紳、李德裕等。而這些因著貶官或入幕而久居此地的詩人，是否能嶺南意象「重塑」的新契機？從赴任途中到抵達任所，沿途的山水景物的變換與昔日所熟悉者大不相同，在前所未見、未聞的驚奇中，詩人們有怎樣的發現；而南方的奇山異水，又帶給他們怎樣的全新體驗？

　　薩依德在《東方主義 Orientalism》一書中，曾指稱人類在接觸異文化時，多有「新奇而產生的恐懼或喜悅的顫抖」，並言：

> 當人類碰到相對不熟悉的或威脅性、遙遠的東西，這種情
> 況下，人們要訴諸的，不只是自己先前的可能類似經驗，
> 而且是如何解讀這些新奇的東西。〔註30〕

對於新見的陌生景觀、物種，我們慣常依賴個人原有的文化經驗加以歸類，如是情形在唐詩中的嶺南詩作中是否也曾出現？而在歸類的過程中，詩人對於經驗的處置，是否也隱含了文化本位的優越性？中土文人面對異文化衝擊時，慣常啓動心理防衛機制，誠如薩依德在前揭書中的〈危機〉一章中所論及的心態：「不是要接收新資訊，而是一個控制方法，目的要控制既定觀點不要被威脅到。」如是，則中土文人所依賴的控制方法又爲何？凡此，均值得吾人進一步探究。

〔註28〕〔北宋〕王欽若等編：《冊府元龜》（北京：中華書局，1960 年）卷
　　　　697〈牧守部・酷虐〉。

〔註29〕以下本文所引唐詩作，在比對詩人詩集外，均引於清聖祖御定：《全
　　　　唐詩》（北京：中華書局，1960 年版），爲免註腳繁複，謹於詩後標
　　　　明冊數、頁碼，不另加註。

〔註30〕愛德華・薩依德 Edward W. Said 著、王志弘等譯：《東方主義》（臺
　　　　北：立緒書局，1999 年），頁 81。

第二節　選題之義界與處理方法

　　嶺南〔註 31〕係指五嶺〔註 32〕以南的廣大地區，爲了討論的方便，本論文以貞觀十道中的嶺南道轄域爲主要範圍。範圍如《新唐書》志三十三〈地理七〉中界定：「嶺南道，蓋古揚州之南境，漢南海、鬱林、蒼梧、珠崖、儋耳、交趾、合浦、九眞、日南等郡。韶、廣、康、端、封、梧、藤、羅、雷、崖以東爲星紀分，桂、柳、郁林、富、昭、蒙、龔、繡、容、白、羅而西及安南爲鶉尾分。」大致則涵蓋今廣東、廣西及越南北部。由於僻處南疆，遠離了全國政治、經濟與文化發展中心，重之以五嶺的阻隔，故而即使很早就與中原有所往來〔註 33〕，然其文化的開發在史書的記載上，卻是較爲落後，且少爲人注意的。

　　嶺南地區首度納入我國版圖，始於西元前 214 年。始皇在平定六國後（211B.C.），派屠睢率五十萬大軍分五路進攻嶺南，遭到越族頑強的抵抗，歷經三年平定，設置了桂林郡、象郡與南海郡〔註 34〕。由

〔註 31〕《史記・貨殖列傳》述天下物產，曰：「夫天下物所鮮所多，人民謠俗，山東食海鹽，山西食鹽鹵，領南、沙北固往往出鹽，大體如此矣。」爲「領南」一詞的首度出現。此處「領南」，代表漢時中原政權所領有的南方，範圍涵括楚越之地。（頁 3269～3270）

〔註 32〕五嶺之名，始於《史記・張耳陳餘列傳》：「秦爲亂政虐刑以殘賊天下，數十年矣。北有長城之役，南有五嶺之戍，外内騷動，百姓罷敝……」然司馬遷於此未説明五嶺所指爲何。唐・司馬貞《史記索隱》引裴淵《廣州記》云：「大庾、始安、臨賀、桂陽、揭陽，斯五嶺」，頁 2573、2574。

〔註 33〕張榮芳、黃淼章主張嶺南地區在上古時期便與中原有所接觸，如《尚書・堯典》稱堯「申命義叔，宅南交」，《禮記・少間》則云舜「南撫交阯」，而《惠州府志》亦載夏時政治影響力已達嶺南，而這樣的接觸在商周時期後，有更爲頻繁的往來。詳見氏著：《南越國史》（廣州：廣東人民出版社，1995 年），頁 7。然而，張黃二人引用《尚書》、《禮記》所載，以爲三代時，政治勢力便轄及嶺南，雖有疑義，仍可見嶺南與中原之關係。對於此問題，擬於第二章第一節再行討論，於此不贅。

〔註 34〕詳見方鐵、方慧：《中國西南邊疆開發史》（昆明：雲南人民出版社，1997 年），頁 42。

秦至初唐，近一千年的時間內，位處南疆的嶺南如何被觀看？這樣的觀看是否反映了一定的趨向？

　　文學的研究，除需以文學爲發展主軸外，更需結合地方的特質，從而考察出文人對地方的參與，與地方對文人的接受與影響。因此，本研究企圖結合文學、史料、方志，與相關地理書，廓清唐詩中的嶺南圖像。

　　在文學方面，本文主要研究對象如沈佺期、宋之問、劉長卿、韓愈、柳宗元、劉禹錫等詩文，因前人考訂、箋證成果已豐，故將以坊間善本爲主。沈宋詩歌以陶敏、易淑瓊校注《沈佺期宋之問集校注》（北京：中華書局，2001 年）、劉長卿詩歌以儲仲君撰：《劉長卿詩編年箋注》（北京：中華書局，1996 年 7 月）、韓愈詩歌以屈守元、常思春主編：《韓愈全集校注》（成都：四川大學出版社，1996 年 7 月）、柳宗元詩歌以〔唐〕柳宗元著：《柳宗元集》（北京：中華書局，2006 年 9 月）、劉禹錫詩歌以陶敏、陶紅麗校注：《劉禹錫全集編年校注》（湖南：岳麓書社，2003 年 11 月），當本文出現異文時，以上述文本爲主。其他零星研究對象，則以《全唐詩》爲底本，參酌陳貽焮：《增訂註釋全唐詩》（北京：文化藝術出版社，2001 年）考釋與箋注。

　　擇取善本後，參酌前人繫年、詩話及相關研究，將詩作逐一編年，並就前賢未註處加註，期能更如實地貼近詩中意涵。詩人間交遊狀況、酬贈等亦爲本文取材所資。此外，亦擬參酌前人批評，對文本、個人與其背景環境進行理解與歸納，做更進一步的客觀分析。期能對文本進行全面的賞析，掌握作品的內緣，增加本研究的深度。

　　在史傳方面，主要參考二十五史與《資治通鑑》旁及《唐會要》與《通典》，理解文人仕宦經歷及其赴嶺背景，並藉由史書〈地理志〉記載，釐析嶺南與中原的分與合。而在地理書上，主要參考〔唐〕劉恂著：《嶺表錄異》（臺北：臺灣商務書局，1966 年）與〔宋〕周去非著，楊武泉校注《嶺外代答校注》（北京：中華書局，1999 年），

二書一為唐時所作，一者去唐未遠，語言的使用習慣上與研究對象較為接近，應無方言改變導致所指不同的問題；並且，《嶺表錄異》為第一本全面記載嶺南天象、物產、風俗的專書，在此書前雖有傳為〔晉〕嵇含所作的《南方草木狀》，但傳本脫落疑誤處不少，因此仍將以《嶺表錄異》為主，《嶺外代答》為輔，旁及〔漢〕楊孚所撰之《異物志》及其他討論嶺南文化專書，兼及地方府志、州志，考察詩人在嶺行跡，及其所見、所聞。

要言之，本論文期能藉著循序漸進的方式，在文本與前人研究基礎上，進行更進一步的擴充，以求更為周全且細膩地理解嶺南意象在唐前與唐的型塑過程。

第三節　文獻回顧與評析

以下將針對學界目前研究成果作一簡要回顧與述評，由於相關論著散見於期刊、研討會論文輯刊、學位論文或專書中，為方便討論，將採分類方式呈現。

在嶺南歷史地理類方面：此類研究主要集中於探討嶺南地區早期文明、各朝代對嶺南地區統治策略及「瘴」所造成的影響。在嶺南地區開發上，蕭璠《春秋至兩漢時期中國向南方的發展》、劉淑芬《六朝的城市與社會》與廖幼華《歷史地理學的應用——嶺南地區早期發展之探討》三書尤值得取資。蕭璠整理相關文獻，廓清春秋至兩漢南向政策的背後意義，論據詳實；劉淑芬由城市史研究入手，分析南海貿易與兩廣發展其間關係，廖幼華則利用人口統計學，嶺南地區由秦至隋的開發狀況由是更明。而在「瘴」研究上，蕭璠〈漢宋間所見古代中國南方的地理環境與地方病及其影響〉、左鵬〈漢唐時期的瘴與瘴意象〉、范家偉〈六朝時期人口遷移與嶺南地區瘴氣病〉與范家偉：〈漢唐時期瘧病與瘧鬼〉等論文，則站在流行病學的角度，分析當初南方「瘴」氣的形成原因及其在開發上、移民上所造成的影響。

　　而在流人與貶謫文化方面：在史學界，流人現象與貶謫文化早有學者注意，並發表了一系列的論文與專著，著名學者如撰寫《東北流人史》、《中國流人史》、《中國流人史與流人文化論》的李興盛、〈唐代貶官地區與流人分布地區差異研究〉的唐曉濤、〈唐代的左降官與嶺南文化〉的王承文與《唐代嶺南地區的貶流之人》的古永繼等。這批學者不僅對於左降官在嶺南道地區的活動進行考證外，更詳述了左降官在嶺南道地區的文化意義與貢獻，對於本研究有相當大的助益。而對於貶謫文學整體的論述，則多是單篇論文，如劉振婭的〈貶謫與唐詩〉、向志柱的〈生命與文學的突圍──論貶謫情節對文學創作的影響〉等。

　　在入嶺詩人研究方面：國內針對初唐的沈宋，論述甚少，蔡振念〈沈宋貶謫詩在詩史上之新創意義〉予本文相當大的啟發，蔡氏歸結沈宋貶謫詩在詩史上的新創意義有三：其一在詩中積極抒發被貶的冤屈不平和憤悶〔註35〕，其二在詩中寄託戀君思闕之情及蒙恩赦還之願〔註36〕，其三藉佛道山水排遣被貶之愁苦，雖研究對象集中於沈宋，實則已為唐代貶謫詩研究開出嶄新視野與足資詮釋的徑路。對於韓愈、柳宗元的貶謫歷程與心路轉變則已有相當多的著作，如：羅聯添：《韓愈研究》、《柳宗元事蹟暨資料彙編》、簡添興：《韓愈之思想

〔註35〕蔡振念以為「沈宋這些貶謫詩可謂前無古人，雖說其情感模式承襲自屈賈，但沈、宋畢竟是以詩歌體裁表達蒙冤之愁鬱的先鋒。其後，唐代的詩人承沈、宋餘緒，不乏這類的作品，但他們大都借屈賈之事來澆胸中塊壘，鮮少如沈、宋強力為自己辯白。」

〔註36〕蔡振念進一步詮解：「沈、宋這種在貶謫詩中鋪寫思君戀闕之情及望歸之願的模式，也成為後來唐代詩人貶謫後抒情的規臬。唐代之前，著名的貶謫詩人如謝靈運，一次由京城出為永嘉太守，一次由故鄉會稽調為臨川內史，但皆未對京闕或君王有如此深切的依戀。謝朓出為宣城太守，也未見類似情感的抒寫，這可能和唐朝科舉取士，讀書人捨仕途無有更好人生歸宿有關，因此對帝王恩澤、擢用的依賴要比六朝有門第庇蔭者自是不同。但不管如何，沈、宋貶謫詩中對京闕皇都甚或君主恩赦的依盼，已為後來者立下創作的典範，我們看鄭愔、李白、戎昱等皆有相似的詩作。」

及其文論〉、楊子怡〈論韓愈蘇軾嶺表處窮及其人格精神〉、李建崑〈韓愈之仕宦生涯與詩歌創作〉、方介的《柳宗元思想研究》、常宗豪的〈柳宗元謫居永州柳州的孤囚生活和詩文〉與袁本秀的〈逃避孤獨——由囚山賦漫談柳宗元的山水移情與悲劇意識〉等，頗具參考價值；而在劉禹錫方面，則有羅聯添的《劉禹錫研究》、方瑜〈劉夢得的土風樂府與竹枝詞〉、董正宇〈論劉禹錫的貶謫詩〉、劉鐵峰〈論劉禹錫貶謫詩中的「騷怨」表達〉、李寶玲〈皓首同歸兩心知——試論劉禹錫與白居易的際遇與詩藝〉與〈生命歷程與創作情調的暫時轉折——劉夢得「竹枝詞」的再探討〉等。

　　整體性研究，則有張玉芳的《唐詩中的罪與罰——唐代詩人貶謫心態與詩作研究》、尚永亮《元和五大詩人與貶謫文學考論》與戴偉華的《唐代使府文學》、《地域文化與唐代詩歌》。張玉芳透過唐代法制、律令，對於貶謫文化的形成與影響都做了相當詳盡的介紹，尚永亮則由五大詩人入手，詮解唐代元和時期的貶謫文學現象；而戴偉華，藉由統計學、歷史地理學等新研究方法，整理、連綴相關資料，亦獲致成果相當可觀。

　　由以上的敘述，可歸納出目前研究現況，大抵上有兩點不足：首先是缺乏整體的論述；其次為觀點的狹隘。在缺乏整體性論述上，目前研究成果顯示論者多就單一對象去討論其入嶺原因、詩作表現等，但若欲作全面觀照，釐清詩人寫作中的承襲、新變，便有所不足。觀點的狹隘，更是普遍具有的問題：文人的遊宦生活，傳統批評多將重點放在貶謫的沉痛與文人的改變，故在觀點的選擇上，無形中便以文人角度去看地方的改變，以「文人改造地方」來對文人歌功頌德。然而，各地方因應地理環境的不同，文人們在中原的政治理想勢必要隨之調整，以符合當地民情之需要，故筆者以為影響應是雙面地進行——即地方改變文人、文人改變地方，在衝突與矛盾中不斷調整，方能為地方、也為自己找出安身立命的方法。

第二章　唐前嶺南圖像的型塑

前言

　　嶺南地區與中原地區的文化往來，究竟始於何時？許倬雲結合近代考古發現，有如下陳述：

　　　　當年以爲商代的文化只有在中原一代，但是最近這幾十年發現商代文明往北可以到河北的趙城，因爲在那裡發現有很清楚的城市，往南也很清楚的到了湖北的盤龍城；也就是說商代眞正的疆域從甲骨文上判斷，可能是在這一塊，而我們從考古學上看出商代遺物的城市，也顯示了它文化的輻射可能遠超過它政治的疆域以外；換言之，它政治勢力遠達的地區，包括了實際統治的疆域，這是一種假定的說法。由於南到廣西，西到渭河，北到遼東，我們都發現有商代遺物或受商代影響的遺物出現，所以這時我們可以看見三層圈子，一層是它政治的地區，另一層是它政治力量可能到達的地區，第三層則是它文化到達的地區；然而在它文化到達圈的遠層地區並不是普遍的有這些遺物存在，那些有商代遺物存在的遺址，往往是孤立的，四周圍有土著的文明存在……文明雖然傳播到這麼遠，可是基本上它還是土著的文明。〔註1〕

〔註 1〕詳見許倬雲：《江心現明月》（臺北：三民書局，2004 年），頁 53。

許氏以爲商代對其他地區的影響，要可分爲三層，範圍由小至大排序，分別是政治轄區、政治力量的展延，以及文化的影響。

　　許氏以爲，當時嶺南地區應是在商代文化的輻射範圍內，而此點隨著晚近嶺南地區的青銅文化遺址陸續被發現〔註2〕，即使各家對於文物定年不一〔註3〕，但多數仍同意至遲在晚商時期，商代文化確已影響了嶺南地區，並且，這樣的影響越到後來越明顯。

　　以出土的青銅器件數論之：晚商至周時期，出土文物僅五件；春秋至戰國時期，增爲四百多件；戰國中末期，更躍升爲六百多件。次觀出土遺址，定年約在晚商至周的遺址，散佈在粵東、粵西、粵北，成零星分布；春秋至戰國時期，遺址有兩百處、墓葬近三十座，分布廣遍兩廣；至戰國中晚期，遺址有兩百多處，墓葬更有一百多座，分布範圍也更爲擴大。〔註4〕藉此考察報告，我們可以推論晚商至周，

〔註2〕1930年，芬戴禮神父（Fr. DanielFinn）在香港赤鱲角過路灣中出土的陶器裡，發現類似英文字母雙f所組成的花紋，遂將它命名爲（雙f紋）。而由於這種紋飾與商周青銅器上的夔紋相同，故又稱爲「夔紋」。林錦源以爲器身底部以方格紋作裝飾，肩部的兩個圓點裝飾，亦似是模仿中國北方青銅器上獸眠的特徵。（詳見氏著：〈赤鱲角考古發展史〉，《當代史學評論》第2卷第4期，1999年10月）。1930年之後，在香港、兩廣地區，陸續有其他文物出土。定年約在晚商至戰國中晚期，以戰國中晚期出土文物最多。

〔註3〕楊式挺在其〈嶺南先秦青銅文化考辨〉一文中，整理史家對於嶺南青銅文化起源，以及先秦時期嶺南地區是否已納入中原版圖等不同意見，以爲要可分爲四種：「第一種意見認爲兩廣地區確實存在先秦時期的青銅文化，但史家們對於青銅文化的認定與時間的推導仍有差異；第二種意見以爲兩廣存在先秦青銅文化，但未有中原政權的介入；第三種意見認爲兩廣的青銅文明始自南越國前期，與商代無關；第四種意見則以爲不僅青銅文化不曾存在，在秦以前，中原政權也未曾轄有嶺南地區。」而意見的不同則歸因於：「對青銅文化缺乏基本的共識、對青銅文化遺存年代推斷不一、引用材料比重不同，以及對文獻的詮解不一。」詳見楊式挺：《嶺南文物考古論集》（廣州：廣東省地圖出版社，1998年），頁115。

〔註4〕關於嶺南文物出土的詳細分期與討論，詳可參廣東省博物館：〈廣東考古結碩果·嶺南歷史開新編〉，收入《文物考古三十年》（廣東：文物出版社，1979年）、廣東省博物館：〈廣東大埔縣古墓葬清理簡

對嶺南的影響如許氏所說並不全面，這樣的文明是孤立的，該地仍是以土著文明爲主。然而，嶺南文化如何接收商代文化的輻射？中原政權又是自何時轄有嶺南？

　　依近人之研究，我國歷史時代初期有三大集團文化存在，徐旭生分別稱之爲華夏集團、東夷集團與苗蠻集團〔註5〕。苗蠻集團原雖指江漢地區的荊楚民族，但隨著中原勢力的東被與南傳，苗蠻集團或融入中原勢力之中，或被迫東走南移，逐漸與稍後的百越民族混居，而成爲散布於浙粵間的沿海民族〔註6〕。則，以地域而言，嶺南地區與中原文化的接觸，有很大部分，應來自於苗蠻集團的播遷。

　　那麼，自晚商至秦，其間八百年，除了文化上明顯的影響與浸潤外，是否有任何政權的政治勢力轄有嶺南？南方的古老大國──楚國

報〉，《文物》，1991 年第 11 期、、廣東省博物館：〈廣東省饒屏縣古墓挖掘簡報〉，《文物資料叢刊》，1983 年第 8 期、黃展岳：〈兩廣先秦文化〉，收入《文物與考古論集》（廣東：文物出版社，1987 年）、區家發：〈廣東先秦社會初探──兼論三十八座隨葬青銅器墓葬的年代與墓主人問題〉，《學術研究》，1991 年第 1 期、香港城市大學中國文化中心編：《嶺南歷史與社會》（香港：香港城市大學出版社，2003 年），以及楊式挺：〈嶺南先秦青銅文化考辨〉、〈再論嶺南先秦青銅文化遺存的年代與分期〉，收入前揭氏著：《嶺南文物考古論集》諸文。

〔註5〕詳參徐旭生：〈我國古代部族三集團考〉，收入氏著《中國古史的傳說時代》（臺北：里仁書局，1999 年）。
　　　然而，關於史前文化的分區，史家有不同的標準。蒙文通按原始分部地區，稱之爲河洛民族、海岱民族與江漢民族，詳參氏著：《古史甄微》（臺北：臺灣商務印書館，1980 年）；余偉超則再進一步劃分爲九大文化集團：伊洛地區的夏文化集團、渤海灣地區的東夷集團、黃河中游太行山以東的商文化集團、內蒙古西部至陝北、山西中部至雁北、冀北的北狄集團、涇渭流域的先周──周文化集團、甘青地區的羌戎集團、長江中游的苗蠻集團、東南至南海之濱的百越集團和長江三峽至成都平原的巴蜀集團，詳參氏著：〈早期中國的四大聯盟集團〉，《香港中文大學中國文化研究所學報》，1988 年第 19 期，頁 11～18。

〔註6〕李東華：〈海洋中國與大陸中國〉，《中國海洋發展關鍵時地個案研究（古代篇）》（臺北：大安出版社，1990 年），頁 26。

顯然是關注的焦點。〔晉〕裴淵《廣州記》稱：「六國時，廣州屬楚。」
〔註7〕以為廣州在戰國時期屬楚；屈大均《廣東新語》則謂：「越宮室
始於楚庭。初，周惠王賜楚子熊惲胙。命之曰：『鎮爾南方夷越之
亂。』於是南海臣服於楚，作楚庭焉。越本揚越。至是又為荊越。本
蠻揚，至是又為蠻荊矣。地為楚有，故築庭以朝楚。」〔註8〕將嶺南
入楚的年代提早到春秋時代。〔清〕顧祖輿《讀史方輿紀要》則以為
年代應更早，並引〔唐〕《通歷》語：「周夷王八年，楚子熊渠伐揚越，
自是南海事楚，有楚亭」，以為嶺南在西周時候，便已入楚。

　　楚庭的建立年代，是否確實存在，性質又為何，關乎楚政治勢力
是否已臻嶺南，對於此，近人多有爭論〔註9〕。徐恒彬以為：「考古發
現的材料與文獻記載楚國勢力向南發展的時間是基本一致的。湖南
尚未發現春秋早期的楚墓，已發現中期楚墓一百多座，主要集中於
長沙，南部的衡陽亦有發現。戰國時期楚墓的發現總數在兩千座以
上，絕大部分仍然在長沙地區，但南部也不少。湖南楚墓的出現和發
展，反映了楚國勢力逐步向南進的歷史事實，春秋中晚期楚國之勢力
和影響確實已經達到湖南南部及廣東地區」，並以為嶺南出土墓葬
中，流行隨葬成套銅鐘，是受到楚禮制的影響，而楚庭的建立最晚不
遲於楚威王（339B.C～329B.C.）〔註10〕。

〔註7〕　《能改齋漫錄》引裴淵：《廣州記》語。詳見：〔宋〕吳曾：《能改齋
　　　　漫錄》（臺北：臺灣商務印書館，1966 年），頁 226。
〔註8〕　〔清〕屈大均：《廣東新語》卷十七〈宮語〉「楚庭」（北京：中華書
　　　　局，1985 年），頁 460。
〔註9〕　關於楚庭是否存在，曾昭璇以為「番禺屬楚時，建有楚亭，《說文》
　　　　稱：『民所安定也』……楚亭即反映番禺為楚國所控制下的建築
　　　　物……先秦番禺之都是由楚亭發展而來，楚亭擴大是為吳南武城，
　　　　再建十里的越南武城，才真正成為番禺城，即由秦軍建築的越城。」
　　　　然而，楊式挺則持否定楚停說，以為它缺乏根據，即使楚子熊渠攻伐
　　　　揚越，也不能肯定與嶺南有關係。二人論述，詳參曾昭璇、曾憲珊：
　　　　〈「番禺」與「番禺城」古地名考釋〉，《羊城今古》，1992 年第 3 期；
　　　　楊式挺：〈廣州古城始建於何時〉，《羊城今古》，1992 年第 6 期。
〔註10〕　徐恒彬：〈試論楚文化對廣東歷史發展的作用〉，收入中國考古學會

　　然而，楚墓在嶺南的出土，是否代表楚國轄有嶺南地區？楚庭是否就是楚國已然控制嶺南的象徵，徐氏以爲非，並以爲楚庭的興建，較似「朝楚」——意即臣服、朝貢於楚〔註11〕，但不等同於楚國已統治嶺南；兩者關係，是一種相對獨立的屬國關係。楚國並未直接統治嶺南，也並未派遣官員、軍隊進駐嶺南地區，雙方以使節相來往；而這種關係，宜劃入許倬雲的第二層圈子，即楚國政治勢力到達嶺南，但並未眞正有管轄權。

　　準此，則嶺南眞正劃入中原版圖，究在何時？顧頡剛針對三代至秦的中國疆域變遷進行縝密梳理，以爲三代疆域雖較前代均有所增加，但轄有嶺南地區，仍待秦始皇。《尚書》、《禮記》所言，顯然多爲貶抑秦始皇，美化古代帝王的杜撰之作〔註12〕。

　　而在政治力眞正到達嶺南後，中原政權對嶺南的「管理」與「處置」有怎樣的特徵？羅曼・赫爾佐克（Roman Herzog）在其《古代的國家——起源和統治形式》一書中，對於國家行政權力擴張後，隨即而來所要面對的問題，有如下討論：

> 古希臘作家色諾豐曾對這個產自疆域邊闊的難題作過非常生動的描述，這就是他——在談到波斯帝國時——講的下面這段話：「誰要是仔細觀察一下這個大國王的統治，誰就可以看到：這種統治的強項在於被統治的各個地區都幅員遼闊、人口眾多，但它的弱點又恰恰在於辦事路途遙遠、軍隊駐地分散。」（《遠征記》）地域廣大帶來的問題，曾使

編輯：《中國考古學會第二次年會論文集》（北京：文物出版社，1982年），頁74～75。

〔註11〕陳澤泓贊同徐氏說法，並引《戰國策》卷十六〈楚三〉載張儀說楚，欲以楚王北見晉君，楚王曰：「黃金、珠璣、犀、象，出於楚，寡人無求於晉國」事，以爲楚國所有的珍貴物產，應有不少來自嶺南。詳見陳澤泓：〈嶺南早期歷史試探〉，《廣東史志》，1996年第1期，頁7。

〔註12〕詳見顧頡剛：〈古史中地域的擴張〉，原載《禹貢》，1934年第1卷第2期，收入唐曉峰、黃義軍編：《歷史地理學讀本》（北京：北京大學出版社，2006年），頁1～6。

> 歷史上所有眞正巨大的國家感到頭疼和麻煩，而如果不了
> 解這個問題給它們造成的各種困難，那麼國家歷史中有許
> 多事便都無法理解。〔註13〕

羅曼在此引用色諾豐的《遠征記》，討論大國面對範圍遼闊的轄區，在行政措施上確有許多不便。而這樣的不便，影響了政府的諸多措施，若未能理解其中緣由，便無法了解政府對一地的舉措所爲何來。在此段之後的討論中，羅曼更分別就信息網和交通網、貴族國家、國王的親信勢力，討論大國面對遼闊的疆域所可能採取的行政分工，但這些措施不可避免地會遇到衍生的難題，而這些難題，羅曼以爲古代的國王們幾乎沒有完全解決的。

面對初次納入中原政權版圖的嶺南，境內即使人口不多，但遼闊的地域勢必成爲行政管理首要面對的問題。秦帝國採取怎樣的方式因應？自秦至隋，歷代如何「管理」、「處置」嶺南，其間是否有趨同性？這樣的趨同性，所反映出的價值觀又爲何？遂爲本章討論核心。

爲便於討論，下文共分四節。首先探討唐前對嶺南地區的行政策略，分析其在命名、區域上的模糊性與歷朝統治思維上的紛歧性；接著由移民與遊宦兩角度切入，釐清嶺南所以多亂的成因與當局的因應策略；再次，稽索史籍中頻繁出現的「瘴」，思考瘴鄉的成形及其對嶺南開發的影響；最後，藉由整理先秦漢魏晉南北朝詩，尋繹唐前對嶺南圖像的型塑過程。

第一節　命名與行政的模糊性

一、命名的不精確性

據《史記》所載分析，「嶺南」一詞並不成於秦，在兩漢「嶺南」一詞也並未廣爲使用，〈貨殖列傳〉載：

〔註13〕詳參〔德〕羅曼‧赫爾佐克（Roman Herzog）著、趙蓉恒譯：《古代的國家──起源和統治形式》中〈中央與行省〉一章。（北京：北京大學出版社，1998年），頁170～197。

九疑、蒼梧以南至儋耳者，與江南大同俗，而楊越多焉。
〔註14〕

針對廣大的南方，〈貨殖列傳中〉已有楚、江南之分，在江南之外，以楚地爲主而往南延伸，還有人煙。同傳後文：

　　夫天下物所鮮所多，人民謠俗，山東食海鹽，山西食鹽鹵，
　　領南、沙北固往往出鹽，大體如此矣。〔註15〕

司馬遷指出「領南」一詞，然而，使楚地又可區分成「嶺南」與「沙北」，而「嶺南」乃在江南、沙北以外另成一區域，惟範圍涵括仍過於廣泛。由秦到漢，欲探尋今「嶺南」義界者，按《史記》載，另有其他名稱，在秦應稱「陸梁」、「楊越」、「南越」，漢多襲用「南越」之名。

　　〈秦始皇本紀〉載：

　　三十三年，發諸嘗逋亡人、贅婿、賈人略取陸梁地，爲桂
　　林、象郡、南海，以適遣戍。……三十四年，適治獄吏不
　　直者，築長城及南越地。〔註16〕

桂林、象郡、南海，即今「嶺南」大致範圍。《索隱》謂：「南方之人，其性陸梁，故曰陸梁。」《正義》又稱：「嶺南人多處山陸，其性強梁，故曰陸梁。」〔註17〕強梁義爲「剛強橫暴」，故「陸梁」一詞，依《索隱》、《正義》解，是以南方民族所處的地理環境及其天性爲名。然而，在《史記》之後，「陸梁」一詞在史書中已少指地名，多作「寇擾」解〔註18〕。至如〈秦始皇本記〉中的「越」，活動範圍相當廣泛〔註19〕。而「南越」則已成專名，爲趙佗所立國名。《史記·

〔註14〕《史記》卷一百二十九〈貨殖列傳〉，頁3268。
〔註15〕《史記》卷一百二十九〈貨殖列傳〉，頁3269～3270。
〔註16〕《史記》卷六〈秦始皇本紀〉，頁253。
〔註17〕同上註。
〔註18〕如《後漢書》卷五十六〈張王種陳傳〉，頁1831；同書卷六十一〈左
　　　　周黃列傳〉，頁2041；《三國志·魏書》卷四〈高貴鄉公髦〉，頁133；
　　　　《晉書》卷七十四〈桓彝傳〉，頁1949；《北史》卷六十六〈高琳傳〉，
　　　　頁2323等。
〔註19〕余偉超先生所劃分的「中國青銅時代四聯盟九集團分布圖」，百越部

南越列傳》載：「南越王尉佗者，眞定人也，姓趙氏。秦時已并天下，略定楊越，置桂林、南海〔註20〕、象郡。」

「楊越」，或作「揚越」，《正義》注：「夏禹九州本屬楊州，故云楊越。」歷來關於「楊越」詮解，眾說紛紜，既可作地名〔註21〕，亦可作族名〔註22〕；既可專指，亦可泛指。陳澤泓整理眾說，以爲「最初的楊越，作地名解是古楊州別稱；引申爲曾居於古楊州的越人及居地。」〔註23〕可茲參酌。

趙佗勢力興起於秦漢之際，統轄長沙以南、兩廣及越南北部。《史記・南越列傳》載：

> 秦已破滅，佗即擊並桂林、象郡，自立爲南越武王。高帝已定天下，爲中國勞苦，故釋佗弗誅。漢十一年，遣陸賈因立佗爲南越王，與剖符通使，和集百越，毋爲南邊患害，與長沙接境。〔註24〕

漢帝國建立時，其時南方已爲趙佗所據，兩造之間雖是中央王朝與屬國關係，但漢帝國對於南越國並無實際控制權，雙方僅派使節往來。呂后稱制與武帝元鼎五年（112B.C.）時，均嘗派兵征討不克，

落活動區域橫跨長江、珠江流域。而百越部落的起源，於此文亦有探討，詳參氏著：〈早期中國的四大聯盟集團〉，頁11～18。

〔註20〕自始皇設三郡後，或有人以南海代稱兩廣地區，但南海主要指稱南方海域，故於此不論。

〔註21〕今考古發現夏人活動領域止於黃河流域，在長江流域的部族屬三苗集團，將楊越解爲楊州南境並不妥當。顧頡剛先生以爲「楊」與「越」，二字雙聲同義，楊州即越州，並謂吳國之境北及淮水，越滅吳，擁有淮水以南之地，此時此區域才可稱越州。《呂氏春秋・有始覽》言：「東方爲青州，齊也。泗上爲徐州，魯也。東南爲揚州，越也。南方爲荊州，楚也。西方爲雍州，秦也。北方爲幽州，燕也。」可爲旁證。〔戰國〕呂不韋著，陳奇猷校注（上海：上海古籍出版社，2002年）。

〔註22〕《史記・貨殖列傳》：「九疑、蒼梧以南至儋耳者，與江南大同俗，而楊越多焉。」此句中的楊越即宜作族名。詳參《史記》卷一百二十九〈貨殖列傳〉，頁3268。

〔註23〕參前揭陳澤泓：〈嶺南早期歷史試探〉，頁2。

〔註24〕《史記》卷一百十三〈南越列傳〉，頁2967～2968。

武帝六年（111B.C.）始滅南越，置九郡〔註 25〕。而也因著南越國的壯盛，兩漢時多以「南越」指稱五嶺以南的地域，至晉時仍沿用〔註 26〕。

　　在「南越」之外，五嶺以南的地域，在《後漢書》中亦稱「嶺外」。關於「嶺外」的記載有三條〔註 27〕，且多述叛亂事，所以稱「外」者，乃自中原觀念視之，《水經注》即以古人云：「五嶺者，天地以隔內外」〔註 28〕，《漢書・嚴助傳》載淮南王安上書，諫伐南越，亦曰：「越與中國異，限以高山，人跡所絕，天地所以隔外內也」〔註 29〕，凡此均以此地在文化上外於中原，是中原以外的國度，而此名稱顯然也將中原與南方劃出界線。

　　明確以「五嶺以南」為概念的「嶺南」一詞，載於《後漢書・杜篤傳》：

> 關函守嶢，山東道窮；置列汧、隴，廱偃西戎；拒守斷褒斜，嶺南不通；杜口絕津，朔方無從。〔註 30〕

但在《漢書》與《後漢書》中，也僅此一條。據筆者檢索唐前史書，「嶺南」一詞在《宋書》之後，才廣泛被使用〔註 31〕，據此許可以推

〔註 25〕 關於南越國的興起始末，可參《史記・南越列傳》，頁 2967～2978，或張榮芳、黃淼章著：《南越國史》（廣州：廣東人民出版社，1995年）。

〔註 26〕 〔晉〕陳壽撰《三國志》時，對於五嶺以南的地域，仍稱南越。

〔註 27〕 分別為卷六〈孝順孝沖孝質帝紀〉：「九真太守祝良、交阯刺史張喬慰誘日南叛蠻，降之，嶺外平。」（頁 268）；卷二十四〈馬援列傳〉：「交阯女子徵側及女弟徵貳反，攻沒其郡，九真、日南、合浦蠻夷皆應之，寇略嶺外六十餘城。」（頁 838）；卷八十六〈南蠻西南夷列傳〉：「張喬為交阯刺史。喬至，開示慰誘，並皆降散。良到九真，單車入賊中，設方略，招以威信，降者數萬人，皆為良築起府寺。由是嶺外復平。」（頁 2839）

〔註 28〕 見〔漢〕桑欽撰，〔後魏〕酈道元注，楊守敬、熊會貞疏，段熙仲點校，陳橋驛復校：《水經注疏》（南京：江蘇古籍出版社，1989年），頁 2998。

〔註 29〕 《漢書》卷六十四〈嚴助傳〉，頁 2781。

〔註 30〕 《後漢書》卷七十〈文苑列傳〉，頁 2603。

〔註 31〕 「嶺南」一詞至六朝已多為時人習用，範圍大抵確認在交、廣二州。

論在至遲在南北朝時，「嶺南」的義界已逐漸確立。

嶺南亦可稱「嶺表」，《宋書‧孟懷玉傳》載：「及循南走，懷玉與兄眾軍追躡，直至嶺表。」〔註32〕所以有嶺表之稱，與前舉嶺外正代表站在不同的地理位置來看嶺南：從中原角度視之，稱嶺外；自珠江三角洲而言，則稱嶺表〔註33〕。

從最初的以部落、國名代指，逐漸演變為以自然地理形勢稱之，至遲在六朝，嶺南的義界已逐漸確立。而由陸梁、楊越、南越到嶺外、嶺南、嶺表，其實也可以看出隨著統治時間的拉長，嶺南地區逐漸內化為中國一部分的進程。

二、行政區域的游移性

Mike Chang 在《文化地理學》（Cultural Geography）中，說明自我與他者概念時，嘗謂：

> 不論用何種方法，若不對照著「他們」，便很難想像到我們如何能夠界定自己為一個群體（「我們」）。將認同映繪到地理配置上，揭露了群體之間的不平等關係，以及這個過程中，命名與被命名、身為主體或客體的重要性。所以，里瓊（Richon, 1996:242）提到，某些詞語像是「東方和西方，不只是字眼，更是名稱，是建構認同並形成領土的專有名詞」。西方人藉由檢視東方而建構自我，只有在西方審視的眼光下，這些領土才突顯出來，只有透過這種凝視，「東方」才存在。〔註34〕

如《宋書‧羊玄保傳》記宋太祖詔曰：「（希）以清刻一介，攉授嶺南。」（頁 1538）《南齊書‧謝超宗傳》：「謝超宗，陳郡陽夏人也。祖靈運，宋臨川內史。父鳳，元嘉中坐靈運事，同徙嶺南。」（頁 635）《南齊書‧張融傳》：「（張融）在南與交阯太守卞展有舊，展於嶺南為人所殺，融挺身奔赴。」（頁 726）

〔註32〕《宋書》卷四十七〈孟懷玉傳〉，頁 1407。

〔註33〕有此稱呼，許是因為南朝深入南方，自珠江流域視之，以五嶺為珠江三角洲的屏障。

〔註34〕Mike Crang 著，王志弘、余佳玲、方淑惠譯：《文化地理學》（Cultural Geography）（臺北：巨流圖書，2003 年），頁 82。

中土人士以他身爲主體的發聲角色，面對廣大的南方地域，有怎樣的認識？這樣的認識隨著南方的逐漸開發，是否有所改變？前引《史記・貨殖列傳》語：「九疑、蒼梧以南至儋耳者，與江南大同俗」，將南方劃爲一個大整體，「大同俗」一語，更顯然忽略了嶺南內部民族的複雜性。《漢書・嚴助傳》中對其時的嶺南環境則有如下陳述：「（越地）限以高山，人跡所絕，車道不通，天地所以隔外內也。」〔註35〕將中原與嶺南在文化上劃出界線。

而在面對嶺南文化時，中原亦屢以「荒服」概稱。如《後漢書・西南夷列傳》：「荒服之外，土地墝埆。」〔註36〕《魏書・烏丸傳》亦稱：「秦、漢以來，匈奴久爲邊害。孝武雖外事四夷，東平兩越、朝鮮，西討貳師、大宛，開邛筰、夜郎之道，然皆在荒服之外，不能爲中國輕重。」〔註37〕「荒服」除指距離京城最遠的屬地外，也有蠻荒、未開化的意味。

雖然在兩漢之後，吳國與晉朝對南海貿易的積極舉措，促使嶺南日益開發〔註38〕，「荒服」此一相對性的概念，已較少使用於嶺南，多指稱北方戎狄或者在嶺南更南方的諸侯國；但即使至唐，五嶺在中原人士的文化區域認知中，仍屬文化的南界〔註39〕。

在文化上的模糊認知外，史籍中對於嶺南行政區域的記載，也有若干混淆、不清晰的現象。秦併嶺南後，初置三郡，其中南海郡治所在不詳〔註40〕，象郡的位置更是爭論的焦點。

〔註35〕〔漢〕班固《漢書》卷六十四〈嚴助傳〉，頁2781。

〔註36〕《後漢書》卷八十六〈南蠻西南夷列傳〉，頁2856。

〔註37〕《三國志・魏書》卷三十〈烏丸傳〉，頁831。

〔註38〕關於三國至六朝，南海貿易的開發，可參劉淑芬：〈六朝南海貿易的開展〉，收入氏著：《六朝的城市與社會》（臺北：學生書局，1992年），頁317～349。

〔註39〕張偉然：〈唐人心目中的文化區域及地理意象〉，收入李孝聰主編：《唐代地域結構與運作空間》（上海：上海辭書出版社，2003年）。

〔註40〕李東華引《晉書》資料，指稱其時南海郡未設郡守，僅置郡尉一職，而郡尉治瀧口。然而，瀧口確切位置，《元和郡縣圖志》云當在樂昌

在唐以前，史家多以《漢書‧地理志》日南注所云：「故秦象郡，元鼎六年開，更名」〔註41〕爲據，以爲秦象郡應相當於漢日南郡，範圍已深入越南中部。杜佑《通典》更於所記象郡下加注，謂象郡範圍除漢日南郡外，尚包有九眞、交趾、合浦三郡及鬱林郡之一部，即相當於今越南中、北部即廣西東南、廣東西南部一帶，而此說也始終爲唐以後的學者遵奉〔註42〕。1916 年，法國學者馬伯樂（H. Maspero）首先主張秦象郡不出我國兩廣範圍，日人佐伯義明與蒙文通贊同此說。鄂盧梭（Aurousseau）、日人杉本直治郎、勞榦及呂士朋等諸先生則堅持舊說〔註43〕，則秦象郡範圍是否等同於漢日南郡，確實啓人疑竇。

周振鶴整理歷代說法，比對《史記》、《漢書》與《山海經》諸記載，以爲舊說史料可疑，馬伯樂等的新說法史料可信，且能解釋象郡沿革。並指出馬伯樂等引以爲據的《史記》、《漢書》帝紀，較舊說所引〈地理志〉本注可信，而《山海經》〈五藏山經〉與〈海內東經〉附篇在地理資料上也確有其眞實性〔註44〕。李東華進一步引蜀安陽王

縣南五里，《南越古蹟記》則云在清遠縣東峽山一帶，二者地理位置雖相近，俱不離北江上游近嶺處，但究在何處，仍有矛盾。李東華：〈秦漢變局中的南越國〉，收入前揭氏著：《中國海洋發展關鍵時地個案研究（古代篇）》，頁 65。

〔註41〕《漢書》卷二十八〈地理志〉，頁 1630。

〔註42〕有關秦象郡位置傳統說法之形成，可參閱覃聖敏：〈秦代象郡考〉，《歷史地理》第 3 輯，頁 178。

〔註43〕諸學者論文，持新說者依次爲〔法〕馬伯樂（H. Maspero）著、馮承鈞譯：《秦漢象郡考》（臺北：臺灣商務印書館，1971 年）；〔日〕佐伯義明：〈關於秦代之象郡〉，《史學雜誌》第 39 編第 10 號；蒙文通〈秦象郡爲漢日南郡考辨〉，《越史叢考》（1983 年 3 月），頁 58～62。持舊說者依次爲：鄂盧梭（Aurousseau）著、馮承鈞譯：《秦代初平南越考》（臺北：商務印書館，1971 年）；〔日〕杉本直治郎著：〈秦漢兩代における中國南境の問題〉，《史學雜誌》第 59 編第 11 號；勞榦：〈象郡、牂牁和夜郎的關係〉，《史語所集刊》第 14 本（1949 年），頁 213～228；呂士朋：《北屬時期的越南：中越關係史之一》（臺北：華世出版，1977 年）等。

〔註44〕周振鶴：〈秦漢象郡新考〉，收入氏著：《學臘一十九》（濟南：山東

為趙佗所滅事〔註45〕與《大越史記》所載〔註46〕，論證秦時勢力未至越南。而秦用兵嶺南時的苦戰，則更使人無法相信在越嶺之後，秦兵有足夠的軍力深入南越國境〔註47〕。要而言之，秦時象郡範圍應不如

教育出版社，1999 年）。

〔註45〕 安南王事，最早見於《水經》葉榆河注引《交州外域記》所載：「交阯昔未有郡縣之時，土地有雒田。其田從潮水上下，民墾食其田，因名為雒民。設雒王、雒侯，主諸郡縣。縣多為雒將，雒將銅印青綬。後蜀王子將兵三萬，來討雒王、雒侯，服諸雒將，蜀王子因稱為安陽王。後南越王尉佗舉眾攻安陽王。安陽王有神人，名皋通，下輔佐，為安陽王治神弩一張，一發殺三百人。南越王知不可戰，卻軍住武寧縣。（按《晉太康記》縣屬交阯。）越遣太子名始，降服安陽王，稱臣事之。安陽王不知通神人，遇之無道，通便去，語王曰：能持此弩王天下，不能持此弩者亡天下。通去，安陽王有女名曰眉珠，見始端正，珠與始交通。始問珠，令取父弩視之。始見弩，便盜以鋸截弩訖，便逃歸報越王。南越進兵攻之，安陽王發弩，弩折，遂敗。安陽王下船，逕出于海。今平道縣後王宮城見有故處。《晉太康地記》縣屬交阯。越遂服諸雒將。」

〔註46〕 《大越史記·外記》所載蜀安陽王，是在我國戰國末期（前 257）佔據越北紅河三角洲一帶為王，前後在位五十年，至秦二世胡亥二年（前 208）為趙佗所滅。考古學上代表安陽王時期之雒越文化，在越南中北部也發現不少。然而，史家欲遷就秦象郡已深入越南中南部之說法，每用兩種方式曲解安陽王之歷史。一是將其治越時間縮短成數年（前 210 到前 208）（如鄂盧梭），一是說秦大軍入越定越設象郡時，安陽王乃一雒族部落領袖，至秦始皇死，安陽王始出兵佔領舊秦象郡（如呂士朋）。此二說皆極牽強。詳見周振鶴：〈秦漢象郡新考〉，頁 46。

〔註47〕 按秦始皇之用兵嶺南，進展並不順利。《淮南子·人間訓》載始皇用兵嶺南：「乃使尉屠睢發卒五十萬，為五軍，一軍塞鐔城之嶺，一軍守九疑之塞，一軍處番禺之都，一軍守南野之界，一軍結餘干之水，三年不解甲弛弩，使監祿無以轉餉，又以卒鑿渠而通糧道，以與越人戰，殺西嘔君譯吁宋。而越人皆入叢薄中，與禽獸處，莫肯為秦虜。相置桀駿以為將，而夜攻秦人，大破之，殺尉屠睢，伏尸流血數十萬。乃發適戍以備之。」（見〔漢〕劉安撰、高誘注：《淮南子》卷十八〈人間訓〉（臺北：中華書局，1981 年），頁 617。）經年的艱苦作戰，始在三十三年（前 214 年）定嶺南，置三郡。而設郡後，下至始皇死，前後不過五年，至秦亡亦不過七、八年，由秦軍用兵不順，並曾一度大敗於越人來看，秦軍當時應無可能深入嶺南中南部。

漢之日南郡廣大；而漢之勢力得以深入越南中部，是建立在南越王滅安陽王的基礎上。

在秦象郡之謎外，孫吳時交廣分治，廣州轄郡數，在史書中亦有矛盾。孫吳時，呂岱表分交州為二州，以孫吳已經控制的海東四郡為廣州，自為刺史；士氏控制下的海南合浦、交阯、九眞、日南四郡為交州，將軍戴良為刺史，力謀士氏。〔註48〕然而，在交廣分治後，廣州的確切轄郡數，《三國志》與《晉書》所載卻有所出入，《三國志‧呂岱傳》云：

> 岱表分海南三郡為交州，以將軍戴良為刺史，海東四郡為廣州。〔註49〕

以交阯、日南、九眞為交州，海東四郡——即南海、蒼梧、鬱林、合浦為廣州。再觀《晉書‧地理志》交州條載：

> 吳黃武五年，割南海、蒼梧，鬱林三郡立廣州，交阯、日南、九眞、合浦四郡為交州。〔註50〕

二書對於廣州轄郡數，顯然有所出入。

並且，廣州轄郡數不惟在《晉書》與《三國志》中有所出入，在《晉書‧地理志》中的交州與廣州兩條，亦出現了矛盾，交州條云：

> 吳黃武五年，割南海、蒼梧，鬱林三郡立廣州，交阯、日南、九眞、合浦四郡為交州。〔註51〕

〔註48〕《三國志‧吳書》卷六十〈呂岱傳〉載：「交阯太守士燮卒，權以燮子徽為安遠將軍，領九眞太守，以校尉陳時代燮。岱表分海南三郡為交州，以將軍戴良為刺史，海東四郡為廣州，岱自為刺史。遣良與時南入，而徽不承命，舉兵戍海口以拒良等。岱於是上疏請討徽罪，督兵三千人晨夜浮海。或謂岱曰：「徽藉累世之恩，為一州所附，未易輕也。」岱曰：「今徽雖懷逆計，未虞吾之卒至，若我潛軍輕舉，掩其無備，破之必也。稽留不速，使得生心，嬰城固守，七郡百蠻，雲合回應，雖有智者，誰能圖之？」遂行，過合浦，與良俱進。徽聞岱至，果大震怖，不知所出，即率兄弟六人肉袒迎岱。岱皆斬送其首。」（頁1384～1385）

〔註49〕《三國志》卷六十〈呂岱傳〉，頁1384。

〔註50〕《晉書》卷十五〈地理志〉，頁464。

〔註51〕《晉書》卷十五〈地理志〉，頁464。

廣州條云：

> 廣州，案禹貢揚州之域，秦末趙他所據之地，及漢武帝，
> 以其地爲交阯郡。至吳黃武五年，分交州之南海、蒼梧、
> 鬱林、高梁四郡立爲廣州，俄復舊。永安六年，復分交州
> 置廣州……。〔註52〕

則廣州轄郡數不僅有所出入，所轄郡也有不同。對於此，《宋書・州郡志》廣州條可爲解釋，志載高梁郡的出現來自吳曾分合浦郡立高梁，文謂：

> 漢有高涼縣，屬合浦，漢獻帝建安二十三年，吳分立，治
> 思平縣，不知何時徙。吳又立高熙郡，太康中省併高涼。
>
> 〔註53〕

由此，則廣州轄郡數，宜如《晉書・地理志》廣州條所載，轄郡數應爲四郡，轄地中的高梁郡乃分自原合浦郡；至如交州條與廣州條之出入，應亦是因爲吳分合浦郡置高梁，而交州條未載入故。

在象郡所在地有所爭議與交廣分治後廣州轄郡數不明外，各郡置縣數在秦漢時亦甚爲模糊。秦南海郡治縣五，曰番禺、博羅、龍川、四會、揭陽，然除南海郡外，其餘各郡轄縣數，俱不詳。時至漢世，武帝置九郡，南海郡治縣六，鬱林治縣十二，蒼梧治縣十，交阯治縣十，合浦治縣五，九眞治縣七，日南治縣五，儋耳、珠崖二郡屬縣、人口俱不詳〔註54〕。而在上段引文中，漢高梁縣至吳徙爲思平縣，「不知何時徙」，以及諸郡縣治今所在地不詳者，在嶺南地區亦甚爲常見〔註55〕。

〔註52〕《晉書》卷十五〈地理志〉，頁466。
〔註53〕《宋書》卷三十八〈州郡志〉，頁1197。
〔註54〕《漢書》卷八〈地理志〉，述及嶺南郡，止於日南，頁1628～1631。
〔註55〕如孫吳時，高興郡中的化平縣，晉時新寧郡咸平、永城縣，高梁郡中的石門、長度縣等。關於嶺南設郡、置縣沿革，詳可參廖幼華：《歷史地理學的應用——嶺南地區早期發展之探討》（臺北：文津出版社，2004年）。

三、政治思維的紛歧性

　　秦漢將嶺南納入版圖後，曾進行武裝殖民〔註 56〕，蕭璠分析其中原因在於「新闢的領土中蠻夷錯居，並且經常叛變，因此漢帝國對這些地方的統治特別倚重於軍事的控制」〔註 57〕，然而因爲派遣的官吏與駐紮的軍隊並不足以應付廣大的地域，因此對當地民族的控制力相當薄弱。秦至漢武帝初，邊郡只設都尉而無郡守，秦末趙佗能控制南海郡，蕭璠推論也許就是因爲南海郡未置太守的緣故。漢武之後，制度日密，然而嶺南的經濟發展，較諸南越國時，卻有倒退的趨勢。劉淑芬就兩漢對嶺南的統治態度，有精闢討論，文曰：

> 正因爲漢帝國對南海貿易的態度是消極保守的，所以對嶺
> 南諸郡的控制權也不是很完整的。其中漢室比較重視南
> 海、合浦和鬱林郡，至於南海貿易最前線的交阯、九眞、
> 日南諸郡，則甚爲忽略，或者說對這些地方的控制力較爲
> 鬆散。三國以後，由於發展海外貿易之故，加強對此諸郡
> 的控制，以致於常引起和林邑國的邊境衝突，漢代則完全
> 沒有這一類的記載。〔註 58〕

　　自以田賦爲主要徵收賦稅來源的立場視之，嶺南地區所能徵收的賦稅受限於田地的貧瘠，甚爲寥落〔註 59〕，故兩漢對此地的經營

〔註56〕在取下南越地後，《史記・秦始皇本紀》載：「三十三年，發諸嘗逋亡人、贅婿、賈人略取陸梁地，爲桂林、象郡、南海，以適遣戍。……三十四年，適治獄吏不直者，築長城及南越地。」（頁253），後又因「中國勞極，止王不來，（尉佗）使人上書，求女無夫家者三萬人，以爲士卒衣補。秦皇帝可其萬五千人。」（《史記》卷一百十八〈淮南衡山列傳〉，頁3087）。前後陸續增兵殖民，凡數十萬。

〔註57〕詳參關於嶺南在秦漢時的發展，蕭璠論述甚爲詳盡，詳可參氏著：《春秋至兩漢時期中國向南方的發展》（臺北：國立臺灣大學文學院，1973年），頁133。

〔註58〕詳參劉淑芬：〈六朝南海貿易的開展〉，收入氏著：《六朝的城市與社會》（臺北：學生書局，1992年），頁320。

〔註59〕秦漢帝國對於剛征服的地區，最初不收稅。《史記・平準書》載：「漢連兵三歲，誅羌，滅南越，番禺以西至蜀南者置初郡十七，且以其故俗治，毋賦稅。」又，初郡，即西南夷初所置之郡。頁1440。然

並不積極。朱世陸則以為嶺南經濟的發展，在漢武之後呈現負成長，與恐懼南越政治強權的再興，故而刻意弱化當地的發展亦有正相關〔註60〕。而西漢中後期江南與嶺南人口較前期減少的現象，其實也正揭示了漢武後，對南方諸郡的控制力，遠不及漢初各諸侯國〔註61〕。

此外，最可代表漢帝國對嶺南統治的消極，莫如漢罷儋耳郡〔註62〕，復棄珠崖郡事。《漢書‧元帝紀》載：

> 珠崖郡山南縣反，博謀群臣，待詔賈捐之以為宜棄珠崖，救民饑饉。乃罷珠崖。〔註63〕

而，此處要說明的是即使不收稅，但仍以各種名義收若干賦，徭役有時也相當頻繁，蕭璠以為南方邊郡於此時所受到的待遇幾同於奴隸，而其缺乏保障則雖奴隸亦不及。在實際上頗有不少邊疆民族的成員被掠賣或俘虜而淪為奴隸的例子。詳參蕭璠：〈春秋至兩漢時期中國向南方的發展〉，頁 139。而邊區的行政措施管理不當，以及吏治的不良，實也是造成嶺南地區多亂的元兇。

〔註60〕朱世陸對比秦漢時期嶺南人口成長數，秦時桂林地區人口在漢武帝以後一百年左右減少近半，其餘各郡亦無增長，到東漢時才復增。朱氏以為「西漢中後期江南與嶺南人口比前期減少的現象江南與嶺南人口比前期減少的現象，可能是漢武帝開邊以後到西漢末，漢政府對江南與嶺南人口控制比以前大為削弱的結果，即漢朝對江南與嶺南控制沒有漢武帝以前的各王國控制有效。一定程度上可以認為，江南與嶺南人口在東漢的倍增，恰恰反應西漢政府對南方控制相當薄弱。」在人口數的統治以外，朱式考察漢墓中的鐵器文物，與文獻記載的漢代鐵器發展，發現：「西漢中期以後的江南與嶺南地區，大規模的冶鐵業很少，相當程度表明漢王朝對在江南與嶺南地區建立經營性的事業沒有興趣，(也)印證江南與嶺南在國家戰略地位中的下降。」詳參氏著：〈漢武帝時代江南、嶺南經濟地位的變遷〉，《中國社會經濟史研究》，2000 年第 1 期，頁 1～21。

〔註61〕同上註，頁 1～3。

〔註62〕《漢書‧賈捐之傳》載：「初，武帝征南越，元封元年立儋耳、珠崖郡，皆在南方海中洲居，廣袤可千里，合十六縣，戶二萬三千餘。其民暴惡，自以阻絕，數犯吏禁，吏亦酷之，率數年一反，殺吏，漢輒發兵擊定之。自初為郡至昭帝始元元年，二十餘年間，凡六反叛。至其五年，罷儋耳郡並屬珠崖。」因為儋耳、珠崖郡的叛服無常，無力管控，遂併二州。（頁 2830）

〔註63〕《漢書》卷九〈元帝紀〉，頁 283。

珠崖郡的叛服無常，帶給漢室莫大困擾〔註64〕，時又逢關東飢饉，珠崖郡的問題，遂引起朝臣爭論〔註65〕，賈捐之以為不當擊，先以堯舜「南征不返」典，指出面對南方，宣撫意義大過於實質統治，「不欲與者不強治也」，若欲以武力討伐，恐遭不測；次以「關東大者獨有齊、楚，民眾久困，連年流離」說服元帝，目前國家所要積極面對的，首要應是關東飢饉的問題，況且南方風俗鄙陋，「霧露氣濕，多毒草蟲蛇水土之害，人未見虜，戰士自死」，不習水土，對軍力、國力耗損極大。即便有南海之利，「又非獨珠崖有珠犀玳瑁也，棄之不足惜，不擊不損威。其民譬猶魚鱉，何足貪也！」〔註66〕元帝初元三年，珠崖由是罷。〔註67〕

三國時，嶺南因坐擁南海之利，所受到的重視不同以往。孫吳在復置珠崖郡後〔註68〕，又分交、廣而治，除為力圖士氏外〔註69〕，亦

〔註64〕珠崖郡的叛亂，在罷儋耳後依然持續，《漢書·賈捐之傳》曰：「至宣帝神爵三年，珠崖三縣複反。反後七年，甘露元年，九縣反，輒發兵擊定之。元帝初元元年，珠崖又反，發兵擊之。諸縣更叛，連年不定。」（頁2830）

〔註65〕關於朝臣與賈捐之爭，賈捐之本傳載：「上與有司議大發軍，捐之建議，以為不當擊。上使侍中、駙馬都尉、樂昌侯王商詰問捐之曰：「珠崖內屬為郡久矣，今背畔逆節，而云不當擊，長蠻夷之亂，虧先帝功德，經義何以處之？」其他朝臣以為珠崖郡內屬中國久矣，斷然放棄，有傷先德。（頁2830）

〔註66〕同上註，頁2830～2834。

〔註67〕漢帝國對於嶺南西部少數民族部落的統治，因無深入西面經營的能力，顯得更為消極。據廖幼華分析，嶺西一帶在漢「若不是透過籠絡地方豪族，僅作羈縻形式的統領，就是虛設郡縣，並未做到實質的統治與管理。由漢末帝國崩潰以後，西面郡縣即裁廢不置情況來看，在這兩個地區治縣，其象徵意義遠大於實質上的意義。」詳參前揭廖幼華：《歷史地理學的應用——嶺南地區早期發展之探討》，頁120。

〔註68〕《晉書·地理志》載：「赤烏五年，復置珠崖郡。」頁465。

〔註69〕漢末割據擾攘之局遠甚於前，嶺南僻處南隅，免於戰火：其時交阯太守士燮「體器寬厚，中國士人多往依之」。在既有基礎上，撫輯南來避亂之才，遂至「雄長一州，偏在萬里，威尊無上，出入儀衛甚盛，震服百蠻」之境。建安十五年（西元210年），士燮家族雖順服

與交州控內陸、南海之利有關。而交州所具有的廣大海陸資源，更讓它在三國初期成為吳、蜀的競爭目標。劉淑芬分析孫吳平定交州而獲致的資源，除軍用的人力〔註70〕、馬匹〔註71〕外，更有南海廣大貿易之利〔註72〕。《吳書・薛綜傳》中，薛綜對交州有如是描述：

> 土廣人稀，阻顯毒害，易以為亂，難使從治。縣官羈縻，
> 示令威販，田賦之租賦，裁取供辦，貴致遠珍名珠、香藥、
> 象牙、犀角、**瑇瑁**、珊瑚、琉璃、鸚鵡、翡翠、孔雀、奇
> 物，充備寶玩，不必仰其賦入，以益中國也〔註73〕。

孫權派任的交州刺史步騭，但交州實際上仍是在士燮家族的控制之下。黃武五年，士燮病歿，孫權遣呂岱討伐抗命的士氏家族，殺士壹、士（黃有），方剷除士氏在交州的地方勢力。詳可參《三國志》卷四十九〈士燮傳〉或《資治通鑑》卷六十六〈漢紀五十八・孝獻皇帝辛〉「建安十五年條」，頁2104～2105。

〔註70〕《三國志・吳書》卷六十一〈陸凱傳附弟胤傳〉載：「赤烏十一年，交阯九真夷賊攻沒城邑，交部騷動，以胤為交州刺史、安南校尉。胤入南界，喻以恩信，務崇招納，高涼渠帥黃吳等支黨三千餘家皆出降。引軍而南，重宣至誠，遺以財幣。賊帥百餘人，民五萬餘家，深幽不羈，莫不稽顙，交域清泰，就加安南將軍。復討蒼梧建陵賊，破之，前後出兵八千餘人，以充軍用。」頁1409。

〔註71〕劉淑芬以為：「荊、揚二州不產馬，因此孫吳對馬的需求甚為殷切，其向外購買馬的來源有三：一是曹魏勢力的華北，二是蜀漢勢力的益州，三是公孫氏政權的遼東。但孫吳和這幾處並未建立一種正常馬的交易，或僅是趁遣使之便，或僅是雙方交聘的贈禮，甚至是雙方偶一為之的物質交換，故其數量可能是有限的。」然而，透過交聘或官方正式往來交易得到的馬，其次數與數量今日雖不得而知，但應是不敷使用的，才會持續以交州為轉運站（由交州溯紅河、西江而上，可抵雲貴高原的牂柯等地──即所謂的南中。），獲取南中所產的馬匹。
而南中產馬，可見於《蜀書・李恢傳》，傳稱李恢討平南中叛亂後：「賦出叟、濮耕牛、戰馬、金銀犀革，充繼軍資，于時費用不乏。」頁1046。又，〈吳書・士燮傳〉中載：「燮每遣使詣權，致雜香細葛，輒以千數，明珠，大貝、流離、翡翠、瑇瑁、犀、象之珍，奇物異果，蕉、邪、龍眼之屬，無歲不至。壹（士燮弟）時貢馬凡數百匹。」在奇珍異寶外，也進貢了孫吳所需的戰馬，可見孫權對戰馬確然有其需求；而此馬亦當交州利用轉運位置，由南中輸出所得，頁1193。

〔註72〕詳參前揭劉淑芬文：〈六朝南海貿易的開展〉，頁320～326。

〔註73〕《三國志》卷五十三〈吳書八・薛綜傳〉，頁1251。

觀薛綜對於交州的印象，雖與前舉賈捐之類同，以爲此地地廣人稀，不易管理。然而，站在貿易的立場上，則有無窮利益，若爲他國所奪，則南海廣大的賦稅營收，將對該政權的財力有莫大幫助。故此，需積極加以控管〔註74〕。

西晉統一中國後，嶺南地位又回到與秦漢帝國相同的境遇，即鞭長莫及、不受重視的邊陲地帶。而在吳時再度受到重視的珠崖郡，此時再度被廢，《晉書·地理志》交州條云：「（晉）平吳後，省珠崖入合浦。」〔註75〕《宋書·州郡志》越州條亦云：「晉平吳，省朱崖。」〔註76〕觀嶺南之所以於此時，再度爲中央所輕忽，可歸因於三國時，負孫吳後援、西距蜀漢的戰略地位，今不復見。而南朝經濟重鎮，以江東、建康爲主，不同於孫吳都城之徘徊在武昌、建康時代，倚嶺南地區爲後衛的形勢，因此嶺南地位的重要性在西晉一統後大爲降低〔註77〕。

東晉以降，隨著永嘉亂後中原士庶的大量南徙〔註78〕與南海貿易的興盛〔註79〕，嶺南東部發展相當快速，在前朝勢力多未能深

〔註74〕孫吳對海外貿易的積極，也表現在郡縣的增置上：「漢朝在嶺東的南方沿海地域只設置高涼、徐聞兩縣，孫吳卻擴充爲高涼、高興、珠崖與高熙四郡十餘縣，其中珠崖郡是由漢朝徐聞縣升格而來，轄地雖然沒有擴大，行政層級卻調升一級。」詳參廖幼華：《歷史地理學的應用——嶺南地區早期發展之探討》，頁 47。

〔註75〕《晉書》卷十五〈地理志〉，頁 465。

〔註76〕《宋書》卷三十八〈州郡志〉，頁 1209。

〔註77〕李東華分析孫吳都城選擇時，嘗謂：「孫吳都城隨孫權開國之重心有所轉移。孫策立足江東，赤壁戰後，三國鼎立，則徙都武昌以經營荊、交、廣三州，稱帝後再返建康。孫皓在位時，爲圖復交州，又再次徙都武昌。」詳見氏著：〈六朝遞嬗時代的嶺南地區〉，收入前揭《中國海洋發展關鍵時地研究》，頁 126。

〔註78〕綜合郡縣增置及戶口資料，李東華以爲廣州的進展應以永嘉亂後中原士族的南徙爲主因。《晉書·庾翼傳》載：「時東土多賦役，百姓乃從海道入廣州，刺史鄧嶽大開鼓鑄，諸夷因此知造兵器。翼表陳東境國家所資，侵擾不已，逃逸漸多，夷人常伺隙，若知造鑄之利，將不可禁。」（頁 1932）詳參同上註，頁 130。

〔註79〕李東華以爲東南亞貿易的發展，詮解東晉以後南海貿易更爲興盛的

入的嶺南西部，也大規模的建立州郡〔註 80〕，顯示深入經營的企圖
〔註 81〕。而也因著永嘉之亂，以往通過西域絲路所能取得的物資，今
需取道益州、河南國，透過與絲路平行的路線通西域；與此相較，海
路顯得較為簡易，且看《宋書・夷蠻傳》史臣曰：

> 晉氏南移，河、隴夐隔，戎夷梗路，外域天斷。若夫大秦、
> 天竺，迥出西溟，二漢銜役，特艱斯路，而商貨所資，或
> 出交部，汎海陵波，因風遠至。又重峻參差，氐眾非一，
> 殊名詭號，種別類殊，山琛水寶，由茲自出，通犀翠羽之
> 珍，蛇珠火布之異，千名萬品，並世祖之所慮心，故舟舶
> 繼路，商使交屬。〔註 82〕

在這段敘寫中，傳達出南海貿易所能獲致的巨利，而為了更有效地掌
握南海貿易的控制權，東晉、劉宋和林邑國之間不斷地爆發邊境衝
突。而在這中國大舉出兵討伐林邑的一百年間，見於記載的雙方邊境
衝突有十餘次之多。〔註 83〕

　　南朝末年迄隋的這段期間，梁朝在嶺南地區廣設州郡，然而務
為觀美的矜誇成分遠大於實際需要；陳朝君主陳霸先雖因曾任高要

　　　　原因，除了佛教的發達，僧人大量來華外，東西方直接海上交通的
　　　　時代也已來臨。詳見氏著：〈六朝遞嬗時代的嶺南地區〉，頁 143～
　　　　147。

〔註 80〕　西晉武帝太康七年時，已置寧浦郡。東晉時，元帝太興元年分鬱林
　　　　郡地增置晉興郡；穆帝升平五年再分蒼梧郡增置永平郡。詳參《宋
　　　　書》卷三十八《州郡志》，頁 1202、1194。

〔註 81〕　然而，許是因為嶺南西部高山綿亙，開發不易，到南朝仍是「俚獠
　　　　猥雜，皆樓居山險，不肯賓服。西南二江，川源深遠，別置督護，
　　　　專征討之。」（《南齊書・州郡志》，頁 262）故而廖幼華推論晉興郡
　　　　的轄縣，可能多屬羈縻性質的土著民族縣，並非一般設署治民與納
　　　　稅的正縣，對於嶺南西部的發展效用何如，無法確知，但如是舉措
　　　　在嶺南西部開發史上仍具有相當大的意義。詳參廖幼華：《歷史地理
　　　　學的應用——嶺南地區早期發展之探討》，頁 127。

〔註 82〕　《宋書》卷九十七〈夷蠻傳〉，頁 2399。

〔註 83〕　劉淑芬除列舉史書所見外，以為雙方衝突甚至有史籍所載的十倍之
　　　　多。《晉書・四夷傳》載雙方征戰的結果，導致「殺傷甚眾，交州遂
　　　　致虛弱，而林邑亦用疲弊。」（頁 2547）

郡守故，對嶺南了解較深，但仍因州郡數目過多，致使行政效率不彰
〔註 84〕。

　　隋代省併郡縣，並以流域爲行政區，藉著交通便利，加強轄境
內的統治〔註 85〕，然而對於遙遠的嶺南卻無力深入征討，在東部僅
能仰賴氏族的協助〔註 86〕，在西北部則近乎全然棄守〔註 87〕；又因
國祚甚短，故而對於嶺南地區的控制力也相當薄弱，叛亂時有所聞
〔註 88〕。

　　自秦迄隋，對嶺南地區的諸多行政舉措，反映了諸夏以一己爲本
位的思考。趙岡分析城市的形成時，以爲中國城市與世界其他城市格
外不同，他以爲：

> 第一，中國城市發展的主要因素是政治力量，不待工商業
> 之興起，所以中國城市興起很早。第二，政治因素遠不如
> 工商業之穩定，常常有巨大的波動及變化，所以許多城市
> 的興衰變化也很大，繁華的大都市轉眼化爲廢墟是屢見不
> 鮮之事。……中國古代的城市是由政府有計畫規劃及建設
> 而得，以作爲政治中心或行政網點。……中國的許多城市
> 是由國家財力建設起來的，不靠工商業者的資金。甚至某
> 些城市的人口也有相當數目是政府強力從他處調邊過來
> 的。〔註 89〕

因著當朝國力的強或弱，面對嶺南就有諸多行政舉措值得令人深思。

〔註 84〕　前揭廖幼華書，頁 67～77。
〔註 85〕　關於隋代地理空間的省併及其對唐代的影響，可參閱前揭李孝聰主
　　　　　編：《唐代地域結構與運作空間》。
〔註 86〕　其時數郡共奉高涼郡太夫人洗氏爲主，而關於洗氏崛起始末，可參
　　　　　劉佐泉：〈高涼馮氏族屬辨析〉，《湛江師範學院學報》，2005 年第 2
　　　　　期，頁 71～76；林風、陳睿：〈洗夫人時代高涼的社會性質〉，《茂名
　　　　　學院學報》，2005 年第 5 期，頁 16～24 等。
〔註 87〕　前揭廖幼華書，頁 138。
〔註 88〕　《隋書》二帝紀與〈慕容三藏傳〉、〈令狐熙傳〉、〈薛世雄傳〉等俱
　　　　　可見。
〔註 89〕　趙岡：《中國城市發展史論集》（北京：新星出版社，2006 年 6 月），
　　　　　頁 90。

秦因國祚不永，故而在將嶺南納入版圖後，無暇管理，南越遂在秦漢
之際乘勢興起。漢武再征嶺南，其時當有餘力加以管理、控制，但在
畏懼南方強權再起的情況下，刻意弱化當地發展，而這樣的思維，其
實也透露出「以關東爲本」的中土政權思考。

　　前舉《漢書・賈捐之傳》中，珠崖郡的叛亂與關東的飢饉都是當
前要面對的問題，但即使朝議中有所爭論，以爲不當放棄珠崖郡，元
帝到最後仍是選擇聽捐之議，罷珠崖郡。復次，《漢書・嚴助傳》中
亦載：

> （越人）自相攻擊而陛下發兵救之，是反以中國而勞蠻夷
> 也。且越人愚戇輕薄，負約反覆，其不用天子之法度，非
> 一日之積也。壹不奉詔，舉兵誅之，臣恐後兵革無時得息
> 也。……南方暑濕，所夏癉熱，暴露水居，蝮蛇蜇生，疾
> 癘多作，兵未血刃而病死者什二三，雖舉越國而虜之，不
> 足以償所亡。〔註90〕

《三國志・吳書・全琮傳》亦載：

> 權將圍珠崖及夷州，皆先問琮，琮曰：「以聖朝之威，何向
> 而不克？然殊方異域，隔絕障海，水土氣毒，自古有之，
> 兵入民出，必生疾病，轉相污染，往者懼不能反，所獲何
> 可多致？猥虧江岸之兵，以冀萬一之利，愚臣猶所不安。」
> 權不聽，軍行經歲，士染疾疫死者十有八九，權深悔之。
> 〔註91〕

如是討論，俱是站在「凡以中國而勞蠻夷」的角度發聲，以爲開發邊
郡需立足於國力的充裕；甚且，即使充裕也不需要耗費過度的心力，
勞民傷財，恐傷國本。

　　然而，這樣的思考隨著南海貿易的日漸發達，似已漸不復見。自
孫吳起，即使國力並不足以面對南方戰事，仍選擇傾力爲之；而東晉
與劉宋面對林邑的不停寇邊，即使前後交戰數十次，至交州疲弱，也

〔註90〕　《漢書》卷六十四〈嚴終傳〉，頁2781。
〔註91〕　《三國志》卷六十〈吳書・全琮傳〉，頁1383。

不願意放棄南海貿易所能獲致的重大利益。

自秦迄隋，即使中原政權的政治舉措有一己考量，但由此進程，吾人遂也得見嶺南大抵上從邊陲漸漸內附於中心的過程。而隨著政治力量的深入，嶺南從許倬雲所稱的孤立的第三層文化圈，慢慢過渡到第二層，並在南方開發的同時，真正成為中國的一部分。

綜本節所述，自秦迄隋，在將嶺南納入中原版圖的這一千多年間，對於嶺南經略的思考，及其背後象徵的政治思維，隨著持續南向的開發，而有所不同。從陸梁、楊越、南越、到嶺外、嶺南、嶺表，嶺南此一地域在唐前異稱雖難可俱說，然藉由嶺南諸多異名的考察，反映出嶺南逐漸內化於中國的一個面向。繼而分析唐前史籍中，述及嶺南的意象，多趨於「大同俗」、「荒服」的描繪，在兩漢之後，吳國與晉朝對南海貿易的積極舉措，促使嶺南日益開發，「荒服」此一相對性的概念，已較少使用於嶺南，多指稱北方戎狄或者在嶺南更南方的諸諸侯國；但即使至唐，五嶺在中原人士的文化區域認知中，仍屬文化的南界。在文化上的趨同認知外，史籍中對於嶺南行政區域的記載，也有若干模糊、不清晰的現象，除象郡所在引起各家爭論外，史籍中對於嶺南行政區域的劃分也有若干不詳，突顯對嶺南此地的陌生與輕忽。接著考察唐前政權對嶺南的諸多舉措，雖歷代各有其獨特考量，然對嶺南的經略，多抱持著「反以中國而勞蠻夷」的態度，若非國力強盛，寧願弱化或放棄該地的經營。而這樣的態度，隨著南方的開發與南海貿易的興起，有逐漸改觀的趨勢。

第二節　移民與遊宦的不穩定性

一、移民開啟的新領域

秦帝國對嶺南統治的初期，曾進行武裝殖民。在取下南越地後，《史記・秦始皇本紀》載：

> 三十三年，發諸嘗逋亡人、贅婿、賈人略取陸梁地，為桂

林、象郡、南海，以適遣戌。……三十四年，適治獄吏不
直者，築長城及南越地。〔註92〕

後又因「中國勞極，止王不來，（尉佗）使人上書，求女無夫家者三
萬人，以爲士卒衣補。秦皇帝可其萬五千人。」〔註93〕除了軍事上的
駐紮、安排外，秦皇亦有徙南中民至嶺南的舉措，《漢書‧高帝紀》
載：

> 粵人之俗，好相攻擊，前時秦徙中縣之民南方三郡，使與
> 百粵雜處。會天下誅秦，南海尉它居南方長治之，甚有文
> 理，中縣人以故不耗減，粵人相攻擊之俗益止，俱賴其力。
> 〔註94〕

前後陸續增兵殖民，企圖增加嶺外漢人的人數來鞏固統治；以中土人
士不耗減，對於百粵的控制力更強，有效遏止境內動亂。

　　兩漢時除軍隊的後續駐紮外，前後有多次謫罪犯及其家屬至
此。〔註95〕遷徙的區域涵括合浦、比景、日南與九眞，其中合浦在今
廣東西南；比景、日南與九眞則俱在今越南境內。漢並訂有「邊人不
得內徙」的法令，藉以防止邊郡中漢人的減少〔註96〕。

　　在軍事的駐紮與政治力量的遷徙外，南向移民主要發生於中原動
盪時。而在漢迄隋，主要發生在東漢末年、西晉末年與南朝時。

　　當戰火席捲中土時，南方相較下是較爲安定的生活環境，大部分

〔註92〕《史記》卷六〈秦始皇本紀〉，頁253。

〔註93〕《史記》卷一百十八〈淮南衡山列傳〉，頁3087。

〔註94〕《漢書》卷一〈高帝紀〉，頁73。

〔註95〕如《漢書》中〈平帝紀〉載：「孔鄉侯傅晏、少府董恭等皆免官爵，
　　　　徙合浦。」（頁347）；〈五行紀〉中載：「賢以私愛居大位，賞賜無度，
　　　　驕嫚不敬，大失臣道，見戒不改．後賢夫妻自殺，家徙合浦。」（頁
　　　　1376）；〈息夫躬傳〉載：「（躬）妻充漢與家屬徙合浦。」（頁2187）；
　　　　〈王章傳〉載：「王章剛直守節，不量輕重，以陷刑戮，妻子流邊……」
　　　　（頁3240）……等。又如《後漢書》中〈皇后紀〉：「（陰）軼、敞及
　　　　（鄧）朱家屬徙日南比景縣。」（頁417）同紀載：「（樊）豐、（謝）
　　　　惲、（周）廣皆下獄死，家屬徙比景。」（頁437）；〈陳蕃傳〉載：「徙
　　　　其家屬於比景。」（頁2170）……等。

〔註96〕詳可參蕭璠：《春秋至兩漢時期中國向南方的發展》，頁148～151。

人士定居長江流域，但亦有渡嶺南來者，這些避亂者或取道海路，如桓曄〔註97〕、袁忠〔註98〕、許靖〔註99〕；或取道陸路，如全琮〔註100〕、劉巴〔註101〕、許慈〔註102〕、程秉〔註103〕、薛綜〔註104〕等。

嶺南僻處南隅，免於戰火；而其時交阯太守士燮又「體器寬厚，中國士人多往依之」。在既有基礎上，撫輯南來避亂之才，遂至「雄長一州，偏在萬里，威尊無上，出入儀甚盛，震服百蠻」之境。〔註105〕

晉末中原擾攘更甚，避亂於此的人民，對自己的安定生活便嘗流

〔註97〕 《後漢書》卷三十七〈桓榮丁鴻列傳〉：「初平中，天下亂，避地會稽，遂浮海客交阯。」（頁1260）

〔註98〕 《後漢書》卷四十五〈袁張韓周列傳〉：「（忠）以清亮稱。及天下大亂，忠棄官客會稽上虞。一見太守王朗徒從整飾，心嫌之，遂稱病自絕。後孫策破會稽，忠等浮海南投交阯。」（頁1526）

〔註99〕 《三國志‧蜀書》卷三十八〈許靖傳〉：「孫策東渡江，皆走交州以避其難，靖身坐岸邊，先載附從，疏親悉發，乃從後去，當時見者莫不歎息。既至交阯，交阯太守士燮厚加敬待。」（頁964）

〔註100〕 《三國志‧吳書》卷六十〈全琮傳〉：「中州士人避亂而南，依琮居者以百數，琮傾家給濟，與共有無，遂顯名遠近。」（頁1381）

〔註101〕 《三國志‧蜀書》卷三十九〈劉巴傳〉：「曹公征荊州。先主奔江南，荊、楚群士從之如雲，而巴北詣曹公。曹公辟爲掾，使招納長沙、零陵、桂陽。會先主略有三郡，巴不得反使，遂遠適交阯……。」（頁980）

〔註102〕 《三國志‧蜀書》卷四十二〈許慈傳〉：「與許靖等俱自交州入蜀。」（頁1023）

〔註103〕 《三國志‧吳書》卷五十三〈程秉傳〉：「避亂交州，與劉熙考論大義，遂博通五經。士燮命爲長史。權聞其名儒，以禮徵秉……。」（頁1248）

〔註104〕 《三國志‧吳書》卷五十三〈薛綜傳〉：「少依族人避地交州，從劉熙學。士燮既附孫權，召綜爲五官中郎將，除合浦、交阯太守。」（頁1250）

〔註105〕 《資治通鑑》卷六十六〈漢紀五十八‧孝獻皇帝辛〉「建安十五年條」，頁2104～2105。而對於士燮撫輯流民，廣納賢才之舉，陳國袁徽與尚書令荀彧謂其：「交阯士府君既學問優博，又達於從政，處大亂之中，保全一郡，二十餘年疆場無事，民不失業，羈旅之徒，皆蒙其慶，雖竇融保河西，曷以加之？」《三國志》卷四十九〈士燮傳〉，頁1191。可見士燮於漢末輔輯流民之功。

露出滿足與自適。在今考古發現的晉墓中，曾發現當時人民歌誦安定生活的吉語，如：「永嘉世，天下荒，餘廣州，皆平康」或「永嘉世，天下荒，餘廣州，皆平康，平且康」〔註106〕。在此時遷入嶺南者，葛洪便爲其一〔註107〕。

此外，在東晉時遷入嶺南者，尙有江、浙一代的居民，〔晉〕黃恭《交廣二州記》云：

> 西晉建興三年（315），江、揚二州經石兵、陳敏之亂，民多流入廣州，詔加存恤。

又《晉書‧庾翼傳》亦載：

> 時東土多賦役，百姓乃從海道入廣州，刺史鄧嶽大開鼓鑄，諸夷因此知造兵器。翼表陳東境國家所資，侵擾不已，逃逸漸多，夷人常伺隙，若知造鑄之利，將不可禁。〔註108〕

中原亂後，士庶的南徙，除衝擊到國家的稅賦營收外，將鍛造的技術一併南傳，更爲國家內政埋下不安的因子。據此，似乎也可推知其時南徙的士庶口數必定不少，是東晉的一大隱憂。

南朝梁侯景之亂，把長期穩定的江東也捲入戰火中，宗室的內亂與北朝侵逼又接踵而至。爲躲避戰火，北方或江浙居民或由陸路、海路徙入廣州。其中舉族遷徙者，有官吏蕭引〔註109〕、侯官令徐伯陽〔註110〕、吳興章華〔註111〕等。

〔註106〕關於晉代往南的開發，詳可參陳長琦：〈漢唐間嶺南地區的民族融合與社會發展〉，《華南師範大學學報（社會科學版）》，1996年第5期，頁103。

〔註107〕《晉書》卷七十二〈葛洪傳〉載：「洪見天下已亂，欲避地南土，乃參廣州刺史嵇含軍事。及含遇害，遂停南土多年。」（頁1911）

〔註108〕《晉書》卷七十三〈庾亮傳附弟翼〉，頁1932。

〔註109〕《陳書》卷二十一〈蕭引傳〉載引曰：「諸王力爭，禍患方始，今日逃難，未是擇君之秋。吾家再世爲始興郡，遺愛在民，正可南行以存家門耳。」（頁289）

〔註110〕《陳書》卷三十四〈文學傳〉載徐伯陽：「侯景之亂，伯陽浮海南至廣州，依於蕭勃。」（頁468）

〔註111〕《陳書》卷三十〈傅縡〉載章華：「侯景之亂，乃遊嶺南，居羅浮山寺，專精習業。歐陽頠爲廣州刺史，署爲南海太守。及歐陽紇敗，

　　北方士庶的陸續遷入嶺南，或受制於政令所迫，或因於中土板蕩，但由現今角度看來，移民對於嶺南的發展裨益莫大。在秦漢時，移民對於嶺南開發的首要助力在於充實當地人口，提高生產力，而也因為開墾的需要，在水利、交通上，俱有初步的發展〔註112〕，漢時漢人主要聚居的蒼梧郡，更是其時主要文化中心〔註113〕。而東吳交、廣分治後，廣州愈趨發展，交州則進展緩慢，李東華亦嘗綜合郡縣增置及戶口資料，以為應以永嘉亂後中原士族的南徙為主因〔註114〕。南遷居民與原住民大體上雖呈現大範圍雜居、小範圍聚居的型態〔註115〕，但因著移民的湧入，農業、鍛造、民生等相關工業的技術遂也隨之移植，對嶺南整體開發，影響甚鉅。

二、「蒼梧」所標示的南向開發

　　從軍隊的駐紮，到流民的遣戍，再到中原士庶的遷徙，嶺南慢慢為更多數的人認識，然而，這樣的認識立足在怎樣的角度？Italo Calvino 在《看不見的城市》中，有如下討論：

> 城市的名字歸予城市的所在地，還是歸予造就城市的活動
> 和人？或者根本就是歸予名字所喚起的記憶和景象。城市
> 名字的更替與維繫不僅是歲月與地理的轉移，同一個名字

乃還京師。」（頁406）

〔註112〕段塔麗嘗對照兩漢人口，並分交通、水利諸大標目，分析秦漢移民在嶺南開發上的正面意義，詳可參氏著：〈秦漢王朝開發嶺南述論〉，《陝西師範大學學報（哲學社會科學版）》，2000 年 6 月，頁92～98。

〔註113〕蒼梧郡在漢代文化興盛的主要原因，王川以為漢末出避交州的中原人士居功厥偉，詳可參氏著：〈漢代蒼梧郡文化興盛論〉，《廣西民族研究》，1994 年第 1 期，頁 19。

〔註114〕詳參前揭李東華文：〈六朝遞嬗時代的嶺南地區〉，頁 127。

〔註115〕意即就整體而言，嶺南各地在設置郡縣管理的地區，由北至南，從東到西，都有南遷漢族居住，同時也都有原住民居住；但從小範圍來看，具體到某一個地區、鄉、里基層行政組織來看，南遷居民與當地原住民卻又是各自聚居，詳參前揭陳長琦文：〈漢唐間嶺南地區的民族融合與社會發展〉，頁 103。

底下，有著城市的錯亂系譜，以及古老城市之名的榮光所
促動的建構系譜的欲望。〔註116〕

隨著領土的不斷往南開發，如何對新有的轄地命名？秦漢之間「蒼梧」
所在地的南移，可為一例。蒼梧，或可稱蒼野，《史記‧五帝本紀》
云：

> （舜）踐帝位三十九年，南巡狩，崩於蒼梧之野。葬於江
> 南九疑，是為零陵。〔註117〕

《集解》引《皇覽》曰：「舜冢在零陵營浦縣。其山九谿皆相似，故
曰九疑。」又，《山海經‧海內經》云：

> 南方蒼梧之秋，蒼梧之淵，其中有九嶷山，舜之所葬，在
> 長沙零陵界中。〔註118〕

郭璞注：「山今在零陵營道縣南，其山九谿皆相似，故云：『九疑』。
古者總名其地為蒼梧也。」

　　蒼梧作為南方的一個境域，因舜崩於此而廣為人知，然則蒼梧所
在地究竟在哪？據《集解》與郭璞注，似可推論在湖南省境中。2002
年湖南里耶出土秦簡中，所載洞庭、蒼梧二郡是否就位於湖南省境
中？地望又在何處？引起不少討論〔註119〕。

〔註116〕　Italo Calvino 著，王志弘譯：《看不見的城市》（臺北：時報文化，
　　　　　1993 年），頁 8。

〔註117〕　《史記》卷一〈五帝本紀〉，頁 44。

〔註118〕　《山海經校注》卷十三〈海內經〉，頁 459。

〔註119〕　《史記》稱始皇分天下為三十六郡，對於各郡郡名卻不一一列舉，
　　　　　致始史家多有爭論，自乾嘉諸考證大家以至於近現代歷史學者，討
　　　　　論秦郡名目者不乏其人，詳可參錢穆：〈秦三十六郡考〉、〈秦三十
　　　　　六郡考補〉，收入前揭氏著：《古史地理論叢》，頁 217～222。然而，
　　　　　2002 年里耶秦簡中出土的蒼梧、洞庭二郡名，並不在諸家考論三十
　　　　　六郡之列，遂亦引起討論，陳偉與周振鶴以為二郡當確為秦郡名，
　　　　　且仍可將其納入譚其驤關於秦郡考證的大佈局中，只要將黔中郡與
　　　　　長沙郡更以洞庭郡與蒼梧郡，並將郡界作些許調整，便可以統一傳
　　　　　世文獻與出土文獻的記載，而不至於鑿枘齟齬。詳可參陳偉：〈秦
　　　　　蒼梧、洞庭二郡芻論〉，《歷史研究》，2003 年第 5 期，頁 168～172；
　　　　　周振鶴：〈秦代洞庭、蒼梧兩郡懸想〉，《復旦學報（社會科學版）》，
　　　　　2005 年第 5 期，頁 63～67。

　　周振鶴以爲蒼梧本指九疑山一帶（在今湖南寧遠縣南）。秦蒼梧郡既以蒼梧名之，則境域宜在今湘水上游今湖南南部古蒼梧一帶。而《史記》、《山海經》二條記載，均以蒼梧與九疑山地望一致。九疑山在今湖南省南部，蒼梧之野則宜是湘水與資水發源之處。

　　周氏並以爲，秦始皇統一天下以後所設之郡，或直接沿用戰國時期各國所置郡，則洞庭、蒼梧二郡宜如燕、趙之初郡在秦時仍存在般，直接沿用了楚國的建制。《史記》載蘇秦說楚王時，提到其時：

> 楚，天下之彊國也；王，天下之賢王也。西有黔中、巫郡，東有夏州、海陽，南有洞庭、蒼梧，北有陘塞、郇陽，地方五千餘里，帶甲百萬，車千乘，騎萬匹，粟支十年。〔註120〕

據楚國當時國境推測，南境不過五嶺，則其時的蒼梧郡大致應在今湖北省西南部與湖南方向，秦蒼梧郡若循楚國建制，蒼梧郡宜無逾嶺的可能。〔註121〕而前引《史記・秦始皇本紀》，三十三年發逋亡人等掠取陸梁，以爲嶺南三郡，《正義》以五嶺以南其時稱陸梁，則更可爲秦時蒼梧郡不過五嶺之旁證。

　　然則，漢蒼梧郡域卻已然逾五嶺，與秦桂林郡東部大體重合〔註122〕。何以蒼梧一名隨著秦漢的嬗代，有南移的趨勢？錢穆先生在其〈蒼梧九疑零陵地望考〉一文中，提到的概念可爲提點，其以爲蒼梧的地名是因楚人的南遷，移植北方雅名勝迹而來〔註123〕。雖然，錢穆將楚人活動的地域往北移，以爲秦始皇至雲夢而望祀虞舜於九疑山，亦以雲夢與九疑零陵，同在今湖北西北部漢水流域，也與今人考據蒼梧當在湖南不相符，但錢氏提點的概念卻甚可爲蒼梧郡的南移詮解。

〔註120〕　《史記》卷六十九〈蘇秦列傳〉，頁2259。

〔註121〕　周振鶴：〈秦代洞庭、蒼梧兩郡懸想〉，頁64～65。

〔註122〕　漢蒼梧郡轄境，可參看譚其驤主編：《中國歷史地圖集》第二冊（上海：中國地圖出版社，1985～1987年），頁35～36。

〔註123〕　錢穆：〈蒼梧九疑零陵地望考〉，收入前揭氏著：《古史地理論叢》（臺北：東大出版社，1982年），頁279～284。

秦取楚國後，仍循楚制置洞庭、蒼梧二郡，僅因山川形勢，略改郡界，郡域大抵在今湖南省境內；然則漢蒼梧郡域卻已然逾五嶺，與秦桂林郡東部大體重合。「城市的名字歸予城市的所在地，還是歸予造就城市的活動和人？或者根本就是歸予名字所喚起的記憶和景象。」〔註124〕筆者以爲，秦時蒼梧郡的命名，是否爲楚國移植北方雅名勝迹而來，雖不可確知；但自秦至漢，郡域的南移，其實正說明了開發並在此地域中活動的人，以其個人的記憶，在舜崩於蒼梧之野的歷史傳說中，將蒼梧視爲縹緲南方的代稱，故隨著漢帝國領土的持續往南開發，蒼梧郡域遂與秦時有所區別。

三、遊宦與多亂對嶺南開發的影響

（一）粵人之俗好相攻擊？——多亂的成因試析

嶺南的多亂，在史籍中屢爲提及。史籍中對於此現象的詮解，多就民族性而言。《漢書・高帝紀》載高帝在面對南越王趙佗稱帝時，不以武力進逼，反以其有功，而正式授璽立爲南越王，詔曰：

> 粵人之俗，好相攻擊，前時秦徙中縣之民南方三郡，使與百粵雜處。會天下誅秦，南海尉它居南方長治之，甚有文理，中縣人以故不耗減，粵人相攻擊之俗益止，俱賴其力，今立它爲南粵王。〔註125〕

高祖以爲趙佗治理南方三郡，甚有文理，不僅使中縣人口無有耗減，更因漢粵民族的融合，而使得粵人相攻擊之俗有所改善。

分析趙佗得以綏服南境，關鍵在於以「和輯百越（粵）」爲國策，一方面對越俗加以尊重，自稱「蠻夷大長老」、「魋結箕倨」，與越同俗〔註126〕；一方面又實行漢越兩族通婚，任用越族領袖爲官，並委

〔註124〕　詳參 Italo Calvino 著，王志弘譯：《看不見的城市》，頁130。
〔註125〕　《漢書》卷一〈高帝紀〉，頁73。
〔註126〕　與越同俗亦可由南越墓葬中窺知。考古發現南越墓葬無論漢人或越人墓，都有腰坑。此制流行於殷周至秦漢時之際，漢時中原地區已無此制，南越仍存，可見漢人南下後，應是隨越俗而行此制。

以高位〔註127〕。此一政策對南越局勢產生了安定的作用，百年間嶺南無重大內亂發生。〔註128〕

然而，何以粵人之俗好相攻擊？漢末，久居交州的薛綜嘗上疏討論此一問題，疏曰：

> 山川長遠，習俗不齊，言語同異，重譯乃通。〔註129〕

因著境內山川的阻絕，越人雖同源卻有許多支族，且彼此之間習俗不同，特別是語言障礙所造成的溝通困難，自然容易造成紛爭。號為「百越」，意即部族眾多，難可俱稱。正因彼此之間的不了解，故而一有誤會產生，卻又無譯事在場，便容易發生衝突。《北史》中針對南蠻，亦有此認識，文曰：「(南蠻) 種類非一，與華人錯居，其流曰蜒，曰獽，曰俚，曰獠，曰㕎。居無君長，隨山洞而居。其俗，斷髮文身，好相攻討。」〔註130〕部族複雜，各隨山洞而居，久之風俗漸異、隔隙日生，故而《隋書》中對於南蠻的認識，稱其「俗好相殺，多構仇怨」〔註131〕。

然而，翻檢史書，可以發現即使民族複雜只是嶺南多亂根由中的其一，對貪暴政治的不滿，亦是促使嶺南居民起而變亂的元兇。由於南土偏僻，唯貧寠不能自立者，求補長史；地方官的選任既無適當人選，僅能放任素行不良者赴任。而對此「可欲之地」，據傳載，嶺南珍產對無行官員的誘惑，顯然更助長了惡行，《後漢書・賈

〔註127〕 如趙佗王系世與宰相呂嘉通婚。呂嘉為越人領袖，任職宰相，並相南越數王。《史記・南越列傳》載嘉相南越三王，宗族為官者七十餘人，男盡尚王女，女盡嫁王子兄弟宗室，在南越國得越人之信賴，有過於王室。(頁 2972) 與呂氏通婚，初期當基於政治的考量，然在政治力量的推範下，確然對漢越交流，有其正面意義。

〔註128〕 關於趙佗固守南越，撫輯百越事，詳可參李東華：〈秦漢變局中的南越國〉，頁 40～41；張誠：〈試論趙佗對開發嶺南的貢獻〉，《史學月刊》，1997 年第 2 期，頁 13～16 與余天熾：〈南越國「和輯百粵」民族政策初探〉，《華南師範大學學報》1885 年第 2 期，頁 135。

〔註129〕 《三國志》卷五十三〈薛綜傳〉，頁 1251。

〔註130〕 《北史》卷九十五，頁 3164。

〔註131〕 《隋書》卷三十一〈地理志〉，頁 888。

琮傳》稱：

> 舊交阯土多珍產，明璣、翠羽、犀、象、瑇瑁、異香、美
> 木之屬，莫不自出。前後刺史率多無清行，上承權貴，下
> 積私賂，財計盈給，輒復求見遷代，故吏民怨叛。〔註132〕

在就任刺史後，非但不戮力從公，反思累藏私蓄，以承權貴；企圖藉
著求賂，復求遷代，調任他處。貪圖財貨的結果，必然敗壞吏政，自
是怨聲四起。

又，〈孟嘗傳〉載：

> （合浦）郡不產穀實，而海出珠寶，與交阯比境，常通商
> 販，貿糴糧食。先時宰守並多貪穢，詭人採求，不知紀極，
> 珠遂漸徙於交阯郡界。於是行旅不至，人物無資，貧者餓
> 死於道。〔註133〕

先天土地的貧瘠，使得合浦郡民只能採珠貿米，維持最基本的生活需
求。然而宰守的需索無度，致使合浦郡內的明珠陸續被採盡，郡內本
身遂無可營之利。如是情況下，商旅不通，人民無處糴米，遂只能餓
死於道中。

如是因宰守貪暴，致使吏民怨叛的例子，亦見於三國，《晉書‧
陶璜傳》，傳稱：「孫皓時，交阯太守孫諝貪暴，為百姓所患。會察戰
鄧荀至，擅調孔雀三千頭，遣送秣陵，既苦遠役，咸思為亂。郡吏呂
興殺諝及荀，以郡內附。」〔註134〕刺史既以貪暴，中央至此的官員
復加之，原有的不滿立即因徭役而爆發，郡吏呂興起而殺二人時，郡
內立附，可見郡民對原統治的怨懟確實已達臨界點。

三國之後，南海貿易大開，廣州所能獲致的利益更為驚人，《南
史‧蕭勱傳》即載：

> 廣州邊海，舊饒，外國舶至，多為刺史所侵，每年舶至不
> 過三數。及勱至，纖豪不犯，歲十餘至。俚人不賓，多為

〔註132〕《後漢書》卷三十一〈賈琮傳〉，頁1111。

〔註133〕《後漢書》卷七十六〈循吏列傳〉，頁2473。

〔註134〕《晉書》卷五十七〈陶璜傳〉，頁1558。

> 海暴，勘征討所獲生口寶物，軍賞之外，悉送還臺。前後
> 刺史皆營私蓄，方物之貢，少登天府。自勘在州，歲中數
> 獻，軍國所須，相繼不絕。（陳）武帝歎曰：「朝廷便是更
> 有廣州。」〔註135〕

海外貿易所帶來的龐大利益，卻因為前後任刺史所瀆，當朝甚且不知
其實數多少。蕭勘就任後，如實繳納，一州之得竟足以應付軍國所
需！〔註136〕歷任宰守的貪暴無行，使得居民的怨叛，成為嶺南多亂
的一個動因。

在民族複雜與吏治不良外，嶺南多亂的現象其實也突顯了中央
控制力的薄弱。前引《漢書‧賈捐之》傳便稱：

> 儋耳、珠崖郡，皆在南方海中洲居，廣袤可千里，合十六
> 縣，戶二萬三千餘。其民暴惡，自以阻絕，數犯吏禁，吏
> 亦酷之，率數年一反，殺吏，漢輒發兵擊定之。自初為郡
> 至昭帝始元元年，二十餘年間，凡六反叛。至其五年，罷
> 儋耳郡並屬珠崖。至宣帝神爵三年，珠崖三縣複反。反後
> 七年，甘露元年，九縣反，輒發兵擊定之。元帝初元元年，
> 珠崖又反，發兵擊之。諸縣更叛，連年不定。〔註137〕

居民民性本就暴惡，而與中原的阻絕，致使中央控制力無法至此，加
之以酷吏橫行，遂數年一反。即使漢政府一開始對此抱持消極狀態，
因其叛服無常而省併，但仍無法有效遏止郡內的連年叛變。如是據州
以反者，在晉亦有所傳載，《晉書‧陶璜傳》載璜上言曰：

> 交土荒裔，鬥絕一方，或重譯而言，連帶山海。又南郡去

〔註135〕 《南史》卷五十一〈吳平侯景傳〉，頁 1262。
〔註136〕 其時南方富饒的紀錄，亦可見於《南齊書》卷三十二〈王琨傳〉，
傳曰：「南土沃實，在任者常致巨富，世云：『廣州刺史但經城門一
過，便得三千万也。』」（頁 578）《梁書‧王僧孺傳》亦載：「（南海）
郡常有高涼生口及海舶每歲數至，外國賈人以通貨易，舊時州郡以
半價就市，又買而即賣，其利數倍，歷政以為常。」（頁 470）因著
海外貿易的發達，郡守買低賣高，獲利樹倍，竟是歷政習以為常的
現象，由此遂可知任廣州宰守者，可圖的利益有多大。
〔註137〕 《漢書》卷六十四〈賈捐之傳〉，頁 2840。

> 州海行千有餘里，外距林邑才七百里。夷帥范熊世爲逋
> 寇，自稱爲王，數攻百姓。且連接扶南，種類猥多，朋黨
> 相倚，負險不賓。往隸吳時，數作寇逆，攻破郡縣，殺害
> 長吏。……〔註138〕

因爲距離遙遠，中原無力管控，放任其地夷帥自大，屢攻百姓。六朝時的曾瓛討張璉、杜瑗討李遜、劉裕討盧循、劉謙之討徐道明、陳伯邵討李長仁，與李毅討李凱（詳參附表）等……，亦屬此類，凡此均顯示了中央對此地的控制力並不太強，故而易爲他人所據。

（二）當局的因應及其意義

面對嶺南多亂的狀況，西漢如前所述，先併儋耳郡入珠崖郡，後又廢珠崖郡，以省國力，漢帝國的思考誠如嚴助所稱：

> 自漢初定已來七十二年，吳越人相攻擊者不可勝數，然天
> 子未嘗舉兵而入其地也……臣聞越非有城郭邑里也，處谿
> 谷之間，篁竹之中，習於水鬥，便於用舟，地深昧而多水
> 險，中國之人不知其勢阻而入其地，雖百不當其一。得其
> 地，不可郡縣也；攻之，不可暴取也。以地圖察其山川要
> 塞，相去不過寸數，而間獨數百千里，阻險林叢弗能盡著。
> 視之若易，行之甚難。……越人名爲藩臣，貢酎之奉，不
> 輸大內，一卒之用不給上事。自相攻擊而陛下發兵救之，
> 是反以中國而勞蠻夷也。且越人愚戇輕薄，負約反覆，其
> 不用天子之法度，非一日之積也。一不奉詔，舉兵誅之，
> 臣恐後兵革無時得息也。〔註139〕

對嶺南的不熟悉，讓漢帝國的經略困難重重。越人所居、所慣用的戰術，對中土人士來說都是陌生的；而地圖的繪製也因其間山巒疊障，對於征伐無所用處。並且，雖名爲藩屬，但並無朝貢，若興兵救助，豈非得不償失？並且，嚴助以爲越人的好相攻擊其來已久，不受王法教化，也非一日之寒，若越人一相攻擊，則中原便發兵，後續國力的

〔註138〕 《晉書》卷五十七〈陶璜傳〉，頁1560。
〔註139〕 《漢書》卷六十四〈嚴助傳〉，頁2777～2778。

耗減，恐怕對國家更有損傷。

除了斟酌發兵外，《後漢書‧南蠻傳》中載李固語，亦頗能反映在國力耗弱時，面對嶺南亂象時的當朝思維：

> 今日南兵單無穀，守既不足，戰又不能。可一切徙其吏民
> 北依交阯，事靜之後，又命歸本。還募蠻夷，使自相攻，
> 轉輸金帛，以爲其資，有能反閒致頭首者，許以封侯列土
> 之賞。〔註140〕

與其屢次出兵攻服變亂，勞民傷財，不如以金帛之利、列土之賞誘使蠻夷互相攻擊，在平定亂事之外，更能有效削弱蠻夷勢力。

時至三國，因交州在其時的南海貿易中，據有相當重要的位置，故而面對交州的叛亂，孫吳始終嚴陣以待。永安六年五月，交阯郡吏呂興殺太守孫諝反，九眞、日南皆爲所據，孫吳爲應此變局，復分交州置廣州，自此交、廣分治。七月，吳景帝孫休崩，交州又叛，後因魏晉易代紛擾，孫皓乘勢而起，交州再平〔註141〕。

吳天紀三年夏，廣州又有郭馬之亂，迅爲賊據。因吳恐讖者言「吳之敗，兵起南裔，亡吳者公孫也」成眞，遂派大軍平亂。晉於此時乘機南下，吳難挽頹勢，次年遂降。由是可知，孫吳的敗亡雖非直接起於南方作亂，但交州的叛服無常，始終都是孫吳的隱憂，而爲了亂事的平定，也確然耗損了一定的國力〔註142〕。

東晉南渡後，行士族政治，各州之任漸成世襲之局。加以荊州、揚州形成對立局面，在荊州遮蓋下的交、廣地區更成南朝中央勢力難及之區，因此嶺南地區自東晉立國即已出現世襲統治。

以交州而言，自吳末呂興亂後，陶璜以平亂將領出任交州牧，前後三十年，便已開啓交州世襲的地方統治方式。其後終劉宋前期，又有顧祕與杜瑗，皆其著者。世襲士族雖對晉宋交州之安定有貢獻，但至交州越民內亂及林邑外患紛起後，世襲士族即漸趨衰微，地方勢力

〔註140〕 《漢書》卷八十六〈南蠻傳〉，頁2838。
〔註141〕 《三國志‧吳書》卷四十八〈吳三嗣主傳〉，頁1151～1177。
〔註142〕 《三國志‧吳書》卷四十八〈吳三嗣主傳〉，頁1151～1177。

代之而興。

　　而由晉至陳之嶺南變亂中，廣州明顯較交州爲少，且兩地變亂性質亦不同。永嘉亂時，廣州有王機之亂，交州有梁碩之亂，但廣州經過孫吳步騭、呂岱等六、七十年之經營後，漢越關係似已較前和睦，地方變亂不多〔註143〕。並且，屬廣州的幾次變亂多屬地方官抗命背叛，盧循之亂亦係由江浙沿海竄來廣州，僅徐道期稱南海賊係屬地方勢力之變亂；反觀交州不但次數頻繁、時間長久、聲勢浩大，且多屬地方人士叛亂，在一定程度上反映了交州地方勢力的興起。《南齊書・東南夷傳》中，即寫出了對交州統治的無力，傳云：

　　交州斗絕海島，控帶外國，故恃險數不賓。〔註144〕

面對懸於海外的國家，南朝已無力再管控；欲維持當地順服，尋求地方勢力的支持是勢在必行的。

　　中原政權仰賴地方勢力最著者，尚有陳隋之際的洗夫人，《北史・列女傳》載洗氏：

　　世爲南越首領，部落十餘萬家。夫人幼賢明，在父母家，撫循部眾，能行軍用師，壓服諸越。每勸宗族爲善，由是信義結於本鄉。越人俗好相攻擊，夫人兄南梁州刺史挺恃其富強，侵掠傍郡，嶺表苦之。夫人多所規諫，由是怨隙止息，海南儋耳歸附者千餘洞。〔註145〕

夫人不僅勸宗族爲善，改善越俗，更在兄長自恃富強、侵略邊郡時給予規諫，化解部族間的仇恨，以德服眾。陳朝末年，嶺表大亂，洗氏也能懷集百越，數州晏然。在陳隋易代之際、變亂紛乘中，扮演極重要的安定角色。隋初輯撫嶺外，亦受洗氏助力甚多。

　　入隋後，洗氏在嶺南的勢力並未消失，甚且隋時嶺南的綏服，賴於洗氏。開皇初年，番州總管趙訥因貪虐，諸俚獠多有亡叛，文帝即是委由洗氏載詔書，至十餘州宣述上意，諭諸俚獠，所至皆降。

〔註143〕詳參李東華：〈六朝遞嬗時代的嶺南地區〉，頁131。
〔註144〕《南齊書》卷五十八〈東南夷傳〉，頁1017。
〔註145〕《北史》卷九十一〈列女傳・譙國夫人洗氏〉，頁3005。

　　而由上討論，吾人可以發現面臨嶺南地區多亂的情況，在兩漢時期抱持的態度並不積極；三國孫吳雖有力為之，卻也導致自身國力耗減；其後，則更因為中央控制力量的薄弱，對於嶺南的叛亂，僅多能仰賴世襲士族或地方勢力。

　　綜本節所述，南向的發展其實是持續而緩慢的進程。早期秦漢帝國為鞏固嶺南的統治權，派遣大量謫戍至此，促成嶺南早期的開發，但這樣的移民多半是非自願的。時至漢末，中原板蕩，士庶大舉遷向南方，其時太守如士燮者，體器寬厚、撫輯流民，使中原人士多所嚮慕，倒轉了中原人士既有的嶺南意象；晉末、南朝擾攘更甚前代，移居嶺南者更眾，而此時亦是嶺南開發的重要階段，移民力量不可輕忽。這股新勢力，代表著中原人士眼界的日益南移，代表著南方的持續擴大，也代表著嶺南由邊緣到中心的進程。然而，移民所帶來的除了經濟上的發展外，邊吏素質良窳不齊也使民族複雜的嶺南地區恆常處於多亂的狀態，史籍中對於嶺南的多亂每多以「粵人之俗好相攻擊」詮解，然而翻檢史書，可以發現更多的叛亂，起因多繫乎官吏的貪暴。並且，嶺南地區的多亂，其實正反映了中央控制力的薄弱。面對偏處南方的嶺南，兩漢帝國對其叛亂事，或省併、或誘使部族相攻擊，以削弱彼此勢力，俱不是站在積極態度面對此事。三國時，南海貿易日開，嶺南地位日益重要，孫吳面對交州的反叛遂也嚴陣以待，但卻也因此而致使國力耗減。晉末至南朝時，則因中原板蕩，對南疆更無力轄管，遂僅能多仰賴士族或地方勢力弭平之。

第三節　瘴鄉與戰爭——嶺南意象的成形與影響

　　在討論過唐前對於嶺南的諸多行政舉措，及其所反映的思維後。本節續以唐前史籍為主要文本，並擬以「瘴鄉」、「多亂」此二大意象為考察基點，分別就其成因、當局因應與可能的影響三方面切入，期能藉著這樣的討論，理解唐前嶺南最為人所知、所懼的二大問題，及其對嶺南發展可能的影響。

一、瘴氣——唐前對嶺南地理環境的認識

天人相應不僅是中國古代哲學思想裡的重要觀念，在中國古代醫學基本理論中更具有關鍵性意義〔註 146〕。正因爲自然與人彼此相應，故而致病當起源於若干自然現象。而對於此，中國先民亦很早便有所認識，並有專門的理論，此種理論統稱爲「五方疾病論」或「五運六氣說」〔註 147〕。

據傳成於春秋戰國時期的《黃帝內經素問‧異法方宜論》中論五方，正體現了五方疾病論的思想，文中將幅員遼闊的中國分爲五等分，分別就東方、西方、南方、北方、中央而陳述。〔註 148〕《左傳‧昭公元年》引醫和說：「天有六氣，降生五味，發爲五色，徵爲五聲，淫生六疾。六氣曰：陰、陽、風、雨、晦、明也。分爲四時，序爲五節，過則爲菑：陰淫寒疾，陽淫熱疾，風淫末疾，雨淫腹疾，晦淫惑疾，明淫心疾。」〔註 149〕則爲五運六氣說的代表。正因自然與人體是一對應的有機體，故而當自然界的運行、變化有所過度失當時，與之相應的人也因而致病。因此，爲求養生保眞，避開這些失和的情形爲首要之務。

又，《漢書‧地理志》稱：「凡民函五常之性，而其剛、柔、緩、急、音聲不同，繫水土之風氣。」〔註 150〕《淮南子‧墜形訓》亦云：「土地各以其類生，是故山氣多男，澤氣多女，風氣多聾，林氣多癃，

〔註 146〕關於由「天人相應」所衍生的中醫學理論，可參考劉長林撰《內經的哲學和中醫學的方法》一書，文中引《淮南子》、《靈樞經》等書，說明在中醫理論中，以爲自然與人分別是大宇宙與小宇宙，彼此有一一對應的結構、組成部分與運轉的功能；而人的生理、病理變化與自然的運行、變遷，則彼此相應。（北京：科學出版社，1985 年），頁 129～133。

〔註 147〕馬伯元：《中國醫學文化史》，（上海：上海人民出版社，1994 年），頁 551。

〔註 148〕〔唐〕王冰訂補、近人楊維傑校釋：《黃帝內經》（臺北：台聯國風出版社，1984 年），頁 106。

〔註 149〕《春秋左傳》（臺北：臺灣開明書店，1984 年），頁 172。

〔註 150〕《漢書》卷二十八〈地理志〉，頁 1640。

木氣多傴，岸下氣多腫，石氣多力，險阻氣多癭，暑氣多夭，寒氣多壽，谷氣多痺，丘氣多狂，衍氣多仁，陵氣多貪，輕土多利足，重土多遲，清水音小，濁水音大，湍水人輕，遲水人重，中土多聖人。皆象其氣，皆應其類也。」〔註151〕身處不同的地理環境，對一個人的稟賦、性情、壽夭等都有所影響。因此，為使身體康健，除了應於四時，更需要選擇良好的地理環境居住。

依上所述，南方在地理環境上有何特點，而如是特點又為人體帶來如何的影響？《素問・異法方宜論》中對於此，有如下陳述：

> 南方者，天地所長養，陽之所盛處也。其地下，水土弱，
> 霧露之所聚也。其民嗜酸而食胕，故其民皆致理而赤色，
> 其病攣痺，其治宜微針。故九針者，亦從南方來。〔註152〕

文中針對南方水土及其所反映的民性、好發疾病等特質論說，並提供初步的醫療策略，又《淮南子・墜形訓》亦稱南方：

> 南方，陽氣之所積，暑濕居之，其人修形兌上，大口決眥，
> 竅通於耳，血脈屬焉。赤色主心。早壯而夭。〔註153〕

在前兩段引文中，可以看出南方首先為人所覺知處在於陽氣過盛，且地處卑濕，長居於此易致身體羸弱、甚且壯年夭亡。《史記・南越列傳》中，趙佗亦曾形容當地「卑濕」〔註154〕。

並且，嶺南地處南方，與中原相比，不得中正之氣。《鹽鐵論・輕重》稱：

> 邊郡山居谷處，陰陽不和，寒凍裂地，衝風飄鹵，沙石凝
> 積，地勢無所宜。中國，天地之中，陰陽之際也。日月經
> 其南，斗極出其北，含眾和之氣，產育庶物。〔註155〕

僻處南隅的嶺南，未若中國在天下之中，故而陰陽不和，萬物生長失

〔註151〕 〔漢〕劉安撰、高誘注：《淮南子》（臺北：中華書局，1989 年 5 月），頁 140～140。

〔註152〕 前揭《黃帝內經》，頁 103。

〔註153〕 《淮南子・墜形訓》，頁 145。

〔註154〕 《史記》卷一百一十三〈南越列傳〉，頁 2970。

〔註155〕 〔漢〕桓寬：《鹽鐵論》（天津：古籍出版社，1983 年），頁 179。

序。《周禮・地官・大司徒》釋地中時，便引四方與之相對，文謂：

> 日南則景短多暑，日北則景長多寒，日東則景夕多風，日
> 西則景朝多陰。日至之景，尺有五寸，謂之地中。天地之
> 所合也，四時之所交也，風雨之所會也，陰陽之所和也。
> 然則百物阜安，乃建王國焉。〔註156〕

天涯藐藐，地角悠悠〔註157〕，僻處南疆的嶺南，陽氣過剩，暑熱逼人。而面對南方多雨的自然地理現象，初民則由神話的角度試圖詮解，《山海經・大荒北經》稱：

> 應龍已殺蚩尤，又殺夸父，乃去南方處之，故南方多雨。
> 〔註158〕

前引《淮南子・地形篇》已稱「暑濕居之……，早壯而夭」。高溫、卑溼的地理環境特點〔註159〕，在古人觀念中，確實蘊藏著諸多地慝〔註160〕，對居民造成嚴重的危害。而在諸多致病根由中，最為人所熟知、畏懼者莫如「瘴」〔註161〕。

〔註156〕　《周禮》卷十〈大司徒〉，頁15～16。

〔註157〕　南朝陳徐陵〈武皇帝作相時與嶺南酋豪書〉稱嶺南語。

〔註158〕　《山海經》卷十二〈大荒北經〉，頁427。

〔註159〕　對於南方地理環境特點及其所引發的疾病，蕭璠所著：〈漢宋間所見古代中國南方的地理環境與地方病及其影響〉一文有詳密論述。該文史料、考述俱完備，後半部更利用流行病學的知識，論證漢宋間流行的風土病及其影響，結合歷史地理學與醫學史二領域研究，成就斐然。
　　　在文中，蕭璠以為在古人的觀念中，南方的地理環境特點要有三點，一為地勢上北高南低，或西北高、東南低，南方地處卑下，故陰濕之氣常盛；其次為地理位置不居地中，不得氣之中正；三為雨量豐富，土薄水淺，居此者易感疾。詳參氏著：〈漢宋間所見古代中國南方的地理環境與地方病及其影響〉，《中央研究院歷史語言研究所集刊》，1993年4月，頁67～171。

〔註160〕　古人將這些來自土地的致病或危害生命的因子稱為「地慝」，《周禮・土訓》稱：「道地慝以辨地物，而原其生以詔地求。」鄭玄注「地慝」云：「地慝若障，蠱然也。」鄭司農云：「地慝，地所生惡物害人者，若虺蝮之屬。」詳參：《周禮注疏》卷十六〈土訓篇〉，頁247。

〔註161〕　「瘴」的出現，究在何時？左鵬考察《史記》、《漢書》與《後漢書》，

　　醫籍中關於瘴氣的記載，多與「瘧」相聯繫，而醫史專家大抵咸以為古籍中所稱的「瘧」，即今日之「瘧疾」〔註162〕。隋・巢元方《諸病源候論・瘴氣候》載：

　　　夫嶺南青草黃芒瘴，猶如嶺北傷寒也。南地暖，故太陰之

以為「瘴字出現比較晚，但不晚於東漢。」雖在《爾雅》、《方言》與《說文解字》中俱無此字，一直到〔梁〕顧野王的《玉篇》才有此字，但較晚收入字書，不代表人民對此並無了解，根據《後漢書》載馬援征交阯事，稱交阯：「土多瘴氣」，便可知至遲在東漢，人們已普遍具有「瘴氣」的概念。詳參左鵬：〈漢唐時期的瘴與瘴意象〉，《唐研究》，第八卷，2002 年，頁 258。

蕭璠則以為「瘴」本作「障」，意即阻人之氣，在《周禮・地官》中便已出現，協阜邊，亦說明了瘴氣和山陵丘阜的關係。詳參氏著：〈漢宋間所見古代中國南方的地理環境與地方病及其影響〉，《中央研究院歷史語言研究所集刊》，1993 年 4 月，頁 89。

〔註162〕　關於瘴氣的討論，早年李濤、李耀南、龐京周等學者，俱有相關論述，可資參閱，詳見李濤：〈我國瘧疾考〉，《中華醫學雜誌》第 3 期（1936 年），頁 415～419；李耀南：〈雲南瘴氣（瘧疾）流行史〉，《中華醫史雜誌》第 3 期（1954 年），頁 180～183；龐京周：〈中國瘧病概史〉，《醫學史與保健組織》第 1 期（1957 年），頁 32～38。

而近年來，隨著流行病學的日益進步，以及醫療史的發展，對於瘴氣的討論則愈顯精進，內容涵攝地理分布、古今症候、藥方對照等，更有學者將此流行病置於社會文化史的脈絡下觀看，探討瘴氣的流行對農業、移民，以及對當局政策的影響。要者如陳良佐：〈自然環境對中國古代農業發展的影響〉，收入《中央研究院國際漢學會議論文集》〈歷史與考古組〉（臺北：中央研究院，1981 年），頁 761；馮漢鏞：〈瘴氣的文獻研究〉，《中華醫史雜誌》第 3 期（1981 年），頁 44～47；龔勝生：〈2000 年來中國瘴病分布變遷的研究〉，《地理學報》第 4 期（1993 年），頁 304～351；蕭璠：〈漢宋間文獻所見古代中國南方的地理環境與地方病及其影響〉，《中央研究院歷史語言研究所集刊》第 1 期（1993 年 4 月），頁 67～171；范家偉：〈六朝時期人口遷移與嶺南地區瘴氣病〉，《漢學研究》第 31 期（1998 年 6 月），頁 27～58；馬伯英：《中國醫學文化史》第 15 章〈疾病流行與災難激發機制〉（上海：上海人民出版社，1994 年），頁 587。

而由上舉諸文的討論，吾人可發現瘴、瘴氣等名詞，以今日流行病學的眼光來看，或許是某些熱帶病的總稱，但在宋以前，醫書中所列舉的「中瘴」、「瘴氣」等，主要就是指惡性瘧疾，應屬無誤。

　　時，草木不黃落，伏螫不閉藏，雜毒因暖而生。故嶺南從
　　仲春迄仲夏，行青草瘴，季夏迄孟冬，行黃芒瘴。〔註163〕

文中對於「傷寒」，是否在病狀或者流行季節上與嶺南瘴氣相類，雖未有進一步的說明。然而，這段引文值得注意的是，在隋代時，時人已將瘴氣做了簡要的分類，而這樣的分類根據在於流行的季節；除此之外，對於瘴氣的流行原因，也做了猜測：要以為南方的氣候溫暖，草木無時，使得原本在北方多季裡，該埋藏在地下的毒物，在南方則完全不受氣候的限制，引發眾毒群起，害人的瘴氣遂得以在嶺南地區全年流行。

　　《諸病源候論》以南方地暖，春至夏、夏至冬皆有瘴癘流行，而關於文中所謂的「青草瘴」，在《南史・杜僧明傳》中亦有類似的記載，文謂：

　　時春草已生，瘴癘方起，子雄請待秋討之，廣州刺史新渝
　　侯蕭映不聽，蕭諮又促之，子雄等不得已遂行。至合浦，
　　死者十六七，眾並憚役潰散。〔註164〕

在這段史料中，記載了當時軍事家對於南方流行的瘴氣亦已有基礎的認識，並以遇瘴為軍事大忌，貿然行之，危害尤甚；而「死者十六七」的極大比例，相信也大大震撼了當時軍心，導致不戰而敗的結果。

　　由《諸病源候論》與《南史》的記載來看，嶺南的瘴氣一般以為起於春草方滋時，青草茂盛、瘴癘盛行；而南方的地暖，又使得原本該在秋冬稍加緩息的瘴氣得以繼續流行。而由這兩段史料，吾人也可以發現時人已能捕捉到瘴氣流行的季節，並提出初步的解釋。

　　除了青草瘴、黃芒瘴外，《諸病源候論》中尚記載了「山瘴癘」：

　　此病生於嶺南，帶山瘴之氣。其狀，發寒熱，休作有時，
　　皆由山溪源嶺嶂溫毒氣故也。此病重於傷暑之癘。〔註165〕

〔註163〕　〔隋〕巢元方著、丁迪光校注：《諸病源候論》卷十〈瘴氣候〉（北
　　　　　京：人民衛生出版社，1991年），頁336～337。
〔註164〕　〔唐〕李延壽：《南史》卷六十六〈杜僧明傳〉，頁1599。
〔註165〕　詳見前揭巢元方著：《諸病源候論》，頁355。

對於山瘴癘的記載，《諸病源候論》提出感染源來自溪流源頭，高山嶺嶂的溫毒之氣，並分析一旦感染，病症的發作有一定的規律。對於瘴氣來自高山，〔唐〕王燾（670？～755）的《外台祕要方》有進一步的說明，卷五〈瘴病〉引《備急》謂：

> 夫瘴與瘧，分作兩名，其實一致。或先寒後熱，或先熱後寒，嶺南率稱爲瘴，江北總號爲瘧，此由方言不同，非是別有異病。然南方溫毒，此病尤甚，原其所歸，大略有四：一山溪毒氣，二風溫痰飲，三加之鬼癘，四發以熱毒，在此之中，熱毒最重。〔註166〕

南方的溫毒，導致瘴病的盛行，是醫家普遍具有的概念。而《備急》更將病源分爲四類，一一列舉。其中，《備急》所載的熱毒，應近於《諸病源候論》中所載的「傷暑之瘧」；然而，《諸病源候論》以爲山瘴癘重於傷暑之瘧，而《備急》則以熱毒最重。

雖則醫書中對瘴疾若干見解有所歧異，但是對於瘴氣的盛行季節及其病源卻都指於一——即氣候的溫熱確實是助長瘴氣流行的根源；而《諸病源候論》與《備急》更畫出了瘴氣最甚的地方在於山溪源頭處。由此可見溫熱氣候下，山嶺疊嶂的流水源頭即爲古人認爲的瘴鄉。

而嶺南地區，不僅具備前舉高溫、多雨諸特徵；區域內山脈橫亙疊嶂，更促成瘴氣的流行。《漢書·嚴助傳》便稱嶺南地區：「限以高山，人跡所絕，車道不通，天地所以隔外內也。」〔註167〕若以現今流行病學的角度視之，瘴疾的傳播繫於病媒蚊；而病媒蚊性喜高熱，山澗溪流處，有茂密的植被遮蔽，更是理想的孳生地，也因此瘴疾通常好發於北緯25度以南，山區或者平原稻田區，與古人的觀察，基本上是一致的。

〔註166〕〔唐〕王燾撰、高文鑄校注：《外台祕要方》卷五〈瘴病·山瘴癘方〉（北京：華夏出版社，1993年），頁84。

〔註167〕〔漢〕班固《漢書》卷六十四〈嚴助傳〉，頁2781。

二、瘴疾對軍事行動的影響

　　面對南方瘴氣的盛行，中原政權在興兵之際，朝議多以爲不可，如《漢書・嚴終傳》即稱：

> 南方暑溼，近夏瘴熱，暴露水居，蝮蛇蠱生，疾癘多作，兵未血刃而病死者什二三，雖舉越國而虜之，不足以償所亡。〔註168〕

又如前舉珠崖叛變，元帝欲南征，詔群臣議事時，賈捐之謂：

> 駱越之人父子同川而浴，相習以鼻飲，與禽獸無異，本不足郡縣置也。顓顓獨居一海之中，霧露氣濕，多毒草蟲蛇水土之害，人未見虜，戰士自死……。〔註169〕

二者俱以南方暑濕，多毒害，北方軍民恐罹疫致死；而這樣的損傷，即使滅越國也不足以償所無。同樣的，在孫吳欲取夷州、珠崖時，陸遜亦疏曰：

> 臣愚以爲四海未定，當須民力，以濟時務。今兵興歷年，見眾損減，陛下憂勞聖慮，忘寢與食，將遠規夷州，以定大事，臣反覆思惟，未見其利，萬里襲取，風波難測，民易水土，必致疾疫，今驅見眾，經涉不毛，欲益更損，欲利反害。又珠崖絕險，民猶禽獸，得其民不足濟事，無其兵不足虧眾。今江東見眾，自足圖事，但當畜力而後動耳。
>
> 〔註170〕

面對南方夏天的高熱，在督軍之時，更應有所應變，《晉書・高祖紀》載：

> 六月，乃督諸軍南征，車駕送出津陽門。帝以南方暑溼，不宜持久，使輕騎挑之，然不敢動。於是休戰士，簡精銳，募先登，申號令，示必攻之勢。吳軍夜遁走，追至三州口，斬獲萬餘人，收其舟船軍資而還。〔註171〕

〔註168〕　《漢書》卷六十四〈嚴終傳〉，頁2781。
〔註169〕　《漢書》卷六十四〈賈捐之傳〉，頁2834。
〔註170〕　《三國志・吳書》卷五十八〈陸遜傳〉，頁1350。
〔註171〕　《晉書》卷一〈高祖紀〉，頁14。

高熱、多雨的氣候，不利北方人久居，若行持久戰，水土不習的狀況下，對軍隊的戰鬥力恐有極大的耗損。

而因南征導致軍中傳染病爆發，死傷慘重的記載，在史書中更是歷歷可見，《史記・南越列傳》載：

> 高后時，有司請禁南越關市鐵器。佗曰：「高帝立我，通使物，今高后聽讒臣，別異蠻夷，隔絕器物，此必長沙王計也，欲倚中國，擊滅南越而并王之，自爲功也。」於是佗乃自尊號爲南越武帝，發兵攻長沙邊邑，敗數縣而去焉。高后遣將軍隆慮侯灶往擊之。會暑溼，士卒大疫，兵不能踰嶺。歲餘，高后崩，即罷兵。佗因此以兵威邊，財物略遺閩越、西甌、駱，役屬焉，東西萬餘里。迺乘黃屋左纛，稱制，與中國侔。〔註172〕

這場南征戰事，類同於主權的宣示。高后欲藉由禁止南越私賣鐵器事，來確認南越對漢的臣屬關係，以及漢對南越控制權的絕對性。然而，北方軍隊來到南方，不諳南方氣候水土，導致傳染病迅速蔓衍，軍心潰散。文末，太史公對此次戰役有如下論斷：「隆慮離溼疫〔註173〕，佗得以益驕。」以爲若非疾疫的竄行，漢軍不至敗。再如《後漢書・馬援傳》載：

> 交阯女子徵側及女弟徵貳反，攻沒其郡，九眞、日南、合浦蠻夷皆應之，寇略嶺外六十餘城，側自立爲王。於是璽書拜援伏波將軍，以扶樂侯劉隆爲副，督樓船將軍段志等南擊交阯。軍至合浦而志病卒。……二十年秋，振旅還京師，軍吏經瘴疫死者十四五。〔註174〕

後漢此役雖弭平南方亂事，但在出征之時，就已損將，凱旋時也因瘴疫的侵襲而付出慘痛的代價。漢末三國鼎立，孫吳在開發東南時，同

〔註172〕 《史記》卷一百一十三〈南越列傳〉，頁2969。

〔註173〕 據范行準研究，古人稱瘴疾爲溼疫，以其乃是氣候溼熱所致。詳參氏著：《中國病史新義》（北京：中醫古籍出版社，1989年），頁300～303。

〔註174〕 《史記》卷二十四〈馬援列傳〉，頁838～840。

步也將眼光放到了更遠的南方,《三國志・吳書・全琮傳》載:

> 權將圍珠崖及夷州,皆先問琮,琮曰:「以聖朝之威,何向
> 而不克?然殊方異域,隔絕障海,水土氣毒,自古有之,
> 兵入民出,必生疾病,轉相污染,往者懼不能反,所獲何
> 可多致?猥虧江岸之兵,以冀萬一之利,愚臣猶所不安。」
> 權不聽,軍行經歲,士染疾疫死者十有八九,權深悔之。
> 〔註175〕

在國勢正盛時,孫權企圖擴張版圖,陸遜與全琮均以軍隊不習南方水
土,易染瘴疾,恐得不償失為由,委婉勸阻,惜孫權未能聽取。並且,
孫權開發南方的野心,也並未因此而阻斷。十二年後的秋七月,派兵
三萬討珠崖、儋耳,卻導致是歲大疫流行〔註176〕。

　　時至晉世,征伐南方的野心猶未停歇,但疾病的流行仍是朝廷的
大患。《晉書・陶璜傳》載:

> 臣以尪駑,昔為故國所採,偏戍在南,十有餘年。雖前後
> 征討,翦其魁桀,深山僻穴,尚有遺寇。又臣所統之卒本
> 七千餘人,南土溫溼,多有氣毒,加累年征討,死亡減耗,
> 其見在者二千四百二十人。〔註177〕

陶璜父基,仕吳為交州刺史;璜先為蒼梧太守,後任交州刺史。自幼
至長,一生多在南方的陶璜,對南方的一切遠較其他北人熟習。也因
此,在晉平天下後,能冒顏上疏,提出對晉、對南方都真正有利的建
言。

　　陶璜以為,北人不習南方水土,一味將戰力投在剪弭禍亂上,
對彼、對己都是莫大的傷害,況南土溫濕,本就利於疾病源的生長;
重之以連年征討,在生理上、心理上,都造成軍人的莫大負擔,無力
抵抗疾病的侵入,死傷過半遂是可預見的結果。也因此,陶璜以為當
「卷甲消刃,禮樂是務」,從根本上去改變南方民風,才是治理的要

〔註175〕　《三國志・吳書》卷六十〈全琮傳〉,頁1383。
〔註176〕　同上註,卷四十七〈吳主傳〉,頁1145。
〔註177〕　《晉書》卷五十七〈陶璜傳〉,頁1560。

務。而也因著陶璜的治理有方，陶家四世有五人爲交州刺史。

因瘴阻軍事，在陳、隋亦有傳載，《陳書‧杜僧明傳》載：

> 交州土豪李賁反，逐刺史蕭諮，諮奔廣州，台遣子雄與高
> 州刺史孫同討賁。時春草巳生，瘴癘方起，子雄請待秋討
> 之，廣州刺史新渝侯蕭映不聽，蕭諮又促之，子雄等不得
> 巳，遂行。至合浦，死者十六七，眾並憚役潰散，禁之不
> 可，乃引其餘兵退還。〔註178〕

《隋書‧周法尚傳》載：

> 桂州人李光仕舉兵作亂，令法尚與上柱國王世積討之。法
> 尚馳往桂州，發嶺南兵，世積出岳州，徵嶺北軍，俱會于
> 尹州。光仕來逆戰，擊走之。世積所部多遇瘴，不能進，
> 頓于衡州……。〔註179〕

而《唐書‧南蠻傳》亦載：

> 甯氏，世爲南平渠帥。陳末，以其帥猛力爲寧越太守。陳
> 亡，自以爲與陳叔寶同日而生，當代爲天子，乃不入朝。
> 隋兵阻瘴，不能進。〔註180〕

《孫子‧行軍》篇謂：「凡軍好高而惡下，貴陽而賤陰，養生而處實。軍無百疾，是謂必勝。」〔註181〕後人注解此段文字，如〔唐〕李筌謂：「夫人處卑下，必癘疾；惟高陽之地，可居也。」杜牧注：「生者陽也，實者高也。言養之於高，則無卑濕陰翳，故百疾不生。」〔宋〕梅堯臣稱：「高則爽塏，所以安和……下則卑濕，所以生疾。」均傳達了以南方先天地理環境低下卑濕，致瘴癘盛行，若貿然行軍，必招致潰敗。

「國之大事，在祀與戎」〔註182〕，綜觀史籍中關於「瘴」的記

〔註178〕 《陳書》卷八〈杜僧明傳〉，頁135。
〔註179〕 《隋書》卷六十五〈周法尚傳〉，頁1527。
〔註180〕 〔宋〕歐陽修、宋祁：《新唐書》卷二百二十二下〈南蠻傳〉，頁6326。
〔註181〕 〔周〕孫武撰，魏武帝注，魏汝霖註譯：《孫子》第九〈行軍篇〉（臺北：臺灣商務印書館，1991年），頁166。
〔註182〕 語出《左傳》成公十三年，頁102。

載，多與當時的軍事行動作連結。《流行病史話》中便提及「自漢朝以來，中原地區的有識之士開始正視南方瘟疫現象。……（而）兩漢三國的主要疾病大多與對南方的軍事行動有關。部隊行軍，眾人集體行動，但衛生條件極差，加上作戰時官兵們的精神非常緊張，缺吃少穿，爲疫病的流行創造了有利的條件，特別是北方人不適應南方的氣候，各種傳染病得尤其容易入侵他們的身體。」〔註183〕將此與前引陶璜語並觀，行軍時，軍人處在身心俱疲的狀態下，抵抗力已然羸弱；加之軍人本身爲一集合體，吃住都在一起，更易造成疾病的傳染，一旦疫情爆發，死傷慘重遂是可以預期的〔註184〕。

三、瘴鄉的成形及其對嶺南開發的影響

在理解「瘴」的成因與對軍事行動的影響後，「瘴鄉」如何成形，對嶺南整體開發又有何影響？遂成下文探討重心。

范家偉在〈六朝時期人口遷移與嶺南地區瘴氣病〉一文中，以爲「後漢至隋之間，是嶺南地區多瘴觀念形成的重要時期。」就原始

〔註183〕 詳參張劍光、陳蓉霞、王錦等著：《流行病史話》（臺北：遠流圖書出版，2005年），頁164。

〔註184〕 《流行病學》中指出瘧疾的激發，通常有五個要素：第一，輸入傳染源，意即外地人染疾，進入另一地域所造成；第二，無免疫力的人進入疫區；第三，媒介按蚊的增加，而按蚊的增加，可以是人爲，也可以是自然造成的。人爲因素主要在地區開發時，建造水利工程，蓄積許多靜止的水，及減低水流速度，爲按蚊的孳生提供理想的環境；第四，按蚊嗜血習性改變，若自然界中其他動物量減少，按蚊遂轉而叮咬人群，但這樣的流行通常較爲局部；第五，氣候條件改變，溫度、溼度與雨量的異常變化，也會促使媒介按蚊的生長。（筆者按：按蚊即瘧蚊）詳參耿貫一主編：《流行病學》（北京：人民衛生出版社，1985年），頁190。

在這五點當中，軍隊的行動最符合其中的第二點。第三至第五點，關於瘧蚊的數量是否有所增加，今雖無法確知，但隨著軍隊持續南向的開發，水利日益普及，山脈水源處不再是瘧蚊的唯一棲息地，平原上水網密佈交錯的稻田，也成了理想的居住環境，傳染區域隨之擴大。初次由北方進入南方，不具抵抗力的軍人，生活在當中自然最易受到傳染。

氣候而言，范氏參酌竺可楨、許倬雲等研究，指出漢末中國已進入小冰期，北方氣候特別寒冷，華北華中地區已不適於瘧蚊生長，嶺南地處熱帶與副熱帶地區，在寒冷時，氣候亦較北方溫暖，宜於瘧蚊的生長與繁殖。漢唐兩代，脫離小冰期，氣溫更高，瘧疾遂更易爆發。加之以嶺南地區草木繁茂，潮濕多雨，更爲瘧蚊提供了理想的生存環境。〔註185〕

在原始地理環境外，中原人口的陸續移入與嶺南的日益開發，也讓嶺南瘴鄉的成形更速。在第一節中，筆者曾經討論到自漢末以來，中原人士因避亂之故，遷徙南方者眾，且多有舉家遷徙者。然而，瘧原蟲因其感染力強，一經媒介瘧蚊叮咬，便易發病，不具抵抗力的中

〔註185〕 詳參范家偉：〈六朝時期人口遷移與嶺南地區瘴氣病〉，《漢學研究》
第 16 卷第 1 期，1998 年 6 月，頁 42。
在氣候環境之外，蕭璠亦據南土人民生活習慣，指出南方河川密
佈，人民或在河中洗澡，或終身居住在水邊、水上，一旦用水受到
感染，疫情便容易擴大。除此之外，病不求醫與南土的缺醫少藥也
是促使傳染擴大的原因，文引元稹《敘詩寄樂天書》詩，形容當時：
「下多陰靈，秋爲痢瘧，地無醫巫，藥石萬里，病者有百死一生之
慮。」而蘇軾在嶺南更屢言無藥。故而蕭璠以爲即使有少數醫師，
也是醫術十分有限的，而市場上則很難買到藥材。
文中並引章傑文，分析病不求醫與南土的缺醫少藥二者之間的關
係，文曰：「蓋嶺外良醫甚鮮，凡號爲醫術者，率皆淺陋。又郡縣
荒僻，尤乏藥材；會府大邦，間有醫藥，且非高價不售，豈閭閻所
能辦？況於山谷海嶼之民，何從得之？彼既親戚有疾，無所控告，
則不免投誠於鬼，因此而習以成風者也。」信巫不信醫與缺醫少藥
兩者之間形成了惡性循環。……長久以來南方常見的這種「信巫不
信醫」和缺醫少藥的情況，所可能產生的嚴重後果是耽擱延誤了病
人救治的時機，加重患情，助長疾病的蔓延，導致更高的疾病死亡
率。詳參氏著：〈漢宋間文獻所見古代中國南方的地理環境與地方
病及其影響〉，頁 94～104。
交通不便之外，筆者以爲嶺南少藥的原因，亦與氣候過於潮濕有
關。《醫方類聚》卷三〈總論〉曰：「南方暑雨時，茶藥、圖籍、皮
毛、膠糊物、弓劍、色衣、筆墨之類，皆惡蒸濡。」在溼熱的環境
下，藥材容易生腐，遂致藥品稀少，價格昂貴。詳見〔朝鮮〕金禮
蒙等收輯、浙江省中醫研究所、湖州中醫院校點：《醫方類聚》（北
京：人民衛生出版社，1981 年），頁 74。

原人士至此，易染疾疫〔註186〕。並且人口遷移所促成的農業開墾，亦給瘧蚊製造了理想的居住環境〔註187〕。

軍人、移民之外，隨著南海貿易的日益發達〔註188〕，往來嶺南地區的商人漸夥，在出入其間，肩負了訊息流通的角色。故而，范家偉以爲「嶺南多瘴的觀念形成，與六朝時期嶺南地區人口出入流動的增加，應該有密不可分的關係。」〔註189〕

如是觀念的形成，對嶺南的開發有何影響？《晉書·吳隱之》傳稱：

> 廣州包帶山海，珍異所出，一篋之寶，可資數世，然多瘴疫，人情憚焉。唯貧窶不能自立者，求補長史，故前後刺史皆多黷貨。〔註190〕

〔註186〕 范家偉引《三國志·陸凱傳》、《宋書·杜慧度傳》與《宋書·州郡志》等資料，以爲三國後，爲了北方移民日衆，甚且需要招撫流寓，增設郡縣。而大量人口遷入，無形之中，就是大量無免疫力人群進入疫區，會迅速感染瘴疾。而且，郡縣的增設，代表人口集中於某一點，人口密集程度相對提高，也有助於瘴疾的傳播。再加上在嶺南高瘴區，人群進入，無疑增加與瘧蚊接觸的機會。詳見范家偉：〈六朝時期人口遷移與嶺南地區瘴氣病〉，頁46。

〔註187〕 席煥久指出：「墾荒和發展農業通常是農業發展規劃的一部分，但有時給人類健康帶來嚴重後果。例如，加勒比海沿岸農業系統爲瘧蚊屬種繁殖增長創造了良好的條件。水稻種植園、灌溉水渠和水槽中的日曬水對蚊子繁衍提供了有利的自然環境。馬來西亞的橡膠園本來是無瘧疾地區，但是，森林破壞以後，瘧蚊屬的繁殖有了理想的條件，瘧疾也就隨之傳播。這類事情在印度南部地區也發生過。在人口稀少的山區，也有因爲自然覆蓋的破壞而導致瘧疾流行的現象。荒野地區的開發，使人類同更多病毒接觸，引起了更多傳染性疾病。」詳參氏著：《醫學人類學》（瀋陽：遼寧大學出版社，1994年），頁103。

〔註188〕 關於南海貿易的發達，詳可參前揭劉淑芬：〈六朝南海貿易的開展〉，收入氏著：《六朝的城市與社會》（臺北：學生書局，1992年）；李東華：〈六朝遞嬗時代的嶺南地區〉，收入氏著：《中國海洋發展關鍵時地個案研究（古代篇）》（臺北：大安出版社，1990年），頁107～156。

〔註189〕 詳參前揭范家偉文：〈六朝時期人口遷移與嶺南地區瘴氣病〉，頁54。

〔註190〕 《晉書》卷九十〈吳隱之傳〉，頁2341。

儘管廣州坐擁山海之利，「一篋之寶，可資數世」，但卻因為瘴疫的盛行，無人敢貿然南行；南往者多為不能自立，素行既已不良，一至該地，遂唯求驤貨。

觀中原人士面對南行的恐懼，在《漢書‧鼂錯傳》中便有記載，傳稱：

> 楊粵之地少陰多陽，其人疏理，鳥獸希毛，其性能暑。秦之戌卒不能其水土，戌者死于邊，輸者償於道。秦民見行，如往棄市，因以謫發之，名曰「謫戌」。先發吏有謫及贅婿、賈人，後以嘗有市籍者，又後以大父母、父母嘗有市籍者，後入閭，取其左。發之不順，行者深恐，有背叛之心。凡民守戰至死而不降北者，以計為之也。……今秦之發卒也，有萬死之害，而亡銖兩之報。〔註191〕

秦南征時，因為不習水土，戌卒死傷慘重，後援在南往的途中，亦相繼仆死道中，秦民見此，視南土如法場。後秦廷以謫人遣之，但戌人仍因征戰的不順而有背叛之心，秦不得不給予一定的寬貸——「戰勝守固則有拜爵之賞，攻城屠邑則得其財鹵以富家室」，戌人方視死如生。秦對南越的征戰，雖取得勝利，但鼂錯總結其利弊，仍以為得不償失。

面對南方的畏懼，《後漢書‧馬援傳》亦載：「出征交阯，土多瘴氣，援與妻子生訣。」〔註192〕至南土形同入法場，在出發前與親人訣別者，尚有公孫瓚，傳曰：

> 瓚以母賤，遂為郡小吏。為人美姿貌，大音聲，言事辯慧。太守奇其才，以女妻之。……太守當徙日南，瓚具豚酒於北芒上，祭辭先人，酹觴祝曰：「昔為人子，今為人臣，當詣日南。日南多瘴氣，恐或不還，便當長辭墳塋。」慷慨悲泣，再拜而去，觀者莫不歎息。既行，於道得赦。〔註193〕

在軍事上、政治上，南方瘴癘的盛行，屢屢阻斷了南向的開發，前述

〔註191〕 《漢書》卷四十九〈鼂錯傳〉，頁 2284。
〔註192〕 《後漢書》卷二十四〈馬援傳〉，頁 847。
〔註193〕 《後漢書》卷七十三〈公孫瓚傳〉，頁 2357～2358。

漢棄珠崖，除因珠崖多亂外，瘴癘的流行也是漢室的顧慮。而也因為中土人士的畏懼，求為官者多為貪瀆者，對嶺南開發不甚著力，甚且因其貪暴，致使民生怨叛，動亂不斷，長此以往，對嶺南發展無疑具有負面的影響。

　　綜本節所述，正因為人體與自然是一相應的系統，在講求天人相應之際，欲強生保真，自當避免自然界一切有害於身體的事物。並且，因為居住的地方，對一己秉性、體質亦有所影響，故而擇善處而居，亦是強生之道。嶺南地區在古人心目中是陽氣過剩，並且因其地勢低下，又兼多雨溽濕，蘊藏地癘，對於人的健康極為不利，居此易於感疾；而在眾多地癘中，最為人所畏懼者莫如「瘴」。唐前對於「瘴」的雖已有一定程度的認識與觀察，但「瘴」的盛行卻仍讓中土人士卻步，南向戰爭的失利與移民的開發，更是「瘴鄉」意象成形的關鍵。而這樣的意象，致使中土人士多視南方為畏途，唯「貧窶不能自立者」才求補長吏，吏治不良遂也可以想見。

第四節　想像與親臨——唐前詩作中的嶺南書寫

　　在就唐前史籍進行分析後，發現嶺南圖像在史籍中是慢慢浮現且逐步清晰化的。即便在描繪上多有所趨同，指向「瘴鄉」、「多亂」等陳述，但在述及嶺南多亂的根由時，亦可發現其中的吏治不良，除與「多障，故人情憚焉」有關，但同時間，官吏的貪瀆其實也揭示了隨南海貿易而至的富饒。

　　而在史書記載之外，唐前詩作中是否也嘗就嶺南地區進行描寫？而如是描寫是想像之詞？抑或是生命經驗的傳述？在這些詩作中，又傳達了怎樣的訊息，而詩人的觀察，又與史籍有何不同？遂成本節探討的重心。

　　清人沈德潛嘗言：「唐人詩雖各出機杼，實憲章八代。……讀唐詩而不更求其所從出，猶登山不造五嶽，觀水不窮崑崙也。」

〔註 194〕唐詩輝煌的成就肇基於唐前詩作的累積，爲使後文論及唐詩中的嶺南書寫時，能更爲明白唐前與唐在嶺南書寫上的異與同，就唐前詩作進行廓清，明白其特色、成就，遂更有其必要性。

下文爲求討論方便，擬以時間爲經，空間爲緯，首先討論先秦至魏晉，以北方政權爲主體，觀察當代詩人在詩作中是否將視野拉到五嶺以南，對廣大的南方又有何觀感；接著將焦點轉移到立基江左的南朝政權，在長江流域開發愈盛、巫山、洞庭湖等地景持續被書寫的同時，嶺南地區在詩人筆下呈現何種風貌？與前朝政權又有何不同。期能藉此討論，釐清唐前詩作中嶺南圖像描繪的特點及其意義。

一、先秦至魏晉──南方地域的延長與想像

在逯欽立先生所輯校的《先秦漢魏晉南北朝詩》中的先秦詩部分，已據《史記》、《說苑》與《吳越春秋》等書，輯編楚地、吳越歌謠〔註 195〕，然而對於長江流域以南的嶺南，則付之闕如。先秦詩中的〈嶠詩〉似可爲詮解，詩云：「何自南極，至於北極。絕境越國，弗愁道遠。」（卷六，頁 65）

在先秦時人的觀念中，越國已形同國境的至南方，即使秦時已將嶺南納入版圖，但至嶺南者誠如〈始皇本紀〉言：

> 發諸嘗逋亡人、贅婿、賈人略取陸梁地，爲桂林、象郡、南海，以適遣戍。……三十四年，適治獄吏不直者，築長城及南越地。〔註 196〕

多是遣戍、罪犯之流。並且，在將嶺南納入版圖的兩年後，始皇崩，天下再經亂離，眞正踏入嶺南地域並留下相關紀錄者，應無其人。

〔註 194〕語見〔清〕沈德潛《唐詩別裁・凡例（一）》（臺北：商務印書館，1956 年 4 月），頁 5。

〔註 195〕詳見逯欽立輯校《先秦漢魏晉南北朝詩》（北京：中華書局，2006 年），頁 1～85。以下本文所引唐前詩作，在比對詩人詩集外，多引據此書，爲免繁複，僅於詩後標明卷數、頁碼，不另加註。

〔註 196〕詳見《史記》卷六〈秦始皇本紀〉，頁 253。

繼而再觀漢詩，與嶺南確切相關者亦僅〈蒼梧人爲陳臨歌〉、〈交
阯兵民爲賈琮歌〉與〈有所思〉三首，前二首歌的傳唱俱與嶺南吏治
有關，歌曰：

> 蒼梧陳君恩廣大。令死罪囚有後代。德參古賢天報施。（卷
> 八，頁 210）

> 賈父來晚，使我先反。今見清平，吏不敢飯。（卷八，頁
> 212）

謝承注《後漢書》曰：「陳臨，字子然，爲蒼梧太守。人遭腹子報父
怨，捕得繫獄。傷其無子，令其妻入獄，遂產得男。」是第一首歌的
背景。又，〈後漢書・賈琮傳〉載：「中平元年，交阯屯兵執刺史及合
浦太守。靈帝敕三府精選能吏。有司舉賈琮爲交州刺史。琮到部，訊
其反狀，咸言賦斂過重，民不聊生，故聚爲益。琮即移書告示，各使
安其資業，招撫荒散，蠲復徭役，誅斬渠帥爲大害者。簡選良吏試守
諸縣，百姓以安，巷路爲之歌。」〔註197〕

這兩首歌俱是詠嶺南官吏德政。其中，值得注意的是第二首，寫
出嶺南地區長期吏治不良、賦斂過重的積弊。歌詞中，來晚的「晚」
近似嶺南居民長期渴望良吏不得的哀怨，「使我先反」一句更道出叛
亂背後不得已的苦衷。

在吏治之外，漢詩中也首度出現關於南海物產的記載。且觀〈有
所思〉：

> 有所思，乃在大海南。何用問遺君，雙珠瑇瑁簪。用玉紹
> 繚之。聞君有它心，拉雜摧燒之，摧燒之。當風揚其灰。
> 從今以往，勿復相思。……（卷四，頁 159）

在面對珍貴的感情時，女子欲以身上的髮簪持贈遠方所思。而這樣的
飾品，除以雙珠、瑇瑁鑲綴外，更有玉飾纏繞，十分雅致。然而，在
得知對方不貞時，女子毅然破壞此信物，勇敢卻也令人心疼的形象如
躍紙上。其中，用以綴飾頭簪的雙珠與瑇瑁，雙珠雖未能確定產地，

〔註197〕 《後漢書》卷三十一〈賈琮傳〉，頁 1111～1112。

但以漢時貿易狀況，應來自南方〔註198〕，而瑇瑁據戴震《南州異物志》云：「瑇瑁如龜，生南方海中。」亦係南海物產〔註199〕。

《淮南子‧人間訓》載始皇征嶺南，意欲：「利越之犀角、象齒、翡翠、珠璣」；《史記‧貨殖列傳》中亦稱番禺爲：「珠璣、犀、瑇瑁、果、布之湊」〔註200〕，可見南海貿易所帶來的珠璣之利，確然讓中原人士無法抵抗。而由女子珍重地欲以此簪爲信的態度，亦可側知明珠與瑇瑁在漢時的珍貴與難得。

三國鼎立，魏與吳蜀始終保持在緊張的制衡態勢。位處北方的曹魏面對其時掌握嶺南地區的孫吳，視如寇讎，曹植詩中便屢出現此種甘赴國憂的積極與憤懣。如〈雜詩七首‧其五〉中載：

　　僕夫早嚴駕，吾將遠行遊。遠遊欲何之，吳國爲我仇。將

〔註198〕劉淑芬在其〈六朝南海貿易的開展〉一文中，嘗結合考古資料，探求六朝前南海貿易概況，文謂：「考古發掘資料顯示，中國和越南的貿易始於紀元前三世紀或二世紀初，廣東、廣西兩省發掘兩漢古墓，也證明了漢代中外南海貿易已有某種程度的流通。南海貿易的重要性市有些特定的進口物品只能從此一路線得到。中國從南裔鄰國進口物質大致上可分爲兩類，一種是裝飾性的奢侈品，如明珠、大貝、犀角、珊瑚、瑇瑁、象牙、琥珀等珍寶；一種則是實用性的布和香料。」詳參前揭氏著：《六朝的城市與社會》，頁 317～349。

〔註199〕詳參萬震著、陳直夫輯校釋：《南州異物志》，書中並云：「《南州異物志》並云瑇瑁：「大者如蓬篠，背上有鱗，大如扇，發取其鱗，因見其文，欲以作器，則煮之，因此刀截，任意所作，冷乃以㦸魚皮錯治之，後以枯條木葉瑩之，乃有光耀。……交趾北，南海中，有大文貝，質白而文紫色。天姿自然，不假雕琢，磨瑩而光色煥爛。……奇姿難儔，素質紫飾，文若羅珠，不磨不瑩，彩輝光浮，思雕莫加，欲琢靡踰，在昔姬伯，用免其拘。」將使用瑇帽的歷史拉到商，以其珍貴難儔，甚且可爲周文王免去拘守之厄。（香港：陳直夫教授九秩榮慶門人祝賀委員會，1987 年），頁 150～151。

〔註200〕《史記》卷一百二十九〈貨殖列傳〉，頁 3268。韋昭註「果」謂「龍眼、離支之屬」；「布」爲「葛布」。韓淮準考葛布戲馬來語龍腦香名「kapur」之音譯。龍腦香由龍腦樹提煉而成，亦名冰片或梅片，爲高級香料，主要產於馬來半島、蘇門達臘及婆羅州等地。詳可參氏著：〈龍腦香考〉，《南洋學報》第 2 卷第 1 輯。

　　騁萬里塗，東路安足由。江介多悲風，淮泗馳急流。願欲
　　一輕濟，惜哉無方舟。閒居非吾志，甘心赴國憂。（卷六，
　　頁457）

在寫作此詩的當下，曹植其實已然遠離權力核心，但他仍堅持清晨就
整裝，並在詩中就言明「吳國爲我仇」。但這趟旅途誠如詩中所載，
既遠且困，南方的征途迢迢，多水的地理環境亦非北方人所熟習。更
何況自己已然被迫投閒置散，如何能得一輕舟深入孫吳戰營？全詩遂
在既憂且鬱的氛圍中作結。

　　如是欲赴國憂的心志，亦可見於〈苦熱行〉，詩載：

　　行遊到日南，經歷交阯鄉。苦熱但曝露，越夷水中藏。（卷
　　六，頁440）

本詩應是想像之語，但曹植對於日南郡的氣候已然有了描繪。對北
方人而言，最直接感應到的就是氣溫上的酷熱；然而，相較於一己
的暴露、無所遮蔽，習於水戰的越人已然藏匿水中，準備給予致命
一擊。

　　在上引二詩中，曹植或稱孫吳爲仇、或稱越民爲「夷」，其實都
是立足於當時北人的角度，欲殄滅孫吳卻又不得，心裡憤懣在所難
免。而也由此二詩，可以發現三國時面對南方的描述較秦漢更多，對
於南方習於水戰、氣候的炎熱都有所紀錄，除此之外，在〈七哀詩〉
中亦有「南方有障氣，晨鳥不得飛」語（卷七，頁463），描述南方
瘴氣起時，飛鳥不得過的情形〔註201〕。

　　對南方的敵視，至三國猶存。傅玄〈長歌行〉中便稱：「……撫
劍安所趨，蠻方未順流。蜀賊阻石城，吳寇馮龍舟。……」（卷一，
頁555），對孫吳與蜀地都抱持著蠻方、賊寇的態度。而在孫吳與蜀

───────────────

〔註201〕　在本章第三節中（頁36），嘗引蕭璠說法，以爲「瘴」本作「障」，
　　　　　意即阻人之氣，在《周禮‧地官》中便已出現，協阜邊，亦說明了
　　　　　瘴氣和山陵丘阜的關係。詳參前引蕭璠文，頁89。此詩中所描寫的
　　　　　瘴氣起時，飛鳥不得過的景況，在《三國志‧陸凱傳》中亦有記載，
　　　　　傳云：「蒼梧、南海，歲有暴風瘴氣之害，風則折木，飛砂轉石，
　　　　　氣則霧鬱，飛鳥不經。」（頁1409）

國之間，尤以孫吳最為北人所仇恨。林文月在其〈潘岳陸機詩中的「南方」意識〉一文中，在論及陸機詩時，援引《晉書》、《世說新語》等資料，分析陸機北上時，所受到的種種不合理待遇，在反映南北對立的畛域觀外，同時亦與晉統一天下的過程有關。〔註202〕

觀蜀漢為魏（263A.D.）所滅，兩年後司馬炎（265A.D.）篡魏，但滅吳以統天下卻遲至十五年之後，其間吳人的頑強抗拒，在魏、晉都有相關詩作傳寫，以棗據〈雜詩〉為例：

> 吳寇未殄滅，亂象侵邊疆。……既懼非所任，怨彼南路長。千里既悠邈，路次限關梁。僕夫罷遠涉，車馬困山岡。深谷下無底，高巖暨穹蒼。豐草停滋潤，霧露沾衣裳。玄林結陰氣，不風自寒涼。顧瞻情感切，惻愴心哀傷。士生則懸孤，有事在四方。安得恆消遙，端坐守閨房。引義割外情，內感實難忘。（頁589）

在這首詩中，詳實敘寫了南征所遭遇到的困頓。路途的遙遠、地勢的起伏阻撓了行軍的速度，深谷、高巖對大抵生活在平原的北方人而言更是殘酷的考驗。而在沒有風的狀態下，因著霧露的侵襲，也讓人感到既寒且涼，幽深林中聚結的陰氣，更有侵膚致病之虞〔註203〕。詩末雖以「男兒志在四方」，引義欲割外情，但南征中所遭遇到的困頓，及其可能帶來的家庭的破滅，仍讓魏晉時人印象深刻，視南方如寇讎

〔註202〕 詳參林文月：〈潘岳陸機詩中的「南方」意識〉，《臺大中文學報》，第 5 期（1992 年 6 月），頁 107～108。

〔註203〕 在討論到南方瘴氣的來源時，或以為瘴氣乃是自林中聚結而生。《諸病源候論》中載：「此病生於嶺南，帶山瘴之氣。其狀，發寒熱，休作有時，皆由山溪源嶺嶂溫毒氣故也。此病重於傷暑之瘧。」詳參前揭巢元方著：《諸病源候論》，頁 355。又據唐・劉恂《嶺表錄異》中載：「嶺表或見物自空而下，始如彈丸，漸如車輪，四散，人中之即病，謂之瘴母。」又，「嶺表山川，盤鬱結聚，不易疏洩，故多嵐霧作瘴，人感之，多病腹脹成蠱。俗傳有萃百蟲為蠱以毒人，蓋淫熱之地，毒蟲生之，非第嶺表之家牲慘害也。」對嶺南地區人人恐慌的瘴癘作了初步解釋，並提出其可能之成因，可為一說。詳參劉恂著：《嶺表錄異》（臺北：臺灣商務書局，1966 年），頁 1。

的態度，遂也是人情之常。

　　而也由此詩，吾人可以看到更多關於南方的描寫，除了征途中最先感受到的距離遙遠外，幾與穹蒼齊的山崗、幽深的山谷，以及水氣濃重集結而成的霧露、豐富的植被等，俱有所記載。

　　南征的困頓，同時亦出現在陸機〈從軍行〉中，詩云：

苦哉遠征人，飄飄窮四遐。南陟五嶺巔，北戍長城阿。深谷邈無底，崇山鬱嵯峨。奮臂攀喬木，振迹涉流沙。隆暑固已慘，涼風嚴且苛。夏條集鮮澡，寒冰結衝波。胡馬如雲屯，越旗亦星羅。飛鋒無絕影，鳴鏑自相和。朝食不免胄，夕息常負戈。苦哉遠征人，撫心悲如何。（卷五，頁656）

這首詩雖非專就南征而發，但面對南方戰事可能遇到的困難亦有所陳述。除了山勢起伏、陟降之間對體力耗損極大外，盛夏的溽暑更是難當。而越人齊整的佈軍，更使征人晨夕都無法懈怠。

　　許是因爲對南方戰事的頻冗，晉舞曲歌辭〈大晉篇〉中稱：「……西蜀猾夏，僭號方域。命將致討，委國稽服。吳人放命，憑海阻江。」（卷十，頁843）對蜀、吳敵意甚深，而「吳人放命，憑海阻江」句，更是寫出孫吳的善於水戰、與坐擁南海之利，對魏、晉都造成莫大威脅。在滅蜀吳後，〈食舉樂東西廂歌〉中的「西旅獻獒，扶南效珍。蠻裔重譯，玄齒文身」（卷十，頁 818）則寫出了滅吳所帶來的龐大利益。三國時，由於孫吳領有交州，魏、蜀無法取得南海物資，故魏文帝、魏明帝均曾遣使要求這些物品。《吳志・吳主傳》裴注引《江表傳》曰：

是歲（建安二十五年，220A.D.），魏文帝遣使求雀頭香、大貝、明珠、象牙、犀角、瑇瑁、孔雀、翡翠、鬥鴨、長鳴雞。〔註204〕

如今，孫吳既滅，珍貨充庭遂可想見。

　　在以南征爲主軸的論述外，晉時亦有其他諸首描繪嶺南的詩

〔註204〕 《三國志・吳書》卷二〈吳主權〉，頁1123。

作，分別是張華〈詩〉、張協〈雜詩十首〉其五與吳隱之的〈酌貪泉賦詩〉。在這三首詩作中，〈詩〉、〈雜詩〉屬採風之作，〈酌貪泉賦詩〉則與前引漢詩同，陳述嶺南吏治積弊，且先觀此詩：

　　古人云此水，一歃懷千金。試使夷齊飲，終當不易心。（卷
　　十四，頁 936）

《晉書‧良吏傳》載：「隆安中，以隱之為龍驤將軍、廣州刺史。未至州二十里，地名石門，有水曰貪泉，飲者懷無厭之欲。隱之至泉所酌而飲之，因賦此詩。及在州，清操踰厲。」〔註205〕廣州包帶山海，珍異所出，一篋之寶，可資數世，卻因多瘴而使至此者多非良吏，在任時貪利凌奪，唯求賂上北返〔註206〕。而在這首詩中，所反映的，其實正是人心與環境的問題，究竟是環境主導了人類的心志，抑或是人確實可以主宰自己，不因唾手可得的珠寶變節。吳隱之雖是後者，然而前後刺史類吳隱之者顯然不多，世人方才有此隱喻。

　　繼而觀張華、張協二人關於嶺南的採風書寫，〈詩〉云：

　　日南出野女，群行不見夫。其狀精且白，裸袒無衣襦。（卷
　　三，頁 623）

野女，或稱野婆，〔宋〕周密《齊東野語‧野婆》載：「邕、宜以西，南丹諸蠻，皆居窮崖絕谷間。有獸名野婆，黃髮椎髻，跣足裸形，儼然一嫗也。上下山谷如飛猱。自腰以下，有皮纍垂蓋膝，若犢鼻。力敵數壯夫，喜盜人子女……其群皆雌，無匹偶，每遇男子，必負去求

〔註205〕《晉書》卷九十〈良吏傳〉，頁 2341～2342。
〔註206〕在前一節中，筆者曾經討論到嶺南前後任宰守的貪凌暴行，是嶺南多亂的原因之一。觀宰守所以能於任內獲致暴利，據劉淑芬分析有兩個來源：即海外貿易及土著俚僚。在海外貿易方面，交廣守令常剋扣外國商品、商船，或強行低價購買舶來品，營取暴利，甚至割斷外國貢獻。《晉書‧四夷傳》即云：「徼外諸國嘗齎寶物自海路來貿貨，而交州刺史、日南太守多貪利侵侮，十折二三。」（頁 2546）此外，交廣刺史並常剝削俚、僚土著。蠻夷之域大皆無賦稅，惟蠻夷犯罪，不受鞭罰，輸財贖罪，叫做「賧」，為朝廷在此處無法徵收賦稅的一種補償，交廣刺史每藉權勢，藉故討伐，或督責賧。詳參前揭劉淑芬書。

合。」在這首詩中所描繪的，〔明〕李時珍以爲「似即猩猩矣」。

　　張華詩中雖未寫明野女爲何，但將之與《齊東野語》並觀，兩條記載頗爲類似，則張華此詩似即敘寫日南特有的猩猩之屬。《晉書·張華傳》載華：「強記默識，四海之內，若指諸掌」〔註207〕，又據其本傳，張華終其一生應未南行，故而作此詩宜有所本；今雖不可確知所本爲何，然其紀錄嶺南特有生態，頗值得一觀。

　　又，在張協〈雜詩十首〉中的其五，對嶺南風俗亦有所載，詩云：

> 昔我資章甫，聊以適諸越。行行入幽荒，甌駱從祝髮。窮年非所用，此貨將安設。瓴甋夸璵璠，魚目笑明月。不見郢中歌，能否居然別。陽春無和者，巴人皆下節。流俗多昏迷，此理誰能察。（卷746）

《晉書·張協傳》載協於亂後屏居草澤，屬詠自娛〔註208〕，則此詩宜爲其退居後，回想當年仕宦經歷而作。按甌駱即洛越，爲百越的一支。以古貴州（今廣西貴縣）爲中心，分布在今廣東、廣西、貴州以及越南北部。在這首詩中，首先描寫了越人斷髮之俗，《列子·湯問》篇即載：「南國之人，祝髮而裸。」觀越人所以要斷髮文身，《史記》集解引應劭語：「常在水，故斷其髮，文其身，以象龍子，故不見傷害」〔註209〕以爲詮解，《漢書·地理志》亦有「文身斷髮，以避蛟龍之害」〔註210〕之說。凌純聲並以爲亦與習水泳游生活相關〔註211〕。

　　然而，張協面對越人的生活習俗，其實多站在優越角度發聲，對越人一切甚多鄙夷，以爲斷髮終其一生並無所用，無須如此；而以陶

〔註207〕　《晉書》卷三十六〈張華傳〉，頁1070。
〔註208〕　《晉書》卷五十五〈張載傳〉，頁1518～1524。
〔註209〕　《史記》卷四〈周本紀〉，頁115。
〔註210〕　《漢書》卷二十八〈地理志〉，頁1669。
〔註211〕　凌純聲：〈中國古代海洋文化與亞洲地中海〉，《海外》第3卷第10期（1954年），頁7～10。收入氏著：《中國邊疆民族與環太平洋文化》（臺北：聯經出版社，1979年），頁335～344。

器誇美玉,猶如以魚目誇明月,審美觀甚不足取。又,「不見郢中歌,能否居然別」句,據李周翰注云:「郢中之歌有〈陽春〉、〈巴人〉二曲,〈陽春〉高曲,和者甚少,〈巴人〉下曲,和者數千人,故知能否斯別,亦猶章甫與斷髮之異,而賢者與小人不同。」則亦可知張協於此將一己與越人畫出文化的界限。

綜上所述,先秦至魏晉,以北方政權爲主體的朝代,詩作中關於嶺南的書寫並不多,且亦不甚客觀。觀此現象,除限於地域邈遠,認知上有所圍限外,亦與南征戰事的頻冗有密切關係。

二、南朝──詩人實際入嶺經驗及其書寫

西晉末年,洛陽失陷,大批中原士人避難南方,在建康建立新的政治文化中心,南方與中原的交流因而更廣,然而,這樣的交流早期多侷限於長江沿岸。曹道衡在其《南朝文學與北朝文學》一書中即論及:

> 南朝的文學家大多數出自長江沿岸諸州,至於今湖南、兩廣及福建等地,出現的文人相對較少。其中湖南和福建還有一些文人因游宦和貶官曾至此地,所以宋、齊兩代,就有較多文人到過那裡。至於兩廣則很少有人涉足,只有犯罪貶黜者被流放至此。不過到了梁末侯景之亂以後,也有文人避難至此,如江總有一部分作品就作於此地。〔註212〕

曹氏以爲晉末世族避亂江左,爲長江流域的開發著力不少,然而,相較之下,湖南、兩廣與福建等地,因地處偏遠,較少有人涉足。隨著南朝立基江左日益穩固,湖南、福建等地漸有遊宦者軌跡,反映在詩作中的,便是此一時期詠巫山、三峽、洞庭湖等勝景者日增。至如兩廣,則又需遲至侯景之亂後,文人避居至此,書寫才日多。

今檢索《先秦漢魏晉南北朝詩》,確如曹氏所言,兩廣地區的書寫在梁、陳之後愈增;然而,這樣的書寫,實在宋時已啓其端,王叔

〔註212〕參見曹道衡著《南朝文學與北朝文學研究》(南京:江蘇古籍出版社,1998年),頁159。

之、謝靈運與顏延之對於嶺南俱有相關書寫，試以下先由王叔之討論之。

據逯欽立考，王叔之，爲晉、宋間處士，著《莊子義疏》十卷，今存詩作中有〈遊羅浮山詩〉與〈擬古詩〉二首，敘嶺南事，詩云：

> 菴藹靈岳，開景神封。綿界盤址，中天舉峰。孤樓側挺，
> 層岫迴重。風雲秀體，卉木媚容。（卷一，頁 1129）

按羅浮山在今廣東省東江北岸，風景優美，爲粵中勝地。相傳〔晉〕葛洪曾在此山修道，道教稱爲「第七洞天」〔註213〕。王叔之此詩即是敘寫羅浮山勝景，贊其秀峰獨舉，在一層又一層的峰巒旋繞疊懸下，凌雲之上；峰上花木搖曳生姿，更添生色。

再觀〈擬古〉一詩，詩云：「客從北方來，言欲到交趾。遠行無他貨，惟有鳳皇子。百金我不欲，千金難爲市。」〔註214〕（卷一，頁 1129）在這首詩中，傳達出其時南海貿易已開，北人甚且不遠千里入嶺經商。詩末二句，將主客之間的討價還價靈活呈現，其中值得玩味的是，客欲以千金出售持有的鳳凰子，但顯然非主人所能接受；但客人開價千金，似乎即欲以此價格至交趾販售。而不管有無希望，至少傳達出當時交趾的市場當已甚爲廣大，才會使北人願赴千里。

繼而，再觀謝靈運詩。據《宋書・謝靈運傳》載謝靈運因性格偏激，且多詆毀執政大臣徐羨之等，故被遣出爲永嘉太守，不久稱疾隱居〔註215〕。文帝即位後，雖再度入朝，卻僅被視爲文學之臣，無法

〔註213〕 葛洪至羅浮山修道後，相傳其弟子（或僕人）黃野人服食葛洪留下的丹藥而成爲羅浮山地仙，爲此地更添神仙色彩。詳見王麗英著：《道教南傳與嶺南文化》（武漢：華中師範大學出版社，2006 年），頁 141～144。
　　　　在葛洪之後，羅浮山至遲在宋已成爲遊覽勝地，謝靈運〈初發石首城詩〉即稱：「遊當羅浮行，息必盧霍期」（卷三，頁 1177），將羅浮山與盧山、霍山等勝景相比擬，可見羅浮山在當時人中的地位。
〔註214〕 〔晉〕王獻之亦有此詩，唯「百金我不欲」的「欲」字作「嚮」。
〔註215〕 《宋書・謝靈運傳》載：「靈運爲性褊激，多愆禮度，朝廷唯以文

一展抱負；重之以諸臣屢次上表奏劾，後又與會稽太守有隙，故而出
爲臨川內史。然因其在臨川郡內遊放不異永嘉，故而再遭有司檢舉，
謝靈運興兵抗拒，幸得祖蔭，方可免死，徙付廣州〔註216〕。

　　據顧紹柏《謝靈運集校注》統計，謝靈運赴廣州途中，較爲確切
的詩作有〈嶺表〉、〈長歌行〉二首，謹臚列分析如次。首先，在其〈嶺
表〉一詩中，謝靈運寫道：

> 照澗凝陽水，潛穴□陰□。雖知視聽外，用心不可無。
> 〔註217〕

此首詩當爲記行之作，謝靈運流放廣州，由今江西大庾縣經大庾嶺入
廣東南雄縣，故而其詩題爲〈嶺表〉，當寫入嶺時所見風光。前兩句
寫景，雖有闕文，卻仍可見嶺地風光；後兩句寫情，期許自己在入嶺
後，雖在中原視聽之外，也能用心政事，一展抱負〔註218〕。

　　相較於〈嶺表〉，其〈長歌行〉則多爲抒情：

> 倏爍夕星流，昱奕朝露團。粲粲烏有停，泫泫豈暫安。徂
> 齡速飛電，頹節騖驚湍。覽物起悲緒，顧已識憂端。朽貌

義處之，不以應實相許。自謂才能宜參權要，既不見知，常懷憤憤。
盧陵王義真少好文籍，與靈運情款異常。少帝即位，權在大臣，靈
運構扇異同，非毀執政，司徒徐羨之等患之，出爲永嘉太守。郡有
名山水，靈運素所愛好，出守既不得志，遂肆意游遨，遍歷諸縣，
動踰旬朔，民間聽訟，不復關懷。所至皆爲詩詠，以致其意焉。在
郡一周，稱疾去職，從弟晦、曜、弘微等並與書止之，不從。」詳
見《宋書》卷六十七〈謝靈運傳〉，頁1753、1754。

〔註216〕詳見同上註，頁1777。

〔註217〕見顧紹柏校注：《謝靈運集校注》（臺北：里仁書局，2004年），頁
296。

〔註218〕謝靈運於此時亦作有〈嶺表賦〉一篇，描述嶺南風光深刻細膩，然
其非詩，故謹列原文如次，以爲參考：「若乃長山款跨，外內乖隔，
下無伏流，上無夷跡。麕兔望岡而旋歸，鴻雁覿峰而反翮。既陟麓
而踐坂，遂升降於山畔。顧後路之傾巘，眺前磴之絕岸。看朝雲之
抱岫，聽夕流之注澗。羅石棋布，怪譎橫越。非山非阜，如樓如闕。
斑采類繡，明白若月。蘿蔓絕攀，苔衣流滑。」此篇寫登嶺之險與
入嶺所見，大庾嶺的奇絕雖使靈運害怕，然也正因爲山勢之高，使
得謝靈運得覽「朝雲抱岫」、「羅石棋布」等勝景，從而開拓與中原
完全不同的新視界。文見顧紹柏校注：《謝靈運集校注》，頁513。

改鮮色，悴容變柔顏。變改苟催促，容色烏盤桓。疊疊衰期迫，靡靡壯志闌。既慙臧孫慨，復愧楊子歎。寸陰果有逝，尺素竟無觀。幸賒道念戚，且取長歌歡。〔註219〕

前四句寫晚上的流星雖然光焰燦爛，但是一閃而過，不能久停，一如清晨的露珠雖然晶瑩有光，但也總是隨即就爲陽光所蒸發。看到這一切，令詩人心中起了無限悲嘆，哀傷過去的時光總如飛電、驚湍一樣迅急。光陰催人衰老，年輕的柔嫩光顏，又怎能期待它永久保存？而隨著年歲的衰老，年輕時的壯志，彷彿也漸漸頹靡，未能記住古人遺訓的自己，如今導致徙付廣州的的下場，無可奈何下，只能「且取長歌」，聊以爲慰了。

　　在王叔之、謝靈運外，另一描寫嶺南的南朝宋詩人，尚有顏延之，且觀其〈獨秀山〉一詩：

　　　　未若獨秀者，嵯峨郭邑開。（卷六，頁1238）

《桂林風土記》云：「獨秀山在城西北一百步，直聳五百餘尺，周廻一里。平地孤拔，下有洞穴，凝垂乳竇，路通山北，旁廻百餘丈，豁然明朗。宋光祿卿顏延年牧此郡，常於北石室中讀書，遺跡猶存。」顏延之以其仕宦經歷，得於獨秀山中石室讀書，有感於獨秀山峰姿卓絕，遂著此詩，惜全詩僅存一聯，未能詳其全貌。〔註220〕

〔註219〕　見顧紹柏校注：《謝靈運集校注》，頁304。

〔註220〕　又顏延之亦有一聯「旦泛桂水潮，映月游海澨。」（卷六，頁1238），然而此聯亦見於〔梁〕江淹所作〈謝臨川靈運遊山〉一詩（卷四，頁1577）。繼而再觀江淹全詩，所敘寫者應爲湖南勝景，故於此不列入。

南朝宋之後，齊朝詩人如王融、謝朓者，活動範圍應都在今湖南省境內。觀王融雖有〈和南海王殿下詠秋胡妻詩〉（卷二，頁1401），然南海王其時治所約在今湖南省境內，且王融詩作內容亦與嶺南無關；繼而再觀謝朓，〈將遊湘水尋句溪詩〉中有「方尋桂水源，謁帝蒼山垂」句（卷三，頁1425）、〈泛役湘州與宣城吏民別詩〉中亦有「桂水日悠悠」句（卷三，頁1428）。桂水一說源出湖南省藍山縣南，東北流經嘉禾、桂陽二縣，合舂水入湘；一說源出湖南省郴縣南，西北流入永興縣界，注入耒江；一說在湖南省桂東縣西北，入漚江。桂水雖有支流流經廣西，然其主大抵在今湖南省境內，且

入梁後，關於嶺南的書寫愈豐，先觀范雲〈詠桂樹詩〉：

> 南中有八樹，繁華無四時。不識風霜苦，安知零落期。（卷
> 二，頁 1551）

《山海經‧海內南經》曰：「桂林八樹，在番禺東。」郭璞注：「八樹
而成林，言其大也。」〔註221〕范雲在齊時，歷零陵內史、始興內史、
遷廣州刺史，以《山海經》典敘寫南中氣候溫暖，幾與四時之別，而
也因爲長年溫暑，植物生長期長，幾乎沒有凋零的時候，與北方大異
其趣。

援用八桂典者，亦見於沈約〈秋晨羈怨望海思歸詩〉，詩云：

> 分空臨澥霧，披遠望滄流。八桂曖如畫，三桑眇若浮。煙
> 極希丹水，月遠望青丘。（卷七，頁 1661）

沈約此詩敘寫秋天清晨海景。羈旅南中，詩人望著縹緲的海景，引據
《山海經》中「八桂」、「三桑」、「丹水」與「青丘」典，敘寫意欲北
返卻不得的悵然。

在范雲、沈約外，蕭子顯、劉孝綽、劉孝威與梁元帝蕭繹亦有詩
作敘寫南征事，蕭子顯〈南征曲〉云：「櫂歌來揚女，操舟驚越人。
圖蛟怯水伯，照鷁竦江神。」（卷十五，頁 1817），劉孝綽〈詩〉云：
「行衣侵曉露，征舳犯夜湍。」（卷十六，頁 1828），劉孝威〈妾薄
命篇〉有「去年從越障，今歲沒胡庭。」（卷十八，頁 1868），梁元
帝蕭繹〈姓名詩〉中則稱：「經時事南越、還復討朝鮮。」（卷二十五，
頁 2041），凡此均與南朝梁與南越戰事有關，或敘寫操舟歌曲以激勵
士氣，或就行軍時情形發聲；劉孝威與梁元帝蕭繹二詩則突顯了南朝
梁往北、往南戰事不斷的情形。

除敘寫南征事外，南海珍貨如翡翠、琉璃、瑇瑁、明珠、象牙
等亦在梁詩中大量出現。劉孝威〈擬古應教〉詩：「雙棲翡翠兩鴛

二詩內容亦詠湖南境內勝景，故不列入討論。

觀南朝齊所以詠嶺南詩作者付之闕如，除與詩人活動範圍多在湖南
省境外，亦當與齊國祚不永有關。

〔註221〕《山海經》卷五〈海內南經〉，頁 268。

鵞……青鋪綠瑣琉璃扉」（卷十八，頁 1872），梁元帝蕭繹〈秋辭〉：
「翠爲蓋兮玳爲席。……雙飛兮翡翠。並泳兮鴛鴦。」（卷二十五，
頁 2060），庾丹〈夜夢還家詩〉：「蟲飛玳瑁梁」（卷二十七，頁 2101），
又，佚名〈黃淡思歌〉亦載「江外何鬱拂，龍洲（當作舟）廣州出。
象牙作帆檣，綠絲作幃絆。」（卷二十九，頁 2155）

　　據劉淑芬分析，漢代南海舶來品的使用者應僅限於上層階級，瑇
瑁席、象牙扇、琉璃屏風、綴以明珠、翠羽的器皿等，亦均時見諸文
人的記載〔註222〕。然而，時至晉世，明定：「士卒百工不得服犀、玳
帽，並禁服越疊、眞珠璫珥。」由此舉措，似可推知其時南海物品當
亦已普及於民間，當朝方有此因應。梁詩中大量出現的翡翠〔註223〕、
琉璃、瑇瑁等飾物，應是反映此一風尚。

　　並且，在梁詩中，范筠、任昉亦有詩作專詠嶺南風物，范筠〈詠
愼火詩〉云：「茲卉信叢叢，微榮未足奇。何期糅香草，遂得遶花池。
忘憂雖無用，止燄或有施。早得建章立，幸藝柏梁垂。」（卷二十八，
頁 2121），南越志曰：「廣州有樹，可以禦火，山北謂之愼火，或謂
之戒火，多種屋上。」范筠先就愼火樹的外觀起興，以爲其雖不出色，
亦不能聊以忘憂，然而戒火之效，若早爲人所用，則可免去漢建章宮、
柏梁宮的祝融之禍。卷二十九又載任昉引南海俗諺，曰：「蛇珠千枚，
不及玫瑰。」（頁 2146）、引越人諺曰：「種千畝木奴，不如一龍珠。」
（頁 2146）述異記云：「凡珠有龍珠，龍所吐者。蛇所吐者，南海俗
諺云云，言蛇珠賤也。」玫瑰意指火齊珠，木奴意指具經濟價值的果
樹，一稱蛇珠之賤，一詠龍珠之貴，以爲對舉。

　　梁末侯景之亂，江總、陰鏗與蘇子卿避居廣州，關於嶺南的書寫

〔註222〕　前揭劉淑芬：〈六朝南海貿易的開展〉一文。
〔註223〕　廖師美玉嘗就唐前文史記載中的「翡翠」進行相關考述，唐前南方
　　　　　小國進貢翠羽、翠鳥，甚爲中原政權鍾愛。而翡翠在唐前用途，更
　　　　　有政治裝飾與審美對象之分，詳參氏著：〈唐代詠「翡翠」詩研究〉
　　　　　收入收入成功大學中文系編：《第四屆唐代文化學術研討會論文集》
　　　　　（臺南：成功大學教務處出版組，1999 年），頁 123～140。

雖寥寥幾首，但亦頗可觀。據《陳書·江總傳》載：江總因侯景之亂，
被迫逃離建康，隱居於會稽，後至廣州投靠舅父蕭勃。梁元帝平侯景
亂後，本召總至江陵，然於北上途中，戰亂再起，江總於是流寓嶺南
達十多個春秋〔註224〕。在這十數年中，確在廣東作者計有三首，分
別為〈秋日登廣州城南樓〉、〈遇長安使寄裴尚書〉與〈經始興廣果寺
題憍法師山房〉，而在此三首詩中，描寫嶺南風光最多者當屬〈秋日
登廣州城南樓〉與〈經始興廣果寺題憍法師山房〉，謹由分析〈秋日
登廣州城南樓〉始：

> 秋城韻晚笛，危樹引清風。遠氣疑埋劍，驚禽似避弓。海
> 樹一邊出，山雲四面通。野火初煙細，新月半輪空。塞外
> 離群客，顏鬢早如蓬。徒懷建鄴水，復想洛陽宮。不及孤
> 飛雁，獨在上林中。（卷八，頁2579）

全詩描寫江總登廣州城南樓的所見所感。前八句寫在蕭瑟的秋風中，
總聆聽著綿長的笛聲，望著遠方的樹與山嵐，看著太陽漸漸落下，炊
煙與新月慢慢升起。後六句寫夜色漸漸深了，客居異鄉的自己卻是有
家歸不得，只能站在高樓上，望著遠方，遙思故國。綜觀此詩，景中
有情，在描寫登高所見景色的同時，也融入了個人的鄉思，讀來情韻
綿邈，十分深刻。又如其〈經始興廣果寺題憍法師山房〉：

> 息舟候香埠，悵別在寒林。竹近交枝亂，山長絕逕深。輕
> 飛入定影，落照有疏陰。不見投雲狀，空留折桂心。（卷八，
> 頁2589）

這首詩為題壁詩，江總路經韶州廣果寺，為憍法師山房題詩。全詩營
造出的氣氛安祥而寧靜，先由寫景始，後以論述作結，意謂在空山寂
靜中，望著近處的竹枝交錯，遠處的悠遠小徑，物我合一，俗事塵憂

〔註224〕 《陳書·江總傳》載：「侯景寇京都，詔以總權兼太常卿，守小廟。
臺城陷，總避難崎嶇，累年至會稽郡，憩於龍華寺，乃製修心賦……
總第九舅蕭勃先據廣州，總又自會稽往依焉。梁元帝平侯景，徵總
為明威將軍、始興內史，以郡秩米八百斛給總行裝。會江陵陷，遂
不行，總自此流寓嶺南積歲。」詳見《陳書》卷二十七〈江總〉，
頁344、345。

隨之消解，得到了心靈上的安適。而江總本人，似乎也在這樣的環境中，找到了心靈的寄託。與前二首相較，〈遇長安使寄裴尚書〉則純寫思鄉語，原詩如下：

> 傳聞合浦葉，遠向洛陽飛。北風尚嘶馬，南冠獨不歸。去
> 雲目徒送，離琴手自揮。秋蓬失處所，春草屢芳菲。太息
> 關山月，風塵客子衣。（卷八，頁 2581）

在流寓嶺南期間，逢長安使者至，獨居南國的江總遂借用他人詩文中的句意，傳達思鄉的急切。首二句用合浦（近今廣州）杉葉飛入洛陽的傳說〔註 225〕，期待身在南國的自己也有回返的一天；後六句則寫北風揚起，胡馬嘶鳴，望著北方來的長安使者往北漸行漸遠，詩人卻不能尾隨，獨自身在異鄉，彷彿秋蓬失所。遙望同照關山的明月，只能任風塵拍打，無奈嘆息。

又，據趙以武著《陰鏗與近體詩》所載，梁季政局不堪之時，陰鏗與蘇子卿亦度嶺南投蕭勃。陰鏗今存詩中，確於嶺南所作者僅有〈遊始興道館〉一首，原詩如下：

> 紫臺高不極，清谿千仞餘。壇邊逢藥銚，洞裡閱仙書。庭
> 舞經乘鶴，池遊被控魚。稍昏蕙葉斂，欲暝槿花疏。徒教
> 斧柯爛，會自不凌虛。（卷一，頁 2453）

全詩寫遊始興道館經過，前四句由描寫人工建築切入，寫出始興道館的硬體建築，接著描繪道館周圍的動、植物，最後以評論作結，意謂遊於這樣的玄虛之境中，可拋卻俗事煩憂，凌駕雲霄。

而蘇子卿所作之〈南征〉詩，原詩如下：

> 一朝遊桂水，萬里別長安。故鄉夢中近，邊愁酒上寬。劍
> 鋒但須利，戎衣不畏單。南中地氣暖，少婦莫愁寒。（卷九，
> 頁 2601）

全詩以征人口吻，描寫夫婦離別之時，丈夫勸慰妻子，從而傳達細膩

〔註225〕據《太平御覽》卷九五七〈木部〉引劉欣期《交州記》載：「合浦東二百里有一杉樹，葉落隨風入洛陽城內。」詳見〔宋〕李昉著《太平御覽》（臺北：臺灣商務印書館，1992 年六刷），頁 4381。

的相思之意。詩中對於桂水一帶的氣候略有述及，描寫桂水當地氣候和暖，故而即使戎衣單薄，也不易著涼，試圖以此免去妻子的掛念。全詩寫來風格纏綿，飽蘊情思，韻味深長。

　　綜上所述，南朝詩人因其生活經歷切入南方，故而能較嶺南諸多面向進行發揮，或詠嶺南山川、或寫嶺南風物；惜因居留時間不長，且頻頻眷顧北方，故今所見詩作整體而言雖較北朝爲多，但在數量上仍是偏少的。〔註226〕

　　綜本節所述，唐前詩中的嶺南書寫，大抵可以先秦至魏晉、南朝爲劃分基準。先秦至魏晉，因其政權核心集中於北方，故而對南方的書寫甚是寥落。北齊、北周甚至付之闕如。

　　先秦時因嶺南納入版圖不久，且至其地者多爲遣戍，故而並無相關嶺南詩作傳世。兩漢的三首詩作中，兩首歌詠當地良吏，其中歌賈琮者，反映嶺南吏治積弊；另一首〈有所思〉，則紀錄了南海物產明珠與瑇瑁，在漢時已爲中原人所鍾愛。由魏至晉，因對南方戰事的不利，遭到孫吳頑強的抵抗，故而面對南方多帶著寇仇的眼光，屢以「夷」、「魋」稱之；晉時的吳隱之一首則反映官吏貪暴問題。在此之外，張華與張協分別有採風之作，張華以其博學強志，撰成《博物志》十卷，卷內便載有嶺南特有生物——野婆，並描繪其外形；張協則就越人風俗入手，然因其站在文化優勢的位置發聲，故對越人所爲多所鄙夷。

　　時至南朝，偏安江左，隨著長江流域的開發，嶺南地區逐漸有文人涉足，王叔之的〈羅浮山〉即詠嶺南道教勝景，〈擬古〉詩中更傳達南方市場大開，北人不遠千里前往進行買賣的訊息；謝靈運的徙赴

〔註226〕今存隋朝詩作中，楊素〈贈薛內史詩〉中有：「漢陽隔隴岑，南浦達桂林」句（卷四，頁2676）然全詩與嶺南無涉，應是以桂林爲國境南界。

　　　　王胄〈臥疾闔越述淨名意詩〉詩，雖述臥疾闔海事，然「五嶺常炎鬱，百越多山瘴」一句（卷五，頁2701），則敘寫了嶺南的氣候與瘴氣的流行，然據筆者檢索隋詩，亦僅此一首與嶺南相關而已。

廣州，使其在途中寫作〈嶺表〉一詩，雖有缺字，然寫嶺南風景勝處
仍甚可觀。入梁後，描寫嶺南詩作更多，或詠嶺南風景、或述南征事，
詩中更大量體現翡翠、明珠、瑇帽等南海奇珍，顯現當時貿易之盛。
梁末侯景之亂，將詩人推向更南方，江總、陰鏗、蘇子卿等俱有詩作
傳世，為唐前詩作中的嶺南書寫，展現更多元的面向。

小結

　　本章以唐前嶺南圖像的描繪為主題，企圖就史籍與唐前詩作為
考察點，觀察唐前嶺南地區在史籍中、在詩作中如何被描繪。

　　第一節就嶺南地理位置與行政區域的模糊性切入，探討自秦迄
隋，在將嶺南納入中原版圖的這一千多年間，對於嶺南經略的思考，
及其背後象徵的政治思維。首先，筆者分析嶺南義界的成形，及在史
籍記載中，關於嶺南政治區域的模糊性；接著分析歷代對嶺南經略的
政治舉措，並探討其代表的意義。

　　第二節則藉由移民與蒼梧郡名的討論，標示「南方」此一相對性
概念，隨著政治力量的征服與移民的拓邊，有逐漸往南移動的趨勢，
而移民對於嶺南地區的開發，更是功不可沒。然而，與移民同時進駐
嶺南的遊宦素質良窳不齊，直接導致嶺南地區紛爭難以止息，歷代都
為此付出相當慘痛的代價，甚者消耗國力，在不得以的狀況下，只能
放棄統治，或者選擇與當地氏族結盟。

　　第三節主要分析嶺南地區最為常見的「瘴鄉」意象成因，探討自
秦迄隋，此一意象的成形及其影響。嶺南地區在古人心目中是陽氣過
剩，地勢低下，又兼多雨溽濕，蘊藏地癘的地區，對於人的健康極為
不利，居此易於感疾。雖然唐前對於「瘴」已有一定程度的認識與觀
察，但「瘴」的盛行卻仍讓中土人士卻步，致使唯「貧窶不能自立者」
才求補長吏，吏治不良遂也可以想見。

　　第四節則以唐前詩作為主，企圖觀察文學作品中的嶺南呈現何
種樣貌。本節就先秦至魏晉、南朝兩大部分釐析，初步探討得出先

秦至魏晉，因其政權核心集中於北方，故而對南方的書寫甚是寥落，北齊、北周甚至付之闕如。時至南朝，偏安江左，隨著長江流域的開發，嶺南地區逐漸有文人涉足，甚且有詩人長居於此，故而詩作呈現出較豐富的面向，所載的嶺南風物也較為細膩，但質與量仍不夠豐富。

　　而由以上四節討論，筆者以為嶺南地區的圖像隨著中原地區的南向開發，確有逐漸清晰化的趨勢。然而，在史籍中的論述趨向單一，而詩集中的作品亦佔少數，故而面對嶺南，全面、多元的書寫，應是有待唐朝，而此一部分，謹留於後文論之。

第三章　唐代前期詩人的嶺南書寫

二十世紀中期人類學家李維史陀前往燠熱無風的赤道，在巴西里約熱內盧登陸時寫道：

> ……船航行的速度緩慢，必須小心避過海灣裡面的大小島嶼。從長滿樹木的山坡上面忽然吹送下來的氣息和涼快的感覺，使人預感到好像和花卉及岩石都已產生了具體的接觸。雖然在事實上還沒看到花卉或岩石，使旅行者先嘗到這片大陸的特性……。〔註1〕

在初次探訪新大陸時，最先感到的氣候的差異，接著舉目所見提醒了風物的不同。此時，嵌印在印象底層的圖像，是否開始產生作用？鄭毓瑜以爲：

> 過去與未來其實都不存在在眼前地理景觀中，但是眼前的地理景觀卻可以交纏古往今來的歷史思維，而成爲一種概念式的風物。如此一來，我們未嘗不可以說，由地理及歷史概念所構成的時空形態，最終的主導者其實是如何去看待時間與空間的人文情識。人文活動作爲觀照地理、定位歷史的源頭，歸根結底是一種社會性的生活情境，是人與人──包括不同身份、階級、集團屬性彼此對話交流的關係性存在。……僻遠之域毋寧就成爲整個社會群體對他加

〔註1〕　李維史陀著、王志明譯：《憂鬱的熱帶》（台北：聯經出版社，1989年5月），頁92。

以隔絕、疏離的最大的懲罰。〔註2〕

踏上新履地的詩人們,在面對眼前的地理景觀時,所產生的心理防衛機制即是透過過往歷史認知來理解。而面對新身份,又有多少的心理衝突需調適?心理學上以為:當人被迫離開自己熟悉的舊事物、舊環境而接觸到陌生的新事物、新環境時,當這新事物、新環境對自己構成大的威脅、而自己又沒有能力來對付時,便必然會為此焦慮不堪,希望逃避眼前現實而回到固有的生活中。

在唐前嶺南意象的積澱下,踏上未知南方旅途的詩人們,所採取的認知策略為何?不同身分的作者、寫作動機不同,在描寫嶺南上是否也有所分別?檢視唐代詩中的嶺南書寫,可以發現乃集中在初唐、中唐與晚唐三個階段,被標舉為唐詩高峰的盛唐反而較少有特出者〔註3〕。

唐代不同身分的作者,在描寫嶺南上是否有所差別?而唐代詩人描寫嶺南時,所採用的語言策略,又與唐前有何不同?檢視唐代詩中的嶺南書寫,可以發現乃集中在初唐、中唐與晚唐三個階段,被標舉為唐詩高峰的盛唐反而鮮少有關嶺南的詩作。為使論文的論述更為明晰,擬按照時間先後列舉,本章係依檢索所得,以初唐的張說、杜審言、沈佺期、宋之問四位詩人為主,加上安史亂後、大歷年間的劉長卿詩為討論文本,合稱唐代前期,以與中、晚唐二個階段作對照,具體討論唐代曾到過嶺南的重要文人及其相關詩作,佐以時代

〔註2〕 鄭毓瑜:〈歸反的回音──漢晉行旅賦的地理論述〉,收入衣若芬、劉苑如主編:《世變與創化──漢唐、唐宋轉換期之文藝現象》(臺北:中央研究院中國文哲研究所,2000年),頁135～192。

〔註3〕 此時期的嶺南書寫主要集中於送別詩,但除李白、杜甫外,其餘詩人寫作相關題材者甚少。而李白於詩中所記述的,主要乃送人游羅浮,或是自己對羅浮山的嚮往;杜甫雖有許多送人往嶺南的詩,但主要集中於彼此友情的追憶、期許,與嶺南相關的意象並不多。由此雖可看初兩位詩人筆力確然不同於一般,能在有一固定習套的酬贈詩中開闢新的意象,但對於理解唐代嶺南如何被書寫,助益不大,故此處盛唐文人僅選劉長卿以為代表。

背景資料的輔證，逐一分析、詮解，以使後續的分析與討論有更明確之依據。

第一節　張說、杜審言詩中的嶺南書寫

長安三年癸卯（703A.D.），時張說三十七歲。是年張易之與其弟張昌宗擬構陷魏元忠，要求張說證實其事，張說不肯，元忠雖由是免誅，然張說卻以忤旨配流欽州。〔註4〕《唐會要‧史館雜錄下》長安三條記載這整件事的發生經過，文曰：

> 昌宗等包藏禍心，遂與說計議，欲謀害大臣。宋璟等知說巧詐，恐損良善，遂與之言，令其內省。向使說元來不許昌宗虛詐元忠，必無今日之事。乃是自招其咎，賴識通變，轉禍為福；不然，皇嗣殆將危矣。

則天病甚時，張昌宗等企圖藉由詆毀魏元忠，挾持太子，打擊朝中企圖恢復李唐者勢力的同時，鞏固自身。而面臨這場看似私人恩怨，實則為兩方政治力拉鋸戰，張說於此時也隨之被推至抉擇的關口。若他選擇站向張易之兄弟，不僅魏元忠生命受脅，甚且可能牽連到其時太子的安危〔註5〕。在面臨兩方勢力交逼下，張說最後雖然站向魏元忠那一方，但也因牴觸張易之兄弟，判流欽州。〔註6〕

〔註4〕此事始末，於《資治通鑑》要詳實的敘述，詳參卷二百七‧唐紀二十三‧則天順聖皇后下‧長安三年，頁6563～6565。

〔註5〕張說曾為太子校書，為李顯僚屬，若此時他選擇靠向張易之兄弟，極可能使太子為張易之兄弟所挾。

〔註6〕《資治通鑑》記載，張說面謁武后時，嘗言：「……臣豈不知今日附昌宗立取台衡，附元忠立致族滅！但臣畏元忠冤魂，不敢誣之耳。」太后曰：「張說反覆小人，宜并繫治之。」他日，更引問說，對如前。太后怒，命宰相與河內王武懿宗共鞫之，說所執如初。朱敬則抗疏理之曰：「元忠素稱忠正，張說所坐無名，若令抵罪，失天下望。」蘇安恆亦上疏，以為：「陛下革命之初，人以為納諫之主；暮年以來，人以為受佞之主。自元忠下獄，里巷恟恟。皆以為陛下委信姦究，斥逐賢良，忠臣烈士，皆撫髀於私室而箝口於公朝，畏迫易之等意，徒取死而無益。方今賦役煩重，百姓凋弊，重以讒慝專恣，刑賞失

　　持平而論，這次張說被流欽州，確如《唐會要》所言，有很大一部份乃爲「自招其咎」，但當初張說選擇站向張易之兄弟那一方，確也有其不得已的苦衷。按張說出身寒門〔註7〕，欲在朝廷中立足本屬不易，在形勢不明時與權臣相牴，只是爲自己的宦途徒增變數。雖然良心與道義，讓他最後選擇站向魏元忠等人那一方，但反覆的立場與說詞，也成爲敵方攻擊的痛腳。

　　此次被流欽州，居歲餘，俟中宗即位後即召回拜兵部員外郎〔註8〕。在這一年多中，張說於第一年時寫下〈清遠江峽山寺〉、〈廣州江中作〉、〈石門別楊六欽望〉與〈和朱使欣二首〉；第二年時寫下〈嶺南送使〉、〈南中贈高六戩〉、〈端州別高六戩〉、〈南中送北使二首〉、〈南中別蔣五岑向青州〉、〈入海二首〉、〈欽州守歲〉、〈南中別陳七李十〉、〈赦歸在道中作〉、〈還至端州驛前與高六別處〉與〈江中遇黃領子劉隆〉等作。〔註9〕從詩題上來看，除〈清遠江峽山寺〉、〈廣州江中作〉、〈入海二首〉、〈欽州守歲〉與〈赦歸在道中作〉五首外，餘皆屬於酬贈詩，張說之詩本就多爲應制之作，在嶺南時也沒有例外；然而，張說在嶺南時創作的主體情志爲何？他說感知到的嶺南地

中，竊恐人心不安，別生他變，爭鋒於朱雀門內，問鼎於大明殿前，陛下將何以謝之，何以禦之？」易之等見其疏，大怒，欲殺之，賴朱敬則及鳳閣舍人桓彥範、著作郎陸澤魏知古保救得免。丁酉，貶魏元忠爲高要尉；戩、說皆流嶺表。

由張說的言論，及其後朱敬、蘇安恆等冒顏上疏險被殺的後果，可以看出其時張易之兄弟掌握權柄，玩朝臣生死於股掌間。詳見《資治通鑑》卷二百七〈唐紀二十三・則天順聖皇后下〉「長安三年條」，頁6564～6566。

〔註7〕陳寅恪在《唐代政治史述論稿》嘗論及：「九齡本爲武后拔擢之進士出身新興階級」，「始興張氏實爲以文學進用之寒族……宜乎張說與九齡共通譜牒，密切結合，由二人之氣類本同也。」詳參氏著：《唐代政治史述論稿》（臺北：臺灣商務印書館，1994年）。

〔註8〕《舊唐書》卷九十七〈張說傳〉，頁3049。

〔註9〕文中張說詩作繫年，俱依陳祖言：《張說年譜》（香港：中文大學出版社，1984年）。該書考訂詳實，在爲詩作繫年時，也臚列相關史料以資參考。

理狀況又何如？以下謹依寫作順序討論。

在第一年所存的三首作品中，有兩首屬於赴任時的行旅作品，一首則屬於酬贈詩。其中〈清遠江峽山寺〉描寫的是張說登訪位在廣東清遠縣的廣慶寺所見，詩云：

> 流落經荒外，逍遙此梵宮。雲峰吐月白（一作日月），石壁淡煙紅（一作虹）。寶塔靈仙湧，懸龕造化功（一作工）。天香涵竹氣，虛唄引松風。簷牖飛花入，廊房激水通。猿鳴知谷靜，魚戲辨（一作見）江空。靜默將何貴，惟應心境同。（卷88，頁976）

張說本就是熱衷習禪的文士，葛兆光分析張說此類上層文士所以篤信習禪的原因如次：

> 從某種意義上來說，北宗禪倒是一種保持了平衡與中庸的宗教思想，它對於人性的理解，對於信仰者的約束、對於心靈意義的充分重視都充滿了理性。這樣，它就既維持了宗教信仰的存在與作用，又給予了信仰者心靈以自由權與主動權；既守衛了佛教思想的最後防線，又溝通了老莊道家思想甚至儒家思想。這種理性主義的心性論、修行法及境界觀實際上與中國古代思想世界普遍認可的一般觀念有相當的兼容性，也極易為上層文人士大夫接受，所以，這種思想盡管不如南宗禪那樣有著鮮明的風格，也不如南宗禪那樣風靡一時，但它卻極易在不知不覺中滲入主流思想之中，成為人們行為的指南。〔註10〕

北宗禪追求心性的清靜，在觀心看淨的過程中得到心靈的解脫。這樣簡潔的修煉方法並不要求習禪者遁入空門、遵守繁瑣的戒條，給予了修行者極大的主動選擇空間。而也正因北宗禪溝通三教的特性，讓張說在入世之餘，也能求得心靈的平靜。

或許是因習禪之故，在這首詩中也寫出了張說當下心境上力求平靜的經過。詩的一開始即以「流落」二字形容自身的處境，並以「荒

〔註10〕葛兆光：《中國禪思想史——從六世紀到九世紀》（北京：北京大學出版社，1995年）。

外」來形容嶺南。然而，若是沒有這樣的機緣，張說明白自己也無緣邂逅此勝境。接著，張說分別從自然景觀與人文景觀入手，描繪峽山寺景觀。葛曉音以為張說的山水詩在寫作技巧上調和了大小謝的風格，促進了近體山水詩意境的拓展。張說在學習小謝寫水景的藝術，營造出靜遠空闊的意境，某些程度上達到了人境合一的境界〔註11〕，此詩即為一例。

　　與〈清遠江峽山寺〉的禪靜不同，〈廣州江中作〉〔註12〕、〈和朱使欣二首〉與〈石門別楊六欽望〉則集中書寫了張說謫居南方的愁苦與不適應，〈和朱使欣二首〉其一稱：

　　　南土多為寇，西江盡畏途。山行阻篁竹，水宿礙萑蒲〔註13〕。
　　　使越才應有，征蠻力豈無。空傳人贈劍，不見虎銜珠。（卷87，頁953）

　　這首詩的一開始，襲用了前朝「粵人之俗，好相攻擊」的刻板印象，「寇」、「征」、「畏途」、「阻」、「礙」等字更帶有濃濃的敵意與懼意。「使越」用終軍事〔註14〕，「征蠻」引伏波典，末聯則以「空」、「不見」寫出一己的絕望。觀此詩在引用前朝典故時，也帶出了外人恐懼、敵視的眼光。而以終軍、伏波典，更傳達出張說「綏平」嶺南的企圖。

　　再觀張說流放欽州經石門時，所作的〈石門別楊六欽望〉，同樣

〔註11〕葛曉音：《詩國高潮與盛唐文化》（北京：北京大學出版社，1998年）。

〔註12〕詩云：「去國年（一作歲）方晏，愁心轉（一作獨）不堪。離人與（一作共）江水，終日向西南。」（卷89，頁978）

〔註13〕兩種蘆類植物。《左傳・昭公二十年》：「澤之萑蒲，舟鮫守之。」楊伯峻注：「萑蒲即蘆葦之類。」而也因盜賊常聚集於萑蒲所生之地，故亦用以指盜賊出沒之處。詳參陳貽焮：《增訂註釋全唐詩》（北京：文化藝術出版社，2001年），頁630。

〔註14〕漢武帝時，終軍自請安撫南越，曰：「願受長纓，必羈南越王而致之闕下。」軍遂往說越王，越王聽許，請舉國內屬。天子大說，賜南越大臣印綬，壹用漢法，以新改其俗，令使者留填撫之。詳參《漢書》卷六十四〈終軍傳〉，頁2821。

也是表達了對嶺南的懼意，詩云：

　　燕人同竄越，萬里自相哀。影響無期會，江山此地來。暮
　　年傷泛梗，累日慰寒灰。潮水東南落，浮雲西北回。俱看
　　石門遠，倚棹兩悲（一作悠）哉。（卷88，頁972）

石門在今廣西北流縣南三十里，其地有兩山對峙，形同關隘，甚爲
險惡，中間通道，爲古代通往欽州、廉州、雷州、瓊州及交趾的要
沖。《舊唐書・地理志四》云：「（鬼門關）其南尤多瘴癘，去者罕得
生還。」〔註15〕唐時更有鬼門關諺曰：「鬼門關，十人九不還。」（卷
877，頁9936）行渡到傳說中的石門，此時此地與友人分別，中年遭
竄逐，漂泊來此百越地的張說心中幾無生存希望，全詩瀰漫在濃重的
悲傷中。

　　在第二年的嶺南謫居生活中，張說寫作的主要內容集中於酬贈
詩，而在這些酬贈詩中也反應了他的不得志、在異鄉的恐懼與希冀回
京的心情，尤其在送北使或友人返北時，表現得更爲深刻。〈嶺南送
使〉中即言：「秋雁逢春返，流人何日歸。將余去國淚，灑子入鄉
衣。」（卷87，頁952）、〈南中送北使〉中言：「何日南風至，還隨北
使歸。」〔註16〕（卷88，頁972），而〈南中別蔣五岑向青州〉亦云：
「此中逢故友，彼地送還鄉。願作楓林（一作江楓）葉，隨君度洛

〔註15〕　《舊唐書・地理志》載：「（北流）縣南三十里，有兩石相對，其間
　　　　　闊三十步，俗號鬼門關。漢伏波將軍馬援討林邑蠻，路由於此，立
　　　　　碑石龜尚在。昔時趨交趾，皆由此關。其南尤多瘴癘，去者罕得生
　　　　　還。」（頁1743）

〔註16〕　在這首詩中，除了寫出自己希冀獲赦北歸的心情外，也習用了許多
　　　　　前朝的意象。在其二中有云：「待罪居重譯，窮愁暮雨秋。山臨鬼門
　　　　　路，城繞瘴江流。人事今如此，生涯尚可求。逢君入鄉縣，傳我念
　　　　　京周。別恨歸（一作經）途遠，離言暮景遒。夷歌翻下淚，蘆酒未
　　　　　消愁。聞有胡兵急，深懷漢國羞。和親先是詐，款塞果爲讎。釋繫
　　　　　應分爵，蹛徒幾復侯。廉頗誠未老，孫叔且無謀。若道馮唐事，皇
　　　　　恩尚可收。」（卷88，頁972）詩中的「重譯」寫出當地居民語言
　　　　　不通的情形，漢末久居交州的薛綜即言嶺南地區「山川長遠，習俗
　　　　　不齊，言語同異，重譯乃通。」（《三國志》卷五十三〈薛綜傳〉，頁
　　　　　1251。）；而鬼門關與瘴江，亦是前朝即開始書寫的意象。

陽。」（卷 87，頁 951），在〈嶺南送使二首〉中更以恐懼不得歸的筆觸，寫下「獄中生白髮，嶺外罷紅顏。古來相送處，凡得幾人還」與「萬里投荒裔，來時不見親。一朝成白首，看取報家人」二首，寄寓在遠地對京中親故的思念。

　　而在與同遭竄逐的友人贈別時，張說亦強調「同是天涯淪落人」的悲悽，如〈端州別高六戩〉中，張說云：

> 異壤同羈竄，途中喜共過。愁多時舉酒，勞罷或長歌。南海風潮壯，西江瘴癘多。於焉復分手，此別傷如何。（卷87，頁 951）

寫出兩人遇合經過是因同遭「羈竄」，頸聯則寫出了嶺南地區氣候的特殊性〔註17〕，並再次寫出對西江瘴癘之多的恐懼。

　　與上述諸詩相較，張說的〈入海二首〉便顯得十分不同，詩云：

> 乘桴入南海，海曠不可臨。茫茫失方面，混混如凝陰。雲山相出沒，天地互浮沈。萬里無涯際，云何測廣深。潮波自盈縮，安得會虛心。

> 海上三神山，逍遙集眾仙。靈心豈不同，變化無常全。龍伯如人類，一釣兩鰲連（一作懸）。金臺此淪沒，玉真時播遷。問子勞何事，江上泣經年。隰中生紅草，所美非美然。
>
> （卷 86，頁 931）

在其一中，張說描寫自己出海的經驗，海的無邊無際，讓他無法分辨方向。山的形狀在出海時，可協助引導方向，但在張說的眼裡卻是起伏不定，沒有任何作用。往前看過去是一望無際、往下更是深不可測，海的廣大無邊，讓張說只能虛心讚美造化之力。

　　而在其二中，張說則利用了大量的神話典故，以營造海的神祕。三神山傳說爲東海中仙人所居之山〔註18〕，龍伯指龍伯國的巨人

〔註17〕風潮可解爲兩種意思：其一指狂風怒潮南，謝靈運〈入彭蠡湖口〉詩稱：「客遊倦水宿，風潮難具論。」；其二指風向和潮候，韓愈〈送鄭尚書序〉中即言：「其海外雜國……東南際天地以萬數，或時候風潮朝貢。」
〔註18〕即蓬萊、方丈、瀛洲。《史記·秦始皇本紀》：「齊人徐市等上書，言

〔註19〕，金臺則引《海內十洲記・崑崙》典〔註20〕；然而，在謫宦經年的張說眼中看來，他的客觀知覺即便知道眼前確是美景，在主觀意識上卻無法盡情享受。如是的愁緒，在〈欽州守歲〉時亦有展現，詩云：「故歲今宵盡，新年明旦來。愁心隨斗柄，東北望春回。」（卷89，頁979）在今年過盡時，仍無法確定有無赦還希望的張說，抱著思歸的渴盼，度過在異鄉的年夜。

　　神龍元年（705A.D.）正月丙午，中宗即位，大赦天下。張說遇赦歸京途中，作有〈赦歸在道中作〉與〈喜度嶺〉等詩，〈赦歸在道中作〉寫出冤雪得昭，還京途中掩飾不住的歡喜〔註21〕，〈喜度嶺〉的喜字，更與當時來嶺時的愁苦大異其趣，詩云：

> 東漢興唐曆，南河復禹謀。寧知癘瘴地，生入帝皇州。雷雨蘇蟲蟄，春陽放鷑鳩。洄沿炎海畔，登降閩山陬。嶺路分中夏，川源得上流。見花便獨笑，看草即忘憂。自始居重譯，天星（一作心）已再周。鄉關絕歸望，親戚不相求。棄杖枯還植，窮鱗涸更浮。道消黃鶴去，運啓白駒留。江妾晨炊黍，津童夜櫂舟。盛明良可遇，莫後洛城遊。（卷88，頁976）

這首詩的語調相當輕快，冬去春來，季節的改變也象徵了一己心情的復甦。當時入海時「所美非美然」的主觀感受，如今已變成見花獨笑，看草忘憂。身處語言不通的嶺南地區已經年，本無遇赦的奢望，親故之間的來往也日益寥落；所幸天子「盛明」，才使自己有了再復「洛城遊」的期待。

海中有三神山，名曰蓬萊、方丈、瀛洲，僊人居之。」（頁247）

〔註19〕龍伯國傳說爲域外之大人國，《列子・湯問》篇載：「龍伯之國有大人，舉足不盈數步而暨五山之所，一釣而連六鰲，……至伏羲、神農時，其國人猶數十丈。」

〔註20〕《海內十洲記・崑崙》載「其一角有積金爲天墉城，而方千里，城上安金臺五所，玉樓十二所。」（上海：中國圖書公司和記，1915年）

〔註21〕詩云：「陳焦心息盡，死意不期生。何幸光華旦，流人歸上京。愁將網共解，服與代俱明。復是三階正，還逢四海平。誰能定禮樂，爲國著功成。」（卷88，頁976）

　　張說可說是唐代第一位在嶺南居處經年，且有諸多詩作傳世的詩人，許是因爲前來者多是流人，不具文士身份，當朝對於嶺南的認知仍侷限於史籍；並且，因著個人心境之故，張說在客觀上雖知嶺南確有勝景，但在主觀上仍是無法掩飾詩中的愁緒。

　　在張說之後，則天朝的一場政治風暴，席捲了杜審言與沈佺期、宋之問等文人，《舊唐書·張行成傳》載：

> 神龍元年正月，則天病甚。是月二十日，宰臣崔玄暐、張
> 柬之等起羽林兵迎太子，至玄武門，斬關而入，誅易之、
> 昌宗於迎仙院，並梟首於天津橋南。則天遜居上陽宮。易
> 之兄昌期，歷岐、汝二州刺史，所在苛猛暴橫，是日亦同
> 梟首。朝官房融、崔神慶、崔融、李嶠、宋之問、杜審言、
> 沈佺期、閻朝隱等皆坐二張竄逐。〔註22〕

則天朝的這場政治風暴，在朝內掀起一片巨浪，因著則天病甚勢衰，崔玄暐、張柬之等人以迅雷不及掩耳的速度，處理了張易之兄弟及其身邊的御用文人們。而據傅璇琮《唐五代文學編年史》考證，在此八人中，房融當年即死於南流途中；崔神慶無文名；崔融貶袁州（唐時屬江南西道）刺史，當年即被召還〔註23〕；李嶠貶通州（唐時屬山南西道）刺史；而閻朝隱雖亦坐徙嶺外，然尋被召還〔註24〕。

　　也因此，因著這場政治惡鬥，而流落嶺南者計有貶徙峰州（今越南河西）的杜審言、長流驩州（今越南榮市）的沈佺期、與先後入瀧州（今廣東省羅定縣）與欽州（今屬廣西）的宋之問。

　　杜審言（約 645～708），字必簡，襄州襄陽（今屬湖北）人，咸

〔註22〕詳見《舊唐書》卷七十八〈張行成傳〉，頁 2708。

〔註23〕崔融今存詩 17 首，其中有〈和宋之問寒食題黃梅林江驛〉與〈留別杜審言並呈洛中舊游〉，二詩當爲送杜審言、宋之問赴嶺時所作；餘15 首多爲應制詩。

〔註24〕詳參《舊唐書》卷一百九十〈閻朝隱傳〉，頁 5026。繼而觀《全唐詩》收閻朝隱詩 13，也多爲奉和作。

　　　　以上文人行跡，詳可參傅璇琮主編《唐五代文學編年史》（瀋陽：遼海出版社，1998 年），頁 411。

亨元年（670 年）登進士第，後與沈宋因交通張易之兄弟，於同年被
流峰州（今越南河西），隔年尋被召還〔註25〕。

　　觀《全唐詩》今收杜審言詩一卷，多應制之作，於嶺南時期所作
者計有〈贈崔融二十韻〉、〈度石門山〉、〈旅寓安南〉、〈春日懷歸〉與
〈南海亂石山作〉五首，在〈贈崔融二十韻〉中，杜審言著意在表達
自己對此政治安排的憤怨，詩云：「十年俱薄宦，萬里各他方。雲天
斷書札，風土異炎涼。太息幽蘭紫，勞歌奇樹黃。日疑懷叔度，夜似
憶真長。北使從江表（一作左），東歸在洛陽。相逢慰疇昔，相對敘
存亡。……（後略）」（卷 62，頁 738）在他的地理觀中，嶺南在萬里
之外，而也因著地理上的阻絕，人情上的來往隨之中斷。此地的風土
與過去自己的經驗全然不同，只能期待歸京的那一天。

　　在赴嶺南途中，杜審言作有〈度石門山〉，詩云：

> 石門千仞斷，迸水落遙空。道束懸崖半，橋欹絕澗中。仰
> 攀人屢息，直下騎纔通。泥擁奔蛇徑，雲埋伏獸叢。星躔
> 牛斗北，地脈象牙東。開塞隨行變，高深觸望同。江聲連
> 驟雨，日氣抱殘虹。未改朱明律，先含白露風。堅貞深不
> 憚，險澀諒難窮。有異登臨賞，徒為造化功。（卷 62，頁
> 738）

史記《索隱》引《廣州記》曰：「（石門）在番禺縣北三十里。昔呂嘉
拒漢，積石鎮江，名曰石門。」而從「未改朱明綠」句來看，可知詩
人在經廣州入安南時，時值襖夏，而他應當是沿著西江溯流而上，進
入如今的廣西境內後，在梧州一帶折向西南，經過鬼門關〔註26〕，再
向西南方向的安南。〔註27〕在這首詩中，杜審言描繪了自然景觀經人
文加工後的神奇。以人力堆疊而成的石門，激盪著眩人的水花，山高

〔註25〕詳見《新唐書》卷二百一〈杜審言傳〉，頁 5735。

〔註26〕《粵西叢載》（臺北：臺灣商務印書館，1979 年）卷十六云：「左歧
　　　　由貴鬱林而之雷瓊，曰鬼門關，遷客流人，遠投海表，生還者稀。」

〔註27〕唐時廣州內陸交通概況，可參曾一民：〈唐代廣州之內陸交通〉（臺
　　　　中：國彰出版社，1987 年 4 月）。

水深的奇異景觀在在令人屏息。

　　陳貽焮嘗言：「杜審言現存作品不多，較完美的更少，但從中仍可看出其詩歌特色之一是善於把握變化莫測的風物和微妙的情緒，如『雲霞出海曙，梅柳渡江春』、『日氣含殘雨，雲陰送晚雷』、『江聲連驟雨，日氣抱殘虹』（〈度石門山〉）、『春情著杏花』（〈晦日宴游〉）等等。依我看來，這種藝術感受和表現能力對他的孫子杜甫並非毫無影響。……（杜甫）寫景入微，情義自出，氣氛濃烈，印象鮮明，造詣之高，非杜審言能及，但從發展上看，卻是乃祖一脈所傳。」〔註28〕杜審言以著詩人的敏銳與善感，敏銳抓住了嶺南風物的細緻與瞬息萬變，並將之展現在作品中，使人讀來如歷其境。再觀其〈旅寓安南〉：

> 交趾殊風候，寒遲暖復催。仲冬山果熟，正月野花開。積雨生昏霧，輕霜下震雷。故鄉踰萬里，客思倍從來。（卷62，頁731）

此詩當作於神龍元年（705A.D.）配流峰州途中。前四句點明安南氣候有別於中土，冬天不僅來得晚，時間也短，大約在仲冬時節，山上就已是生機盎然〔註29〕，正月的時候，野花更是開了遍地遍山。而此地的多雨，則使人彷彿身在霧中；霜後的雷聲隆隆更是北客前所未聞的。前六句表面上寫安南氣候殊於中土，實則暗寓了個人的不適應，故而詩末杜審言以「客思倍從來」，點明了思鄉的情懷。許總評〈南海亂石山作〉曰：「不同於一般宮廷詩人別業山水之作著意於精巧的構思與典麗的詞藻，而與後人相比，則顯然導啓了杜甫、韓愈山水紀行詩之先河。」又，〈春日懷歸〉：

〔註28〕陳貽焮：〈杜審言〉，收入氏著：《論詩雜著》（北京：北京大學，1989年）。

〔註29〕據唐・劉恂撰之《嶺表錄異》卷中載：「山橘子，大者冬熟如土瓜，次者如彈子丸。其實金色而葉綠，皮薄而味酸，偏能破氣。容廣之人，帶枝葉藏之。入膾醋尤加香美。」由此記載，可知嶺南因氣候暖熱，故而果實可冬熟，為杜審言記載之輔證。詳見劉恂著《嶺表錄異》（臺北：臺灣商務印書館，1966年），頁9。

心是傷歸望，春歸異往年。河山鑒魏闕，桑梓憶秦川。花
雜芳園鳥，風和綠野煙。更懷歡賞地，車馬洛橋邊。（卷62，
頁735）

據《冊府元龜》卷八四〈帝王部・赦宥三〉載神龍元年：「十一
月壬午，中宗親謁太廟，告謝受尊號之意，禮畢，大赦天下，前後流
人非反逆者並放還，緣張易之徒黨本犯配流者，量輕重與遠官。」新
舊《唐書・中宗紀》也載神龍元年十一月壬午頒佈大赦令。神龍元年
十一月壬午大赦，但與張易之有關聯的均不得赦免，杜審言當是這樣
的人。杜審言或許是在神龍二年（706A.D.）春聽到了這個消息，遂
以〈春日懷歸〉傳達一己思鄉之情。也因此，全詩多為情語，在詩
的一開始即點明詩人異地客居的愁苦心境。春天溫暖的氣候，讓嶺
南百花盛開，綠野生煙，一片盎然生機，而這樣美麗的景致，使詩人
不由得觸景生情，憶起舊日遊賞之地，在一片悵然中收結。幸而不
久，杜審言即接到赦書，詔授國子監主簿、加修文館直學士〔註30〕，
在季春三月啓程回京，途經亂石山時，杜審言作〈南海亂石山〉，詩
云：

漲海積稽天，群山高業地。相傳稱亂石，圖典失其事。懸
危悉可驚，大小都不類。乍將雲島極，還與星河次。上聳
忽如飛，下臨仍欲墜。朝暾艷丹紫，夜（一作交）魄（一
作煙）炯青翠。穹崇霧雨蓄，幽隱靈仙閟。萬尋挂鶴巢，
千丈垂猿臂。昔去景風涉，今來姑洗至。觀此得詠歌，長
時想精異。（卷62，頁731）

南海即云廣州，亂石山則在廣州浦澗後，杜審言此詩當作於受召回京
時，途經廣州所作。全詩詠亂石山景，描寫細膩而傳神。前四句先寫
亂石山之高，且云其於圖典未載，後寫亂石山之險，看似要與雲島、
星河同齊，且其大小不類，點明亂石山名之由來。「上聳忽如飛，下
臨仍欲墜」如此高低相異的山群，在朝暮時各呈顯了不同的勝景。正
因其山勢高低不同，故而晨曦照耀下，奇異地有赧、丹、紫三種顏色

〔註30〕《舊唐書・杜審言傳》，頁4999。

環繞；而在夜晚時，看過去則是如煙般的青翠，當山群籠罩在霧雨中，更神祕地讓人以為其中有神仙洞府。此山極高之處，尚有鶴與猿居，如此奇特山景，中原難得一見，遂使杜審言發歌詠之。

杜審言流放峰州期間，今見詩作雖不多，然寫嶺南風候甚為深入，抒情亦頗可觀，〈贈崔融二十韻〉寫出其赴任時心裡的不安，可以看出在未達任所時，杜審言對嶺南的觀感；而由其與崔融互相以「存續」自期的內容看來，也可看出時人對赴往嶺南多有「多不全矣」的恐懼。〈度石門山〉、〈旅寓安南〉與〈南海亂石山作〉，則寫出旅途中所感知的廣州勝景與交阯氣候，凡此均紀錄了當時嶺南風光，且紀錄詳實，甚具參考價值。

第二節　沈佺期、宋之問詩中的嶺南書寫

沈佺期（約 656～716A.D.），字雲卿，相州內黃（今河南內黃）人，上元二年（675A.D.）登進士第，後因傾附張易之兄弟〔註 31〕，神龍元年（705A.D.）〔註 32〕，長流驩州（今越南榮市），兩年後（707A.D.），回京遷起居郎，後留京任中書舍人，以太子少詹事致仕〔註 33〕。

〔註31〕 沈宋傾附張易之兄弟之事，在兩《唐書》本傳均有記載，如《舊唐書·宋之問傳》載「之問弱冠知名，尤善五言詩，當時無能出其右者。……易之兄弟雅愛其才，之問亦傾附焉。……及易之等敗，左遷瀧州參軍。」詳見《舊唐書》卷一百九十〈宋之問傳〉，頁 5025。又《新唐書》載：「之問偉儀貌，雄于辯。甫冠，武后召與楊炯分直習藝館。累轉尚方監丞、左奉宸內供奉。武后游洛南龍門，詔從臣賦詩，左史東方虯詩先成，后賜錦袍，之問俄頃獻，后覽之嗟賞，更奪袍以賜。于時張易之等烝昵寵甚，之問與閻朝隱、沈佺期、劉允濟傾心媚附，易之所賦諸篇，盡之問、朝隱所為，至為易之奉溺器。及敗，貶瀧州。」詳見《新唐書》卷二百二〈宋之問傳〉，頁 5749～5750。

〔註32〕 本文中所列舉沈宋遊宦期間詩作及其繫年，均依陶敏所編〈沈佺期宋之問簡譜〉為主，詳見陶敏、易淑瓊校注《沈佺期宋之問集校注》（北京：中華書局，2001 年），頁 776。

〔註33〕 《舊唐書·沈佺期傳》載：「沈佺期，相州內黃人也。進士舉。長安

　　此次入嶺，雖僅爲期兩年，然所存詩作甚多〔註 34〕，且對於嶺南風光多所描繪。而在初唐同遭流放的八人中，沈佺期所到之處爲今越南境內，爲八人中去中土最遠者，而也正因如此，其描寫嶺南遂不僅侷限於兩廣，更拓展到今越南北境。

　　神龍元年（705 年），沈佺期、宋之問與杜審言在度過大庾嶺後，分別往驩州、瀧州、峰州而去，沈佺期在欲渡海往越南時，途經今廣西北流縣的鬼門關，作〈鬼門關〉一詩：

> 昔傳瘴江路，今到鬼門關。土地無人老，流移幾客還。自
> 從別京洛，頹鬢與衰顏。夕宿含沙裏，晨行菵露間。馬危
> 千仞谷，舟險萬重灣。問我投何地，西南盡百蠻。〔註 35〕

《舊唐書・地理志》對鬼門關描述如下：「縣南三十里，有兩石相對，其間闊三十步，俗號鬼門關。漢伏波將軍馬援討林邑蠻，路由於此，立碑石龜尚在。昔時趨交趾，皆由此關。其南尤多瘴癘，去者罕得生還，諺曰：『鬼門關，十人九不還。』」〔註 36〕由此可見過此關後，瘴癘尤甚，故罕有生還者。而沈佺期自別京洛後，自訴生活是「夕宿含沙裏，晨行菵露間」，周身都是嶺南多產的有毒植物，如今又面臨到生死關口，此去渡海，不知是否能夠生還，臨海望千仞危谷，俯視多

　　中，累遷通事舍人，預修三教珠英。佺期善屬文，尤長七言之作，與宋之問齊名，時人稱爲沈宋。再轉考功員外郎，坐贓配流嶺表。神龍中，授起居郎，加修文館直學士。後歷中書舍人、太子詹事。開元初卒，有文集十卷。」見《舊唐書》卷一百九十〈沈佺期傳〉，頁 5017。

〔註 34〕沈佺期在驩州貶所，有詩近十首，如〈嶺表逢寒食〉、〈驩州南亭夜望〉、〈九眞山淨居寺謁無礙上人〉、〈三日獨坐驩州思憶舊遊〉、〈從驩州廨宅移於山間水亭贈蘇使君〉、〈赦到不得歸題江上石〉、〈答魑魅代書寄家人〉、〈從崇山向越常〉、〈紹龍寺〉等詩，紀風土人情，言懷抱愁苦，比起其在宮廷時期的歌功頌德的奉和之作，流露出更爲感人的眞實佳情。對於驩州風土的描繪，可謂唐時之〈桂海虞衡志〉，具史料價值。

〔註 35〕詳見陶敏、易淑瓊校注：《沈佺期宋之問集校注》（北京：中華書局，2001 年），頁 87。以下所引沈宋詩作，均從此本，謹於詩末附上頁碼，不另加註。

〔註 36〕詳見《舊唐書》卷四十一〈地理志〉，頁 1743。

險海灣，沈佺期心中的憂懼可想而知。而藉由此詩之描寫，亦可見鬼門關在唐時，緊鄰危谷與險灘，確是極險之地。

渡海抵達交阯（今越南河內）後，沈佺期對此地有所描寫，作〈度安海入龍編〉：

> 我來交阯郡，南與貫胸連。四氣分寒少，三光置日偏。尉佗曾馭國，翁仲久遊泉。邑屋遺甿在，魚鹽舊產傳。越人遙捧翟，漢將下看鳶。北斗崇山挂，南風漲海牽。別離頻破月，容鬢驟催年。昆弟推由命，妻孥割付緣。夢來魂尚擾，愁委疾空纏。虛道崩城淚，明心不應天。（頁 91）

沈佺期至交阯郡後，前四句言此地南方即爲傳說中的貫胸國。而因交阯地處熱帶，故而在四時陰陽變化，溫熱冷寒之氣中，多溫熱、「分寒少」，而也正因其低緯，長年陽光普照，故云其日、月、星三光中，日照最多。後六句寫此地歷史與傳說，並以「越人遙捧翟，漢將下看鳶」寫出此地產雉雞，與瘴癘嚴重的情形〔註37〕。崇山之高〔註38〕，南海之廣，造成此地與中原的阻隔，數度月圓而缺，在等待回京的同時，鬢髮已漸漸斑白。遙想遠方家人，空留下幾可崩城的淚水，一片赤誠卻仍無所回應。

〔註37〕翟爲長尾雉雞，《後漢書·南蠻傳》曾載：「交阯之南有越裳國。周公居攝六年，制禮作樂，天下和平，越裳以三象重譯而獻白雉。」詳見《後漢書》卷八十六〈南蠻傳〉，頁2835。又鳶之典故來自《後漢書·馬援傳》：「當吾在浪泊、西里閒，虜未滅之時，下潦上霧，毒氣重蒸，仰視飛鳶跕跕墮水中。」詳見《後漢書》卷二十四〈馬援傳〉，頁838。

〔註38〕沈佺期屢於詩中提及「崇山」，如〈遙同杜員外審言過嶺〉：「洛浦風光何所似，崇山瘴癘不堪聞。」〈答魑魅代書寄家人〉中云：「漲海緣眞臘，崇山壓古棠。」（頁108）、〈從崇山向越常〉：「朝發崇山下，暮坐越常陰。」（頁120）等。而由是亦可知在沈佺期的認知中，嶺南地貌是高山綿互不絕的。又〈從崇山向越常〉詩序云：「按九眞圖，崇山至越常四十里。杉谷起古崇山，竹溪從道明國來。於崇山北二十五里合，水歃缺。藤竹明昧，有三十峰。夾水直上千餘仞，諸仙窟宅在焉。」詩與序詳盡的介紹地理路程里數，可補驩州地志之不足。

過交阯郡，抵達驩州後，沈佺期作〈初達驩州〉，詩云：

其一

自昔聞銅柱，行來向一年。不知林邑地，猶隔道明天〔註39〕。
雨露何時及，京華若個邊。思君無限淚，堪作日南泉〔註40〕。

其二

流子一十八，命予偏不偶。配遠天遂窮，到遲日最後。水
行儋耳〔註41〕國，陸行雕題〔註42〕藪。魂魄遊鬼門，骸骨
遺鯨口。夜則忍飢臥，朝則抱病走。搔首向南荒，拭淚看
北斗。何年赦書來，重飲洛陽酒。（頁95）

由「行來向一年」可知此詩當作於神龍元年歲末。伏波銅柱標示
著南方的疆界，自己在此邊地已然度過一年。而在這一年中，沈佺期
經由自身的體驗，在過往僅知銅柱為南方疆界外，進一步確切地區分
出林邑國與道明國的相對位置。詩中雖云「不知」，實則寫出了謫居
地的偏遠，為中土人士所難想像。

前野直彬於《唐代的詩人們》中嘗論及：「陳子昂和張說的作品
（雖不是全部）具有幽深沉潛的詩風，這詩風被不久登場的李白、杜
甫繼承了，而被評價為唐詩主流的譜系。和這些人相比，向權勢乞憐、
創作了一些『浮薄』的詩的沈佺期等被問罪，也可以說是理所當然的
吧。但是他們選擇了與陳子昂和張說相反的路線，卻也不是因為對張

〔註39〕林邑，古國名，即占城，公元二世紀建國，十七世紀末亡於廣南阮
　　　　氏，其地在唐驩州之南，今越南中南部。道明，亦越南古國名。
〔註40〕據《元和郡縣圖志》載：日南，漢郡名，元鼎六年置，治朱吾，在
　　　　今越南洞海南，此指驩州，隋大業中曾改名曰日南郡。（臺北：臺灣
　　　　商務印書館，1968年）
〔註41〕儋耳，儋通瞻，耳下垂。《山海經・大荒北經》：「有儋耳之國，任姓，
　　　　禺號子，食穀。」郭璞注曰：「其人耳大下儋，垂在肩上。朱崖儋耳，
　　　　鏤畫其耳，亦以放之也。」《太平寰宇記》亦載：「《山海經》曰儋耳，
　　　　即離耳也，皆鏤其頰，上連耳斤，狀似雞腸下垂。」漢元鼎六年置
　　　　儋耳郡，治所在今海南儋縣。
〔註42〕雕題，古代南方有在額上刺花風俗的少數民族。《禮記・王制》：「南
　　　　方曰蠻，雕題交趾，有不火食者矣。」注曰：「雕文謂刻畫其肌，以
　　　　丹青涅之。」又，「題」指額頭。（頁247）

氏兄弟的政策或人格起共鳴。不管對象是誰,只要是皇帝和他的寵臣,他們就會向他諂媚示好。他們根本沒有想到,有他們那樣的名詩人在近側,會間接地增長張氏兄弟的威勢和政治效能。」〔註43〕在無法預料的情況下遭到貶謫,且一貶入驩州,對於沈佺期的打擊不可謂不大。也因此他在詩中先寫出自己對此政治判斷的不能理解,所有當朝文士都或多或少的欽附了張易之兄弟,怎麼就是自己被貶往最南端?旅途中所遭逢的種種驚奇,更令沈佺期難安,二詩遂都在思歸之情中作結。

在謫居地逢三月三日,沈佺期作〈三日獨坐驩州思憶舊遊〉〔註44〕,先回想京城中上巳節的情況,繼而將其與自己目前處境作對比,其中「炎蒸連曉夕,瘴癘滿冬秋」二句,描述了沈佺期對於驩州當時氣候極端不適應,炎熱與瘴癘使他發出南方不可留的浩嘆,渴望在今朝今夕,能有人陪自己喝上一爐酒,稍稍寬慰獨在異鄉的寂寞。

除了關於嶺南氣候的描述外,對於嶺南風俗、物產,沈佺期亦有詩論及,在其〈從驩州廨宅移住山間水亭贈蘇使君〉一詩中寫道:

> 遇坎即乘流,西南到火洲。鬼門應苦夜,瘴浦不宜秋。歲貧胸穿老,朝飛鼻飲頭。死生離骨肉,榮辱間朋遊。棄置一身在,平生萬事休。鷹鸇遭誤逐,豺武怯真投。憶昨京華子,傷今邊地囚。願陪鸚鵡樂,希並鷦鷯留。日月渝鄉思,煙花換客愁。幸逢蘇伯玉,回借水亭幽。山柏張青蓋,

---

〔註43〕 前野直彬著、洪順隆譯:《唐代的詩人們》(臺北:幼獅文化出版,1978年再版),頁84。

〔註44〕 原詩如下:「兩京多節物,三日最遨遊。麗日風徐卷,香塵雨暫收。紅桃初下地,綠柳半垂溝。童子成春服,宮人罷射鞲。褉堂通漢苑,解席繞秦樓。束晳言談妙,張華史漢道。無亭不駐馬,何浦不橫舟。舞篇千門度,帷屏百道流。金丸向鳥落,芳餌接魚投。濯穢憐清淺,迎祥樂獻酬。靈芻陳欲棄,神藥曝應休。誰念招魂節,翻為禦魅囚。朋從天外盡,心賞日南求。銅柱威丹儌,朱崖鎮火陬。炎蒸連曉夕,瘴癘滿冬秋。西水何時貸,南方詎可留。無人對爐酒,寧緩去鄉憂。」同註45,頁99、100。

江蕉卷綠油。乘閒無火宅，因放有漁舟。適越心當是，居
夷跡可求。古來堯禪舜，何必罪驩兜。（頁 117）

　　神龍二年（707 年），驩州刺史慷慨出讓住宅供沈佺期居住。回
想由京至此，經歷過出鬼門關、終年瘴浦，徘徊在胸穿、鼻飲二國間，
及與骨肉生別離等事，昨日的京華客，因政治上的不如意而成爲邊地
囚犯。然而，如今身在南方，隨著時間過去，即使心懸故國，沈佺期
也希望自己能安於異族風俗。今又有蘇使君慷慨出讓屋宅，與之前官
署住宅相較，此地不僅幽靜，且因有山柏爲蓋，故而可於其中適性乘
閒，免去俗事之煩擾。末四句以勗勉自己做結，希望在此越地，自己
能越來越適應，行爲也能經得起考驗。

　　全詩雖多爲寫情，然其中所列之「鼻飲」是國名，亦是越地風俗
〔註45〕；「鷓鴣」〔註46〕爲南方禽鳥；「江蕉」〔註47〕更是南方特有的
植物。可知沈佺期身處越南，故而在敘寫中，亦融入了南方的相關風
物與傳說。

　　除上述詩作外，沈佺期於此時有〈題椰子樹〉一詩，專就嶺南物
產做描寫，原詩如下：

日南椰子樹，杳裊出風塵。叢生雕木首，圓實檳榔身。玉
房九霄露，碧葉四時春。不及塗林果，移根隨漢臣。（頁
121）

〔註45〕　今觀《異物志》與《嶺表錄異》未錄此風俗，然於〔宋〕周去非之
　　　　《嶺外代答》一書中，曾論及此風俗爲：「邕州溪峒及欽州村落，俗
　　　　多鼻飲。鼻飲之法，以瓢盛少水，置鹽及山薑汁數滴於水中，瓢則
　　　　有竅，施小管如瓶嘴，插諸鼻中，導水升腦，循腦而下入喉。富者
　　　　以銀爲之，次以錫，次陶器，次瓢。飲時必口嚼魚鮓一片，然後水
　　　　安流入鼻，不與氣相激。既飲必噫氣，以爲涼腦快膈，末若此也。」
　　　　詳見〔宋〕周去非著，楊武泉校注《嶺外代答校注》（北京：中華書
　　　　局，1999 年），頁 420。
〔註46〕　《嶺表錄異》載：「鷓鴣，吳楚之野悉有，嶺南偏多。鳥肉白而脆，
　　　　遠勝雞鶖，能解治蠱井菌毒。」詳見《嶺表錄異》，頁 15。
〔註47〕　《異物志》載：「芭蕉葉，大如筵席，其莖如芋，取鑊煮之，爲絲，
　　　　可紡績。」詳見〔漢〕楊孚撰《異物志》（秦皇島：中華書局，1985
　　　　年），頁 15。

全詩詠日南特產椰子樹〔註48〕，先寫其外觀特出，果實叢生於樹上，圓圓的像檳榔。剖開果實後，有清涼的椰子水，而椰子葉則終年翠綠。末兩句化用張騫出使帶回石榴典故，似暗寓自己如椰子樹一般美好，卻未能得逢良機。此詩雖有所託，然大抵上仍是描繪了日南的特產，且對其外型、食用方法均有介紹。關於嶺南的詠物詩，不僅在六朝未見，即是在初唐，也未見文人專就某物產為詩，故而沈佺期此詩，可謂十分難得。

　　冬至後第一百零五日為寒食節，前後三天內，禁止生火，一切食物要預先準備好。嶺外風俗因迥異於北方，所以某些在文士眼中視為重要日子的節日，當地風俗往往不作興。但貶居嶺表的士人，每逢故都的歲時節令，仍不禁遙遙思念。寒食節在慎終追遠的仕人眼中尤為重要，沈佺期身在嶺表，有〈嶺表逢寒食驩州風土不作寒食〉，詩云：

> 嶺外無（一本作逢，誤。）寒食，春來不見餳。洛陽（一作中）新甲子，何日是清明。花柳爭朝發，軒車滿路迎。
> 帝鄉遙可念，腸斷報親情。（頁98）

　　綜上所述，沈佺期不僅創作數量頗豐，且於詩中除寄託個人赤誠與故國之思外，也在其中寫入了大量關於交阯地貌、氣候、物產與節氣習俗，甚而專為椰子樹題詩，凡此均是前朝所未見，且深具參考價值的。

　　與沈佺期同遭貶謫的宋之問（約656～712）〔註49〕，一名少連，

〔註48〕《異物志》載：「椰樹，高六七丈，無枝葉，如束蒲在其上，實如瓠繫在山頭，若挂物焉。實外有皮如胡盧核，裏有膚白如雪，厚半寸如豬膚。食之美於胡桃味也。膚裏有汁升餘，其清如水，其味美如蜜。食其膚，可以不饑，食其汁，則愈渴。又有如兩眼處，俗人謂之越王頭。」同上註，頁11。
〔註49〕關於宋之問生卒年，兩《唐書》本傳均無記載，今人傅璇琮先生據《唐才子傳》及〔清〕徐松《登科記考》所載宋之問上元二年進士推論，認為唐時進士登第，以年齡較輕者計算，至少當為二十歲，則宋之問生年當為西元六五六年或稍前。今多從傳說，然未有確切

字延清，汾州西河（今山西汾陽）人，一說虢州弘農人（今河南靈寶人）〔註 50〕。上元二年（675A.D.）登進士第，因與沈佺期同附張易之兄弟，神龍元年（705A.D.）坐貶爲瀧州（今廣東省羅定縣）參軍，次年遇赦北歸；景龍三年（709A.D.），宋之問任越州長史，是年六月，《舊唐書》本傳載「睿宗即位，以宋之問嘗附張易之、武三思，配流欽州（今屬廣西）」〔註 51〕，後玄宗立，於先天元年（712A.D.），死於欽州〔註 52〕。

論斷。至如宋之問卒年，《舊唐書》本傳載「睿宗即位，以之問嘗附張易之、武三思，配徙欽州。先天中，賜死於徙所。」然《新唐書》本傳載：「睿宗立，以獪險盈惡詔流欽州。祖雍歷中書舍人、刑部侍郎。倡飲省中，爲御史劾奏，貶蘄州刺史。至是，亦流嶺南，並賜死桂州。」傅璇琮據《舊唐書》認爲宋之問卒年當在西元七一二年或稍後，朱家興以《舊唐書》卷一八六〈酷吏·周利貞傳〉以爲傅說旁證，故今多從傅說。詳見朱家興：〈宋之問生平事蹟考辨〉《大陸雜誌》第八十九卷第二期，1994 年 8 月，頁 43～48。

〔註 50〕關於宋之問籍貫，兩《唐書》記載迥異，《舊唐書》本傳載宋之問「虢州弘農人」，《新唐書》本傳則載其「汾州人」，今或取一說，或兩說並存，朱家興以宋之問〈祭楊盈川文〉爲據，證明《新唐書》所載爲是，詳見同上註，頁 42。

〔註 51〕關於宋之問詔流之事，《新唐書》本傳載「睿宗立，以獪險盈惡詔流欽州。」然陶敏以爲宋之問被流欽州，蓋因黨附韋后故，非發武后朝舊事，並舉《資治通鑑》卷二○九：「（景雲元年六月戊申）越州長史宋之問、饒州刺史冉祖庸，坐諂附武、韋，皆流嶺表。」爲證，可備一說，詳見陶敏、易淑瓊校注《沈佺期宋之問集校注》（北京：中華書局，2001 年），頁 805。

〔註 52〕關於宋之問的死地，兩《唐書》的記載大相徑庭。《舊唐書》本傳云：「睿宗即位，以之問嘗附張易之、武三思，配徙欽州。先天中，賜死徙所。」謂宋之問賜死在玄宗先天時，死地即在欽州。《新唐書》本傳卻稱其因「獪險盈惡」的罪名詔流欽州，並寫出宋之問被賜死時的情狀：「（冉）祖雍歷中書舍人，刑部侍郎……至是亦流嶺南，並賜死桂州。之問得詔震汗，東西步，不引決。祖雍請使者曰：『之問有妻子，幸聽訣。』使者許之，而之問荒悸不能處家事。祖雍怒曰：『與公俱負國家，當死，奈何遲回邪？』乃飲食洗沐就死。」是謂賜死於桂州。
葛立方在《韻語陽秋》中即對宋之問死於桂州的說法提出質疑，文中提出疑點有三：其一，之問兩謫嶺南時，兩次均未攜妻前往；其

　　宋之問前後兩度入嶺，首次是在神龍元年二月（705 A.D.）坐爲瀧州參軍〔註53〕，次年夏秋間即被召回；二度入嶺則是在景龍四年九月（710 A.D.），流放欽州。前後兩次入嶺，帶給宋之問不同於宮廷的創作經驗，使其在題材、手法、風格與體式驅駕上，都大大超越了前期的應制詩〔註54〕，而比較其兩度入嶺詩作，更可見嶺南在宋之問眼中、筆下有所差異，以下謹先由其首度入嶺所作之〈早發大庾嶺〉與〈早發始興江口至盧氏村作〉二首分析：

> 晨躋大庾險，驛鞍馳復息。霧露晨未開，浩途不可測。嶸起華夷界，信爲造化力。歇鞍問徒旅，鄉關在西北。出門怨別家，登嶺恨辭國。自惟最忠孝，斯罪懵所得。皇明頗昭洗，廷議日昏惑。兄弟遠淪居，妻子成異域。羽翮傷已毀，童幼憐未識。踟躕戀北顧，亭午晰霽色。春暖陰梅花，瘴回陽鳥翼。含沙緣澗聚，吻草依林植。適蠻悲疾首，懷輦淚沾臆。感謝鵷鷺朝，勤修魑魅幟。生還倘非遠，誓擬酬恩德。（頁429）

　　前野直彬分析此詩說：「宋之問好像是從被判罪後態度才急轉爲嚴肅的。即使殺劉庭芝不過是傳說，從平常品行不良的他的嘴裡說出『最忠孝』的話，有誰相信？但是他始終以它作爲招牌，力言自己無罪。甚至說皇帝相當原諒他，都因百官們憎惡自己才在皇帝面前播弄是非惑亂『聖明』。張柬之辱罵張易之兄弟和他們的徒黨宋之問等是

二，《舊唐書》本傳在先，並無賜死桂州的記載；其三，從之問集中〈經梧州〉、〈發藤州〉諸詩考察，他最後確實離開桂州向欽州進發，故應非死於桂州。而關於宋之問死地，今人亦有相關考證，詳參楊墨秋：〈宋之問賜死欽州考〉，《學術論壇》1982 年第 6 期，頁 95。

〔註53〕此次獲罪，之問兄弟也同遭南貶，各分東西。宋之問獨赴日南時，譚優學先生稱「漢置郡之入海處，略東即今北部灣。愛州至京師八千八百里，至東都八千一百里。遠在瀧州之南，此以日南代瀧州，北土詩人誇張之詞也。」詳參譚優學：《唐詩人行年考續編》（成都：巴蜀書社，1987 年 8 月），頁 12。

〔註54〕詳見章繼光：〈宋之問貶流嶺南詩論〉，《求索》1999 年第五期，頁 98～101 與〈在榮辱中升沉的詩魂——宋之問、李紳遷適嶺南與詩歌創作關係之比較分析〉，《中國韻文學刊》2001 年第二期，頁 70～75。

君側的奸臣，在這裡宋之問也以同樣的惡言加諸對方。」〔註55〕此詩
雖顯見為己昭雪的企圖，但也寫出清晨趨路，度大庾嶺之經過。

　　往赴嶺南的路程，刻不容緩，在霧露未開之時就要馬不停蹄地登
上不可測的浩途。連綿不斷、高低崢嶸的山勢，是詩人前所未見的，
也因而使其發出「信為造化力」的慨歎。地理環境的南北殊異使得宋
之問在登嶺時不由得懷念家鄉，並對自己遭此責罰，感到憂憤難平。
欲度嶺之時，踟躕北顧，天色也在這樣的遲疑中漸漸亮了。過嶺後，
面對與中土截然不同的氣候與風物，嶺南的早春暖了嶺北的梅花，特
有的瘴癘使得陽鳥飛度不過，「含沙」、「吻草」等毒物的茂盛〔註56〕，
凡此雖使宋之問一時無法適應，但他仍深信只要自己能勤修職事，當
可回返故里。

　　再觀其〈早發始興江口至虛氏村作〉：

　　候曉踰閩嶠，乘春望越臺。宿雲鵬際落，殘月蚌中開。薛
　　荔搖青氣，桄榔翳碧苔。桂香多露裛，石響細泉回。抱葉
　　玄猿嘯，銜花翡翠來。南中雖可悅，北思日悠哉。鬒髮俄
　　成素，丹心已作灰。何當首歸路，行剪故園萊。（頁431）

宋之問於此時，已入嶺南，前四句寫由清晨即行趨路，一直到殘月高
掛，才得以歇蹄。後六句開始寫詩人眼中所及的嶺南風光，蔓生的薛
荔，繞樹或緣壁生長，以「搖」字寫出其動感與生機，而「桄榔」據
《嶺表錄異》載其：「枝葉並藩茂，與棗檳榔等小異。……木性如竹，
紫黑色，有文理而堅。人解之，以制博弈局。」〔註57〕一者草本，一
者喬木，將蔓生的薛荔與亭亭玉立的桄榔對舉，構圖十分優美。重之
以桂香的浸潤，石泉的幽響，全詩由視覺到嗅覺，進而到聽覺，眼前

〔註55〕前野直彬：《唐代的詩人們》，頁75。
〔註56〕《太平御覽》卷一五三引《博物志》：「深山窮谷多毒虛之物，氣則
　　　　有瘴癘，人則有工，蟲獸則有虎鳥，則有鴆，則有蝮蟲，則有射工
　　　　沙虱，草則有鉤吻野葛，其餘則蛟蟒之屬生焉。」可知嶺南地區因
　　　　地理關係，宜於有毒的動植物生長。詳見同註31，卷九百五十〈蟲
　　　　豸部七〉，頁4351。
〔註57〕詳見同註39，頁11。

抱葉的玄猿鳴聲與銜花而至的翡翠鳥更賦予畫面盎然生機。宋之問鋪
陳至此,雖明南中景色秀麗,但日益灰白的頭髮,使他亟思返回故鄉,
並且立志不再涉足政治紛爭,還給自己清靜的空間。

　　觀此二詩,在寫思鄉的同時,也對南中景物做了出色的描繪。宋
之問筆下的山水、樹木、禽鳥、泉石,構成嶺南獨有的風景,其中一
字一句都融入了初見的陌生與新鮮,也因此讀來甚具感染力。

　　除了景物的描寫外,宋之問在首度入嶺時,亦對嶺南氣候與風俗
習慣做了細膩的描述,〈入瀧州江〉一詩中即云:

> 孤舟泛盈盈,江流日縱橫。夜雜蛟螭寢,晨披瘴癘行。潭
> 蒸水沫起,山熱火雲生。猿躩時能嘯,鳶飛莫敢鳴。海窮
> 南徼盡,鄉遠北魂驚。泣向文身國,悲看鑿齒氓。地偏多
> 育蠱,風惡好相鯨。余本巖栖客,悠哉慕玉京。厚恩常願
> 答,薄宦不祈成。違隱乖求志,披荒爲近名。鏡愁玄髮改,
> 心負紫芝榮。運啓中興曆,時逢外域清。只應保忠信,延
> 促付神明。(頁 434)

　　前四句先寫嶺南因地處熱帶,故潮濕多雨,水量終年充沛。如此
的特殊環境,使人以爲在夜深時,彷彿與似龍一般的傳說生物共眠;
清晨時候也因濕氣厚重,重之以山川盤鬱結聚,疏洩不易,故多生瘴
癘〔註58〕。後四句則寫嶺南特殊勝景,按由宋之問所述,對照《嶺表
錄異》,五六句當描寫嶺南火山〔註59〕,而因此山炎熱,故而僅能聽
到少許猿嘯,鳶鳴則全不可聞。遠離中土的此地,風俗也有所殊異,

〔註58〕據〔唐〕劉恂《嶺表錄異》中載:「嶺表或見物自空而下,始如彈丸,
　　　漸如車輪,四散,人中之即病,謂之瘴母。」又,「嶺表山川,盤鬱
　　　結據,不易疏洩,故多嵐霧作瘴,人感之,多病腹脹成蠱。俗傳有
　　　萃百蟲爲蠱以毒人,蓋淫熱之地,毒蟲生之,非第嶺表之家牲慘害
　　　也。」對嶺南地區人人恐慌的瘴癘作了初步解釋,並提出其可能之
　　　成因,可爲一說。詳見同註39,頁1。

〔註59〕據劉恂記載:「梧州對岸西火山,山下有澄潭,水深無極。其火,每
　　　三五夜一見于山頂,每至一更出,火起,匝其頂如野花之狀,少頃
　　　而息。或言其下有寶珠,光照于上如火。上有荔枝,四月先熟,以
　　　其地熱,故爲火山也。」沈佺期在經梧州時,亦作有〈梧州火山〉,
　　　詩云:「身經火山熱,顏入瘴鄉消。」

文身、鑿齒、育蠱與觀察魚類活動以預測氣候變化〔註60〕，凡此均為中原所未見。氣候、地理、風俗均與中原不同，面對全然陌生的環境，宋之問勉勵自己在國運正盛、外域清夷時，能有一番作為，自身長保忠信，壽命長短之事就托付給上天了。

　　景龍三年（709 年），宋之問二度入嶺，在此初始，宋之問因再次遭逢政治打擊，故而所作諸詩對前往嶺南感到憂傷〔註61〕，然而此種觀點在入嶺至韶州後，慢慢有了轉變，試觀其〈自衡陽至韶州謁能禪師〉一詩：

> 謫居竄炎壑，孤帆淼不系。別家萬里餘，流目三春際。猿啼山館曉，虹飲江皋霽。湘岸竹泉幽，衡峰石囷閉。嶺嶂窮攀越，風濤極沿濟。吾師在韶陽，欣此得躬詣。洗慮賓空寂，焚香結精誓。願以有漏軀，聿薰無生慧。物用益沖曠，心源日閑細。伊我獲此途，遊道回晚計。宗師信舍法，擯落文史藝。坐禪羅浮中，尋異窮海裔。何辭禦魑魅，自可乘炎癘。回首望舊鄉，雲林浩虧蔽。不作離別苦，歸期多年歲。（頁 547）

入嶺後取道韶州（今廣東韶關），欲由藤州（今廣西藤縣）往欽州時，宋之問前往拜訪時住廣果寺的南宗慧能大師，而此次的拜謁，也帶給宋之問相當正面的影響。前四句先寫離家萬里，再次到此炎熱、潮濕之地，接著則以六句精細地描寫了由湘江至嶺南，沿途可見的景致：在猿鳴聲中迎接清晨，眼見遠處的虹霓下垂，若飲於水，湘水旁的竹

〔註60〕 觀《嶺表錄異》於此四類風俗僅錄蠱毒。繼而觀《嶺外代答》一書，則其中錄育蠱一俗，其育蠱為：「廣西蠱毒有二種：有急殺人者，有慢殺人者，急者頃刻死，慢者半年死。人有不快於己者，則陽敬而陰圖之，毒發在半年之後，賊不可得，藥不可解，蠱莫慘焉。」詳參〔南宋〕周去非著《嶺外代答》（揚州：廣陵書社，2003 年），頁 449。

〔註61〕 如〈在荊州重赴嶺南〉：「夢澤三秋日，蒼梧一片雲。還將鵷鷺羽，重入鷓鴣群。」（頁 544）〈晚泊湘江〉：「五嶺恓惶客，三湘憔悴顏。況復秋雨霽，表裏見衡山。路逐鵬南轉，心依雁北還。唯餘望鄉淚，更染竹成班。」（頁 546）凡此均表現出宋之問因其強烈的家國之思，而自外於嶺南。

林幽靜，衡峰上怪石圍繞，而越過重重的嶺嶂後，更見沿江水勢甚大。
到達韶州後，拜謁慧能，宋之問發下宏願，希望能「願以有漏軀，聿
薰無生慧」。而經由這次與慧能禪師的對談，對於即將到達的廣西欽
州，宋之問顯然較伊始更有信心面對，認爲自己只要能「坐禪羅浮
中」，儘管到達窮海極南之處，亦可「禦魑魅、乘炎癘」，且即使回歸
恐是「多年歲」，但宋之問已決定「不作離別苦」，欲以更爲積極的態
度走向欽州〔註62〕。

　　蔡振念援引此詩與前次被貶瀧州途中所作〈自洪府舟行直書其
事〉，詮解之問欲藉佛理及嶺南山水以求解脫的心境，文曰：

> 和前一首詩（〈自洪府舟行直書其事〉）一樣，宋之問在詩
> 中表達了因禍得福，因謫居而得與聞佛理的欣慰，並重申
> 獻身空寂之願，比之在廟堂獲罪，皈依佛法自是全身之計。
> 能皈依至道，則別離年久，又何苦之有，故詩以「不作別
> 離苦，歸期多年歲」作結，實是以佛法暫時自寬耳。〔註63〕

　　過了韶州，宋之問取道藤州至欽州。據唐曉濤〈唐代貶官與流人
分布地區差異研究〉指出嶺南道的西部地區較之東部更爲群山環繞，
環境險惡，交通不便，而也這因爲天然地勢的阻隔，使得風俗習慣迥
異於中土，少有中原士人涉足〔註64〕。宋之問欲至欽州，須過藤州，
故而在其沿江西行時，對於屬嶺南西部的藤州山水，做了細膩的刻
畫，寫下〈發藤州〉一詩：

> 朝夕苦遄征，孤魂長自驚。泛舟依雁渚，投館聽猿鳴。石
> 髮緣溪蔓，林衣掃地輕。雲峰刻不似，苔蘚畫難成。露裛

〔註62〕　後來在其〈早發韶州〉與〈端州別袁侍御〉諸詩中，也表現了對生
　　　　命的希望與珍視。〈早發韶州〉中認爲自己可「直禦魑將魅，寧論鷗
　　　　與鶊」，不只可對抗自然環境之惡劣，也能使邪惡之人不害己身。（頁
　　　　551、552）而在〈端州別袁侍御〉中，則要袁侍御「之子愛千金」，
　　　　好好珍惜彼此身體，將來才有再見的可能。（頁553）

〔註63〕　詳參蔡振念：〈沈宋貶謫詩在詩史上之新創意義〉，《文與哲》第11
　　　　期，2007年12月，頁245。

〔註64〕　詳見唐曉濤：〈唐代貶官與流人分布地區差異研究──以嶺西地區爲
　　　　例〉，《玉林師範學院學報》，2002年第二期，頁87、88。

千花氣，泉和萬籟聲。攀幽紅處歇，躋險綠中行。戀切芝
蘭砌，悲纏松柏塋。丹心江北死，白髮嶺南生。魑魅天邊
國，窮愁海上城。勞歌意無限，今日爲誰明。（頁 555）

雖對即將到來的陌生環境感到驚懼，但前所未見的奇麗山水，宋之問
仍以工筆紀錄下來。隨著他的足跡，順著西江西行，沿岸懸崖峭壁、
松柏流泉、藤蔓幽紅等諸勝景，在其筆下有了細膩的陳繪，彷若山水
長卷般在我們眼前開展，十分引人入勝。

　　而在到達桂州後，宋之問得以遊覽諸名勝，寫下〈桂州陪王都
督晦日宴消遙樓〉、〈登消遙樓〉、〈始安秋日〉、〈桂州黃潭舜祠〉
〔註65〕等詩作，今試以其〈始安秋日〉爲例，分析宋之問筆下的桂州
風光：

桂林風景異，秋似洛陽春。晚霽江天好，分明愁殺人。卷
雲山觚觚，碎石水磷磷。世業事黃老，妙年孤隱淪。歸歟
臥滄海，何物貴吾身。（頁 564）

在此詩中，將桂林與洛陽作了區隔，雖有故國之思，但已能平心欣賞
桂林風光，而在其筆下的桂林山水明淨可喜，使人樂而忘返，故而身
處其中的宋之問遂也因而發出珍視生命之浩歎。

　　先天元年（712 年），宋之問往返桂州、廣州間〔註66〕，在途經
梧州時，寫下〈經梧州〉，至廣州後，又因參訪名勝，而寫下〈登粵
王臺〉、〈早入清遠峽〉與〈宿清遠峽山寺〉諸詩，試以〈經梧州〉爲
例：

南國無霜霰，連年見物華。青林暗換葉，紅蕊續開花。春
去聞山鳥，秋來見海槎。流芳雖可悅，會自泣長沙。（頁
568）

〔註65〕 同註55，頁 558～567 均爲宋之問遊覽桂州詩作。

〔註66〕 據陶敏考證，宋之問〈下桂江龍目灘〉、〈下桂江縣黎壁〉等詩，因
宋之問前此無順桂江南行之經歷，故詩當作於先天元年。時朱思賢
爲廣州長史，宋之問與之善，故當年往返桂州、廣州，並作〈廣州
朱長史座觀妓〉、〈登粵王臺〉、〈早入清遠峽〉、〈宿清遠峽山寺〉等
詩。詳見同註55，頁 566～573。

　　正因「南國無霜霰」，故而嶺南四季如春，得以「連年見物華」。對於這樣溫暖的南方，宋之問以「青林暗換葉，紅蕊續開花」來描述，呈顯出南國持續的動感與生機。

　　綜上所述，宋之問在首度入嶺時，對於嶺南風光便有極爲深刻的描述，且範圍涵蓋了氣候、地理與文化，如度大庾嶺諸詩中的「含沙」、「吻草」（頁 429），又如〈早發始興江口至虛氏村作〉（頁 431）中的「薜荔」、「桄榔」等植物均爲其例，然因其停留時間僅一年，故所存詩作並不多；二度入嶺，則停留時間相對較長，故而不僅對當地風物多有描寫，且足跡遍及韶州、藤州、桂州、廣州、梧州等地，從而較前期開拓了更大的寫作地域〔註67〕，在嶺南相關記載上，甚具參考價值。

　　觀宋之間在嶺南時，寫作體式以謝靈運式的五古爲主，而此點從詩題上即可看出，如〈初至崖口〉、〈自湘源至潭州衡山縣〉、〈入崖口五渡寄李適〉、〈洞庭湖〉、〈自衡陽至韶州謁能禪師〉、〈早發大庾嶺〉、〈下桂江縣黎壁〉、〈玩郡齋海榴〉等。呂正惠更指出其詩中「用字遣詞、字斟句酌的『艱澀』風格，一看就知道是學謝靈運。宮庭詩人時

〔註67〕　宋之問行水路時，也不忘寫下舟中所見。〈下桂江龍目灘〉：「停午出灘險，輕舟容易前。峰攢入雲樹，崖噴落江泉。巨石潛山怪，深篁隱洞仙。鳥游溪寂寂，猿嘯嶺娟娟。揮袂日凡幾，我行途已千。暝投蒼梧郡，愁枕白雲眠。」（頁 566）〈下桂江縣黎壁〉中曰：「放溜覿前溆，連山分（一作紛）上干。江回雲壁轉，天小霧峰攢。吼沫跳急浪，合流環峻灘。攲離（一作雜）出潋劃，繚繞避渦盤。舟子怯桂水，最言斯路難。吾生抱忠信，吟嘯自安閒。旦別已千歲，夜愁勞萬端。企予見夜月，委曲破林巒。潭曠竹煙盡，洲香橘露團。豈傲夙所好，對之興俱歡。思君琴罷酌，泣此夜漫漫。」（頁 567）〈早入清遠峽（一作下桂江龍目灘）〉：「傳聞峽山好，旭日櫂前沂。雨色搖丹嶂，泉聲聒翠微。兩巖天作帶，萬壑樹披衣。秋菊迎霜序，春藤礙日輝。翳潭花似織，緣嶺竹成圍。寂歷環沙浦，蔥蘢轉石圻。露餘江未熱，風落瘴初稀。猿飲排虛上，禽驚掠水飛。榜童夷唱合，樵女越吟歸。良候斯爲美，邊愁自有違。誰言望鄉國，流涕失芳菲。」（頁 572）以上諸詩，雖亦有感傷氣息，但較大部分寫出了眼前景色的奇麗。

代的宋之問並不如此。貶謫的生活，截然不同的環境，使得宋之問企圖改變他的詩歌形式，以適應新的生活內容，於是他選擇了他最容易想到的前代詩人謝靈運作為他的模範。」〔註68〕再從寫作結構來看，謝靈運「記遊、寫景、興倩、悟理」的四段式結構，從宋之問的詩中也可分析出類似的作法。

　　觀唐代詩人何以至南方改變寫作體式？大陸學者葛曉音就唐代山水詩的特色與受大謝的影響論道：

> 沈宋之所以效仿大謝體，固然與陳子昂的影響不無關係，更重要的是大謝體適宜於表現南方山水中的幽深靈異之景。因此當他們貶謫在外，開闊了眼界，又有了較多的感慨之後，便自然選擇了篇制容量較大，便於精細模寫山水的大謝體。〔註69〕

　　然而，唐代貶謫詩人與前朝不同處，蔡振念有深刻分析，其以為唐人的貶謫詩和曹植、謝靈運不同處在於：曹植身為皇族，只有被棄而不用的幽憤，而沒有被貶的屈辱；謝靈運也沒有唐人被貶後不得歸鄉的憂懼。也因此，唐人的貶謫詩可以說在許多方面都是詩歌史上的新創，尤其以沈佺期和宋之問最為代表。沈、宋之前王勃、駱賓王等人雖也因事被貶，也都有貶謫詩，但他們的詩只表現了貶謫之後思鄉懷人的一面，沒有沈、宋詩的複雜與多樣。〔註70〕

　　張說、杜審言與沈宋均屬初唐「宮廷詩人」，在寫作內容上較大範圍偏屬酬唱之作，這種情形即使到南方也沒有改變。並且，因著他們形同政治惡鬥下的犧牲品，所以在詩作內容上較集中在反映自己的

〔註68〕呂正惠：〈初唐詩重探〉，《清華學報》第十八卷第二期（1988 年 12月）。

〔註69〕葛曉音：〈唐前期山水詩演進的兩次復變——兼論張說、張九齡在盛唐山水詩發展中的作用〉和〈論山水田園詩派的藝術特徵〉，收入氏著：《詩國高潮與盛唐文化》（北京：北京大學出版社，1998 年），頁76～132。

〔註70〕蔡振念：〈沈宋貶謫詩在詩史上之新創意義〉，《文與哲》第 11 期，2007 年 12 月，頁 245。

無辜。然而，赴任後面對新且多變的環境，詩人因應而生新的書寫策略。而綜呂正惠與蔡振念二位學者所言，可知初唐文人在面對與唐前完全不同的貶謫環境時，不僅學習固有體式以詳敘所見之外，也在寫作內容與題材上有更大的創新。

第三節　劉長卿詩中的嶺南書寫

在沈宋之後，經歷開、天盛世與安史之亂，劉長卿是另一位久居嶺南的詩人代表。劉長卿屬於唐詩分界中的大歷詩人，研究大歷詩人成果卓著的蔣寅在論及大歷詩人時，嘗言：

> 大歷是個特殊的時代，處在開元與元和兩個偉大時代之間，既沒有湧現一流的偉大詩人，也未產生許多驚心動魄的傑作，像是兩大高峰之間的波谷，歷來就不太爲人注目，研究得也較少。但這決不表明它不重要，更不意味著易於研究。從某個角度來說，它甚至比其他時代的詩歌更讓人感到難以著手。因爲這個時代的詩人都身歷數朝——生長在開元盛世，青少年時期在唐朝鼎盛的年月度過，在安史之亂中進入中年，到大歷年間稍盡晚歲。較長者如錢起、劉長卿，到大歷元年（766 A.D.）已四十出頭，年少者如李益也近弱冠。安史之亂明顯把他們的生活境遇和人生道路劃分爲兩個階段。〔註71〕

安史之亂將大歷詩人的人生境遇劃分爲兩個階段，在安史亂前，詩人感受到盛唐之風的美好，感受到盛唐那股向上的氣息。〔註72〕安史亂後，卻要面臨朝政、地方的嚴重失序。傅璇琮分析大歷

〔註71〕蔣寅：《大歷詩人研究》（北京：北京大學出版社，2007 年 5 月），頁2～3。

〔註72〕林庚將盛唐詩與漢魏、建安等詩作一比較，在這比較中，確認了盛唐詩的風格。林庚以爲，所謂盛唐氣象所以不同於建安風骨是因爲「它還有豐實的肌肉，而豐實的肌肉也就更爲有力的說明了這個『骨』。」而盛唐氣象所以不可捉摸，是因爲「它豐富到只能用一片氣象來說明，它乃是建安風骨更豐富的展開。」又，「漢魏『氣象混

詩人群後以為大歷詩人要可分為兩大群：

> 一是以長安和洛陽為中心，那就是錢起、盧綸、韓翃等大
> 歷十才子詩人，他們的作品較多地呈獻當時的達官貴人。
> 一是以江東吳越為中心，那就是劉長卿、李嘉祐等人，作
> 品大多描寫山水風景。〔註73〕

　　蔣寅進一步詮解這段話，以為此乃因為「長江以北的地域，除了安史舊部盤據之地就是唐朝防禦部屬的重鎮。安史舊部的割據勢力均自署長吏，而唐朝的防禦重鎮又必任用武職或能掌兵戎的人，於是文士出身的官吏就只能去長江以南的地方任職了。」〔註74〕本節所要討論的劉長卿，即屬於蔣寅分類中的江南地方官詩人，蔣寅以為因著他們具有長期在江南任州縣官員或幕府幕僚的經歷，也因此在關心攸關國運的財政活動外，較諸前期詩人，他們等同於接觸了一個新的文化地理環境。

　　查屏球在評述大歷詩人時，除注意到大歷詩人承接盛、中唐的關鍵點外，更注意到江南地方官詩人的詩歌特色，他說：「大歷十才子若僅作為一個詩歌流派，在唐詩史上的地位既不能與前期的沈宋、王儲相比，又無法與後期的韓孟、元白並論。但作為一個文化群體，它又是盛中唐士風與詩風承轉的一個重要環節。」〔註75〕「江南詩歌與京城詩風相比有一個顯著的特點，這就是多了一些奇情異象與怪物險境，他們就是以此來造成詩中的奇勢。……由其時南渡詩人劉長卿、

沌』是『不假悟也』，盛唐則是認識到捕逐而且達于深入淺出的造詣，所以是『透徹之悟』。漢魏既然還沒有致力于捕逐形象，所以形象是淳樸的，又是完整的，因此『難以句摘』；如同還沒有開採的礦山，這也就是『氣象混沌』。而盛唐則由於致力捕逐而獲得最直接鮮明的形象，它好像是已經展開的真金美玉的礦藏，美不勝收的放出異樣的光彩，這就不能說是混沌，只能說是渾濃了。」詳參氏著：《唐詩綜論》（北京：清華大學出版社，2006年7月）。

〔註73〕傅璇琮：《唐代詩人叢考‧李嘉祐考》（北京：中華書局，1980年）。
〔註74〕蔣寅：〈江南地方官詩人創作論〉，輯入前揭《大歷詩人研究》，頁3。
〔註75〕查屏球：《從游士到儒士——漢唐士風與文風論稿》（上海：復旦大學出版社，2005年5月），頁466。

李嘉祐等人的作品看，他們已漸漸不同於天寶山水田園詩風，多以淒清冷寂之境表達內心的悲苦，而其意象仍不失清秀之氣。」〔註76〕查屏球並引皇甫湜論顧況語，證明當時已有人指出江南詩人好奇逐異創作觀念與他們生長的自然環境相關，觀皇甫湜文曰：

> 吳中山泉氣狀，英淑怪麗，太湖異石，洞庭朱實，華亭清唳，與虎丘天竺諸佛寺，鈞號秀絕。君出其中間，翕輕清以為性，結冷汰以為質，煦鮮榮以為詞，偏於逸歌長句，駿發踔厲，往往若穿天心，出月脅，意外驚人語，非尋常所能及，最為快也。〔註77〕

與中原自然環境相比，江南山水本身就顯得神奇且富有變化。時局的動盪不安，也使得江南詩人多居無定所，不得不四方尋求棲息之地。尋幽探險已成了一些人求取生存空間的一個手段和生活方式。在此背景下的劉長卿，赴嶺時所展現的文學特色，及其所關注的嶺南特點，將是下文探究重點。

劉長卿〔註78〕，字文房，《中興間氣集》稱「河間劉長卿」，河間人（今河北河間縣），當是他的郡望。《元和姓纂》卷五載長卿祖父名慶約，宣州人，官考功郎中，則劉家在祖輩時已占籍宣州。約生於玄宗開元十四年（726A.D.）〔註79〕，久試不售，與劉長卿同時的批評家高仲武在《中興間氣集》裡說：「長卿有吏干，剛而犯上，兩遭遷謫，皆自取之。」兩句簡單的介紹，揭示了詩人不幸命運中的悲劇性因素。至德二年（757A.D.）冬，劉長卿受謗陷入獄。據獨孤及說

〔註76〕 查屏球：《從游士到儒士——漢唐士風與文風論稿》，頁 492～495。
〔註77〕 《全唐文》卷 686〈皇甫湜二・唐故著作左郎顧況集序〉，頁 7026。
〔註78〕 劉長卿的生平，由於史籍記載的錯誤，使其在分派歸屬上始終存在許多問題。經過今人陳曉薔、傅璇琮、郁賢皓、劉乾、房日晰、張君寶、儲仲君等人考訂，才確定其生平輪廓。蔣寅在此基礎上，進一步考訂劉長卿生平，並為之繫年。詳參氏著：《大歷詩風》（上海：上海古籍出版社，1992 年）。
〔註79〕 劉長卿生年，眾家考訂不一，今依儲仲君說，詳參氏著：〈秋風夕陽的詩人——劉長卿〉，《唐代文學研究》第三輯（廣西：廣西師範大學出版社，1992 年）。

法乃是因其作爲「傲其跡而峻其政，能使綱不紊、吏不欺。夫跡傲則合不苟，政峻則物忤，故績未書也，而謗及之，贓倉之徒得騁其媒孽。」有才幹，性質且剛正，卻不見於官場，爲人所謗，貶潘州南巴尉。剛直的劉長卿因無法接受這樣的處置，悲憤異常，在遭謗入獄與播遷期間，均反覆表達了自己的冤屈與不滿。〔註80〕

　　據蔣寅考證，劉長卿於乾元二年（759A.D.）夏秋間赴貶所南巴（今廣東電白縣），逾嶺未久便因同貶者上訴而被追回蘇州重推。雖然逾嶺未久即被追回，然重推後的結果仍是貶往嶺外，幸有元載爲之斡旋，才得以量移。

　　劉長卿是否到過南巴，諸家爭論不一，蔣寅以爲雖然時間不長，但應是有的。〔註81〕在接獲詔書赴嶺後，劉長卿作〈赴南巴書情寄故人〉，詩云：

> 南過三湘去，巴人此路偏。謫居秋瘴裏，歸處夕陽邊。直道天何在，愁容鏡亦憐。裁書欲誰訴，無淚可潸然。（頁186）〔註82〕

在做這首詩稍早前，劉長卿作有〈出貶南巴至鄱陽題李嘉祐江亭〉（頁197），可知他是由鄱陽經贛水轉湘水，再泛武溪下嶺南，與戴叔倫赴

〔註80〕 如〈罪所上御史惟則〉中所述「斗間誰與看冤氣，盆下無由見太陽。」又如〈罪所留繫每夜聞長洲軍笛聲〉中所稱：「白日浮雲閉不開，黃沙誰問治長猜。」而這兩首詩中對一己心境的描述，確也反映了詩人「性剛」的特質。

〔註81〕 蔣寅理由有二：其一，劉長卿詩集中有〈北歸入至德州界偶逢洛陽鄰家李光宰〉，詩云：「生涯心事已蹉跎，舊路依然此重過。近北始知黃葉落，向南空見白雲多。炎州日日人將老，寒渚年年水自波。華髮相逢俱若是，故園秋草復如何。」（頁273）應作於返蘇州重推途經宣州界時。而炎州，唐人習指嶺南，由「炎州日日使人老」句可知詩人當在嶺外度過一段時間；其二，上元元年再赴南巴，離蘇州所作的〈卻赴南邑留別蘇台知己〉中亦言：「又過梅嶺上，歲歲北枝寒。」（210）則前度已過梅嶺遠可知。詳參前揭《大曆詩人研究‧劉長卿生平再考證》，頁404～405。

〔註82〕 本文所引劉長卿詩，俱出儲仲君撰：《劉長卿詩編年箋注》（北京：中華書局，1996 年 7 月版），爲免註腳浩繁，謹於詩後標明頁碼，不另加註。

容州路線一致〔註83〕。在劉長卿的地理認知中，自己所要去的地方是極遠之地，遠過「三湘」之南，而過了三湘之後，在前方等他的是秋天尤重的瘴氣。地域的遠隔，讓劉長卿不禁愁容滿面。以湘沅爲一基準點的還有〈留題李明府霅溪水堂〉，詩中稱：「（前略）讁居投瘴癘，離思過湘沅。從此扁舟去，誰堪江浦猿。」（頁 189）在劉長卿的認知裡，南巴猶在湘沅之外，故云「離思過湘沅」。一路南行的劉長卿至饒州干越亭時題〈負讁後登干越亭作〉，詩云：

> 天南（一作南天）愁望絕，亭上柳條新。落日獨歸鳥，孤舟何處人。生涯投越（一作嶺）徼，世業陷胡（一作邊）塵。杳杳鐘陵暮，悠悠鄱水春（一作江入千峰暮，花連百越春）。秦臺悲（一作憐）白首，楚澤（一作水）怨青蘋。草色迷征路，鶯聲傷（一作傍）逐臣（一本無此四句）。獨醒空（一作翻）取笑，直道不容身。得罪風霜苦，全生天地仁。青山數行淚，滄海一窮鱗。牢落機心盡，惟憐鷗鳥親（一作流落誰相識，空將鷗鷺親）。（頁 192）

《太平寰宇記・饒州餘干縣》載：「干越亭，《越絕書》云：『餘，大越故界。』即曰干越也。在縣東南三十步，屹然孤挺，古之遊者，多留題章句焉。」在途經饒州，劉長卿登上相傳大越北界的干越亭，心中百感交集。他悲憐自己竟要生入越徼〔註84〕，直投向天涯的南界。而遭貶的理由竟是「直道不容身」？悲觀的他只能安慰自己上蒼天可憐見，讓他能有生還的可能。以南巴爲萬里窮處，表達渴求生還希望的還有〈貶南巴至鄱陽題李嘉祐江亭〉，詩云：

> 巴嶠南行遠（一作南出巴人嶠），長江萬里隨。不才甘讁去，流水亦何之（一作知）。地遠明君棄（一作瘴近餘生怯），

〔註83〕 戴叔倫於貞元四年（788A.D.）受任爲容州刺史、經略使兼御史中丞，但因身體狀況不佳，僅居三月即以疾受代，北還至端州清遠峽逝世。而或許也是因爲體老力衰，於容州任內所作詩作僅〈容州回逢陸三別〉，詩云：「西南積水遠，老病喜生歸。此地故人別，空餘淚滿衣。」

〔註84〕 謂百越南界，劉長卿以潘州南巴縣在百越之南鄙，故云。

天高酷吏欺。清山獨往路，芳草未歸時。流落還相見，悲懷話所思。猜嫌（一作讒）傷薏苡，愁暮向江籬。柳色迎高塢，荷衣照下帷（一本無此二句）。水雲初起重，暮鳥遠來遲。白首（一作淚盡）看長劍，滄洲（一作心閒）寄釣絲。沙鷗驚小吏，湖月上高枝（一本無此二句）。稚子能吳語，新文怨楚辭。憐君不得意，川谷自逶迤（一作容鬢老南枝）。（頁 197）

在這首詩中，劉長卿雖稱己不才，甘願接受貶謫的處分，但面對萬里的旅程，走水路的他仍是不知自己的命運將會隨著流水飄向何方。並且，在萬里之外，生命不僅受到「瘴近」的威脅，在流貶途中若遭「酷吏」威逼，遠在天涯的明主也無能為力。甚且，以剛直自許的自己，或許也會如同伏波返京後，遭他人譖語〔註85〕。南巴在萬里之外的意象，同時也出現在〈至饒州尋陶十七不在寄贈〉，詩云：「謫宦投東道，逢君已北轅。孤蓬向何處，五柳不開門。去國空迴首，懷賢欲訴冤。梅枝橫嶺嶠，竹路過湘源。月下高秋雁，天南獨夜猿。離心與流水，萬里共朝昏。」（頁 199）此詩一開始又再次重申自己「懷賢遭譖」的孤憤，繼言此次入嶺在萬里之外，只能將思念的心情託付流水。

至南巴後，劉長卿有詩〈新年作〉〔註86〕：

鄉心新歲切，天畔獨潸然。老至居人下，春歸在客先。嶺猿同旦暮，江柳共風煙。已是長沙傅，從今又幾年。（頁451）

在貶地逢新年，新春佳節，理當家家親人團聚，而詩人卻只能在海畔

〔註85〕薏苡用伏波典，《後漢書‧馬援傳》載：「初，援在交阯，常餌薏苡實，用能輕身省慾，以勝瘴氣。南方薏苡實大，援欲以爲種，軍還，載之一車。時人以爲南土珍怪，權貴皆望之。援時方有寵，故莫以聞。及卒後，有上書譖之者，以爲前所載還，皆明珠文犀。馬武與於陵侯侯昱等昱，皆以章言其狀，帝益怒。」（頁 846）

〔註86〕此詩儲仲君以爲當爲睦州任上作，劉乾先生以詩中點出「嶺猿」，以爲當在南巴任上作。

望鄉。貶斥遠方，屈沉下僚，與嶺猿一起朝夕相處，如江柳一樣經受風露。這種生活不知何時是盡頭。嶺猿與江柳，點出地方色彩，詩中雖云有嶺猿「同」，有江柳「共」，但動植物並無法理解詩人愁緒，更無法取代家人，而以賈誼自比，更是寫出一己的哀愁。

　　劉長卿逾嶺未久便因同貶者上訴而被追回蘇州重推，但重推後的結果卻仍是貶往嶺外，詩人有〈卻赴南邑留別蘇臺知己〉與〈重推後卻赴嶺外待進止寄元侍郎〉，詩云：

> 又過梅嶺上，歲歲此（一作北）枝寒。落日孤舟去，青山萬里看。猿聲湘水靜，草色洞庭寬。已料生涯事，唯應把釣竿。（頁 210）

> 卻訪巴人路，難期國士恩。白雲從出岫，黃葉已辭根。大造功何薄，長年氣尚冤。空令數行淚，來往落湘沅。（頁 209）

重推後的結果仍是必須往赴嶺外，再度過梅嶺的經驗，使詩人對宦途萬念俱灰。據獨孤及序，劉長卿啟程時「春水方生」，詩人在此詩中亦言「草色洞庭寬」，可知此次劉長卿赴嶺當是在春天。又，二詩詩題俱題「卻赴」，寫出詩人無法接受重推後仍遭此處置，遂留詩元載〔註87〕，而也幸有元載居中斡旋，長卿才免於再次入嶺。

　　在上述貶謫詩中，除集中書寫個人不平外，也大多寫出了嶺南地遠的意象，在〈貶南巴至鄱陽題李嘉祐江亭〉與〈卻赴南邑留別蘇臺知己〉中，更以「萬里」形容。而如是意象，在劉長卿的送別詩中亦多有體現。〈送徐大夫〔註88〕赴廣州〉中寫道：

〔註87〕 蔣寅以為詩題中的元侍郎應為元郎中之誤。「元載於上元二年（761A.D.）十一月始由御史中丞遷戶部侍郎（嚴耕望《唐僕尚丞郎表》卷三），乾元二年尚任戶部郎中。……元載曾是李希言江東採訪使判官，也算長卿的老上級，此時漸為肅宗倚重，長卿向他投詩，自然是希求他援手相救。」詳參前揭《大曆詩人研究・劉長卿生平再考證》，頁 405。

〔註88〕 徐大夫，當為徐浩。《舊唐書・徐浩傳》載：「坐事貶廬州長史。代宗徵拜中書舍人、集賢殿學士，尋遷工部侍郎、嶺南節度觀察使、

上將壇場拜，南荒羽檄招。遠人來百越，元老事三朝。霧
繞龍川暗，山連象郡（一作嶺）遙。路分江淼淼，軍動馬
蕭蕭。畫角知秋氣，樓船逐暮潮。當令輸貢賦（一作職），
不使外夷驕。（頁283）

在這首詩中明確寫出嶺南的幾個地名、並點出嶺南當地的氣候與地
形。龍川據《廣州記》載：「本博羅之東鄉，有龍穿地而出，即穴流
泉，因以爲號。」；象郡治所則在今廣西崇左縣境。嶺南地區氣候高
溫多霧，山高水深，與中原的平原地形截然不同。在用兵上，也以水
師爲先。《史記·平準書》載：「時越欲與漢用船戰逐，乃大修昆明池，
列觀環之。治樓船，高十餘丈，旗幟加其上，甚壯。」〔註89〕詩末以
期許對方興功立業作結，唯「輸貢賦」〔註90〕、「外夷驕」二詞，仍
是透出「嶺南」外於中原的意涵。再觀其〈送裴二十端公〔註91〕使嶺
南〉：

蒼梧萬里路，空見白雲來。遠國知何在，憐君去未迴。桂
林無葉落（一作落葉），梅嶺自花開。陸賈千年後，誰看朝
漢臺。（頁298）

在這首詩中，除再次寫出地遠外〔註92〕，也寫出了嶺南氣候的溫暖與
花木四時扶疏的景況。詩末則以陸賈說尉陀的典故，期勉裴虯。再觀
其〈送韋贊善〔註93〕使嶺南〉：

兼御史大夫，又爲吏部侍郎、集賢殿學士。」（頁3760）
〔註89〕《史記·平準書》，頁1436。
〔註90〕 按下之所供曰貢，上之所取曰賦。
〔註91〕 儲仲君以爲詩題衍十字，所送即裴二端公虯。長卿與裴虯善，早年
　　　　即有〈過裴虯郊園〉詩。意者大歷三年（768A.D.）裴虯使往嶺南，
　　　　長卿賦詩以送。
〔註92〕 劉長卿以萬里形容南方地遠者，還有〈江樓送太康郭主簿赴嶺南〉，
　　　　詩云：「對酒憐君安可論，當官愛士如平原。料錢用盡卻爲謗，食客
　　　　空多誰報恩。萬里孤舟向南越，蒼梧雲中暮帆滅。樹色應無江北秋，
　　　　天涯尚見淮陽月。驛路南隨桂水流，猿聲不絕到炎州。青山落日那
　　　　堪望，誰見思君江上樓。」（頁501）
〔註93〕 贊善使的職責，《新唐書·百官志》曰爲：「正五品上。掌傳令，諷
　　　　過失，贊禮儀，以經教授諸郡王。」詳參《新唐書·百官志》，頁1293。

> 欲逐（一作報）樓船將，方安卉服夷。炎洲經瘴遠，春水
> 上瀧遲。歲貢隨重譯，年芳遍四時。番禺靜無事，空詠飲
> 泉詩。（頁 300）

此詩據儲仲君考訂，當作於大歷二、三年（767、768A.D.）間。在這首詩中，劉長卿用了漢征兩粵時，致勝關鍵人物樓船將軍典〔註94〕與晉朝吳隱之酌貪泉不易心的典故，且以「卉服」〔註95〕、「炎州」、「多瘴」、「重譯」、「多亂」〔註96〕等傳統意象來形容南方。如是援用傳統意象寫作送別詩的手法，在〈送張司直赴嶺南謁張尚書〉中亦有體現，詩云：

> 番禺萬里路，遠客片帆過。盛府依橫海，荒祠拜伏波。人
> 經秋瘴變，鳥墜火雲多。誠憚炎洲裏，無如一顧何。（頁
> 470）

「萬里」、「伏波」、「秋瘴」於此再次被提起，「鳥墜火雲多」用的亦出於《後漢書·馬援傳》，傳載：「當吾在浪泊、西里間，虜未滅之時，下潦上霧，毒氣重蒸，仰視飛鳶跕跕墯水中。」〔註97〕然而，劉長卿於此用伏波，在期勉對方建功立業外，其實也點出南方多神信仰的現象。只要是於南方有功者，嶺南人多建祠祭拜，此例在後文論及韓柳

〔註94〕《漢書·兩粵傳》載：「元鼎五年秋，衛尉路博德爲伏波將軍，出桂陽，下湟水；主爵都尉楊僕爲樓船將軍，出豫章，下橫浦；故歸義粵侯二人爲戈船、下瀨將軍，出零陵，或下離水，或抵蒼梧；使馳義侯因巴蜀罪人，發夜郎兵，下牂柯江：咸會番禺。六年冬，樓船將軍將精卒先陷尋邑，破石門，得粵船粟，因推而前，挫粵鋒，以粵數萬人待伏波將軍。伏波將軍將罪人，道遠後期，與樓船會乃有千餘人，遂俱進。樓船居前，至番禺，建德、嘉皆城守。樓船自擇便處，居東南面，伏波居西北面。會暮，樓船攻敗粵人，縱火燒城。粵素聞伏波，莫，不知其兵多少。伏波乃爲營，遣使招降者，賜印綬，復縱令相招。樓船力攻燒敵，反毆而入伏波營中。遲旦，城中皆降伏波。（頁3857～3858）
〔註95〕卉服指用絺葛做的衣服。《書·禹貢》：「島夷卉服。」孔傳：「南海島夷，草服葛越。」孔穎達疏：「舍人曰：『凡百草一名卉』，知卉服是草服，葛越也。葛越，南方布名，用葛爲之。」
〔註96〕「方安卉服夷」、「番禺靜無事」二句，均有「教化」、「弭靜」之意。
〔註97〕詳見《後漢書》卷二十四〈馬援傳〉，頁838。

時會再詳述，於此先從略。

再觀其〈送李使君貶連州〉與〈送李秘書卻赴南中〉〔註98〕二首：

> 獨過長沙去，誰堪此路愁。秋風散千騎，寒雨泊孤舟。賈誼辭明主，蕭何識故侯。漢廷當自召，湘水但空流。（頁508）

> 卻到番禺日，應傷昔所依。炎洲百口住，故國幾人歸。路識梅花〔註99〕在，家存（一作看）棣萼稀。獨逢迴雁〔註100〕去，猶作舊行飛。（頁509）

以湘沅爲基準點的地理認知於此又出現。據曾一民考，唐時若取藍田道入嶺，湘水爲一重要轉運站。被貶詩人由長安出發，取藍田道，經商、鄧二州後，逆湘水，經潭州（傍南嶽而行），至衡州（湖南衡陽縣）。此時或可選擇由郴州（湖南郴縣）踰騎田嶺入粵；也可選擇經樂昌、韶州，乃由武縣下連州（廣東連縣）。並且，自秦御史監史

〔註98〕詩題下有序云：此公舉家先流嶺外，兄弟數人俱沒南中。李使君，名不詳。

〔註99〕梅花一句亦點出南方氣候的溫暖，按大庾嶺地處亞熱帶，十月即見梅花。〔唐〕白居易原本、〔宋〕孔傳續撰：《白孔六帖》卷九十九云：「庾嶺上梅花，南枝已落，北枝方開，寒暖之候異也。」（臺北：臺灣商務印書館，1983 年）

〔註100〕宋之問在渡大庾嶺時，作有〈題大庾嶺北驛〉，詩云：「陽月南飛雁，傳聞至此回。我行殊未已，何日復歸來。江靜潮初落，林昏瘴不開。明朝望鄉處，應見隴頭梅。」（頁 427）詩中雁與梅花的意象，在劉長卿詩中都有出現。觀宋之問與劉長卿所以稱雁至此而回，乃是因相傳雁飛不過五嶺，大歷年間，嶺南節度使徐浩因發現大雁至懷集縣，甚且奏請編入國史。見，王溥：《唐會要》卷二十八（臺北：臺灣商務印書館，1968 年）。

　　劉長卿詩中所指，當與宋之問同，均指湖南衡陽的迴雁峰，按迴雁峰居南嶽七十二峰之首，其名來源有二：一曰北雁南飛越冬，至此氣暖，不再南飛而北歸；一曰山形似雁，張翼迴翔。第一種說法正解釋了雁飛至此即不再往南的原因。而雁在中國詩文中，恆常被用來當作家書的信差。如今萬里衡陽雁，至此不再往南飛，南去的詩人等同失去了信使，與家人、友人的聯繫也因而斷裂，不禁讓詩人更爲感傷。

祿開靈渠鑿通湘灘二水後，桂州越城嶺路日行重要，不僅漢征兩粵
即經此道，後漢章帝時大司農鄭弘又奏開此路，以通交趾，以便夷人
入貢。「唐時由廣州取此道往京洛各地，必經西江端州（廣東高要）
西上入廣西，然後取『桂州越城嶺路』，即沿灘水、靈渠，踰越城
嶺，出湖南零陵縣，循湘水入洞庭湖，可上下長江，或北上京都各地
均可。」〔註 101〕由此可知湘水乃至湖南，在唐時南方交通上所佔地
位。

　　在經湖南洞庭湖時，被貶謫的詩人所想起的正是漢代的賈誼
〔註 102〕。以賈誼自比正是寫出了有冤不得訴的悲曲與獨自往赴南方
的孤悽。而賈誼年少即因感傷過度而夭，更使劉長卿擔憂兄弟俱歿南
中事，是否會在詩中主人公心中埋下陰影。

　　而透過這幾首送別詩的觀察，也可以簡要地推出劉長卿在送人
入嶺時，多習用典故，少自出機杼。然而，這幾首送別詩其實均作
於劉長卿南貶北返後，即使已經有過嶺南經驗，劉長卿在寫作送別
詩中，似乎還是承襲了過往的套式，而這樣的套式，蔣寅有精到的

〔註101〕　《後漢書·鄭弘傳》：「舊交阯七郡貢獻轉運，皆從東冶，汎海而至，
　　　　　風波艱阻，沈溺相係。弘奏開零陵、桂陽嶠道，於是夷通，至今遂
　　　　　為常路。」（頁 1156）「遂為常路」句，《資治通鑑》胡三省註云：「余
　　　　　據武帝遣路博德伐南越，出桂陽，下湟水，則舊有是路。弘特開之
　　　　　使夷通。」曾一民以為「零陵嶠道，即桂州越城嶺路，而桂陽嶠道
　　　　　則指郴州騎田嶺道。胡註只說明其一，未說明其二，蓋漢武帝時路
　　　　　伯德伐南越，出桂陽，下湟水，乃指由郴州騎田嶺入粵，經連州（廣
　　　　　東連縣）下湟水（今連江）至廣州。而戈船及下瀨將軍出零陵，下
　　　　　灘水，則是由零陵嶠道（桂州越城嶺道）下灘水，經西江至廣州之
　　　　　故。」詳參曾一民：《唐代廣州之內陸交通》，頁 79～117。
〔註102〕　賈誼作為貶謫詩人的一文化窗口，已有許多相關論述，於此不贅。
　　　　　詳可參尚永亮：〈人生困境中的執著與超越——從對屈、賈、陶的
　　　　　接受態度看中唐貶謫詩人心態〉，《社會科學戰線》2001 年第 4 期，
　　　　　頁 104～110；范秀玲：〈儒風砭骨憂黎元——我國古代貶謫文人的
　　　　　精神歸宿〉，《長春師範學院學報》1999 年第 6 期，頁 52～54；江
　　　　　立中：〈遷謫文學與岳陽人文精神〉，《雲夢學刊》1999 年第 3 期，
　　　　　頁 28～30 接頁 46；戴金波：〈遷謫文學：透視人文精神形成的窗
　　　　　口〉，《中國圖書評論》2002 年第 3 期，頁 34～36。

分析：

> 作爲文學史上的一個重要現象，即使是俗套吧，也應該充
> 分加以說明，它是個什麼樣的俗套，它是如何產生的。反
> 過來想一下，「爲文造情」也並非像我們想像得那麼容易，
> 明明沒什麼感觸，沒什麼可說，但爲了禮節或應酬，卻非
> 要寫出一篇有情有致的詩，還要寫得好、寫得快，以免吃
> 人哂笑。這種某種意義上說怕比爲情造文更難，必須掌握
> 一手過硬的作詩本領，一種像是工藝技術似的招之即來，
> 應手立成的技藝。〔註103〕

> 在祖餞的場合，詩人們一般都是拈韻分字，即席成詩，既
> 需快捷，又要切題應景，難度還是很大的。最方便的莫過
> 於按現成的路數，將地點、時令、對象等像按方配藥似地
> 組織成一首詩。〔註104〕

送別詩的疵病，同爲大歷詩人的皎然在〈詩議〉中即精確地抓出
了習用的字，文曰：「又如送別詩，『山』字之中，必有『離顏』；『溪』
字之中，必有『解攜』，『送』字之中，必有『渡頭』字；『來字』之
中，必有『悠哉』；如『遊寺』詩，『就嶺』、『雞岑』、『東林』、『彼
岸』；語居士，以謝公爲首；稱高僧，以支公爲先。」〔註105〕但在餞
別的場合，爲即席而就，只能套用固定的詞、典故，甚且連詩的體制
都有常用的範式〔註106〕。如是寫出的地域觀，如萬里之外、卉服文

〔註103〕 前揭蔣寅：《大歷詩人研究》，頁255～256。

〔註104〕 前揭蔣寅：《大歷詩風》第七章〈意象與結構〉（上海：上海古籍出版社，1992年）。

〔註105〕 皎然：《詩式》卷1「古今相傳俗」（臺北：臺灣商務印書館，1965年），頁204。

〔註106〕 蔣寅進一步分析寫作範式如右：大歷詩人的送行詩主要集中在近體範圍，最多的是五律——我想這是因爲它的篇幅不長不短，能夠容納通常必須的内容而又不至於無話可說。若將送別詩一一分析，可歸納出一種結構模式、一種基本模型。詩中涉及的内容可歸併爲八個基本要素，那就是：（1）送别時地，（2）惜别情狀，（3）别後相思，（4）前途景物，（5）行人此行事由及目的地，（6）節令風物，（7）設想行人抵達目的地的情形，（8）讚揚行人家世功業。再加

身、山高水深與氣候炎熱等，在一定程度上也反應了時人對嶺南的觀念。

小結

綜上所述，在唐代前期，是唐詩人探索嶺南的第一步。此時因著入嶺的詩人多是帶罪之身，且人數上並不多，因此前朝的相關意象仍是被延續，劉長卿的貶謫詩與送人入嶺詩即是明顯一例。然而，在這些愁苦的貶謫詩外，張說、杜審言與沈宋等詩人在初期的試探與畏懼後，慢慢將視角拓及嶺南的在地生活，而這也使得嶺南的書寫漸漸有別於南朝，在描寫的題材、層面上也都漸有拓寬的趨向。

以分析可知：送別時間、地點和行人事由、目的地兩個要素主要集中在第一、二聯，彼此可互乙；若有讚揚行人和寫節令風物的內容一般也寫在第二聯。第三聯大抵寫沿途所歷景色、名勝，第四聯更是專門寫設想中的行人抵達目的地的情景，很少例外。詳參前揭蔣寅：《大歷詩人研究》，頁 257。

第四章　中晚唐詩中的嶺南書寫

陳寅恪先生云：

> 唐代之史可分前後兩期，前期結束南北朝鄉承之舊局面，
> 後期開啓趙宋以降之新局面，關於政治社會經濟者如此，
> 關於文化學術者亦莫不如此。〔註1〕

唐德宗貞元至穆宗長慶（785A.D.～824A.D.）期間，近年來的唐代文學史家稱之爲中唐後期，以爲乃是「唐文學的第二個繁榮階段」〔註2〕。就社會情況來看，此時距離安史之亂的平定已有十六、七年，所造成的動盪也大致已漸弭平，唐後期藩鎮與宦官等問題也尚未浮上檯面，因此此一時期無論在政治上或者社會經濟上，都大致算是一個相對安定且尚有活力的時期。

　　此時期的文人，因多成長於對政治強烈不滿的時代，但他們對唐朝的命運卻未到絕望，因此大都抱著或多或少的理想主義傾向〔註3〕。元和初年牛僧孺、李宗閔、皇甫湜等人應舉時，指摘權量，條陳失政，言詞鯁切例，已可說明中唐文士已經敢於大膽地針對現

〔註1〕　陳寅恪：〈論韓愈〉，輯入《金明館叢稿初編》（上海：上海古籍出版社，1982 年），頁 296。

〔註2〕　喬象鍾、陳鐵民編：《唐代文學史》（北京：人民文學出版社，1995年），頁 26。

〔註3〕　呂正惠：《元和詩人研究》（臺北：私立東吳大學中國文學系博士論文，1983 年 4 月），頁 36。

實社會中存在的問題提出明確的治事方案。而韓愈更以為「大丈夫」當:「利澤施於人,名聲昭於時。坐於廟朝,進退百官而佐天子令。」

　　並且,王東春以為此時期詩人與前朝已有不同,「仕宦觀念」正逐漸成型。他以為「仕宦觀念早在初、盛唐時期就已經清楚地顯露了出來,這是唐詩能夠屏除六朝餘習的根本原因之一。但中唐以後,仕宦觀念才以個體人生經驗的方式呈現出來。此前,個體人生消融於群體社會,仕宦經驗在文學中尚未找到全面的反映;而在韓愈、白居易的詩文中幾乎囊括無遺地包容了他們仕宦生涯中的內心體驗的全部內容。」﹝註4﹞處在這樣潮流中的韓愈、柳宗元與劉禹錫,在前往南方時,感受到的嶺南是否與前朝有所不同?而韓柳與劉禹錫在詩文中又體現了怎樣的嶺南經驗?遂為下文討論核心。

第一節　韓愈詩中的嶺南書寫

一、陽山之貶

　　韓愈,字退之,故里河南河陽(今河南孟縣)。德宗興元元年(784A.D.),韓愈年十七,從嫂氏鄭夫人遷居宣城。貞元二、三年(786、787A.D.)始至京師赴試。韓愈求官曲折,於貞元八年(792A.D.)考上進士後,後三年連續參加博學鴻詞考試,都未中第,不得已只得在貞元十二年(796A.D.)應聘為宣武節度使董晉的觀察推官,董晉卒後,再依徐州節度使張建封為節度推官。十六年(800A.D.)離開徐州,冬天時再赴長安參選,次年冬授四門博士,十九年(803A.D.)冬拜監察御史。

　　在擢升為監察御史以後,本以為可一展長才,不料卻立即被貶入陽山,而此何以被貶,原因莫衷一是。陽山之貶,新舊唐書咸稱是因

─────────────

﹝註4﹞王東春:〈論韓愈和中唐文士的思想特徵〉,《復旦學報(社會科學版)》,1995年第1期,頁60～66。

韓愈上書極論宮市而觸怒德宗〔註5〕，通鑑的記載則爲上疏論京兆旱
饑及租稅之事而得罪京兆尹李實〔註6〕，皇甫湜〈神道碑〉云：「因疏
關中旱饑，專政者惡之」〔註7〕，較接近通鑑。

　　韓愈在自己詩作中，嘗有兩處明顯談到這件事，分別爲〈赴江陵
途中寄贈王二十補闕李十一拾遺李二十六員外三學士〉〔註8〕與〈岳
陽樓別竇司直〉〔註9〕，在這兩首詩中均言及王、韋集團對他的猜

〔註5〕　詳參兩《唐書》〈韓愈傳〉。
〔註6〕　《資治通鑑》載：「十二月……京兆尹嗣道王實，務徵求以給進奉。
　　　　言於上曰：『今歲雖旱，而禾苗甚美。』由是租稅皆不免，人窮至壞
　　　　屋賣瓦木、麥苗以輸官。優人成輔端爲謠嘲之，實奏輔端誹謗朝政，
　　　　杖殺之。監察御史韓愈上疏：『以京畿百姓窮困，應今年稅錢及草粟
　　　　徵未得者請俟來年蠶麥。』愈坐貶陽山令。」詳參《資治通鑑》卷
　　　　二三六「貞元十九年下」，頁7602。
　　　　又，韓愈疏文內容曰：「臣伏以今年以來，京畿諸縣，夏逢亢旱，秋又
　　　　早霜，田種所收，十不存一。陛下恩逾慈母，仁過春陽，租賦之間，
　　　　例皆蠲免。所徵至少，所放至多。上恩雖宏，下困猶甚。至聞有棄子
　　　　逐妻，以求口食，坼屋伐樹，以納稅錢。寒餒道塗，斃踣溝壑，有者
　　　　皆已輸納，無者徒被追徵。」（〈御史臺上天旱人饑狀〉，頁1611）
　　　　本文所引韓愈詩文，俱引自屈守元、常思春主編：《韓愈全集校注》
　　　　（成都：四川大學出版社，1996年7月），爲免註腳浩繁，謹於詩文
　　　　後標明頁碼，不另加註。
〔註7〕　《全唐文・卷0687・皇甫湜・神道碑》，頁2。
〔註8〕　詩云：「孤臣昔放逐，血泣追愆尤。汗漫不省識，恍如乘桴浮。或自
　　　　疑上疏，上疏豈其由。是年京師旱，田畝少所收。上憐民無食，征
　　　　賦半已休。有司恤經費，未免煩徵求。富者既云急，貧者固已流。
　　　　傳聞閭里間，赤子棄渠溝。持男易斗粟，掉臂莫肯酬。我時出衢路，
　　　　餓者何其稠。親逢道邊死，佇立久咿嚘。歸舍不能食，有如魚中鉤。
　　　　適會除御史，誠當得言秋。拜疏移閤門，爲忠寧自謀。上陳人疾苦，
　　　　無令絕其喉。下陳畿甸內，根本理宜優。積雪驗豐熟，幸寬待蠶麰。
　　　　天子惻然感，司空歎綢繆。謂言即施設，乃反遷炎州。（舊史言公自
　　　　監察御史上章數千言，極論宮市，德宗怒，貶陽山令。新史亦云上
　　　　疏論宮市，今詩自序其得罪之由，大抵言京師旱饑，未嘗力言宮市。
　　　　惟皇甫湜神道碑云：關中旱饑，先生力言天下根本，專政者惡之。
　　　　出爲陽山令，湜當時從公遊者。知公之不以論宮市出，審矣）。同官
　　　　盡才俊，偏善柳與劉。或慮漾言淺，傳之落冤讎。二子不宜爾，將
　　　　疑斷還不。」（頁221）
〔註9〕　詩云：「愛才不擇行，觸事得讒謗。前年出官由（一作日），此禍最

忌，可能是造成這件事的遠因〔註 10〕，但事實的真相何如，恐怕韓愈本身也並未完全可以確定〔註 11〕，但在口氣上偏罪於王、韋則可知。〔註 12〕

前述已論及唐時由長安通往南方的路途有二：其一為出潼關經洛陽折而南行或東經汴河水路南行之兩都驛道，這條路道路平坦易行，卻費時多日；其二為經藍田、武關至鄧州而南行之藍武驛道，雖山路崎嶇，卻頗多捷徑，被貶官員因受嚴遣詔令的催迫與吏役驅遣，不得在京城、路途遲延羈留，只能經由此道至貶所。韓愈此次赴陽山，即行此道。

無妄。公卿採虛名，擢拜識天仗。姦猜畏彈射，斥逐恣欺誑。」（頁 246）

〔註10〕 韓愈亦嘗於〈憶昨行和張十一〉中言：「伾文未揃崖州（韋執誼）熾，雖得赦宥恆愁猜。」（頁 292）

〔註11〕 關於陽山之貶事，資料記載多有分歧，導致韓愈被貶的說法有三：一諫宮市，二是諫天旱，三是被幸臣所讒，而幸臣也有指李實和指王叔文等人的兩種不同說法。羅聯添先生以為韓愈被貶的原因多方，主因確是如其詩中所言的上疏論宮市事，為李實所讒；然其性格耿直，屢次干犯王韋集團，也絕對是原因之一。詳參氏著：《韓愈研究》（臺北：學生書局，1988 年增訂三版），頁 62～68。

〔註12〕 全祖望論及韓愈貶陽山事時，嘗道：「退之〈寄三學士〉，及〈別寶司直〉云云，是因陽山之貶，而歸過於柳劉者，殆不一口，退之雖不遽信人言，而其中亦不盡帖然也。然吾以為子厚必無排退之之事，使其有之，則後此豈有靦顏而託之以子女者？特其不能力爭於伾文，則誠足抱友朋之愧，而人言亦有自來矣……謂其中年竟未嘗有纖毫之相失者，非也。古人於論交一事，蓋多有難言者，而陽山一案，關係舊史，又不獨及世之處功名之際，妒才嫉能，遺棄故舊，而妄藉口於古人者戒也。殆退之銘子厚，力稱其以柳易播之舉，夫同一子厚也，豈獨於退之為小人，於夢得為君子乎？吾之退之是時，亦固諒前事之虛矣。」詳參氏著：〈韓柳交情論〉，錄於氏著《鮚埼亭集外編》卷三七（臺北：文海出版社，1967 年）
呂正惠詮解全祖望此段論述，以為全祖望相信韓愈之貶是王叔文排擠，這件事還可保留，但文中指出的兩點很值得深思。其一，當王、韋掌政時，韓、柳因立場不同，不可能無「纖毫之相失」；其二，但以朋友之道而言，兩人都無大節之虧，不然柳宗元死前不可能託孤，而韓愈也未必肯「經紀其家」。

在準備離京赴陽山時，宦官親自臨門督遣，當時「病妹臥床褥」
的韓愈，請求稍與寬貸，卻「百請不頷頭」（〈赴江陵途中寄贈王二十
補闕李十一拾遺李二十六員外翰林三學士〉，頁 221），遣詔的嚴酷讓
韓愈只能急忙赴任。據曾一民考，韓愈此次經藍武驛道後，即循郴州
騎田嶺路入粵，沿途行程，韓愈均有詩紀錄。〔註 13〕而韓愈由郴州騎
田嶺抵粵西北後，沿湟水（今連江），經連州，沿桂陽縣，過貞女峽，
有貞女峽詩以記之，詩云：

> 江盤峽束春湍豪，風雷（一作雷風）戰鬥魚龍逃。懸流轟
> 轟射水府，一瀉百里翻雲濤。漂船擺石萬瓦裂，咫尺性命
> 輕鴻毛。（頁 136）

詩序云：「（貞女峽），在連州桂陽縣，秦時有女子化石，在東岸穴中。」
《方輿紀要・連州》謂貞女峽，一名楞伽峽，在連州東十五里。「雙
崖壁立，垂石飛瀑，下注深潭，皆湟水所經也。」〔註 14〕又，《水經
注》載：「峽西岸高巖，名貞女山，山下際有石，如人形，高七尺，
狀如女子，故名貞女峽。」〔註 15〕水急峽窄，激流洶湧奔騰，如風雲
齊鳴，連魚龍也無藏身之所。大水從萬丈高崖下跌下，如雲翻霧滾似
地向遠處奔去，行船於此也會被碰得石崩瓦碎；人如果掉下去，傾刻
之間就會喪失性命。詩中寫貞女峽的高峻湍急，形象十分生動。過貞
女峽後，又有〈同冠峽〉與〈次同冠峽〉二作：

> 南方二月半，春物亦已少。維舟山水間，晨坐聽百鳥。宿
> 雲尚含姿，朝日忽升曉。羈旅感和鳴，囚拘念輕矯。潺湲
> 淚久迸，詰曲思增繞。行矣且無然，蓋棺事乃了。（頁 134）

〔註13〕 曾一民據〈途中寄贈王二十補闕李十一拾遺李二十六員外翰林三學
　　　 士〉詩：「春風洞庭浪，出沒驚孤舟。逾嶺到所任，低顏奉君侯。」
　　　 考證韓愈當於是年冬由長安出發，取藍田道，經商、鄧二州至襄陽，
　　　 下湖南入岳州洞庭湖，時序已居春節。由洞庭湖逆湘水，經潭州、
　　　 衡州，至郴州，踰騎田嶺入粵，經連州到陽山縣上任。詳參前揭曾
　　　 一民：《唐代廣州之內陸交通》，頁 97～98。
〔註14〕 辛鍾靈：《方輿紀要・連州》（臺北：文星出版社，1965 年）。
〔註15〕 《水經注》。

今日是何朝，天晴物色饒。落英千尺墮，遊絲百丈飄。泄乳交巖脈，懸流揭浪標。無心思嶺北，猿鳥莫相撩。（頁135）

王儔云：「貞元十九年（803A.D.）十二月貶陽山，明年二月作此詩，故有『南方二月半』，『羈旅感陽和』句。」浮休《南遷錄》「銅官峽」云：「是潭水之險處，去潭州可六七十里，東岸林薄叢茂，南去多山，樊水益澄漾湍急。」迫於嚴遣，韓愈選擇水行可至六七十里的水路。在度峽時看著兩岸景色，作此二詩。第一首看似寫景，實在寫情，詩間引用賈誼〈鵬鳥賦〉：「愚士繫俗，傖若居囚」與《楚辭‧九歌‧湘君》語：「橫流涕兮潺湲」，寫出一己的愁怨、不平，與詰曲不可解釋的思念。在第二首中，則專注寫景，由詩中可見沿江瀑布飛流及岩洞石鐘乳的美景，景色雄奇。

在抵陽山後，韓愈作〈答張十一功曹〉，封與在郴州的張署，詩云：

山淨江空水見沙，哀猿啼處兩三家。篔簹競長纖纖筍，躑躅閒開豔豔花。未報恩波知死所，莫令炎瘴送生涯。吟君詩罷看雙鬢，斗覺霜毛一半加。（頁298）

張署為德宗貞元二年進士，貞元十九年與韓愈、李方叔同時被貶南方，得郴州臨武令（今湖南臨武縣），二人相偕南行，同至臨武後，韓愈繼續南行，二人一路唱和，張署作〈贈韓退之〉，此詩即為韓愈的和答之作。在這首詩中，韓愈先大略勾勒出陽山的荒寒景象，再以細緻的筆觸寫出陽山春景。楊孚《異物志》載：「篔簹，生水邊，長數丈，圍一尺五、六寸。一節相去六、七寸，或相去一尺，盧陵界有之。」〔註16〕躑躅即羊躑躅，屬杜鵑花科。《嶺南異物志》載：「南中花多紅赤，……唯躑躅為勝。嶺北時有，不如南之繁多也，山谷間悉生。二月發時，照耀如火，月餘不歇。」鮮綠挺拔的篔簹配上紅豔似火的躑躅，一片又一片地盛開，南方春景繁盛由是可見。頸聯期許自

〔註16〕楊孚：《異物志》（北京：中華書局，1985年）。

己別因炎瘴而把生命也消磨，並借答詩寫出一己的憔悴。程學恂《韓詩臆說》：「吾獨取此篇爲眞得杜意。」王基倫詮解此評以爲所謂「杜意」或許是指寫景的手法，並以爲此詩透過寫景以表達感情的跌宕頓挫，這點確實與杜甫入夔州後的作品相似。〔註17〕

　　韓愈不僅在上詩中言及陽山「炎瘴」使人畏懼，在〈送區冊序〉亦曾如此描寫陽山，以爲：「陽山，天下之窮處也。……縣郭無居民，官無丞尉，夾江荒茅篁竹之間，小吏十餘家，皆鳥言夷面」，寫出自己與當地的格格不入。但或許正是因爲居民稀少，雖始至「語言不通」，但透過「畫地爲字，然後可告以出租賦、奉期約」，此外並無其他俗事煩心，因此得以「賓客遊從之士無所爲而至。」（頁1656）〈縣齋讀書〉中，即描寫了韓愈在縣齋內生活的另一面，詩云：

> 出宰山水縣，讀書松桂林。蕭條捐末事，邂逅得初心。哀狖醒俗耳，清泉潔塵襟〔註18〕。詩成有共（一作與）賦，酒熟無孤斟。青竹時默釣，白雲日幽尋。南方本多毒，北客恆懼侵。謫譴甘自守，滯留愧難任。投章類縞帶，佇答逾兼金。（頁138）

在這首詩中的陽山，韓愈直以「山水縣」名之，並寫出任荒陬知縣的好處。較諸過往在中原的競逐，此處因「縣郭無居民」，故公事「蕭條」，並無太多公事需他處斷，公暇時得以在松桂林包圍中的縣齋讀書，沈靜心靈。而也因「賓客遊從之士無所爲而至」，詩成有知音共賞，還能把酒爲歡，投竿而漁〔註19〕，尋幽訪勝，人際上並不寂寥

〔註17〕 王基倫：《大唐詩豪——韓愈詩選》（臺北：五南圖書出版公司，2000年8月），頁65。

〔註18〕《異物志》載：「狖，猿類，露鼻，尾長四五尺，居樹上，雨則以尾塞鼻，建安、臨海北有之。」「清泉潔塵襟」則用晉朝戴仲若典，「戴仲若春日攜雙柑斗酒，人問何之，往聽黃鸝聲。此俗耳針砭，詩腸鼓吹。」

〔註19〕《陽山縣志》載：「釣魚臺，在縣東半里塔溪之右。」〈送區冊序〉中亦言：「與之蔭嘉林，坐石磯，投竿而漁，陶然以樂。」黃瓚修、

〔註20〕。雖則詩末仍寫出自己身爲北客，對南方多毒的懼怕，但能與友朋之間互相酬贈，就是對自己最大的慰勉〔註21〕。

在〈縣齋讀書〉外，〈縣齋有懷〉則是另一種風貌，詩云：

> （前略）投荒誠職分，領邑幸寬赦。湖波翻日車，嶺石坼天罅。毒霧恆熏晝，炎風每燒夏。雷威固已加，颶勢仍相借。氣象杳難測，聲音吁可怕。夷言聽未慣，越俗循猶乍。指摘兩憎嫌，睢盱互猜訝。祗緣恩未報，豈謂生足藉。嗣皇新繼明，率土日流化。惟思滌瑕垢，長去事桑柘。斸嵩開雲扃，壓潁抗風榭。禾麥種滿地，梨棗栽繞舍。兒童稍長成，雀鼠得驅嚇。官租日輸納，村酒時邀迓。閒愛老農愚，歸弄小女奼。如今便可爾，何用畢婚嫁。（頁175）

在這首詩的起始，韓愈自述原有的宏偉志向與出仕、入幕、居官、被貶的仕宦經歷，詩末以無心官場，欲退隱田園作收。透過年少志向與退耕的前後對比，寫出此次南貶對他的打擊。但在這些心情的抒發外，韓愈在詩中以極其奇幻的筆觸寫下在陽山所見。

南方地勢多山谷，在其間航行不僅有風濤之險，夾水的絕壁更是令人屏息。因地屬亞熱帶氣候，高溫、多霧，重之以瘴氣毒人的恐懼加身，溼氣蒸騰的夏天已令人難以忍受，雷雨、颶風〔註22〕等變幻莫

朱汝珍纂：《廣東省陽山縣志》（臺北：成文，1974年）。

〔註20〕樊汝霖曰：「公（韓愈）嘗曰：『陽山天下之窮處』，又曰：『縣郭無居民，官無丞、尉，小吏十餘家。』審此，則所謂『詩成有共賦，酒熟無孤斟』，其孰與樂此乎？及觀公集，區冊、區弘、竇存亮、劉師命輩，皆自遠方來從公，則戶外又屨滿矣。」除了慕名而來的文士外，僧人也與韓愈有所往來周旋，集中即有〈送惠師〉、〈送靈師〉等。

卞孝萱等針對韓愈此時期往來對象作出考證，詳可參卞孝萱、張清華、閻琦著：《韓愈評傳》（南京：南京大學出版社，1998年12月），頁106～107。

〔註21〕孫汝聽云：「襄二十九年《左氏》：『吳季札聘於鄭，見子產與之縞帶，子產亦獻紵裘焉。』吳貴縞，鄭貴紵，各一獻所貴也。其價倍於常者，故謂之兼金。《孟子‧公孫丑下》：『前日於齊王餽兼金百鎰而不受』是也。此詩當是贈與交朋，望其報章也。」

〔註22〕〔唐〕李肇：《唐國史補》卷下：「南海人言，海風四面而至，名曰

測的天象更是與詩人過往的生活經驗完全不同。在氣候之外，日常生活中雖已漸漸熟悉當地習俗，但仍感到詭異；語言不通的問題，更是令人感到困擾。正因為言語、習慣上的不同，官府與居民無法溝通，互相指摘，心生嫌隙，久之恐造成當地民眾暴動。韓愈以其詩人的敏感心靈，寫出對當地的觀察，而這樣的觀察不僅止於自然，還兼及人文上的思考，尤其值得後人省思。

　　貞元二十一年正月二十三日，德宗死，順宗即位，二月頒布大赦令，但直至夏秋間，韓愈才得到待命郴州的命令，離開陽山〔註23〕。郴州待命時，時朝廷亦授張署為江陵（今湖北江陵）功曹參軍，二人於分別後再度重逢，韓愈作〈八月十五夜贈張功曹〉，詩云：

　　纖雲四卷天無河，清風吹空月舒波。沙平水息聲影絕，一
　　杯相屬君當歌。君歌聲酸辭且苦，不能聽終淚如雨。洞庭
　　連天九疑高，蛟龍出沒猩鼯號。十生九死到官所，幽居默
　　默如藏逃。下床畏蛇食畏藥〔註24〕，海氣溼蟄〔註25〕薰腥

　　　　颶風。」（臺北：世界書局，1968年）《嶺表錄異・卷上》載：「惡風
　　　　謂之颶。壞屋折樹，不足喻也。甚則吹屋瓦如飛蝶，或二三年不一
　　　　風，或一年兩三風，亦系連帥政德之否臧者。然發則自午及酉，夜
　　　　半必止。此乃飄風不終朝之義也。」以今日氣象學定義，颶風乃是
　　　　發於海上的大風，風力大於或等於12級，對沿海地區危害尤大。
〔註23〕　卞孝萱以為韓愈得待命郴州，並非緣於二月順宗即位大赦之故。相
　　　　反地，由於王、韋集團從中作梗故，韓愈與這次大赦擦身，才會作
　　　　〈縣齋有懷〉以明志。〈唐故江南西道觀察使中大夫洪州刺史兼御史
　　　　中丞上柱國賜紫金魚袋贈左散騎常侍太原王公神道碑銘〉中曰：「同
　　　　列有恃恩自得者，眾皆媚之，公嫉其為人，不直視，由其貶連州司
　　　　戶，移夔州司馬。」（頁2621）此同列即指韋執誼。貞元十九年王仲
　　　　舒為吏部員外郎，韋執誼為吏部郎中。
　　　　四月戊申，詔以冊太子禮畢，再頒大赦令，韓愈得赦當緣於此。詳
　　　　參卞孝萱、張清華、閻琦著：《韓愈評傳》，頁111。
〔註24〕　「畏藥」即言害怕蠱毒。顧野王《輿地志》載：「江南數郡有畜蠱者，
　　　　主人行之以殺人，行食飲中，人不覺也。其家絕滅者，則飛遊妄走，
　　　　中之則斃。」
〔註25〕　「溼蟄」即言蟄伏在潮濕地方的蛇蟲。《洛陽伽藍記》卷二稱：「江
　　　　左假息，僻居一隅，地多溼蟄，攢育蟲蟻。」見楊衒之：《洛陽伽藍
　　　　記》（北京：中華書局，1991年）。

臊。昨者州前搥大鼓，嗣皇繼聖登夔皋。赦書一日行萬里，
罪從大辟皆除死。遷者追迴流者還，滌瑕蕩垢清朝班。州
家申名使家抑，坎軻祇得移荊蠻。判司卑官不堪說，未免
捶楚塵埃間。同時輩流多上道，天路幽險難追攀。君歌且
休聽我歌，我歌今與君殊科。一年明月今宵多，人生由命
非由他。有酒不飲奈明（一作月）何。（頁 195）

這首詩看似以對答方式寫成，實則韓愈借張署酒杯，以澆心中塊壘。
詩中張署所稱的經歷，其實也是韓愈所面對的體驗。「洞庭連天九疑
高，蛟龍出沒猩鼯號……。下床畏蛇食畏藥，海氣溼蟄熏腥臊」其實
就是鮑照〈苦熱行〉的縮影〔註26〕，也是北客難容於南方風土的自白。
詩末韓愈雖以自我解嘲作結，但全詩透漏出來的不平之氣，仍是令人
印象深刻。

　　張玉芳以為：「貞元末的陽山之貶，對於韓愈的詩歌發展是一個
十分重要的階段。在詩人悲愁心情的觀照下，南方的山水物候被描繪
得極其險惡森怪；此類描寫大量出現，促成韓愈險怪詩風的形成，此
點已有不少學者指出。韓愈對南方險惡山水氣候環境的描繪，並不純
是客觀，而是寫實和想像、虛構、象徵的結合，特別是象徵的手法運
用十分突出。湖湘的驚風、怒濤、蛟螭、神怪、陽山的氣候、瘴癘、
蛇蟲、虺蜴都被用來象徵『十生九死到官所，幽居默默如潛逃』的險
惡經歷和處境。而這些險怪的象徵物象並不是孤立的出現，而是和進
一步發展的矯激情意、僻硬詞語、諧謔語氣、繁富鋪寫、散漫敘述、
雄傑議論等結合在一起，形成一種雄奇恣肆、險怪奧衍的長篇古詩體
式，大氣包舉，落落不凡，具備了大家的風度。由其描寫謫居景物的
詩中，也可看出詩人的憤慨。」〔註27〕

〔註26〕　詩云：「赤阪橫西阻，火山赫南威。身熱頭且痛，鳥墮魂未歸。湯泉
　　　　發雲潭，焦煙起石磯。日月有恆昏，雨露未嘗晞。丹蛇踰百尺，玄
　　　　蜂盈十圍。含沙射流影，吹蠱病行暉。瘴氣晝熏體，菵露夜沾衣。
　　　　饑猿莫下食，晨禽不敢飛。毒涇尚多死，渡瀘寧具腓。生軀蹈死地，
　　　　昌志登禍機。戈船榮既薄，伏波賞亦微。爵輕君尚惜，士重安可希。」
〔註27〕　張玉芳：《唐詩中的罪與罰──唐代詩人貶謫心態與詩作研究》（臺

　　謫居陽山對於韓愈而言，是他仕宦經歷中十分特別的一環。在大曆十三年（777A.D.），韓愈雖隨兄會南遷入韶州，但畢竟當時才十一歲，且韓會至韶州不久後，即因憂傷和勞累過度病死〔註28〕，韓愈居

北：國立臺灣大學中國文學研究所碩士論文，1997年）。

又，歐陽峻峰分析韓愈險怪詩亦有所得，文曰：「韓愈寫險怪詩，始於貞元十四年春（798A.D.），其時所作〈遠遊聯句〉、〈答孟郊〉等已具有險怪詩的某些特點。同年冬，他在病中又寫了風貌略同的五言體詩〈病中贈張十八〉，但這些都僅是偶爲之。以後，從貞元十九年（803A.D.）至元和七年（812A.D.），他才把險怪詩的創作推向高潮。而從險怪詩所佔韓詩比重視之，韓愈於貞元二十一年春抵達貶所陽山，至元和元年（806A.D.）抵江陵任法曹參軍，到奉召爲國子博士回長安，爲時三年半左右，所作險怪詩就達23首，較其謫陽前19年創作的險怪詩總和多出了17首，由是可知這段期間等同於韓愈險怪詩的豐產期。……再次，從韓愈險怪詩所敘述的內容來看，大多與貶所陽山，及謫陽時沿途的山川河海、人文地理風貌有關。如〈縣齋有懷〉中的『湖波翻日車，嶺石圻天罅。毒霧恆熏晝，炎風每燒夏。雷威固已加，颶勢仍互相借。氣象杳難測，聲音呼可怕。夷言聽未慣，越俗循猶乍。指摘兩憎嫌，睚眥互猜訝。』寫陽山自然環境之險怪；〈赴江陵途中寄贈王二十補闕李十一拾遺李二十六員外翰林三學士〉中的『遠地觸途異，吏民似猿猴。生獰多忿很，辭舌紛嘲啁。白日屋簷下，雙鳴鬥鸺鶹。有蛇類兩首，有蠱群飛遊。窮冬或搖扇，盛夏或重裘。颶起最可畏，訇哮簸陵丘。雷霆助光怪，氣象難比侔。癘疫忽潛遘，十家無一瘳。猜嫌動置毒，對案輒懷愁。』寫陽山社會環境、人際關係之怪異，山民相貌之詭秘和氣象、物事之險怪。」詳參氏著：〈韓愈謫陽及其險怪詩風的形成〉，《周口師專學報》，1998年第6期，頁21〜23。

筆者按：〈赴江陵途中寄贈王二十補闕李十一拾遺李二十六員外翰林三學士〉雖非作於陽山任內，但詩中的內容乃是追敘陽山生活，與〈縣齋有懷〉可相參。此詩描寫謫陽山後的生活是：「低顏奉君侯」，「酸寒」受辱，而當地的吏民嘲啁的言語根本無法溝通；還需擔心兩頭蛇、群蠱的出沒。氣象變化莫測，充斥著颶風、雷霆和疫病，亦讓人心驚。

《嶺表錄異》載：「兩頭蛇，嶺外多此類。時有如小指大者，長尺餘，腹下鱗紅，皆錦文，一頭有口眼，一頭似蛇而無口眼。云兩頭俱能進退，謬也。昔孫叔敖見之不祥。乃殺而埋之。南人見之爲常，其禍安在哉！」

〔註28〕下孝萱以爲韓會遭貶，乃是受元載牽連。德宗得爲儲君，頗借元載之力。即位後，起用被貶斥的元載黨人，而韓會不在其中。以此推之，韓會

詔未及一年，就隨兄嫂護柩歸葬。一則年少，二則在奔波勞頓中，韓
愈對於生活與環境尚沒有深刻的體會與觀察；此次貶入陽山正值壯
年，也是筆力正盛時，面對南方的奇山異水與令人心驚的種種經驗，
遂能傾力爲之。

二、夕貶潮州路八千

元和十三年（818A.D.）十一月，功德使上言：「鳳翔法門寺塔有
佛指骨，相傳三十年一開，開則歲豐人安。來年應開，請迎之。」
〔註29〕元和十四年（819A.D.）正月，憲宗遣使者往鳳翔法門寺迎佛
骨入禁中，留三日，乃令諸寺遞迎供養。〔註30〕感於如是將造成妄信
歪風，時爲刑部侍郎的韓愈乃上〈論佛骨表〉，表云：

> 今聞陛下令羣僧迎佛骨於鳳翔，御樓以觀，舁入大內，令
> 諸寺遞迎供養。臣雖至愚，必知陛下不惑於佛，作此崇奉
> 以祈福祥也。直以年豐人樂，徇人之心，爲京都士庶設詭
> 異之觀、戲玩之具耳。安有聖明若此而肯信此等事哉？然
> 百姓愚冥，易惑難曉，苟見陛下如此，將謂眞心信佛。皆
> 云天子大聖，猶一心敬信，百姓微賤，於佛豈合惜身命。
> 所以灼頂燔指，百十爲羣，解衣散錢，自朝至暮，轉相倣
> 效，唯恐後時，老幼奔波，棄其生業。若不即加禁遏，更
> 歷諸寺，必有斷臂臠身以爲供養者。傷風敗俗，傳笑四方，
> 非細事也。（頁2288）

憲宗迎佛骨的舉動，在百姓心中擁有莫大的號召力，留禁中三日後即
令諸寺遞迎供養，將造成百姓不顧生業，競相入寺解衣散錢，更甚者
斷臂臠身以爲供養，「傷風敗俗」，莫此爲甚〔註31〕。表上，憲宗大怒

之卒當在大歷十四年到任後不久。詳參前揭《韓愈評傳》，頁48。
〔註29〕《資治通鑑·卷五十六·唐紀》「元和十三年」。
〔註30〕《舊唐書·憲宗本紀》載：「迎鳳翔法門寺佛骨至京師，留禁中三日，
　　　　乃送詣寺，王公士庶奔走捨施如不及。」（頁466）
〔註31〕韓愈〈原道〉云：「周道衰，孔子沒，火於秦，黃老於漢，佛於晉、
　　　　魏、梁、隋之間，其言道德仁義者，不入於楊，則入於墨；不入於
　　　　老，則入於老。入於彼，必出於此。入者主之，出者奴之；入者附

「持示宰相，將抵以死。裴度、崔羣曰：『愈言訐忤，罪之誠宜。然非內懷至忠，安能及此？願少寬假，以來諫爭。』帝曰：『愈言我奉佛太過，猶可容；至謂東漢奉佛以後，天子咸夭促，言何乖剌邪？愈，人臣，狂妄敢爾，固不可赦。』於是中外駭懼，雖戚里諸貴，亦爲愈言，乃貶潮州刺史。」〔註32〕

之，出者污之。」佛學的肇興，使儒學的地位不再列於獨尊，當時儒者如李翱、張籍與韓愈等，面對釋、道交逼下的儒學環境，咸感憂心。在起而攻之，辯駁論難的同時，思考自身發展的存續危機。張躍於《唐代後期儒學的新趨向》即論及屆唐代後期，因著政治統治的鬆弛，加強思想一統便成統治要務，三教關係問題亦成儒學的重要課題。然而，當時儒家學者所感受到的卻是佛教和道教影響日益擴大，而儒學則相對衰微。詳參氏著：《唐代後期儒學的新趨向》（台北：文津出版社，1993 年），頁 106。

韓愈有感於此，力斥佛老，《新唐書・韓愈傳》贊其：「自晉迄隋，老佛顯行，聖道不斷如帶。諸儒倚天下正議，助爲怪神。愈獨喟然引聖，爭四海之惑，雖蒙訕笑，踣而復奮，始若未之信，卒大顯于時。昔孟軻拒楊、墨，去孔子才二百年。愈排二家，乃去千餘歲，撥衰反正，功與齊而力倍之，所以過況、雄爲不少矣！」（頁 5269）陳寅恪在〈論韓愈〉一文中，以六點「證明昌黎在唐代文化史上之特殊地位」，所舉重點，「一曰，建立道統，證明傳授之淵源」，「二曰，直指人倫，掃除章句之繁瑣」，「三曰，排斥佛老，匡救政俗之弊害」，「四曰，呵詆釋迦，申明夷夏之大防」，「五曰，改進文體，廣收宣傳之效用」，「六曰，獎掖後進，期望學說之流傳」。在六點之中，其三與其四，均是站在正面角度來解讀韓愈斥佛的立場。詳參陳寅恪：〈論韓愈〉，輯入氏著：《陳寅恪先生編年事蹟》（上海：上海古籍出版社，1997 年）

又，韓愈對佛教的態度，學者也多有論及，詳可參林伯謙：〈由韓愈道統論談佛教付法與中國文化的交互影響〉，收入吳雪美、徐瑋琳編輯《唐代文化學術研討會論文集》（臺北：東吳大學中文系，2000 年），頁 43～120；林惠勝：〈試析韓愈送僧徒的詩文：兼論其對佛教的態度〉，收入成功大學中文系編：《第四屆唐代文化學術研討會論文集》（臺南：成功大學教務處出版組，1999 年），頁 187～215；胡楚生：〈韓愈對於儒學發展的貢獻〉，收入吳雪美、徐瑋琳編輯《唐代文化學術研討會論文集》（臺北：東吳大學中文系，2000 年），頁 17～41；譚澎蘭：〈韓愈論佛骨表的緣起及其內容分析〉，《筧橋學報》第 2 期（1995 年 9 月），頁 233～268 等。

〔註32〕《新唐書・韓愈傳》，頁 5260～5261。

　　卞孝萱分析〈論佛骨表〉云:「〈論佛骨表〉是在佛骨已迎入長安,
憲宗『御樓以觀,昇入大內』之際,亦即長安士庶的崇佛活動達到最
高潮之際寫的。當此時,佛教的哲學意義、世界觀意義已降至次要地
位,而政治的、倫理的和行政秩序的意義又顯得格外突出。所以韓愈
的〈論佛骨表〉不同於〈原道〉等文,而是出之於盛氣之下,筆底波
瀾疊起,有時竟不能顧及君臣之禮。雖然韓愈完全是站在他愛戴憲宗
的立場上,但此〈表〉不能被憲宗接納則是肯定的。」〔註33〕卞孝萱
指出憲宗最無法接受處在於韓愈罔顧君臣倫常,若任其妄爲,有損天
子威信。盛怒之下的憲宗本欲賜死韓愈,幸有裴度、崔羣緩頰,才改
貶潮州。

　　潮州在廣東的最東部,唐時屬下郡,《元和郡縣圖志》載其:「以
潮流往復,因以爲名。」〔註34〕地勢西北高、東南低,從西北逐漸向
東南傾斜。〔註35〕潮州地勢東、西、北三面環山,南面大海,平原中
分,形成相對封閉的地理環境。與上游聯繫的唯一水道爲韓江,但韓
江中上游地貌反差強烈,山高谷深,水流湍急,處於梅口之南的蓬棘
灘,尤湍悍凶險;東、西向又多重巒疊嶂,陸路交通向被視爲畏途。
〔註36〕。唐代潮州距海僅二十五公里〔註37〕,河床也尚未淤積嚴重,
故海潮可上潮至潮州城。韓愈言:「州南近界,漲海連天。」又說「州
南數十里,有海無天地。」(〈潮州刺史謝上表〉,頁2306)賈島給韓
愈的詩亦稱:「海浸城根老樹秋。」(卷54,頁6679)

　　此次被貶潮州時,韓愈「即日奔馳上道」(〈潮州刺史謝上表〉,

〔註33〕　詳參前揭:〈韓愈評傳〉,頁189。
〔註34〕　《元和郡縣圖志・潮州》。
〔註35〕　平原北部有鳳凰山、大北山等蓮花山脈支脈,從東北斜貫西南;西
　　　　　南與陸豐交界,有南陽山、大南山,它們是蓮花山脈向東偏南方向
　　　　　的延伸,山地海拔約600至700公尺。
〔註36〕　直至南宋紹興年間,由潮至惠「尚百三四十里間,聚沙彌望」、「道
　　　　　里荒澀」,由漳至潮,則「號畏途」。《永樂大典》(臺北:世界書局,
　　　　　1962年)卷5343〈橋道〉引《三陽志》語。
〔註37〕　李平日:《韓江三角洲》(北京:海洋出版社,1987年),頁198。

頁 2306），而「有司以罪人家不可留京師，迫遣之。」（〈女挐壙銘〉，頁 2568）〔註38〕，在心情上是沈鬱苦悶的，但他仍如同寫作紀行詩，將所到之處、所歷之景都一一寫下。自長安至藍田縣，有〈左遷藍田關示姪孫湘〉，至商州商洛縣，有〈題層峰驛梁〉，出武關，有〈武關西逢配流吐蕃〉，經鄧州內鄉縣，有〈食曲河驛〉，抵鄧州治穰縣，有〈過南陽〉，至襄州宜城縣，有〈題楚昭王廟〉，由此下岳州洞庭湖，逆湘水，由郴州騎田嶺入粵西北境樂昌縣，有〈瀧吏〉及〈題臨瀧寺〉，及韶州治曲江縣，有〈晚次宣溪辱韶州張端公使君惠書敘別酬以絕句二章〉及〈將至（一作入）韶州先寄張端公使君借圖經〉，經廣州至增城縣增江口，有〈贈別元十八律詩六首〉及〈宿曾江口示姪孫湘〉，由循州，抵潮州，有〈潮州刺史謝上表〉。其後韓愈由潮州量移袁州（江西宜春縣）刺史，經廣州至韶州，有〈韶州留別張端公使君〉，踰郴州騎田嶺至衡州，有〈謁衡嶽廟遂宿嶽寺題門樓〉。自啟程至返程，俱紀錄沿途景、沿途事。

　　羅聯添考察韓愈行跡，以為韓愈當在正月十四日去京，三月二十五日前後至廣，而由廣至潮經月方到，則至潮州必在四月二十五日。是年七月己丑群臣上尊號，赦天下。十月己巳韓愈因赦改派袁州刺史。韓愈聞命當在十二月，時韶州刺史張某有詩來賀。元和十五年春正月，韓愈即離潮赴韶〔註39〕。據此推算韓愈在潮約僅八個月，但在這八個月中，韓愈政績可稱者就有三〔註40〕，詩則近二十首〔註41〕，

〔註38〕 羅聯添以為「韓愈貶時，單身乘驛赴任，家人留在京師。……韓愈既行，有司以罪人之家不可留京師，追詔遣逐潮州。時四女挐，年十二，抱病臥席，乃輿致上道。二月二日，以驚痛，飲食失節，卒於商南層峰驛。即瘞於驛南山下。時韓愈已至宜城縣。」詳參前揭：《韓愈研究》，頁 102～103。

〔註39〕 同上註，頁 103～110。

〔註40〕 其一為除鱷魚，其二為放奴婢，其三為興學校。其一與其二詳參《舊唐書·韓愈傳》，頁 4202～4203；其三參韓愈〈潮州請置鄉校牒〉（頁 2312）。

〔註41〕 分別為〈瀧吏〉、〈題臨瀧寺〉、〈晚次宣溪辱韶州張端公使君惠書敘

在這些詩中，韓愈對潮州有怎樣的認識？再次入嶺是否使其較爲習慣南方生活？以下試論之。

在南行逾六旬時，韓愈離楚抵韶州昌樂瀧，作〈瀧吏〉，詩云：

> 南行逾六旬，始下昌樂瀧。險惡不可狀，船石相舂撞。往問瀧頭吏，潮州尚幾里。行當何時到，土風復何似。瀧吏垂手笑，官何問之愚。譬官居京邑（一作譬如官居北），何由知東吳。東吳遊宦鄉，官知自有由。潮州底處所，有罪乃竄流。儂〔註42〕幸無負犯，何由到而知。官今行自到，那遽妄問爲。不虞卒見困，汗出愧且骹。吏曰聊戲官，儂嘗使往罷。嶺南大抵同，官去道苦遼。下此三千里，有州始名潮。惡溪〔註43〕瘴毒聚，雷電常洶洶。鱷魚大於船，牙眼怖殺儂。州南數十里，有海（一作水）無天地。颶風有時作，掀簸眞差（去聲）事。聖人於天下，於物無不容。比聞此州囚，亦在生還儂。官無嫌此州，固罪人所徙（閣本作官嫌此州惡，固人之所徙）。官當明時來，事不待說委。官不自謹愼，宜即引分往。胡爲此水邊，神色久懷慌。（元瓦）大餬覷小，所任自有宜。官何不自量，滿溢以取斯。工農雖小人，事業各有守。不知官在朝，有益國家不。得無虱其間，不武亦不文。仁義飭其躬，巧姦敗群倫。叩頭

別酬以絕句二章〉、〈過始興江口感懷〉、〈贈別元十八協律六首〉、〈初南食貽元十八協律〉、〈宿曾江口示姪孫湘二首〉、〈答柳柳州食蝦蟆〉、〈琴操十首〉、〈量移袁州張韶州端公以詩相賀因酬之〉、〈別趙子〉、〈將至（一作入）韶州先寄張端公使君借圖經〉、〈題秀禪師房〉、〈韶州留別張端公使君〉。除後三首爲離潮赴韶時所作，餘皆作於潮州任上。

〔註42〕韓醇云：「吳人稱我曰儂。」王基倫以爲在這首詩中，韓愈用了十一個「官」字，四個「儂」字，符合小吏的身份，也體現了地方方言色彩，可說是韓愈求新變的另一種努力。詳參氏著：《大唐詩豪——韓愈詩選》，頁248。

〔註43〕柳宗元〈愚溪對〉云：「予聞閩有水，生毒霧屬氣，中之者，溫屯漚泄，藏石走瀨，連艫糜解：有魚焉，鋸齒鋒尾面獸蹄。是食人，必斷而躍之，乃仰噬焉，故其名曰惡溪。」按此處「魚」指鱷魚也。韓愈〈祭鱷魚文〉亦云：「以羊一豬一，投惡溪之潭水，以與鱷魚食。」（頁2318）

謝吏言，始慚今更羞。歷官二十餘，國恩並未酬。凡吏之
所訶，嗟實頗有之。不即金木誅，敢不識恩私。潮州雖云
遠，雖惡不可過。於身實已多，敢不持自賀。(頁768)

　　再次遠謫的心情，韓愈透過與瀧吏的對話表達出來，實承屈原
〈漁父〉與賈誼〈鵩鳥賦〉而來。沈德潛《唐詩別裁集》言此詩：「借
吏言以規諷、自嘲，亦自寬解也。」〔註44〕在情語之外，韓愈其實也
是透過瀧吏口，描繪出想像中的潮州地理。「嶺南大抵同」的「同」
字寫出北客對南方的刻板印象，在那樣陌生的地域裡，有瘴癘、鱷魚
〔註45〕出沒，氣象變幻莫測，雷電洶洶，且有颶風危害。

　　據《潮州府志‧氣候》載，潮州是「南交日出之鄉，多襖少寒」，
「外薄炎海，浥潤溢淫，內負叢嶺，瘴嵐癘疪，愆陽所積，凝陰所伏。
四時之氣既盛，一日之候屢更。」春夏秋多，瘴氣不絕。瘴氣起時，
「惟山澤間蓬蓬勃勃，鬱結如火，久而不散。」「即土著尚病之，無
論羈遊遠宦也。」〔註46〕而據今人考，潮州在距今約1500～700年間
確為較暖濕的氣候。隋唐時期的氣候波動，致使當時氣候較現在暖
熱、溼潤。所以當時的潮州，熱帶動物活動頻繁：群象〔註47〕出沒，
鱷魚橫行。〔註48〕韓愈〈潮州刺史謝上表〉即總括初入潮時，所見與
所感，文曰：「臣所領州，在廣府極東界上，去廣府雖纔兩千里，然
來往動皆經月。過海口，下惡水，濤瀧狀猛，難計程期，颶風鱷魚，
患禍不測。州南近界，漲海連天，毒霧瘴氛，日夕發作。臣少多病，

〔註44〕沈德潛《唐詩別裁集》(香港：中華書局，1977年)卷四。

〔註45〕關於鱷魚，劉恂有較為形象的描述：「鱷魚，其身土黃色，有四足，
　　　　修尾。形狀如鼉，而舉止趫疾。口森鋸齒，往往害人。南中鹿多，
　　　　最懼此物。鹿走崖岸之上，群鱷噪叫其下，鹿必怖懼落崖，多為鱷
　　　　魚所得。」詳參《嶺表錄異》。

〔註46〕《潮州府志》卷二〈氣候〉。

〔註47〕據劉恂〈唐昭宗時任廣州司馬〉記載：「廣之屬郡潮、循多野象，牙
　　　　小而紅……潮、循人或補得象，爭食其鼻，云肥脆，尤堪作炙。」
　　　　南宋時尚有「潮州野象數百食稼」的記載。詳參《領表錄異》，頁與
　　　　《宋史‧卷六十六‧五行志》「孝宗乾道七年條」，頁1452。

〔註48〕李平日：《韓江三角洲》(北京：海洋出版社，1987年)。

年才五十，髮白齒落，理不久長；加以罪犯至重，所處又極遠惡，憂惶慚悸，死亡無日。」（頁 2306）

此種疑懼交加的心情，在將至潮州前的〈題臨瀧寺〉中亦有言及，詩云：「不覺離家已五千，仍將衰病入瀧船。潮陽（一作州）未到吾能（一作人先）說，海氣昏昏水拍天。」（頁 776）五千指的是目前距離京師的里數，時韓愈過韶州，而《舊唐書‧地理志》載：「嶺南道韶州，至京師四千九百三十二里。」〔註49〕按元和六年韓愈嘗為職方員外郎，掌天下之地圖，故於圖經頗為熟悉，「海氣昏昏水拍天」則與〈瀧吏〉「有海無天涯」同，寫出嶺南水象之奇。韓愈對地理的掌握，同樣表現在〈晚次宣溪辱韶州張端公使君惠書敘別酬以絕句二章〉，其中有詩云：「韶州南去接宣溪」（頁 777），宣溪正在韶州城南八十里。

抵潮後，元十八自桂林來訪，奉桂管觀察使裴行立命，攜帶書信與藥物〔註50〕，也帶來柳宗元的訊息，韓愈有詩六首酬贈，其六云：

> 寄書龍城守，君驥何時秣。峽山逢颶風，雷電助撞捽。乘
> 潮簸扶胥，近岸指一髮〔註51〕。兩巖雖云牢，水石互飛發。
> 屯門雖云高，亦映波浪沒。余罪不足惜，子生未宜忽。胡
> 為不忍別，感謝情至骨。（頁 781）

「峽山」一名中宿峽，在今廣東清遠縣，「扶胥」在廣州東南郊、「屯門」在廣州市郊，韓愈於詩中明確指出柳宗元所在的諸多地名，並寫出當地的氣象與潮象、水象洶湧時，行船時所遇的險況。

在寫自然地理外，韓愈謫潮時也寫下兩首關於南方飲食習慣的詩

〔註49〕《舊唐書‧地理志》，頁 1714。
〔註50〕〈贈別元十八協律六首〉其四云：「勢要情所重，排斥則埃塵。骨肉未免然，又況四海人。巍巍桂林伯，矯矯義勇身。生平所未識，待我逾交親。遺我數幅書，繼以藥物珍。藥物防瘴癘，書勸養形神。不知四罪地，豈有再起辰。窮途致感激，肝膽還輪囷。」
〔註51〕「乘潮簸扶胥，近岸指一髮」謂船隻乘著潮水顛簸來到扶胥，卻因浪潮洶湧，有時即使僅相距一髮間，也無法順利靠岸。

作，分別爲〈初南食貽元十八協律〉〔註52〕與〈答柳柳州食蝦蟆〉：

鱟實如惠文，骨眼相負行〔註53〕。蠔相黏爲山，百十各自生〔註54〕。蒲魚尾如蛇，口眼不相營〔註55〕。蛤即是蝦蟆，同實浪異名〔註56〕。章舉馬甲柱〔註57〕，鬥以怪自呈。其餘數十種，莫不可歎驚。我來禦魑魅，自宜味南烹。調以鹹與酸，芼以椒與橙。腥臊始發越，咀吞面汗騂。惟蛇舊所識，實憚口眼獰。開籠聽其去，鬱屈尚不平。賣爾非我罪，不屠豈非情。不祈靈珠報，幸無嫌怨幷聊歌以記之，

〔註52〕 樊汝霖以此詩爲「元和十四年抵潮州後作。」錢仲聯以爲：「前〈贈別元十八〉詩，尋其敘述，蓋途次相別。則此詩不應爲抵潮州後作。」本文所用屈守元、常思春：《韓愈全集校注》（成都市：四川大學出版社，1996 年）從樊說，頁 789。

〔註53〕 《山海經》云：「鱟形如車文，十二足，似蟹，雌負雄而行，漁必兩得。」《嶺表錄異》亦載：「其殼瑩淨滑如青瓷碗，（金敖）背，眼在背上，口在腹下，青黑色。腹兩傍爲六腳，有尾長尺餘，三棱如棕莖，雌常負雄而行。捕者必雙得之，若摘去雄者，雌者即自止背負之方行。腹中有子如綠豆，南人取之，碎其肉腳，和以爲醬，食之。尾中有珠，如慄色黃。雌者小，置水中，即雄者浮，雌者沉。」

〔註54〕 〈嶺表錄異〉云：「蠔即牡蠣也。其初生海島邊，如拳而四面漸長，有高一二丈者，巇岩如山。每一房內，蠔肉一片，隨其所生，前後大小不等。每潮來，諸蠔皆開房，見人即合之。海夷盧亭往往以斧揳取殼，燒以烈火，蠔即啓房。挑取其肉，貯以小竹筐，赴墟市以易酒。肉大者，醃爲炙；小者，炒食。肉中有滋味，食之即能壅腸胃。」

〔註55〕 〔宋〕李昉等奉敕編：《太平御覽》（臺北：臺灣商務印書館，1975年）引魏武《四時食制》載：「蒲魚，其鱗如粥，出郫縣（今四川成都）。」又，《一統志》：「潮州土產蒲魚。」

〔註56〕 《嶺表錄異·卷下》：「蛤蚧，首如蝦蟆，背有細鱗。如蠶子。土黃色，身短尾長，多巢於樹中。端州古牆內，有巢於廳署城樓間者，暮則鳴。自呼蛤蚧。或云鳴一聲，是一年者。裏人採之，鬻於市爲藥，能治肺疾。醫人云，藥力在尾，不具者無功。」

〔註57〕 章舉有八腳，身上有肉如白，亦曰章魚，方世舉云：「《嶺表錄異·卷下》：『章舉形如烏賊，以薑醋食。（按今本無此條）』」；馬甲柱即江瑤柱，《晉安海物異名記》曰：「肉柱膚寸，美如珧玉。」按江瑤通江珧，動物名。軟體動物門斧足綱，蚌類。殼薄而呈直角三角形，前端很尖，表面蒼黑，有重疊狀的鱗片紋。裡面稍呈黑色，有光澤，生活於海岸的泥沙中。亦稱爲「馬頰」、「馬甲」。

又以告同行。（頁 789）

蝦蟆雖水居，水特變形貌。強號爲蛙蛤，於實無所校。雖然兩股長，其奈脊皺皰。跳躑雖云高，意不離淖淖。鳴聲相呼和，無理只取鬧。周公所不堪，灑灰垂典教。我棄愁海濱，恆願眠不覺。巨堪朋類多，沸耳作驚爆。端能敗笙磬，仍工亂學校。雖蒙句踐禮，竟不聞報效。大戰元鼎年〔註58〕，孰強孰敗橈。居然當鼎味，豈不辱釣罩。余初不下喉，近亦能稍稍。常懼染蠻夷，失平生好樂。而君復何爲，甘食比蓁豹。獵較務同俗〔註59〕，全身斯爲孝。哀哉思慮深，未見許回檮。（頁 793）

在這兩首詩中，寫出嶺南特有的水產與海產多達十數種，並介紹了食用方法。而在所有食材中，除了蛇是韓愈往昔就看過的以外，其他均是中原未見水、海產。然而，雖然蛇是韓愈所習見的，但以之爲食材，則是韓愈無法接受的。面對這些菜餚，韓愈以「我來禦魑魅，自宜味南烹」的心情大膽嘗試，卻因不諳食性，吃得滿身大汗，面紅耳赤。在〈答柳柳州食蝦蟆〉中雖云：「余出不下喉，近亦能稍稍」，但想必其間過程是十分狼狽的。

顧恩特・希旭菲爾德指出飲食是一種文化行爲，是經由文化傳承而習得，個人飲食習慣的生成往往是由社會整體環境蘊化而成。〔註60〕

在需求和滿足之間，人類確立整套饌食文化體系。人類滿

〔註58〕 《漢書・五行志》：「武帝元鼎五年秋，蛙與蝦蟆羣鬬。是歲，四將軍衆十萬征南越，開九郡。」（頁 1430）

〔註59〕 用《孟子・萬章》典：「曰：『今之諸侯取之於民也，猶禦也。苟善其禮際矣，斯君子受之，敢問何説也？』曰：『子以爲有王者作，將比今之諸侯而誅之乎？其教之不改而後誅之乎？夫謂非其有而取之者盜也，充類至義之盡也。孔子之仕於魯也，魯人獵較，孔子亦獵較。獵較猶可，而況受其賜乎？』曰：『然則孔子之仕也，非事道與？』曰：『事道也。』」（頁 183）

〔註60〕 顧恩特・希旭菲爾德著、張志成譯：《歐洲飲食文化》（臺北：左岸文化，2004 年），頁 13～15。

足自己感官需求的方法，幾乎清一色是傳承而來，換言之，
是經由文化習得的。……飲食是文化的一部分，進行的方
式也是文化的。其內在有著社會指標的文化與元素。〔註61〕

張蜀蕙近一步演繹以為：「文人描述南方飲食的種種論述，夾雜了真
實的南方經驗與想像的南方，也往往展現了他們對國族論述的細微思
考，而飲食亦是理解人類社會、文化變遷和生活的重要指標」。因此
當我們理解飲食接受這層文化學習的運作機制，更能清楚了解文人對
於南方食物的逐漸接受，其實正代表著整個南方被開發，南方文化被
接受的情形。〔註62〕

　　元和十四年（819A.D.）七月十三日，憲宗頒赦書，韓愈於「其
年十月二十五日准例量移袁州。」（〈袁州刺史謝上表，頁 2358〉）
〔註63〕十月底，韓愈取道韶州，作〈將至韶州先寄張端公使君借圖
經〉，詩云：

　　　曲江山水聞來久，恐不知名訪倍難。願借圖經將入界，每
　　　逢佳處便開看。（頁 818）

據卞孝萱考：韶州為自潮至袁必經之地，韓愈家眷寄於此地。而韓愈
抵韶州已在十二月，以他率家眷赴袁途經吉州（今江西吉安）時在次
年閏正月二十四日計算，韓愈在韶州應延滯一個月以上。〔註64〕雖仍
無法回京，但能與家人重聚韓愈的心中想必是愉快的吧！也因有家人
相伴，韓愈遊興大發，且言曲江山水之美早有所聞，唯恐錯失任何一
處景點。

〔註61〕 愛德華・薩依德 Edward W. Said 著、王志弘等譯：《東方主義》（臺
　　　　北：立緒文化，1999 年），頁 22。
〔註62〕 張蜀蕙：〈北宋文人飲食書寫的南方經驗〉，《淡江中文學報》第 14
　　　　期，2006 年 6 月，頁 133～176。
〔註63〕 韓愈謫潮後，「憲宗謂宰臣曰：『昨得韓愈到潮州表，因思其所諫佛
　　　　骨事，大是愛我，我豈不知？然愈為人臣，不當言人主事佛乃年促
　　　　也。我以是惡其容易。』上欲復用愈，故先語及，觀宰臣之奏對。
　　　　而皇甫鎛惡愈狷直，恐其復用，率先對曰：『愈終太狂疏，且可量移
　　　　一郡。』乃授袁州刺史。」詳參《舊唐書・韓愈傳》，頁 4202。
〔註64〕 前揭《韓愈評傳》，頁 214～215。

　　遊韶州時，韓愈作〈題秀禪師房〉：「橋夾水松〔註65〕行百步，竹牀莞席到僧家。暫拳一手支頭臥，還把魚竿下釣沙。」（頁 819）韓愈作此詩時為正月，卻仍見竹牀莞席，寫出南方氣暖，竹床莞席，四時常御。而在詩的伊始，韓愈也勾勒出清涼、悠適的禪境，引人入勝。

　　觀韓愈貞元十九年十二月初貶陽山，一年多後徙江陵，元和元年六月前還京；十四年春再貶潮州，十月量移袁州，十五年九月召還，前後兩次加總約五年的時間，自離京始，韓愈即一一寫下行旅所見，並較前期詩人更精確地指出了當地的地名與里程。抵達任所後，寫當地自然景觀，也寫當地人文問題，寫作面向廣泛。

　　較諸前期詩人，韓愈的悲與愁並沒有減少，但他敏銳地察覺到「行旅」已經是文人仕宦生活的一部分〔註66〕，而在如是生涯中，紀錄內心體驗的全部感受。呂正惠以為：「白居易之外，最能寫日常生活詩歌的元和詩人，恐怕要數韓愈。趙翼批評韓、孟奇警，又說主奇警者常只在『詞句間爭難鬥險，使人蕩心駭目，不敢逼視，而意味或少焉。』這是一般人讀韓詩的印象。其實韓詩並不全然如此，其中也

〔註65〕　《南方草木狀》：「水松葉如檜而細長，出南海。土產眾香，而此木不大香，故彼人無佩服者。嶺北人極愛之。然其香殊勝在南方時。」（板橋：藝文印書館，1966 年）

〔註66〕　甘懷真以為：「從出行與仕官、出行與歸葬等的關係，韓愈敏銳地覺察到這是他所處時代與此前時代的不同。他在《送楊少尹序》中說：『中世士大夫以官為家，罷則無所於歸』，官做到哪兒，家就安在哪兒。這與此前士族社會那種植根於地方家族的狀況有了一些不同。這是社會性質由貴族社會向官僚社會的轉化，是靜止社會向流動社會的變易。韓愈認為『出行』即『或遊或仕』、『男出仕女出嫁』等是『今』，也即『近代』社會生活的重要特色。它對傳統禮制造成了很大的衝擊，禮儀制度應該隨著社會的這種變化而有所改變。韓愈把『出行』看作區別『近代』與『古代』的重要標誌，可見『出行』對於當時人的重要，同時也可知韓愈確實是一個關注社會生活，關心社會變化的不泥古的文人型官員。」詳參氏著：〈唐代官人的宦遊生活〉，收入《第二屆唐代文化研討會論文集》（臺北：學生書局，1995 年）。

有親切宜人，沁人心脾的作品。……這一類的作品在韓愈的詩集中並不是特例。只要能夠撇開險怪的外表，從日常生活的觀點來讀韓詩，就會發現韓詩也有許多親切感人之處，甚至還可以看到韓愈個人眞性情的一面。」〔註67〕韓愈在謫詩中，雖也好用大量典故，但不同於前朝詩人，韓愈在瘴癘瀰罩、山高水深、天象瞬變等意象外，更關注到人文方面的問題，諸如語言不通導致的紛爭、飲食習慣的不同等。而爲了描寫這些新的事物，即便是在酬贈的場合中（如前舉〈初南食貽元十八協律〉），韓愈詩中用字、用典、敘事結構等，俱跳出了前人的窠臼，由此也可見韓愈筆力之盛。

　　而透過韓愈對陽山、潮州的書寫，不僅使我們更能掌握其時南北交通概況，也使我們對陽山、潮州在唐時的氣候、環境有了基礎的認識。飲食活動及與僧人的往來〔註68〕，則更是提供了珍貴的史料，值得吾人重視。

〔註67〕詳參呂正惠：《元和詩人研究》，頁 244～247。

〔註68〕韓愈在陽山作有〈送惠師〉（頁 139）、〈送靈師〉（頁 149），在潮州作有〈題秀禪師房〉，側面反應出當時佛教在南方盛行的狀況；然而，這並不代表韓愈斥佛的態度在入嶺後有所改變。劉國盈以爲：「韓愈所以會和僧人有交往，無一是由於信仰上的原因；至於交往的榮景，韓愈不僅沒有讚揚，而且還當著僧人的面大聲斥責佛法注入中國的危害。這樣的交往和辟佛不是完全相一致的嗎？」「韓愈和僧人交往的理由如右：一、出於禮貌上的需要。屬於這種情況的誠盈、秀禪師、澄觀、元惠、靈師等人。二、由於愛才。屬於這種情況的有令縱、無本等。三、不勝打擾。屬於這種情況的，有廣宣、高閑等。四、有礙於朋友的情面。屬於這種情況的，有文暢。五、可能根本就沒有交往。屬於這種情況的，有文約、穎師、酣睡和尚等。」詳參氏著：〈韓愈與僧人〉，《首都師範大學學報（社會科學版）》，1994年第 4 期，頁 94～104。

又，錢鍾書《談藝錄‧補訂》：「蓋辟佛而名高望重者，如太山之難搖，大樹之徒撼，則釋子往往不揮之爲仇，而反以爲友。巧言曲解，稱其於佛貌離而神合，心是而口非焉。紀德嘗謂：『虔信天主教者論文有術，於欲吞併而不能之作家則抹殺之，於欲抹殺而不得之作家則吞併之。』」詳參氏著：《談藝錄》（臺北：書林出版社，1988年）。

第二節　柳宗元詩中的嶺南書寫

柳宗元（773A.D.～819A.D.），字子厚，河東解縣人。唐德宗貞元九年（793A.D.）進士及第，又中博學宏辭科，授校書郎。順宗時參與王叔文革新集團，擢禮部員外郎。唐憲宗即位後，先貶邵州刺史，在道再貶永州（今湖南零陵）司馬。元和十年（815A.D.）初被召回長安，三月復出爲柳州刺史，十四年卒於此州，卒年四十七歲。〔註69〕

前已述及，此時期算是無論在政治上或者社會經濟上，都大致算是一個相對安定且尚有活力的時期，文人也仍存有對於政治的抱負與遠識。並且，此時期的元和文人的集團性甚至還要超出文學活動之外，最明顯的即爲柳宗元、劉禹錫及其友人。劉、柳等人，因有共同的政治見解〔註70〕，而參加同一政治集團，又遭逢相同的政治命運，因此他們這一集團的政治性甚至要超過文學性。〔註71〕

以王叔文、韋執誼爲首的集團，《資治通鑑》中對其茁發過程有詳細記載，傳載：

> 初，翰林待詔王伾善書，山陰王叔文善棋，俱出入東宮，娛侍太子。……叔文譎詭多計，自言讀書知治道，乘間常

〔註69〕柳宗元生平，詳可參孫昌武：《柳宗元評傳》（江蘇：南京大學出版社，2002 年 4 月）；羅聯添：《柳宗元事蹟繫年暨資料類編》（臺北：國立編譯館中華叢書編審委員會，1981 年）。

〔註70〕元和文人受新春秋學派影響甚深，此學派核心人物啖助強調春秋的精神在於：一、改革是需要的；二、改革時可以不拘禮法，不守成規，只要以「忠」、以「情」、以「誠」而覺其可行，則可以棄浮名、棄虛禮而一切以求實爲本。啖助認爲這就是春秋的改革精神，雖可能是他個人的「一家之說」而已。然而，正因爲這是啖助春秋學的獨特之處，也是啖助一派的春秋學者（包括趙匡、陸質）在安史大亂後針對唐代的朝政所提出的改革方針，而如是方針正好爲王叔文所領導的政治改革運動提供理論基礎。

新春秋學派的成形及其影響，近年來引起頗多關注，詳可參林慶彰、蔣秋華編：《啖助新春秋學派研究論集》（臺北：中央研究院中國文哲研究所籌備處，2002 年 9 月）。

〔註71〕詳參前揭呂正惠：《元和詩人研究》，頁 71～72。

為太子言民間疾苦。太子嘗與諸侍讀及叔文等論及宮市
事，太子曰：「寡人方欲極言之。」眾皆稱贊，獨叔文無
言。既退，太子自留叔文，謂曰：「向者君獨無言，豈有意
邪？」叔文曰：「叔文蒙幸太子，有所見，敢不以聞。太子
職當視膳問安，不宜言外事。陛下在位久，如疑太子收人
心，何以自解！」太子大驚，因泣曰：「非先生，寡人無以
知此。」遂大愛幸，與王伾相依附。叔文因為太子言：「某
可為相，某可為將，幸異日用之。」密結翰林學士韋執誼
及當時朝士有名而求速進者陸淳、呂溫、李景儉、韓曄、
韓泰、陳諫、柳宗元、劉禹錫等，定為死友。而凌準、程
异等又因其黨以進，日與遊處，蹤跡詭秘，莫有知其端
者。〔註72〕

觀這段記載，要在寫出王叔文的「詭譎多計」，與其集團成形的不正
當性〔註73〕。在這段史料中，史家先以「娛侍太子」四字，寫出王伾、
王叔文等人的出身與一般文人的差別，隱然有輕賤感；並以韋王叔文
與時為太子的順宗相處經過，有刻意引起順宗注意的成份，「密結」、
「踪跡詭秘」等形容，則更增添了此集團的負面性。

　　而由這段記載，也可知《通鑑》將王韋集團的形成繫之於貞元十
九年下，以為至遲至十九年為止，這個集團已經完全成立。然而，據
呂正惠考證，在這個團體中的文人，其實早在王、韋集團成立前，就
已關係密切。〔註74〕

〔註72〕　《資治通鑑・卷二百三十六・唐紀五十二・貞元十九年》，頁 7602
　　　　　～7603。

〔註73〕　《新唐書・韋執誼》對於韋執誼的評論亦屬負面，傳載其：「幼有才，
　　　　　及進士第，對策異等，授右拾遺。年踰冠，入翰林為學士，便敏側
　　　　　媚。」（頁 5123）
　　　　　又，後韋執誼官尚書左丞同中書門下平章事，為當時宰輔，是僅次
　　　　　於王叔文的第二號人物，王叔文一切謀畫，都由執誼執行，後為王
　　　　　叔文詬怒，「遂成仇怨」及憲宗受內禪，貶為崖州司戶參軍。

〔註74〕　據呂正惠考證，王韋黨人中劉禹錫、柳宗元二人同年，呂溫為柳宗
　　　　　元親戚、李景儉、韓泰與劉禹錫為中外兄弟，彼此間或是同年，或
　　　　　是親戚，來往密切。而劉禹錫在〈子劉子自傳〉中亦嘗言：「初，叔

德宗貞元二十一年（805A.D.）正月，德宗崩，順宗即位，同月韋執誼拜相，王伾爲左散騎常侍充翰林學士，王叔文爲起居舍人翰林學士，因順宗「疾不能言」，王伾、王叔文暗中決事，引柳宗元、劉禹錫等謀議禁中。〔註75〕在擁政治實權的這一年內，王韋集團力促許多革新，先免租稅、廢宮市及五坊小兒，再罷進獻、出宮女、免百姓所欠租賦等，惜欲罷宦官兵權不得，並因此敗，黨由是皆坐貶。王壽南分析王韋集團所以失敗的原因要有六：其一未獲朝臣之支持、其二未獲藩鎮之支持、其三未獲君主堅強之支持、其四王叔文及其黨人威勢未建、其五叔文黨人內部不團結，其六宦官派系之爭。正因改革派所觸動的既得利益集團勢力太大，改革派與保守派力量對比相對懸殊，王韋集團革新的腳步也太快，欲在一年之內做出多項變動，朝廷內外無法配合，致使怨聲四起。〔註76〕

永貞元年（805A.D.）八月，順宗禪位，憲宗即位，貶王伾爲開州司馬，王叔文爲渝州司戶。九月，叔文黨皆坐貶，柳宗元貶邵州刺史，韓泰貶撫州刺史，韓曄貶池州刺史，劉禹錫貶連州刺史。十一月，以朝議處罰過輕，韋執誼貶崖州，叔文黨再貶爲司馬，柳宗元貶爲永州司馬，劉禹錫貶爲朗州司馬。

文北海人，自言猛之後，有遠祖風。唯東平呂溫、隴西李景儉河東柳宗元以爲言然。三子者皆與予厚善，日夕過言其能。」詳參呂正惠：《元和詩人研究》，頁75～76；《全唐文・卷六百十・劉禹錫・子劉子自傳》，頁6167。

〔註75〕《順宗實錄》：「叔文入至翰林，而伾入至柿林院見李忠言、牛昭容等，故各有所主：伾主往來傳授，劉禹錫、陳諫、韓曄、韓泰、柳宗元、房啓、凌準等主謀議唱和，採聽外事。」又，《舊唐書・柳宗元傳》亦載：「順宗即位，王叔文、韋執誼用事，尤奇待宗元，與監察呂溫密引禁中，與之圖事。」（頁4214）

〔註76〕詳參王壽南：〈論王叔文之爲人及其失敗之原因〉，頁13～15。
另，王韋集團相關研究，亦可參王泳撰：〈柳子厚黨事之剖析〉，《大陸雜誌》第二十九卷第五期、第六期；張肖梅撰：〈劉禹錫與王韋集團〉，《國立編譯館》第十一卷第二期；顧學頡撰：〈白居易與永貞革新〉，《文史》第十一輯；王芸生撰：〈論二王八司馬政治革新的歷史意義〉，《歷史研究》1963年第3期等。

　　元和元年（806A.D.）八月，「制左降官韋執誼、韓泰、陳諫、柳宗元、劉禹錫、韓曄、凌準、程异等八人縱逢恩赦，不在量移之限」。〔註77〕王黨八司馬何以「縱逢恩赦，不在量移之限」，陳寅恪於〈順宗實錄與續玄怪錄〉以及《唐代政治史述論稿》中俱論及此事，陳氏以爲順宗、憲宗嬗位之際，宮中發生政爭，導致憲宗之於其父，似「內有慚德」〔註78〕。章行嚴更直言：「順宗絕對出於幽崩，憲宗當時受制於群奄，已欲不爲商臣，亦不可得。」〔註79〕劉禹錫自身於貶居朗州，聞順宗崩時，撰〈武陵書懷五十韻并引〉，亦隱微地以詩的形式，曲折寫出順宗崩逝的眞相。〔註80〕

　　而憲宗與宦官的關係，於順宗冊立太子時，更見端倪，《資治通鑑》載：「上疾久不愈，時扶御殿，群臣瞻望而已，莫有親奏對者，中外危懼；思早立太子，而王叔文之黨欲專大權，惡聞之。宦官俱文珍、劉光琦、薛盈珍皆先朝任使舊人，疾叔文、忠言等朋黨專恣，乃啓上召翰林學士鄭絪、衛次公、李程、王涯入金鑾殿，草立太子制。時牛昭容輩以廣陵王淳英睿，惡之；絪不復請，書紙爲『立嫡以長』字呈上；上頷之。癸巳，立淳爲太子」〔註81〕王黨欲謀奪宦官權柄〔註82〕，正爲宦官心頭大忌，乘宮廷狀況曖昧不明時，協助憲宗取得帝位，自然有利於己翦除王黨勢力。

　　而由《通鑑》的記載亦可看出，永貞年的內禪，實際上等同於宦官所發動的宮廷政變，而這與憲宗皇帝的私德也有密切關係。正因憲宗的即位與宦官關係密切，用人、用事也爲宦官所把持，嫉王韋集團

〔註77〕《舊唐書・憲宗本紀》，頁414。
〔註78〕詳參陳寅恪：《唐代政治史述論稿》，頁97。
〔註79〕詳參行嚴：《柳文探微》（臺北：華正書局，1981年）。
〔註80〕詳參卞孝萱、卞敏著：《劉禹錫評傳》（江蘇：南京大學出版社，1996年1月），頁57～59。
〔註81〕《資治通鑑・卷二百三十六・永貞元年》，頁7613。
〔註82〕卞孝萱於《冊府元龜》中查到一條資料指出：順宗即位後，詔停內侍郭忠政等十九人正員官俸錢。詳參行嚴：《柳文探微》引卞氏說法，頁1362。

如讎的宦官，自然欲乘憲宗即位之初，朝柄仍臥在手中時，剪除王韋集團在朝勢力。〔註83〕

　　元和九年（814A.D.）十二月，詔「王叔文之黨坐謫官者，凡十年不量移，執政在憐其才欲漸進之者，悉召至京師；諫官爭言其不可，上與武元衡亦惡之，三月，乙酉，皆以爲遠州刺史。」〔註84〕於此時，柳宗元感於播州地遠，夢得母老不能遠行，請以柳易播，時裴度亦奏其事，夢得遂改授連州。二人交誼佳話，於新舊《唐書》、《資治通鑑》中俱有載〔註85〕。

　　柳宗元赴柳，在官位上雖是晉升，但任所卻較永州爲遠；而本以爲自己復出有望的雀躍心情〔註86〕，也在回長安一個月後頓失。從永州到柳州，柳宗元經歷了從希望到失望的過程，在〈送李渭赴京師序〉中，柳宗元自謂：「過洞庭，上湘江，非有罪左遷者罕至，又況逾源嶺，下漓水，出荔浦，名不左刑部而來使者，其少加也固宜。」這段

〔註83〕 而由事實證明，制十年不量移後，王韋集團由是一蹶不振，當中較幸運的如程异被貶後還能發揮才學，擢升爲工部侍郎同中書門下平章事，劉禹錫數度被貶，以其不屈不撓的精神，卒於檢校禮部尚書太子賓客；其他黨人如王伾死於開州司馬，韋執誼死於崖州貶所，韓曄終於永州刺史，韓泰卒於湖州刺史，陳諫終於循州刺史，凌準死於連州司馬，柳宗元卒於柳州貶所，陸質卒於給事中太子侍讀，呂溫於衡州刺史秩滿後回京病卒，李景儉卒於少府少監任中乞，房啓歿於虔州長史，均未再見用。

〔註84〕 《舊唐書・憲宗本記》：「以虔州司馬韓泰爲漳州刺史，永州司馬柳宗元爲柳州刺史，饒州司馬韓曄爲汀州刺史，朗州司馬劉禹錫爲播州刺史，台州司馬陳諫爲封州刺史。」（頁452）

〔註85〕 觀《新唐書・柳宗元傳》載：「時朗州司馬劉禹錫得播州刺史，制書下，宗元謂所親曰：『禹錫有母年高，今爲郡蠻方，西南絕域，往復萬里，如何與母偕行。如母子異方，便爲永訣。吾於禹錫爲執友，胡忍見其若是？』即草章奏，請以柳州授禹錫，自往播州。會裴度亦奏其事，禹錫終易連州。」（頁4214）

〔註86〕 元和十年一月，柳宗元於永州接到徵召的詔書，作〈朗州竇常員外寄劉二十八詩見促行騎走筆酬贈〉，詩云：「投荒垂一紀，新詔下荊扉。疑比莊周夢，情如蘇武歸。賜環留逸響，五馬助征騑。不羨衡陽雁，春來前後飛。」短短數十字中，寫出柳宗元既驚且喜，盼望及早歸京的情狀。

文字裡，清楚表露柳宗元以爲此次赴柳較諸當初謫永，是更爲嚴峻的懲罰。而柳宗元會有此觀點，除因柳州在唐時僻處嶺西外，生存環境也不善。

唐時的柳州屬桂管經略使轄區，領馬平、龍城、洛容、洛封、象縣五縣。治馬平（今廣西馬平縣）。據《舊唐書・地理志》載其地「舊領縣四，戶六千六百七十四，口七千六百三十七；天寶領縣五，戶二千二百三十二，口一萬一千五百五十。」〔註87〕在《舊唐書》已可見其地戶數並不多，至元和年間更有減少趨勢，《元和郡縣圖志》即載：「開元年間戶數一千三百七十四，元和初爲一千二百八十七。」〔註88〕由是可見當地地廣人稀。又，據《柳州府志》載：「柳在唐時，爲極邊。」、「山川盤鬱，氣聚不易疏泄，故多嵐霧作瘴，人感之多病臚脹或蟲」、「不惟煙霧蒸鬱，亦多毒蛇猛獸。」復出無望之餘，要邁向較永州更遠的柳州，其間的矛盾複雜心情不言而喻。

此次離京，因名爲赴任，旅途較前次赴永時從容許多，至商州（陝西商縣）、長沙驛，詩人均有詩抒感。〔註89〕到湖南衡陽時，一路同行的劉禹錫此時需改行陸路赴連州，柳宗元則繼續上溯湘江赴柳州，二人只得在衡陽臨江惜別，柳宗元作有〈衡陽與夢得分路贈別〉，詩曰：

> 十年憔悴到秦京，誰料翻爲嶺外行。伏波故道風煙在，翁仲遺墟草樹平。直以慵疏招物議，休將文字占時名。今朝不用臨河別，垂淚千行便濯纓。（頁 1159）〔註90〕

劉禹錫贈答以〈再授連州至衡陽酬柳柳州贈別〉

〔註87〕《舊唐書・地理志》，頁 1735。

〔註88〕〔唐〕李吉甫撰《元和郡縣圖志》（臺北：臺灣商務印書館，1968 年）。

〔註89〕至商州作〈商山鄰路有孤松往來斫以爲明好事者憐之編竹成援送其生植感而賦詩〉以明志（頁1158），至長沙驛登驛前南樓作〈長沙驛前南樓感舊〉以抒懷。

〔註90〕本文中所引柳宗元詩，均引自〔唐〕柳宗元著：《柳宗元集》（北京：中華書局，2006 年 9 月），爲免註腳浩繁，謹於詩末附上頁碼，不另加註。

去國十年同赴召，渡湘千里又分岐。重臨事異黃丞相，三
黜名慚柳士師。歸目併隨回雁盡，愁腸正遇斷猿時。桂江
東過連山下，相望長吟有所思。（頁 1160）

在第一首詩中，柳宗元先述回京後轉往柳州的心境，「誰料」、「翻」
字傳神地寫出自己的驚訝與不解。「伏波故道」句則是寫出自己與劉
禹錫的行跡，乃是與漢伏波將軍同，出桂陽，下湟水，過桂嶺而去。
而在劉禹錫的答贈詩中，則可見「回雁」意象的再度出現。

　　與劉禹錫分道後，柳宗元上湘江，至桂州，下灘水，上柳江，作
〈嶺南江行〉，詩云：

瘴江南去入雲煙，望盡黃茆是海邊。山腹雨晴添象跡〔註91〕，
潭心日暖長蛟涎。射工〔註92〕巧伺遊人影，颸母偏驚旅客
船。從此憂來非一事，豈容華髮待流年。

在將入柳州時，柳宗元作此詩，寫出往赴柳州的恐懼。首聯先勾勒出
嶺南西部的荒涼，並藉由大量書寫瘴江、黃茆、象跡、蛟涎、射工、
颸母等特異風物，傳達自己的不安。然而，即時面對未知的將來，柳
宗元仍是勉勵自己當勤修政事，不在南荒中虛度光陰。

　　六月二十七日，柳宗元抵達柳州任所〔註93〕，七月，從父弟宗
直南來，道染瘴寒，臥病數日方起，十六日，柳宗元與謁雷塘神所祈
雨，有雷塘禱雨文，十七日宗直病卒，二十四日出殯，子厚為作祭文，
並志其殯。八月，文宣王廟屋壞，丁未徵工重修，十月乙丑修竣，作
廟碑。又，柳州民俗，貧者以兒女為質，富者設為奴婢，柳宗元既至，
遂設方針，悉令贖歸；且柳民迷信巫鬼，桀傲而好殺性，柳宗元以為

〔註91〕象跡：大象的蹤跡。一說以為亞洲象產于南亞、東南亞及我國南方
　　　　一帶，是當時南方的代表性動物；一說則認為是雨後山中某種跡象
　　　　所造成的一種幻覺，何焯《義門讀書記‧近峰聞略》即云：「廣西象
　　　　州，雨後山中遍成象迹，而實非有象也。」（臺北：臺灣商務印書館，
　　　　1971 年）
〔註92〕即蜮，古代相傳有一種能含沙射影的動物。張華《博物志》載：「江
　　　　南山谿中有射工蟲，甲蟲之類也。長一、二寸，口中有弩型，以氣
　　　　射人影，隨所處發瘡，不治則殺人。」
〔註93〕羅聯添：《柳宗元事蹟繫年暨資料彙編》，頁 157。

浮圖可佐教化，因逐淫神，修佛寺，後二年十月寺修成，有文記事。〔註94〕由上可知，在抵任的這一年，柳宗元「不容華髮待流年」，迅速地察知柳州之弊，設法圖治。而在這一年內，柳宗元寫作內容主要集中在與親友間的酬寄〔註95〕，而在這些詩作中，除表達思念之情外，更有其他可觀之處，如〈柳州寄丈人周韶州〉與〈得盧衡州書因以詩寄〉：

> 越絕〔註96〕孤城千萬峰，空齋不語坐高春〔註97〕。印文生綠經旬合，硯匣留塵盡日封。梅嶺寒煙藏翡翠，桂江秋水露鰽鰽〔註98〕。丈人本自忘機事，為想年來憔悴容。（頁1165）

> 臨蒸〔註99〕且莫歎炎方，為報秋來雁幾行。林邑〔註100〕東迴山似戟，牂牁〔註101〕南下水如湯。蒹葭淅瀝含秋霧，橘

〔註94〕 詳參同上註，頁158～162。

〔註95〕 如〈登柳州城樓寄漳汀封連四州〉詩云：「城上高樓接大荒，海天愁思正茫茫。驚風亂颭芙蓉水，密雨邪侵薜荔牆。嶺樹重遮千里目（一作雲駛去如千里馬），江流曲似九迴腸。共來百越文身地，猶自音書滯一鄉。」（頁1165）寫因著地勢的遠隔，所導致人情關係上的冷落。又如與劉禹錫的相互酬贈，在戲謔的口氣中，聊慰遠地的寂寥（頁1175～1180）；再如〈柳州寄京中親故〉：「林邑山連瘴海秋，牂牁水向郡前流。勞君遠問龍城地，正北三千到錦州。」（頁1184）與〈銅魚使赴都寄親友〉詩云：「行盡關山萬里餘，到時閭井是荒墟。附庸唯有銅魚使，此後無因寄遠書。」（頁1181）二詩均於書信中寫出地理上的遠隔，思念之殷切。〈銅魚使赴都寄親友〉詩中且自注：「嶺南支郡無綱官，考典帳典等悉附都府至京」，提供吾人唐時柳州對外聯繫的重要史料。

〔註96〕 越絕，言越之絕境。

〔註97〕 《淮南子》曰：「日經於淵虞，是謂高春；頓於連石，是謂下春。高春，日晏也。」

〔註98〕 楚詞，鰽衍短狐。說文云：狀如犁牛，皮有文。

〔註99〕 臨蒸為衡州縣名，後改為衡陽。

〔註100〕 林邑，漢象林縣，馬援鑄銅柱處。

〔註101〕 本指船隻停泊時用以繫纜繩的木樁，後為郡名。據《史記》正義引《華陽國志·南中志》載：「楚頃襄王時，遣莊蹻伐夜郎，軍至且蘭，橢船於岸而步戰。既滅夜郎，以且蘭有橢船柯處，乃改其名為牂柯。」（頁2994）

柚玲瓏透夕陽。非是白蘋洲畔客，還將遠意問瀟湘。（頁
1167）

在第一首詩中，寫出柳州地勢，柳州在地質上所謂「喀斯特現象」（石
灰岩熔岩地區），多峻峰奇洞，「梅嶺寒煙藏翡翠，桂江秋水露鰕鯒」
則在寫出嶺南特產外，亦用楚語入詩。而在第二首詩中，柳宗元則刻
意比較了衡州與柳州〔註 102〕，以為友人所在的衡州，尚有雁可為信
使，更為南方的林邑、牂牁，無有雁過，且地勢險峻、水勢浩浩湯湯、
橫無際涯〔註 103〕；況乎衡州尚有蒹葭白露之美、橘柚之玲瓏，而這
些都是身在柳州的自己所沒有的，與自己的處境相較，友人當可寬慰
許多。藉由這首詩，也可以看出柳宗元對南方地理的掌握，在他的認
知中，南方並非「大抵同」，而是有程度上的分別，地勢、風物也都
不同。

　　柳宗元在赴任的第二年，詩作較少，僅有數首酬贈詩，如〈別舍
弟宗一〉：「零落殘魂倍黯然，雙垂別淚越江邊。一身去國六千里，萬
死投荒十二年。桂嶺瘴來雲似墨，洞庭春盡水如天。欲知此後相思夢，
長在荊門郢樹煙。」（頁 1173）、〈韓漳州書報徹上人亡因寄二絕〉其
二：「頻把瓊書出袖中，獨吟遺句立秋風。桂江日夜流千里，揮淚何
時到甬東。」（頁 1181）、〈與浩初上人同看山寄京華親故〉：「海畔尖
山似劍鋩，秋來處處割愁腸。若為化得身千億，散上（一作作）峰頭
望故鄉。」（頁 1146）等。在這些酬贈詩中，仍以思鄉為基調，「瘴」
與「萬里」的意象也時常出現。

　　元和十二年，柳宗元赴任第三年，甥女、次姐婿、妻父相繼而卒，
箏師郭無名至柳，居數日亦病卒〔註 104〕，柳宗元亦因水土不服得霍

〔註 102〕 本詩為柳子厚答盧衡州書，盧衡州向子厚表達衡州環境之惡，但子
　　　　　厚以柳州更惡以答，以慰盧君。

〔註 103〕 《史記・西南夷列傳》載：「牂柯江廣數里，出番禺城下。」（頁 2994）

〔註 104〕 據羅聯添考：「子厚幼好琴，嘗學之十年。箏郭師自嶺南赴柳，蓋
　　　　　以子厚為知音者也。」箏郭師卒，柳宗元為之作墓誌，此誌亦寄連
　　　　　州劉禹錫，柳劉答書，「感慨郭師世無知音，哀郭師亦以自哀也。」

疾，內外交逼下，對柳州的一切，感到深惡痛絕，遂寫下〈寄韋珩〉一詩，詩云：

> 初拜柳州出東郊，道旁相送皆賢豪。迴眸炫晃別群玉，獨赴異域穿蓬蒿。炎煙六月咽口鼻，胸鳴肩舉不可逃。桂州西南又千里，灘水鬥石麻蘭高〔註105〕。陰森野葛〔註106〕交蔽日，懸蛇結虺如蒲萄。到官數宿賊滿野，縛壯殺老啼且號。饑行夜坐設方略，籠銅枹鼓手所操。奇瘡釘骨狀如箭，鬼手脫命爭纖毫。今年噬毒得霍疾，支心攪腹戟與刀。邇來氣少筋骨露，蒼白濺汨盈顛毛。君今礙礙又竄逐，辭賦已復窮詩騷。神兵廟略頻破虜，四溟不日清風濤〔註107〕。聖恩倘忽念行葦，十年踐踏久已勞。幸因解網入鳥獸，畢命江海終遨遊。願言未果身益老，起望東北心滔滔。（頁1142）

在這首詩中，柳宗元對於柳州的觀感極不友善，以頗長的篇幅敘寫自己來到柳州的不適應。桂州已甚遠，柳州更過千里，水勢的湍急讓對外聯絡變得不易，形同「拘囚」於此的自己在面對傳聞中可怖的動植物，恆惴慄不安，而也因對動植物的陌生，誤食毒物染上霍亂，身體、心理都承受極大的折磨。也因著對當地的不友善，在他眼中看來，當地盜賊滿野，理事變成更嚴苛的負擔。悲愁交逼的他只能期待聖主網開一面，讓他盡早北歸。

元和十三年，柳宗元治柳三年，因俗施教，政績卓著。韓愈〈柳州羅池廟碑〉云：

> 柳侯爲州，不鄙夷其民，動以禮法。三年，民各自矜奮，曰：『茲土雖遠京師，吾等亦天氓，今天幸惠仁侯，若不化

　　詳參前揭羅聯添：《柳宗元事蹟繫年暨資料彙編》，頁170。
〔註105〕　灘水即桂江也。麻蘭宜正爲「蘭麻」，山名，在今桂州理定縣。
〔註106〕　《嶺表錄異》載：「野葛，毒草也，俗呼胡蔓草。誤食之則用羊血漿解之。或說此草蔓生，葉如蘭香，光而厚，其毒多著葉中，不得藥解，半日輒死。山羊食其苗，則肥而大。」
〔註107〕　「神兵廟略頻破虜，四溟不日清風濤。」蓋指是年王師屢破淮蔡賊兵，柳宗元冀望在平淮西後，可逢恩赦北歸，遂有此作。

服，則我非人。』於是老少相教語，莫違侯令。凡有所爲，於其鄉閭，及於其家，皆曰：『吾侯聞之，得無不可於意否？』莫不忖度而後從事。凡令之期，民勸趨之，無或後先，必以其時。於是民業有經，公無負租，流逋四歸，樂生興事，宅有新屋，步有新船，池園潔修，豬牛鴨雞，肥大蕃息。子嚴父詔，婦順夫指，嫁娶葬送，各有條法，出相弟長，入相慈孝。先時，民貧以男女相質，久不得贖，盡沒爲隸。我侯之至，按國之故，以傭除本，悉奪歸之。大修孔子廟，城郭巷道，皆治使端正，樹以名木，柳民既皆悅喜。（頁 2596）

韓愈以爲柳宗元所以能治柳州，要在於「不鄙夷其民，動以禮法」，而觀柳宗元諸詩，在不平、思鄉之外，柳宗元其實也花了許多心力，觀察柳州的一切，〈柳州峒氓〉云：

> 郡城南下接通津，異服殊音不可親。青箬〔註108〕裏鹽歸峒客，綠荷包飯趁虛〔註109〕人。鵝毛御臘縫山罽〔註110〕，雞骨佔年拜水神〔註111〕。愁向公庭問重譯〔註112〕，欲投章甫作文身〔註113〕。（頁 1169）

〔註108〕箬：楚人謂竹皮曰箬。峒：山穴也。

〔註109〕《青箱雜記》載：「嶺南人呼市爲虛，……。蓋市之所在，有人則滿，無人則虛。而嶺南村市滿時少，虛時多，故謂之虛，不亦宜乎？」

〔註110〕鵝毛御臘縫山罽：邕管溪洞不產絲纊，民多以木棉、茚花、鵝毛爲披。彼人家家養鵝，二月至十月掔取奵毳，積以禦寒。

〔註111〕雞卜：《史記·孝武本紀》載：「乃令越巫立越祝祠，……而以雞卜。」《正義》釋曰：「雞卜法，用雞一狗一，生，祝願訖，即殺雞狗，煮熟又祭，獨取雞兩眼，骨上自有孔裂，似人物形則吉，不足則凶。今嶺南猶此法也。」（頁 478）

〔註112〕《漢書·平帝記》：「越裳氏重譯獻白雉一，黑雉二。」（頁 348）

〔註113〕我國古代南方少數民族有鯨面文身的習俗。《禮記·王制》載：「南方曰蠻，雕題交趾。」「題」的本義爲頭額，雕題即在額上、臉上刺上線條圖案。鯨面紋身就是以針刺臉部、手足以至全身皮膚，呈現各種花紋後，以或靛藍墨汁或油灰上色。沈佺期〈初達驩州〉中亦云：「水行儋耳國，陸行雕題藪。」詩中所云的儋耳國或說是因耳大垂肩，或說是由耳至頰都加刺青，看來耳朵與面頰相連，故有此稱。而在額上刺青的「雕題」習俗，不僅在古籍上曾載明北越一

此詩描寫當地的居民在服飾、言語、飲食、習俗上的奇特，詩中寫到柳州人用荷葉包飯當乾糧趕集，買鹽用竹皮包裹歸家；過多服飾不同，占卜年景吉凶的方式、祭拜的對象也不同；峒氓在皮膚上刺花紋，則更爲中原少見，凡是俱見當地風土之異。〔明〕廖文炳云：「子厚見柳州人異俗乖，風土淺陋，故寓自傷之意。首言自郡城而之廣南，皆通津也。其異言異服已難與相親矣。彼歸峒者裹鹽，趁墟者包飯，雞毛以禳臘，雞骨以占年，皆峒俗之陋者，不幸謫居此地，是以愁聞重驛，『欲投章甫』而作文身之氓耳。」〔註114〕

　　柳州的一切或許讓詩人感到難以適應，但他仍努力透過重譯瞭解，並在詩中化用楚地與嶺南的方言。在四十個字內，爲我們紀錄了當時柳州的人文習慣，也記錄下柳宗元努力化爲其中一分子的可貴。柳宗元記錄民俗的用心，在其〈南省轉牒欲具江國圖令盡通風俗故事〉中早有體現，詩云：

> 聖代提封盡海壖，狼荒猶得紀山川。華夷圖上應初錄，風土記中殊未傳。椎髻老人〔註115〕難借問，黃茆深峒敢留連。南宮有意求遺俗，試檢周書王會篇。（頁1145～1146）

柳宗元於此展現他敏銳的觀察，以爲中原的圖籍政治意味大於一切，在將當地納入圖典時，僅注意其範圍、山川走勢、戶數等，卻忽略了當地的風俗、民情，僅以「蠻」、「夷」通稱之，遑論發現蠻夷之間其實也並不相同。柳宗元於此正色提出若欲深刻地了解當地習慣，當具備華夷一同的寬闊胸襟，才能眞正促成文化的溝通與交流。

　　柳宗元對治理柳州的用心，可以〈柳州城西北隅種柑樹〉、〈種柳戲題〉二首詮之：

> 手種黃柑二百株，春來新葉遍城隅。方同楚客憐皇樹，不學荊州利木奴。幾歲開花聞噴雪，何人摘實見垂珠。若教

　　帶有此風俗，在現今南方少數民族中也還有流傳。

〔註114〕　〔明〕廖文炳：《唐詩鼓吹註解》卷1。

〔註115〕　《漢書・西南夷列傳》：「自滇以北，君長以十數，邛都最大。此皆椎結，耕田，有邑聚。」（頁3837）

坐待成林日，滋味還堪養老夫。（頁 1171）

柳州柳刺史，種柳柳江邊。談笑爲故事，推移成昔年。垂陰當覆地，聳幹會參天。好作思人樹，慚無惠化傳。（頁 1182）

〈柳州城西北隅種柑樹〉乃承屈原而來，有以柑自比、志在利民之意，而由此詩也看出「就在他渴望北歸的同時，他也做了不得北歸的打算，試圖在當地有所建樹，希望後人在品嚐柑橘美味之時，能夠想起手種黃柑的他，是以怎樣的心情、志節在此苦待成林。」〔註 116〕而由〈種柳戲題〉一詩，更可看出柳宗元深知在種柑利民之外，勤修政事，更是「爲民利」，也是眞正讓柳州人記取自己的方式。因此他效法召伯，不重煩勞百姓〔註 117〕，爲柳民獻身，希望能帶給柳民另一番新氣象。

　　〔清〕黃宗羲云：「子瞻之謫，爲奸邪所忌，而子厚之謫，人且目之爲奸邪，心事不白，出語悽愴，其所處與子瞻異也。」永貞元年，柳宗元、劉禹錫二人被貶永州、朗州，一貶就是十年，接著柳宗元又居柳州五年，直至身死都沒有得到世間公允的評價。〔宋〕葛立方云：「柳子厚可謂一世窮人矣。永貞之初，得一禮部郎，席不暖即斥去爲永州司馬。在貶所歷十一年，至憲宗元和十年，例召至京師，喜而成詠。所謂『投荒垂一紀，新詔下荊扉。』又云：『十一年前南渡客，四千裏外北歸人。』是也。既至都，乃復不得用，以柳州去。由永至京已四千里，自京徂柳又復六千，往返殆萬里矣。故《贈劉夢得詩》

〔註116〕　方介：〈由種樹看柳宗元對生命的關懷〉，輯入中國唐代學會、中正大學歷史系編：《第五屆唐代文化學術研討會論文集》（高雄：麗文文化，2001 年 9 月），頁 13～14。
　　　　　方介並以爲「再謫柳州，出任刺史，直接負起『養人』之責，得以『利安元元』，對他（柳宗元）而言，確是一種安慰。因此，當他手植黃柑、談笑種柳之時，飄零的生命，也似乎有了著根之處。」
〔註117〕　鄭玄注〈甘棠〉詩曰：「召伯聽男女之訟，不重煩勞百姓，止舍小棠之下而聽斷焉，國人被其德，說其化，思其人，敬其樹。」《詩經注疏》，頁 55。

云：『十年憔悴到秦京，誰料翻爲嶺外行。』《贈宗一詩》云：『一身去國六千里，萬里投荒十二年』是也。嗚呼，子厚之窮極矣！觀贈李夷簡書云：『曩者，齒少心銳，徑行高步，不知道之艱，以陷於大阨，窮躓隕墜，廢爲孤囚，日號而望，十四年矣。』當時同貶之士，程异爲宰相，而夢得亦得召用，則子厚望歸之心爲如何？然竟不生還，畢命於蛇虺瘴癘之區，可勝歎哉！韓退之有言曰：『子厚斥不久，窮不極，雖有出於人，其文學詞章，必不能自力以致必傳於後，如今無疑也。雖使得所願于一時，以彼易此，孰得孰失？』」〔註118〕

　　「可謂一世窮人」的柳宗元先貶永州、再貶柳州，心情的頓挫非常人可以想像，但柳宗元在人情之常的悲愁外，真正做到當初入柳時的宣言「從此憂來非一事，豈容華髮待流年」，在刺史任內善盡「養人」之責。而在公暇恣意山水之餘〔註119〕，柳宗元也注意到柳州與南方他州的不同，並以其最大的努力，力求了解當地風俗民情，甚且「欲投章甫作文身」。徐復觀認爲：「人的精神，固然要憑山水的精神而得到超越。但中國文化的特性，在超越時，亦非一往而不復返；在超越的同時，即是當下的安頓，當下安頓於自然山水之中。不過，並非任何山水，皆可安頓住人生；必山水的自身，現示有一可供安頓的形相，此種形相，對人是有情的，於是人即以自己之情應之，而使山水與人生，成爲兩情相洽的境界；則超越後的人生，乃超越了世俗，卻在自然中開闢出了一更大更廣的有情世界。」〔註120〕柳宗元雖然不能完全地達到這樣的境界，但較諸前人，他確實付出更多的努力，也獲致更高的聲譽。

〔註118〕　〔宋〕葛立方著：《韻語陽秋‧卷十一》（台北：藝文出版社，1966年）。

〔註119〕　柳州是地質上所謂「喀斯特現象」（石灰岩熔岩地區），多峻峰奇洞，附近的石魚山、駕鶴山、甄山、仙弈山等俱有柳宗元訪勝足跡，柳宗元並有作〈柳州山水近治可遊者記〉（頁775）、〈酬曹侍御過象縣見寄〉（頁1186）等山水詩文，遺贈後世。

〔註120〕　徐復觀：《中國藝術精神》（臺北：臺灣學生書局，1976年）。

第三節　劉禹錫詩中的嶺南書寫

　　劉禹錫（772A.D.～842A.D.），字夢得，唐德宗貞元九年（793A.D.）登進士第，又登博學宏辭科。貞元十一年（795A.D.）授太子校書。此後歷官徐泗濠節度使掌書記、淮南節度使、京兆府渭南縣主簿、監察御史等職。貞元二十一年正月，王伾、王叔文、韋執誼等人在新即位的順宗李誦支持下進行政治革新，實施一系列的政治措施。劉禹錫深受王叔文的器重，積極參與謀議，並擔任屯田員外郎、判度支鹽鐵案，協助杜佑、王叔文管理財政，成爲革新集團的重要成員。革新失敗後，劉禹錫被貶爲朗州司馬。憲宗元和十年（815A.D.）召回長安，又因賦詩獲譴，再貶連州刺史，轉夔、和二州。敬宗寶曆二年（826A.D.）始被召回，先後任尚書省主克郎中、集賢學士、禮部郎中及蘇、汝、同三州刺史。文宗開成元年（836）後，擔任秘書監；最後以太子賓客分司東都，又加檢校禮部尚書銜。〔註121〕

　　永貞革新失敗後，劉禹錫遭貶爲連州（今廣東省連縣）司馬，這是詩人走入嶺南的第一個契機，在行至荊南（唐荊南節度使駐江陵府，今湖北省江陵縣）時，改爲朗州司馬，詩人與嶺南擦身。而據《舊唐書・劉禹錫》傳載朗州：

> 地居西南夷，土風僻陋。

在唐代朗州是下州，只管轄武陵、龍陽兩縣。又，中唐時期的司馬多用來安置被貶謫的官員，並無實權，劉禹錫在此狀況下，很難有所作爲。此外，《舊唐書》本傳又載劉禹錫在朗州：

> 舉目殊俗，無可與言者。

雖然這樣的記載稍嫌過份了〔註122〕，但仍是寫出了劉禹錫在朗州的

〔註121〕　詳參卞孝萱、卞敏著：《劉禹錫評傳》（南京：南京大學出版社，1996年）。

〔註122〕　卞孝萱援引劉禹錫於朗州所作之〈絕編生墓表〉、〈故荊南節度推官董府君墓志〉二文，說明劉禹錫在朗州的生活並非全然如同《舊唐書》所說「無可與言者」，「食力於武陵沅水上，以讀《易》聞」的顧象與「能言墳、典、數，旁捃百家之學」的荊南節度推官董

不得意。元和元年憲宗大赦天下，劉禹錫讀〈改元元和赦文〉後，致書杜佑，尋求量移契機〔註123〕，無奈朝廷卻又再一次申明永貞黨員：「縱逢恩赦，不在量移之限。」〔註124〕元和九年（814A.D.）十二月，詔「以虔州司馬韓泰爲漳州刺史，永州司馬柳宗元爲柳州刺史，饒州司馬韓曄爲汀州刺史，朗州司馬劉禹錫爲播州刺史，台州司馬陳諫爲封州刺史。」〔註125〕於此時，柳宗元感於播州地遠，夢得母老不能遠行，請以柳易播，時裴度亦奏其事，劉禹錫遂得以改授連州。

　　劉禹錫於元和十年五月轉徙連州，十四年底因母卒扶柩北上，十五年在洛陽丁母憂，至穆宗長慶元年冬，除夔州刺史，四年夏，轉和州刺史，至敬宗寶曆二年冬，返回洛陽，直至文宗大和元年六月，才除授主客郎中，分司東都，脫離謫籍。

　　與「西南極遠，猿狖所居，人跡罕至」〔註126〕的播州相比，連州雖地處南方，但因靠近大海，物產豐富，較宜人居，也因此劉禹錫抵連州時，對於連州的觀感並不差。而觀劉禹錫在連州所居時間約四年，所作詩作相當豐富，計有四十餘首〔註127〕，其中采風之作，殊

生顯然與劉禹錫有來往。詳參卞孝萱、卞敏著：《劉禹錫評傳》，頁57。

〔註123〕劉禹錫上書杜佑，及其與杜佑交誼始末，詳參卞孝萱、卞敏著：《劉禹錫評傳》，頁62～63。

〔註124〕《舊唐書・卷十四・憲宗紀上》云：「八月壬午（二十二日）制左降官韋執誼、韓泰、柳宗元、劉禹錫、韓曄、凌準、程异（異）等八人，縱逢恩赦，不在量移之限。」（頁418）

〔註125〕《舊唐書・憲宗本記》，頁452。

〔註126〕《舊唐書・劉禹錫傳》，頁4211。

〔註127〕據陶敏、陶紅麗編年，所作詩作如次：〈度桂嶺歌〉、〈代靖安佳人怨二首〉、〈踏潮歌〉、〈答楊八敬之絕句〉、〈南海馬大夫見惠著述三通勒成四帙上自遼古達于國朝采其菁華至簡如富欽受嘉貺詩以謝之〉、〈南海馬大夫遠示著述酬酢拙詩輒著微誠再有長句時蔡戎未弭故見於篇末〉、〈馬大夫見示浙西王侍御贈答詩因命同作（並序）〉、〈和楊侍郎初至郴州紀事情題郡齋八韻〉、〈和南海馬大夫聞楊侍郎出守郴州因有寄上之作〉、〈送僧方及南謁柳員外（并序）〉、〈送

爲可觀。

　　據卞孝萱、卞敏考，劉禹錫上任後就著重於調查當地山川、地形、物產、歲貢、氣候、疾病等人文、自然地理狀況，並考察當地民族生活習慣與歷屆郡守政績，並作〈連州刺史廳壁記〉記之〔註128〕。而或許也是因爲劉禹錫從小生活在江南地區，對於南方社會狀況較爲了解，對於貶入連州一事，他對連州的接受度是較高的，而對於連州的一切風俗，則更是帶著紀實的筆觸一一寫下，如〈踏潮歌（并引）〉：

> 元和十年夏五月，終風駕濤（一作大風駕潮），南海泛（一作羨）溢。南人云：踏潮也，率三歲一有之。客或言其狀，因歌之，附於《南越志》。

> 屯門〔註129〕積日無回飆，滄波不歸成踏潮。轟如鞭石

郴州楊侍郎玩郡齋紫薇花十四韻〉、〈送曹璩歸越中舊隱〉、〈夔州竇員外使君見示悼妓詩顧余嘗識之（一作而）因命同作〉、〈酬馬大夫以愚獻通草菱脈酒感通拔二字因而寄別之作〉、〈酬馬大夫登涯口戍見寄〉、〈竇夔州見寄寒食日憶故姬小紅吹笙因和之〉、〈酬柳柳州家雞之贈〉、〈答前篇〉、〈答後篇〉、〈平蔡州三首〉、〈城西行〉、〈崔元受少府自貶所還遺山薑花以詩答之〉、〈傷循州渾尚書〉、〈湖南觀察使故相國袁公挽歌二首〉、〈故相國燕國公于司空挽歌二首〉、〈平齊行二首〉、〈海陽湖別浩初師（并引）〉、〈莫猺（一作傜）歌〉、〈連州臘日觀莫傜獵西山〉、〈插田歌〉、〈海陽十詠〉、〈酬國子崔博士立之見寄〉、〈送周魯儒赴舉詩〉、〈元日感懷〉、〈南中書來〉、〈觀棋歌送儇師西遊〉、〈贈別約詩〉、〈重至衡陽傷柳儀曹〉等詩。詳參陶敏、陶紅麗校注：《劉禹錫全集編年校注》（湖南：岳麓書社，2003 年11 月），本文所引劉禹錫詩文及其繫年，皆據此本，爲免註腳浩繁，謹於詩末附上頁碼，不另加註。

〔註128〕文稱連州：「山秀而高，靈液滲漉，故石鐘乳爲天下甲，歲貢三百銖。……林富貴檜，土宜陶土宜陶瓷，故候居以壯聞。石侔瑯玕千，水孕金碧，故境物以麗聞。環峰密林，激情儲陰，海風驅溫，交戰不勝，觸石轉柯，化爲涼颸。……信荒服之善部，而炎裔之良墟也。……或久於其治，功利存乎人民；或不之厭官，翹顯載於歌謠……如宰相王晙、幸卿劉晃、儒官嚴士元、聞人韓泰」等，劉禹錫均作了考察。

〔註129〕屯門：山名，在廣州；回飆：回風，此指陸地吹向海洋的風。

〔註130〕砣且搖，互空欲駕黿鼉橋。驚湍虺縮悍而驕，大陵
高岸失岌嶤。四邊無阻音響調，背負元氣掀重霄。介鯨得
性方逍遙，仰鼻嘘吸揚朱翹。海人狂顧迭相招，羂衣鬌首
〔註131〕聲嘵嘵。征南將軍〔註132〕登麗譙，赤旗指麾不敢
囂。翌日風回沴氣消，歸濤納納景昭昭。烏泥白沙復滿海，
海色不動如青瑤。（頁222～223）

《嶺表錄異》載：「遝潮者，廣州去大海不遠二百里。每年八月，潮
水最大，秋中復多颶風。當潮水未盡退之間，颶風作，而潮又至，遂
至波濤溢岸，淹沒人廬舍，蕩失苗稼，沈溺舟船，南中謂之遝潮。或
十數年一有之，亦系時數之失耳。俗呼爲海翻、爲漫天。」劉禹錫至
連州，發現每年八月特有的「踏潮」現象，遂由其發生原因開始書
寫，並以神話、擬人手法，寫出潮水正盛時的諸多情狀，營造出澎湃
驚人的氣勢。在寫完大自然的神力後，劉禹錫接著書寫潮水退去後的
狀況，竟是「烏泥白沙復滿海，海色不動如青瑤」，彷彿昨日潮水不
曾出現過，全詩的陡起陡降，彷彿來時正盛、退去無蹤的潮水，描寫
十分深刻。而由其詩前引，劉禹錫稱此詩欲附於「南越志」，更可見
劉禹錫作爲一州刺史，欲補當地方志不足的決心。而除了對連州的海
象的觀察，劉禹錫也觀察當時連州少數居民猺族的生活習慣，並作有
〈莫猺歌〉，詩云：

　　莫猺自生長，名字無符籍。市易雜鮫人〔註133〕，婚姻通木
　　客〔註134〕。星居占泉眼，火種〔註135〕開山脊。夜渡千仞

〔註130〕鞭石：《述異記》卷上：「秦始皇作石橋於海上，欲過海觀日出處。
　　　　有神人驅石，去不速，神人鞭之，皆流血，今石橋其色猶赤。」
〔註131〕羂衣鬌首指嶺南人的服飾裝扮。羂爲一種粗毛織物。鬌指髮髻。
〔註132〕征南將軍指東漢岑彭、晉羊祜均曾官征南大將軍，此當指馬總，時
　　　　爲廣州刺史、嶺南節度使。《舊唐書·馬總傳》：「總理道素優，軍
　　　　政多暇，公務之餘，手不釋卷。」（頁4152）
〔註133〕鮫人：即「泉客」。傳說中居於水中的人。《述異記》卷下：「南海
　　　　中有鮫人，室水居如魚，不廢耕織，其眼能泣則出珠。」
〔註134〕木客：傳說中的野人。《太平廣記》卷四八二引《南康記》：「山間
　　　　有木客，形骸皆人也，但鳥爪耳。巢於高樹，一名山精。」

谿，含沙〔註136〕不能射。（頁 260）

按莫傜之名，最早見於《梁書・張纘傳》，傳載：「（湖南）州界零陵、衡陽等郡，有莫傜蠻者，依山險爲居，歷政不賓服」〔註137〕，則在公元六世紀時，莫傜便已出現於南部南嶺山區一帶。又，《隋書・地理志》載其：「自云其先祖有功，常免傜役，故以爲名。其男子但著白布褌衫，更無巾袴；其女子青布衫、班布裙，通無鞋屩。婚嫁用鐵鈷鉧爲聘財。武陵、巴陵、零陵、桂陽、澧陽、衡山、熙平皆同焉。其喪葬之節，頗同於諸左云。」〔註138〕此處「有功」，乃指漢代應劭《風俗通義》與《后漢書・南蠻傳》所載盤瓠故事，即高辛氏畜犬盤瓠咬死敵方吳將軍，銜其首級詣闕下，因立功而得與帝女成婚，繁衍後代成爲長沙武陵蠻之事。在詩的一開始，詩人稱其「自生長」、「無符籍」，寫出莫傜此一少數民族的神秘性。接著，詩人描寫他們生活的情況，以爲他們交易乃是與南海中的鮫人，還與傳說中的野人通婚，而有此想像均是因其「自生長」，分散居住，不受政治力管轄。在山頭上刀耕火種〔註139〕，在夜間秘密行動而不受「含沙射影」之

〔註135〕 火種即燒山而種，即畬田。范成大〈勞畬耕序〉云：「畬田，峽中刀耕火種之地也。春初斫山，眾木盡蹶，至當種時，伺有雨候，則前一夕火之，藉其灰以糞。明日雨作，乘熱土下種，即苗盛倍收，無雨反是。」

〔註136〕 含沙：即蜮，即傳說中能含沙射人，使人致病的動物。《詩經・何人斯》云：「爲鬼爲蜮。」疏引《洪範五行傳》云：蜮，如鱉，三足，生於南越。陸機疏云：「一名射影，江淮水皆有之，人在岸上，影見水中，投人影則殺之。」或曰：「含沙射人皮肌，其瘡如疥是也。」

〔註137〕 《梁書・張纘傳》，頁 502。

〔註138〕 《隋書・地理志》，頁 898。

〔註139〕 劉禹錫轉夔州刺史後，作〈畬田行〉，詩云：「何處好畬田，團團縵山腹。鑽龜得雨卦，上山燒臥木。驚麏走且顧，群雉聲咿喔。紅焰遠成霞，輕煤飛入郭。風引上高岑，獵獵度青林。青林望靡靡，赤光低復起。照潭出老蛟，爆竹驚山鬼。夜色不見山，孤明星漢間。如星復如月，俱逐曉風滅。本從敲石光，遂至烘天熱。下種暖灰中，乘陽坼牙蘗。蒼蒼一雨後，苕穎如雲發。巴人拱手吟，耕耨不關心。由來得地勢，徑寸有餘陰。」（頁 316）在這首詩中，詩人顯然已經

害，則更寫出此民族對當地的熟悉。

在略為勾勒莫傜生活習慣後，劉禹錫亦有作〈連州臘日觀莫傜獵西山〉，也為吾人提供相當珍貴的民族史料，詩云：

> 海天殺氣薄，蠻軍部伍囂。林紅葉盡變，原黑草初燒。圍合繁鉦息，禽興大旆搖。張羅依道口，嗾犬上山腰。猜鷹慮奮迅，驚麏時踟跳。瘴雲四面起，臘雪半空消。箭頭餘鵠血，鞍傍見雉翹。日暮還城邑，金笳發麗譙。（頁261）

《嶺表錄異‧卷上》：「嶺表所重之節，臘一、伏二、冬三、年四。」〔註140〕《史記‧秦本紀》載：「十二月，初臘。」《正義》云：「十二月臘日也。秦惠文王始效中國為之，故云初臘。獵禽獸以歲終祭先祖，因立此日也。」在這首詩中，詩人以極生動的筆法寫出莫傜出獵的壯盛軍容，並寫出其圍獵先燒林誘出獵物，群體持鉦一步步逼近圍捕，同時善用犬、鷹，增加收穫量的技巧。

再觀其〈插田歌（并引）〉：

> 連州城下，俯接村墟。偶登郡樓，適有所感，遂書其事為俚歌，以俟采詩者。

> 岡頭花草齊，燕子東西飛。田塍望如線，白水光參差。農婦白紵裙，農父綠簑衣。齊唱田中歌，嚶儜如竹枝。但聞怨響音，不辨俚語詞。時時一大笑，此必相嘲嗤。水平苗漠漠，煙火生墟落。黃犬往復還，赤雞鳴且啄。路旁誰家郎，烏帽衫袖長。自言上計吏，年幼離帝鄉。田夫語計吏，君家儂定諳。一來長安道，眼大不相參。計吏笑致辭，長安真大處。省門高軻峨，儂入無度數。昨來補衛士，唯用

較為明白畬田的順序與經過，方瑜以為：「由於『畬田』在中原地區極為罕見，夢得執筆時，寫實的成份就來得特別濃厚，可以說詩人蓄意記實，以補方志之闕。……全詩按照畬田的步驟，由擇地燒山寫起，開始行動前，還要先以龜殼占卜。火種一燃，山中麏走鹿驚，火勢愈盛，山郭皆明。」詳參方瑜：〈劉夢得的土風樂府與竹枝詞〉，輯入氏著：《唐詩論文集及其他》（臺北：里仁書局，2005年），頁249～250。

〔註140〕《嶺表錄異‧卷上》。

筒竹布〔註141〕。君看二三年，我作官人去。（頁262）

插田歌為劉禹錫自創新題樂府。在這首歌的一開始，劉禹錫亦云書其事以俟采歌者，書寫企圖十分明顯，亦即補方志之不足。而劉禹錫採用的寫作策略則是以方言入詩，生動描繪計吏與田夫的對話。全詩前半，以鮮艷的色彩，歡愉的歌聲，帶出南方一片好景觀，後半則筆鋒陡轉，以計吏與田夫的問話來透露出僻處炎荒的土民，對天子腳下京城的嚮往；而計吏收賄竟還自滿自得，則在笑謔中隱然透出對時政的嘲嗤。鍾惺《唐詩歸》曰：「風土詩必身至其地，始知其妙，然使未至者讀之，茫然不曉何語，亦是口頭筆下不能運用之過。末七句誇得俚，誇得妙。」〔註142〕沈德潛《唐詩別裁》卷三則云：「前狀插田唱歌，如聞其聲；後狀計吏問答，如繪其形。」〔註143〕這首詩以當地方言，寫出當地、當下情狀，也可見詩人受到連州方言的影響。至如連州當地的民俗信仰，劉禹錫亦有言及，〈南中書來〉云：

> 君書問風俗，此地接炎州。淫祀多青鬼，居人少白頭。旅情偏在夜，鄉思豈唯秋。每羨朝宗水，門前盡日流。（頁271）

炎州為傳說中的南海州名，《十州記》：「炎州在南海中，地方兩千里。」劉禹錫以問答形式，寫出對連州當地民俗信仰的觀察。《唐書・南蠻傳》載（南蠻）俗尚烏鬼，大部落有大鬼主，百家則置小鬼主，一姓白蠻，五姓烏蠻。所謂烏蠻則婦人衣黑繒，白蠻則婦人衣白繒。〔註144〕其時又有所謂青鬼之說，蓋廣南川峽諸蠻之流風，故當時有

〔註141〕 筒竹布：古代一種名貴細布名，因多卷作筒形，故稱。

〔註142〕 鍾惺：《唐詩歸》（上海：上海古籍出版社，2002年）。

〔註143〕 沈德潛：《唐詩別裁集》卷三。

〔註144〕 《新唐書・南蠻傳》載：「烏蠻與南詔世昏姻，其種分七部落：一曰阿芊路，居曲州、靖州故地；二曰阿猛；三曰夔山；四曰暴蠻；五曰盧鹿蠻，二部落分保竹子嶺；六曰磨彌斂；七曰勿鄧。土多牛馬，無布帛，男子髽髻，女人被髮，皆衣牛羊皮。俗尚巫鬼，無拜跪之節。其語四譯乃與中國通。大部落有大鬼主，百家則置小鬼主。

青鬼、烏鬼等名。《漢書‧郊祀志》：「是時既滅兩粵，粵人勇之乃言『粵人俗鬼，而其祠皆見鬼，數有效。昔東甌王敬鬼，壽百六十歲。後世怠嫚，故衰耗。』乃命粵巫立粵祝祠，安臺無壇，亦祠天神帝百鬼，而以雞卜。上信之，粵祠雞卜自此始用。」〔註145〕《廣東新語》：「……至今越祠多淫，以鬼神方惑民災樣者，所在皆然。諸小鬼之神者，無貴賤趨之。」〔註146〕粵俗尚鬼，人們往往將災祥與鬼神聯繫在一起，《獨醒雜誌》也云：「廣南風土不佳，人多死於瘴病。其俗又好巫尚鬼，疾病不進藥餌，惟與巫祝從事，至死而後已，方書藥材未始見也。」〔註147〕周去非則指明其術爲「設鬼」：「南方凡病皆謂之瘴，……深廣不知醫藥，唯知設鬼而坐致殂殞」〔註148〕詩人敏銳地體察出「南人早夭」的原因蓋由於迷信鬼神方〔註149〕，而此詩也提

勿鄧地方千里，有邛部六姓，一姓白蠻也，五姓烏蠻也。又有初裏五姓，皆烏蠻也，居邛部、臺登之間。婦人衣黑繒，其長曳地。又有東欽蠻二姓，皆白蠻也，居北谷。婦人衣白繒，長不過膝。又有粟蠻二姓、雷蠻三姓、夢蠻三姓，散處黎、巂、戎數州之鄙，皆隸勿鄧。勿鄧南七十里，有兩林部落，有十低三姓、阿屯三姓、䂖望三姓隸焉。其南有豐琶部落，阿諾二姓隸焉。兩林地雖陋，而諸部推爲長，號都大鬼主。」（頁63170）

〔註145〕　《漢書‧郊祀志第五下》，頁1241。此後，粵巫雞卜之術史不絕書，《赤雅》、《南越遊記》皆有記載，而清‧黃世發的《越巫雞卜》記載尤詳。詳參黃世發：《越巫雞卜》，輯入《四庫未收書輯刊》（北京：北京出版社，2000年）。

〔註146〕　〔清〕屈大均：《廣東新語》卷六（臺北：臺灣學生，1968年）《神語》「五帝」條。

〔註147〕　〔宋〕曾敏行：《獨醒雜誌》卷三（上海：上海古籍出版社，1986年），頁27。

〔註148〕　〔宋〕周去非：《嶺外代答》卷四「瘴」。

〔註149〕　屈大均曾列舉其親眼所見此類「鬼神方」如下，一曰逐鬼術：「予至東莞，每夜聞逐鬼者，合吹牛角，鳴鳴達旦作鬼聲，師巫咒水書符，刻無暇暑。其降生神者，迷仙童者，問觀者，婦女奔走，以錢米交錯於道，所在皆然。」二曰設鬼術：「諸縣尋常有病，則以酒食置竹箕上，當門巷而祭，曰『設鬼』，亦曰『拋撒』；或以紙船紙人燔之，紙人以代病者，是曰『代人』。」三曰禁鬼術：「博羅之俗，正月二十日以桃枝插門，童稚則以桃葉爲佩，曰『禁鬼』也。」四

供了我們瞭解連州民情的一個面向。

　　在仔細體察民情之外，劉禹錫在連州任內也寫作許多酬贈詩，而某些酬贈詩中所用的正是前朝典故，如〈和楊侍郎初至郴州紀事書情題郡齋八韻〉：「旌節下朝臺〔註150〕，分圭從北回。城頭鶴立處，驛樹鳳棲來」〔註151〕句（頁228），用尉陀陸賈與蘇耽典；〈和南海馬大夫聞楊侍郎出守郴州因有寄上之作〉：「玉環慶遠瞻台坐，銅柱勳高壓海門」（頁229）句用伏波銅柱典，都有期勉對方的意思。但在這些慣用的典故之外，劉禹錫在酬贈詩中賦予了嶺南較為正面的新意象，如〈南海馬大夫遠示著述兼酬拙詩輒著微誠再有長句時蔡戎未弭故見於篇末〉中寫：「連天浪靜長鯨息，映日帆多寶舶來」（頁226），在第二章中，筆者已引劉淑芬文與相關史料，述明唐前嶺南南海貿易之發達，而如是盛況顯然在唐代也未減，《唐國史補》卷下：「南海舶，外國船，每歲至安南、廣州。獅子國舶最大，梯而上下數丈，皆積寶貨。」〔註152〕柳宗元《嶺南節度使饗軍堂記》亦載：「唐制，嶺南為五府，府部州以十數，其大小之戎，號令之用，則聽於節度使焉。其外大海多蠻夷，由流求、訶陵西抵大夏、康居、環水國以百數，則統於押蕃舶使焉……今御史大夫扶風公廉廣州，且專二使。」劉禹錫詩

曰雞招術：「廣州婦人患病者，使一嫗左持雄雞，右持米箸，於間巷間皋曰『某歸』！則一嫗應之曰『某歸矣！』其病旋愈，此亦招魂之禮，是名『雞招』。」類似的俗信，廣東各地的方志中均有記載，如「逐鬼術」亦見於民國二十二年《樂昌縣誌》、嘉慶二十四年《新安縣誌》、民國十六年《東莞縣誌》；「設鬼術」見於道光二年《永安縣三志》、道光三年《開平縣誌》、道光十九年《新寧縣誌》等。

〔註150〕朝臺，在廣州，《元和郡縣圖志》卷三四廣州南海縣：「朝臺，在縣東北二十里，昔尉陀初遇陸賈之處也，後歲時於此望漢朝拜，故曰朝臺。」

〔註151〕鶴立，用蘇耽事。《神仙傳》載：「蘇仙公者，桂陽人也，漢文帝時得道。後有鶴來止郡東北城樓上，人或挾彈彈之。鶴以爪攫樓板，似漆書云：『城郭是，人民非，三百甲子一來歸，吾是蘇君彈何為？』」

〔註152〕〔唐〕李肇撰：《唐國史補·卷下》。

所酬贈的對象正是時以節度使兼押蕃舶使。在玄宗天寶中，鑒眞經廣州返揚州時，已記述唐前廣州的海上貿易情況云：

（珠）江中有婆羅門、波斯、崑崙等舶，不知其數；並載香藥、珍寶，積載如山。〔註153〕

在《新唐書・地理志・嶺南道》中，賈耽亦稱其爲：「廣州通海夷道也。」〔註154〕且就廣州、安南二地而言，駛向廣州的商舶要比駛向安南的多。因此滯留廣州的外商也特別多，以至連當時的阿拉伯商人阿布・賽義德・哈桑也稱廣州爲「阿拉伯商人薈萃之地」〔註155〕。

此外，在〈馬大夫見示浙西王侍御贈答詩因命同作（並序）〉中，劉禹錫也注意到了嶺南特有的「銅鼓」文化，詩云：「象筵照室會詞客，銅鼓臨軒舞海夷。」（頁227）《嶺表錄異・卷上》：「蠻夷之樂，有銅鼓焉，形如腰鼓，而一頭有面。鼓面圓二尺許，面與身連，全用銅鑄。其身遍有蟲魚花草之狀，通體均厚，厚二分以外，爐鑄之妙，實爲奇巧。擊之響亮，不下鳴鼉。貞元中，驃國進樂，有玉螺銅鼓，即知南蠻酋首之家，皆有此鼓也。」〔註156〕而在〈崔元受少府自貶所還遺山薑花以詩答之〉（頁248）中亦寫出南方特產山薑花的可貴，甚且以之與荔枝比擬〔註157〕。

〔註153〕詳見〈唐大和上東征傳〉，輯入《大藏經・史傳部》。

〔註154〕《新唐書・地理志・嶺南道》，頁1146。又，此條海上絲綢之路，前人考之甚詳，詳參〔法〕伯希和著、馮承鈞譯：《交廣印度兩道考》（臺北：臺灣商務印書館，1970年）、〔日〕桑原隲藏著、馮攸譯：《中國與阿拉伯海上交通史》（臺北：臺灣商務印書館，1962年）、馮承鈞著：《中國南洋交通史》（臺北：臺灣商務印書館，1962年）與武伯倫：〈唐代廣州至波斯灣的海上交通〉，《文物》，1972年第6期等。

〔註155〕穆根來・汶江著、黃倬漢譯：《中國印度見聞錄》（北京：中華書局，1983年），頁115。

〔註156〕《嶺表錄異・卷上》。

〔註157〕《嶺表錄異・卷中》：「山薑花莖葉，即薑也。根不堪食，而於葉間吐花穗如麥，粒嫩紅色，南人選未開拆者，以鹽醃，藏入甜糟中。經冬如琥珀，香辛可重用爲膾，無加也。以鹽藏，曝幹煎湯，極能治冷氣。」劉禹錫在此詩中云：「驛馬損筋骨，貴人滋齒牙。」驛

　　在新的意象的增添之外，劉禹錫也不忘書寫連州之美，最著名者當推〈海陽十詠〉（頁 263），在〈海陽湖別浩初師（并引）〉中，劉禹錫即稱「會吳郡以山水冠世，海陽又以奇甲一州。」（頁 259）《方輿勝覽・連州》載：「海陽湖，在桂陽東北二里。唐大歷間，元結到此，創湖，通小舟游泛。」〔註 158〕然《新唐書・元結傳》僅載元結拜道州刺史，進授容管經略使，罷還京師卒，未及其假攝連州事。若非劉禹錫為其湖十景作詩以記，並於〈吏隱亭述〉中追述「海陽之名，自元先生。先生元結，有銘其碣。元維假符，余維左遷。其間相距，五十餘年。」則此湖歷史當泯滅矣！

　　綜上討論，可知劉禹錫以紀實為自期，冀能在連州任內，切實描寫當地人文、自然景觀，並刻意走出與前人不同的道路。柳宗元引楚語入詩，劉禹錫則更貼近當地，在〈插田歌〉中的對話，直如計吏、田夫對答現場再現；又如在伏波、銅柱、尉陀、颶母、瘴等傳統意象外，努力發掘當地的新意象，使詩作面貌全然不同於前朝。並且，在貶謫文人中，劉禹錫在詩中展露的悲傷氣息較少，他選擇以嶄新的視野來看待新的生命經驗，在詩中鉅細靡遺地寫出少數民族耕種、圍獵、踏潮等的風光，並紀錄了少數民族的特殊宗教信仰。觀其所以如是，除與年少的江南經驗有關外，與其心境之曠達，佛教之浸染亦有深刻關係。

第四節　晚唐諸詩人的嶺南書寫

　　唐代後期，長年的藩鎮割據使唐王朝的統治名存實亡。在全國各地，藩鎮節度使掌有地方政權與大部分兵權，也大都成為世襲制，不受唐王朝的統治。故而，晚唐的政權主要以平息叛亂為主，而無暇顧及經濟文化等方面的發展。肅宗（756A.D.～762A.D.）及其之後的代

　　馬即指傳驛貢山薑花事，雖事蹟未詳，但當與進貢荔枝事相類。
〔註 158〕　《方輿勝覽・連州》。

宗（762A.D.～780A.D.）、德宗（780A.D.～805A.D.）等皆平庸無能，朝政掌握於奸臣上，又無力弭平藩鎮割據，致使國運愈加惡化，重之以吐蕃、回鶻等外族不斷寇邊，內憂外患重重。

憲宗的過世（828A.D.）揭示著唐朝終將走向衰敗，繼任的幾位帝王既無憲宗才能〔註159〕，在內外交逼下，如何能拯唐朝國力於萬一？而自穆宗後，唐皇多信服食長生藥，在以後的十代皇帝中，僅因服食丹藥而死的就有三人，更加速了李唐王朝的滅亡速度。西元八七四年起，以王仙芝為首的黃禍又危害十數年，成了壓死巨大駱駝的最後一根稻草，統治已岌岌可危。西元九零七年，曾為黃巢部下後歸降唐朝的梁王朱全忠，迫哀帝退位，代唐稱帝，終結了唐王朝的統治。〔註160〕

生活在此環境中的晚唐文人，多半已失去對政治的熱情，詩風也為之一變。嚴羽云：「論詩如論禪，漢魏晉與盛唐之詩，則第一義也。大歷以還之詩，則小乘禪也，已落第二義矣。晚唐之詩，則聲聞辟支果也。」〔註161〕以晚唐詩不足觀矣；胡應麟《詩藪》亦以為：「能知盛唐諸作之超，又能知晚唐諸作之陋，可與言矣。」雖盛唐、晚唐各有其可觀處，然盛唐為「超」，晚唐為「陋」，顯然為唐詩分出了高下。

但即使如此，在漫長的文學批評史上，晚唐詩也曾受到少數獨具慧眼者的鑑賞喜愛與學習。南宋四大家之一的楊誠齋，推崇晚唐「詩味」〔註162〕，高倡晚唐風致以挽救江西詩的粗率，護衛晚唐詩不遺

〔註159〕 憲宗曾在朝臣的說明下，奪回了由藩鎮割據的淮西等地，暫時使唐朝恢復統一。但因憲宗自認有功，愈加專斷獨行，寵信宦官，終為宦官所害。

〔註160〕 湯承業分析中唐以後的政治問題蓋有七：其一為相權的分隔；其二為藩鎮的驕悍；其三為外患的交迫；其四為士風的浮薄；其五為朋黨的亂政；其六為閹寺的擅權；其七為財政的窘迫。詳參湯承業：《李德裕研究》（臺北：學生書局，1974 年 8 月），頁 1～17。

〔註161〕 〔宋〕嚴羽：《滄浪詩話・詩辨》（臺北：里仁書局，1987 年）。

〔註162〕 楊萬里於〈周子益訓蒙省題詩序〉中指出：「屬聯切而不束，詞氣

餘力，嘗云：「嘗食夫飴與荼乎？人孰不飴之嗜也，初而甘，卒而酸；至於荼也，人病其苦也，然若未既，而不勝其甘。詩亦如是而已矣。……《三百篇》之後，此味絕矣，唯晚唐諸子差近之。」〔註163〕

　　唐朝後期，由於北方的連年戰亂，致使土地荒蕪，人口稀少；相對穩定的南方，逐漸成為唐朝的經濟中心，此時期詩中的嶺南書寫，是否也有相同的趨向？在整理相關詩作後，首先發現的是詩人身份的多元化，在晚唐之前，專意寫嶺南相關經驗者，主要集中在貶謫詩人群中，中唐的韓愈、柳宗元與劉禹錫更是此類詩人的代表，在晚唐這類詩人雖然也有，如李德裕、李紳者，但書寫量較諸前期減少許多；相較之下，入幕的寫作經驗開始勃興，李商隱赴桂管觀察幕時，就有許多詩文傳世；再次，本土的詩人群也於此時嶄露頭角，如曹鄴、曹唐即是；而南遊風氣的興盛，更是吸引了曹松、李群玉等人的駐足。身份的不同，所帶來的觀感是否也有所不同？描寫面向又有怎樣的改變？凡此均值得進一步研究。

　　李紳（772A.D.～846A.D.），字公垂，安徽亳州人，元和元年（806A.D.）中進士，補國子監助教。後離京至金陵，入節度使李錡幕府。因不滿李錡謀叛而下獄，李錡被殺後獲釋。後赴長安任校書郎，元和十四年升為右拾遺。元和十五年任翰林學士，捲入朋黨之爭，為李黨重要人物。長慶四年（824A.D.），李黨失勢，李紳被貶為端州（今廣東肇慶）司馬〔註164〕。因為李逢吉構陷而貶端州的李紳，

〔註163〕 肆而不蕩，婉而莊，麗而不浮，駸駸乎晚唐之味矣。」
〔註163〕 楊萬里：〈頤庵詩稿序〉。
〔註164〕 《舊唐書‧李紳傳》對李紳被陷的經過有詳細記載，傳云：「中尉王守澄用事，逢吉令門生故吏結託守澄為援以傾紳，晝夜計畫。會紳族子虞，文學知名，隱居華陽，自言不樂仕進，時來京師省紳。虞與從伯耆、進士程昔範皆依紳。及耆拜左拾遺，虞在華陽寓書與耆求薦，書誤達於紳。紳以其進退二三，以書誚之，虞大怨望。及來京師，盡以紳嘗所密話言逢吉姦邪附會之語告逢吉，逢吉大怒。問計於門人張又新、李續之，咸曰：『揢紳皆自惜毛羽，孰肯為相公搏擊，須得非常奇士出死力者。有前鄧州司倉劉栖楚者，嘗為吏，

在抵端州後作〈逾嶺嶠止荒陬抵高要〉：

天將南北分寒燠，北被羔裘南卉服〔註165〕。寒氣凝爲戎虜
驕，炎蒸結作蟲虴毒。周王止化惟荊蠻，漢武鑿遠通屛顏。
南標銅柱限荒徼，五嶺從茲窮險艱。衡山截斷炎方北，迴
雁峰南瘴煙黑。萬壑奔傷溢作瀧，湍飛浪激如繩直。（南人
謂水爲瀧，如原瀑流。自郴南至韶北，有八瀧。其名神瀧、
傷瀧、雞附等瀧，皆急險不可上。南中輕舟迅疾可入此水
者，因名之瀧船，善游者爲瀧夫。）千崖傍聳猿嘯悲，丹
蛇〔註166〕玄虺潛蝼蛇。瀧夫擬楫劈高浪，瞥忽浮沈如電
隨。嶺頭刺竹蒙籠密，火拆紅蕉〔註167〕焰燒日。嶺上泉分
南北流，行人照水愁腸骨。陰森石路盤縈紆，雨寒日暖常

鎭州王承宗以事繩之，栖楚以首觸地固爭，而承宗竟不能奪，其果
銳如此。若相公取之爲諫官，令伺紳之失，一旦於上前暴揚其過，
恩寵必替。事苟不行，過在栖楚，亦不足惜也。』逢吉乃用李虞、
程昔範、劉栖楚，皆擢爲拾遺，以伺紳隙。俄而穆宗晏駕，敬宗初
即位，逢吉快紳失勢，慮嗣君復用之，張又新等謀逐紳。會荊州刺
史蘇遇入朝，遇能決陰事，眾問計於遇。遇曰：『上聽政後，當開
延英，必有次對官，欲拔本塞源，先以次對爲慮，餘不足恃。』羣
黨深然之，逢吉乃以遇爲左常侍。王守澄每從容謂敬宗曰：『陛下
登九五，逢吉之助也。先朝初定儲貳，唯臣備知。時翰林學士杜元
穎、李紳勸立深王，而逢吉固請立陛下，而李續之、李虞繼獻章疏。』
帝雖沖年，亦疑其事。會逢吉進擬，言李紳在內署時，嘗不利於陛
下，請行貶逐。帝初即位，方倚大臣，不能自執，乃貶紳端州司馬。
貶制既行，百僚中書賀宰相，唯右拾遺吳思不賀。逢吉怒，改爲殿
中侍御史，充入吐蕃告哀使。」先，李逢吉即因用人事，與李紳多
所齟齬，此次密謀構陷李紳，帝不察，遂稱逢吉意。詳參《舊唐書·
李紳傳》，頁4497～4499。

〔註165〕卉服：用絺葛做的衣服。《書·禹貢》：「島夷卉服。」孔傳：「南海
　　　　島夷，草服葛越。」孔穎達疏：「舍人曰：『凡百草一名卉』，知卉
　　　　服是草服，葛越也。葛越，南方布名，用葛爲之。」

〔註166〕丹蛇：赤色的長蛇。古代詩文中多用於描述炎旱苦熱。如〔南朝宋〕
　　　　鮑照〈代苦熱行〉：「丹蛇踰百丈，玄蜂盈十圍。」

〔註167〕紅蕉：〔明〕李時珍《本草綱目·草四·甘蕉》（集解）引蘇頌曰：
　　　　「漸大則花出瓣中，極繁盛。紅者如火炬，謂之紅蕉。」〔清〕趙
　　　　翼《題〈嶺南物產圖〉六十二韻》：「紅蕉宜綺疏，幽蘭稱空谷。」
　　　　知紅蕉乃嶺南物產。

斯須。瘴雲暫卷火山外，蒼茫海氣窮番禺。鵁鶄猿鳥聲相
續，椎髻曉呼同戚促〔註168〕。百處谿灘異雨晴，四時雷電
迷昏旭。魚腸雁足望緘封，地遠三江嶺萬重。魚躍豈通清
遠峽，雁飛難渡漳江東。（余在南中日，知家累以其年九月
九日發衡州，因寄云，菊花開日有人逢，知過衡陽迴雁峰。
江樹送秋黃葉少，海天迎遠碧雲重。音書斷達聽蠻鵲，風
水多虞祝媼龍。想見病身渾不識，自磨青鏡照衰容。慨然
追感，以疏其下。又端州界有清遠峽，深險莫測，皆言水
府爲魚龍之限也。）雲蒸地熱無霜霰，桃李冬華匪時變。
天際長垂飲澗虹，簷前不去銜泥燕。（南中虹四時長見，見
數則多颶風，燕不歸蟄。燕泥多沙，人懼其沾污於人，每
逐其巢也。）幸逢雷雨蕩妖昏，提挈悲歡出海門。西日眼
明看少長，北風身醒辨寒溫。賈生謫去因前席，痛哭書成
竟何益。物忌忠良表是非，朝驅絳灌爲讎敵。明皇聖德異
文皇，不使無辜困鬼方。漢日傅臣終委棄，如今衰叟重輝
光。高明白日恩深海，齒髮雖殘壯心在。空愧駑駘異一毛，
無令朽骨慚千載。（卷480，頁5463）

李紳以「天分南北」，清楚地將中原與嶺南畫出區別，首先李紳注意
到的是氣候的改變，再次注意到山川形勢、語言、特產、服儀等不
同，並一一以自註標示自己的理解。與這首詩相類，屢出現自註者，
尚有〈趨翰苑遭誣搆四十六韻〉，詩云：

（前略）地嫌稀魍魎，海恨止番禺。（栖楚等見逢吉，怒所
貶太近。）瘴嶺衝蛇入，蒸池躧虺趨。望天收雪涕，看鏡
攬霜鬚。草毒人驚剪，茅荒室未誅。火風晴處扇，山鬼雨
中呼。窮老鄉關遠，覉愁骨肉無。鵲靈窺牖戶，龜瑞出泥
途。（余到端州，有紅龜一。州人李再榮來獻，稱嘗有里人
言，吉徵也。余放之於江中，回頭者三四，游泳前後不去
久之。又南中小鵲，名曰蠻鵲，形小如燕雀。里中言，此
鳥不常見，至而鳥舞，必有喜應，是日與龜同至於館也。）

煙島深千瘴，滄波淼四隅。海標傳信使，江棹認妻孥。到
接三冬暮，來經六月徂。暗灘朝不怒，驚瀨夜無虞。（從吉
州而南，歷封康。並足湍瀨，危險至極。其名有滅門、擣
鮓、霸州等灘，惟江水泛漲，則無此患。康州悅城縣有媼
龍祠，或能致雲雨，余以書祝之。家累以十月泝流，龍爲
之三漲江水以達也。）俛首安羸業，齊眉慰病夫。涸魚思
雨潤，僵燕望雷蘇。詔下因頒朔，恩移詎省辜。（余以寶曆
元年五月，量移江州長史。）誣天猶指鹿，依社尚憑狐。（逢
吉尚爲相。）度嶺瞻牛斗，浮江淬轆轤。未平人睚眥，誰
懼鬼揶揄。盆浦潮通楚，匡山地接吳。庾樓清桂滿，遠寺
素蓮敷。髣髴皆停馬，悲歡盡隙駒。舊交封宿草，（沈八侍
郎、武十五侍郎、元九相公、龐嚴京兆、蔣防舍人皆爲塵
世。）衰鬢重生芻。萬戟分梁苑，雙旌寄魯儒。駸駸移歲
月，冉冉近桑榆。疲馬愁千里，孤鴻念五湖。終當賦歸去，
那更學楊朱。（卷480，頁5461）

觀這首詩當作於李紳量移江州長史時，在獲知量移後，李紳回顧當時
被貶的心境、赴端州時的驚懼、與抵任後的經歷。詩中自註在說明相
關人事外，也展現嶺南風物所帶給他的驚與奇。

　　觀這首詩的前十二句中，連續以「魑魅」、「瘴」、「蛇虺」、「毒
草」、「火風」、「山鬼」等刻板印象描寫端州的不可親；此時州人獻紅
龜、以蠻鵲舞爲喜應的舉動，展現了當地居民對謫居者的人情味，消
弭了詩人前半段對嶺南的惡感。而或許也是因爲心境的轉變，在面
對驚險的水路時，李紳入境隨俗地至媼龍祠參拜，不以之淫祀。而其
在詩中對當地風物、水路等的描寫，也成爲研究嶺南歷史地理的珍貴
史料。

　　在端州時，李紳亦作詠物詩，以詠南中物產，分別是〈朱槿花〉
〔註169〕與〈紅蕉花〉：

〔註169〕　《嶺表錄異》：「嶺表朱槿花，莖葉者如桑樹，葉光而厚，南人謂之
　　　　　佛桑。樹身高者，止於四五尺，而枝葉婆娑。自二月開花，至於仲
　　　　　冬方歇。其花深紅色，五齣如大蜀葵，有蕊一條，長於花葉，上綴

瘴煙長暖無霜雪，槿豔繁花滿樹紅。每歎芳菲四時厭，不
知開落有春風。（卷 483，頁 5495）

紅蕉花樣炎方識，瘴水溪邊色最深。葉滿叢深殷似火，不
唯燒眼更燒心。（卷 483，頁 5495）

《文心雕龍・明詩》云：「人稟七情，應物斯感，感物吟志，莫非自
然」。「悲秋」作爲中國文學傳統中的重要類型，具體且深刻地見證
了文學中的「感傷」基調。〔註 170〕端州地處副熱帶氣候，四時物候
繁盛，李紳於此以「厭」字，帶些埋怨地寫出對嶺南氣候、物產的不
適應。正因爲在四時恆夏的嶺南，形同被剝奪「傷春悲秋」的權
利，看著不知人心情寥落，仍恣意開放的紅蕉花，詩人遂云其「燒眼
更燒心」〔註 171〕。

金屑，日光所爍，疑有焰生。一叢之上，日開數百朵，雖繁而有豔，
但近而無香。暮落朝開，插枝即活，故名之槿，俚女亦採而鬻，一
錢售數十朵，若微此花紅妝，無以資其色。」

〔註 170〕 何寄澎：〈悲秋──中國文學傳統中時空意識的一種典型〉，《臺大
中文學報》第 7 期，1995 年 4 月，頁 78。

〔註 171〕 施懿琳在分析官臺文人孫元衡時，注意到詩人屢於詩中尋找秋天，
卻終不可得，謫宦的情緒因此少了出口，文謂：「照理說他們也期
待在秋的蕭瑟景致中，找尋足以抒發憂愁悲思的對象，比如：西風、
白露、鴻雁、冷月、秋霜、楓葉等。然而這些承載悲愁的憑藉物，
在臺灣似乎不易尋得。宦臺者對於節候感受最明顯的是溽暑炎熱、
晴日驕陽是讓淒涼蕭條景物難以展現的赤地炎方。由此我們稍稍可
以理解，何以宦臺文人喜歡結合神話、典故，對臺灣這個炎熱之鄉
的熾烈，做誇大的渲染和描寫，並對暑熱充滿了畏怕斥拒；也可以
理解，何以詩人要頻頻探問『秋』的消息、尋找『冬』的冷冽，乃
至在風光明媚的『春天』有著隱隱的感傷。生長於熱帶及亞熱帶氣
候的臺灣動植物，有許多是脫出文人過去生命經驗之外的。依昔時
中國文人的習慣，初春時冬雪初融的江水可以用來譬喻剪不斷、理
還亂的愁緒；孤雁與霜葉、秋月與梧桐可以用來表達客子的寂寞與
淒涼；而冬日大雪，可以將天地寒凍的寂寞孤獨之感呈現出來。然
而，當我們以孫元衡爲對象，觀察渡海東來的清國吏員所歌詠的詩
篇時，卻發現他們表情達意的模式與傳統中國文人存在著某種程度
的差異。」詳參施懿琳：〈憂鬱的南方──孫元衡《赤嵌集》的臺
灣物候書寫及其內在情蘊〉，《成大中文學報》第 15 期，2006 年 12
月，頁 132～133。而如是現象，在唐代謫居嶺南的詩人作品中，亦

在〈端州江亭得家書二首〉其二中，李紳也敏銳地察覺到因嶺南四時恆夏，情緒因此缺乏宣洩出口的狀況，詩云：「長安別日春風早，嶺外今來白露秋。莫到淮南悲木葉，不聞搖落更堪愁。」（頁）

藉由以上諸詩的討論，可以發現李紳對嶺南風物紀實的用心，雖然遭陷貶居端州，但李紳在自傷外，以少見的「自註」方式，一一寫下當地帶給他的驚與奇；而也因著他的紀錄，其時其地的特殊得以為時人、後人所知。

同為晚唐謫嶺詩人者，還有李德裕（787A.D.～850A.D.）。李德裕之貶，多數學者均以為乃牛李黨爭〔註172〕惡鬥結果，然湯承業整理相關文獻，以為「衛公之貶，雖由於黨人，實則宣宗以嘗不見禮於武宗，遷怒及之，恐其不利於己者」，宣宗對李德裕的猜忌，恐怕才是主要原因。會昌六年（846A.D.）為東都留守，大中元年（847A.D.）再為太子少保分司東都，同年十二月十九日貶為潮州司馬。大中二年九月八日（848）再貶為崖州司戶。〔註173〕

有體現。

〔註172〕 牛黨的首領是牛僧孺、李宗閔，主要成員有令狐綯、李珏和楊虞卿等人；李黨的首領是李德裕，主要成員有李紳、鄭覃、陳夷行與李讓儀等人。二派惡鬥於元和三年（808A.D.）因科舉事件而揭開序幕，復因長慶元年（821A.D.）錢徽貢舉案，錢徽、李宗閔、楊汝士等被貶官，促使李、楊等人大為懷恨，從此李德裕、李宗閔各分朋黨，更相傾軋，雙方各從派系私利出發，對於藩鎮等問題看法也互異，因此互相排擠貶斥對方。

傅錫壬先生在《牛李黨爭與唐代文學》一書中對牛李黨爭的始末有詳盡的闡述，並舉出兩黨重大的爭端有以下數事：其一為李逢吉之謗毀裴度、其二為李逢吉之迫害李紳、其三為李宗閔引牛僧孺共排李德裕、其四為李德裕排斥李宗閔黨、其五為李逢吉之排斥李德裕、其六為李德裕、李宗閔同遭斥逐、其七為李德裕之再斥牛僧孺、李宗閔、其八為白敏中之排斥李德裕以及德裕之死。詳參傅錫壬：《牛李黨爭與唐代文學》（臺北：東大出版社，1984年），頁45～56。

〔註173〕 李德裕於宣宗大中元年（847）貶潮州司馬，貶謫制書可參《唐大詔令集》五八「貶李德裕潮州司馬制」。大中二年（848）九月八日再貶為崖州司戶，制書見《全唐文》卷七九〈再貶李德裕崖州司參

　　以花甲之年入崖州的李德裕所遭受到的身心折磨,在其詩文中有詳細的書寫。〈謫嶺南道中作〉中云:

> 嶺水爭分路轉迷,桄榔椰葉暗蠻溪。愁衝毒霧逢蛇草
> 〔註174〕,畏落沙蟲避燕泥〔註175〕。五月畬田收火米,三更
> 津吏報潮雞〔註176〕。不堪腸斷思鄉處,紅槿花〔註177〕中
> 越鳥啼。(卷475,頁5397)

李德裕因受白敏中、令狐綯排擠,被貶爲崖州司戶參軍,二人吩咐監行者翻山越嶺,單走細徑與蠻溪,而此詩即作於南行赴任途中。首先寫山水,嶺南重巒疊嶂,山溪奔騰湍急,形成不少支流岔道,再加上山路盤旋,行人難辨東西而迷路,此處用一「爭」字,不僅使動態景物描繪得更生動,也點出了「路轉迷」的原因,好像道路迂曲,使人迷失方向感是嶺水故意「爭分」所致。接著描寫山間景色,桄榔、椰樹佈滿千山萬壑,因其葉厚而遮蔽天日,更增添了行走辨識方向的困難。而在這裡,詩人也寫出他對南方的恐懼,「瘴」、「毒草」、「沙蟲」、「燕泥」等都吐露了詩人對當地的不友善。沈德潛以爲此聯「語雙關」,言在此而意在彼,詩中的毒霧、蛇草、沙蟲等似意有所指。在詩的後半部,詩人則專注描寫當地習俗與風物:特殊的耕種方式,收

軍制〉。其事始末,可參張采田:《玉谿生年譜會箋・卷三》(臺北:臺灣中華書局,1984年)與湯承業:《李德裕研究》(臺北:臺灣,1974年),頁590～600。

〔註174〕毒霧即指瘴氣;蛇草舊謂蛇咬過有毒的草,此處應是泛稱毒草。

〔註175〕沙蟲指一種細小而有毒的蟲;燕泥即指燕子築巢所銜的泥或燕巢上的泥。

〔註176〕潮雞指一種潮來即啼的雞。又名伺潮雞、石雞。〔南朝梁〕顧野王《輿地志》載:「移風縣有雞,雄鳴,長且清,如吹角,每潮至則鳴,故呼爲潮雞。」

〔註177〕《嶺表錄異・卷中》載:「朱槿花,莖葉者如桑樹,葉光而厚,南人謂之佛桑。樹身高者,止於四五尺,而枝葉婆娑。自二月開花,至於仲冬方歇。其花深紅色,五齣如大蜀葵,有蕊一條,長於花葉,上綴金屑,日光所爍,疑有焰生。一叢之上,日開數百朵,雖繁而有豔,但近而無香。暮落朝開,插枝即活,故名之槿,俚女亦採而鬻,一錢售數十朵,若微此花紅妝,無以資其色。」

成日期也與中原不同；潮訊來時，潮雞三更啼叫，管理渡口、橋樑的官吏則會據此將消息告知行旅者；紅槿花與越鳥；凡此均是詩人前所未見。

李德裕至崖州後的狀況，在其〈與姚諫議郎書〉中有載：

> （前略）大海之中，無人拯恤，資產蕩盡，家事一空，百口嗷然，往往絕食，塊獨窮悴，終日苦饑，惟恨垂沒之年。頓作餒死之鬼。自十月末得疾。伏枕七旬。屬纊者數四。藥物陳裛。又無醫人。委命信天。幸而自活。羸憊至甚。生意方微。自料此生。無由再望旌榮。臨紙涕戀。不勝遠誠。病後多書不得。伏惟恕察。謹狀。〔註178〕

此或是李德裕誇大其辭，但亦可見南方確是窮荒絕域，「無醫人」句更點出南方淫祀的發達，導致藥物陳裛的惡性結果。又《北夢瑣言》卷八〈李太尉與段少常書〉：

> 唐李太尉德裕左降朱崖……敘平生所志，嘗遣段少常成式書曰：「自到崖州，幸且頑健，居人多養雞，往往飛入官舍，今且作祝雞翁爾。」

由居人養雞常飛入官舍，可見當地官舍規模簡陋之極，雖句末以自嘲作結，但仍可見李德裕由廟堂之上，淪落至此的辛酸與無奈。繼而再觀其〈惡溪夜泊蘆島〉，詩云：

> 甘露花香不再持，遠公應怪負前期。青蠅〔註179〕豈獨悲虞氏，黃犬應聞笑李斯。風雨瘴昏蠻日月，煙波魂斷惡溪時。嶺頭無限相思淚，泣向寒梅近北枝。（頁475，頁5397）

在這首詩中，李德裕透過在異地的懺悔，表明自己思念故國的濃烈心情。「瘴」的意象於此再次出現，但嶺南產鱷除在韓愈〈祭鱷魚文〉外，似並未在其他詩作中看到。惡溪一名「鱷溪」，《嶺表錄異》即載：

〔註178〕《全唐文・卷七百七・李德裕・與姚諫議郎書》，頁7260。

〔註179〕喻指讒佞。《楚辭・劉向・九嘆・怨思》：「若青蠅之偽質兮，晉驪姬之反情。」王逸注：「青蠅變白使黑，變黑使白，以喻讒佞。」《後漢書・鄧榮傳》：「而臣兄弟獨以無辜為專權之臣所見批抵，青蠅之人所共搆會。」

「鱷魚，其身土黃色，有四足，修尾形狀如鼉，而舉止趫疾，口森鋸齒，往往害人。南中鹿多，最懼此物。鹿走崖岸之上，群鱷噑叫其下，鹿怖懼落崖，多為鱷魚所得，亦物之相攝伏也。李德裕貶官潮州。經鱷魚灘。損壞舟船。平生寶翫。古書圖畫。一時沈失。遂召舶上崑崙取之。見鱷魚極多。不敢輒近。乃是鱷魚之窟宅也。」〔註180〕而據現代科學家在考察韓江三角洲的唐代濱縣時，斷定丙村歷史上確曾存在鱷魚，品種屬淡水馬來鱷。〔註181〕透過李德裕此詩，除佐證韓愈所說，也寫出古崖州確有鱷魚之害。詩末以「隴頭梅」的意象，寫出自己思念故鄉，渴望北歸的心情。以懷念故國為寫作主軸的詩尚有〈登崖州城作〉：

> 獨上高樓望帝京，鳥飛猶是半年程。青山似欲留人住，百
> 匝千遭遶郡城。（頁 475，頁 5398）

登臨的意象於此再次出現〔註182〕，鳥飛尤須半年更強調了嶺南的地遠與一己思念之情的難傳或不可傳。末兩句則以山勢，寫出「拘囚」感的心情。王讜《唐語林》卷七云：「李衛公在珠崖郡，北亭謂之望闕亭。公每登臨，未嘗不北睇悲哽。」馬茂元以為他登臨北睇，主要不是為了懷念鄉土，而是出於政治的嚮往與感傷，並將全詩主調與柳宗元〈與浩初上人同看山寄京華親故〉作對比，文曰：

> 柳宗元之在柳州，畢竟還是一個地區的行政長官，只不過
> 因為他曾經是王叔文的黨羽，棄置邊陲，不加重用而已。
> 他思歸不得，但北歸的這種可能性還是有的；否則他就不
> 會乞援于「京華親故」了。而李德裕之在崖州，則是白敏
> 中、令狐綯等人必欲置之死地而後快所採取的一個決定性
> 的步驟。在殘酷無情的派系鬥爭中，他是失敗一方的首領。
> 那時，他已落入政敵所佈置的彌天羅網之中。歷史的經驗，

〔註180〕　《嶺表錄異・卷下》。
〔註181〕　李平日：《韓江三角洲》，頁 87。
〔註182〕　詳參廖蔚卿：〈論中國古典文學中的兩大主題——從〈登樓賦〉與〈蕪城賦〉探討「遠望當歸」與「登臨懷古」〉，《幼獅學誌》第 17 卷第 3 期，1983 年 5 月，頁 88～121。

現實的遭遇，使他清醒地意識到自己必然會貶死在這南荒
之地，斷無生還之理。沉重的陰影壓在他的心頭，於是在
登臨看山時，著眼點便在於山的重疊阻深。「青山似欲留人
住，百匝千遭繞郡城。」這「百匝千遭」的繞郡群山，不
正成爲四面環伺、重重包圍的敵對勢力的象徵嗎？人到極
端困難、極端危險的時刻，由於一切希望已經斷絕，對可
能發生的任何不幸，思想上都有了準備，心情往往反而會
平靜下來。不詛咒這可惡的窮山僻嶺，不說人被山所阻隔，
卻說「山欲留人」，正是「事到艱難意轉平」的變態心理的
反映。

柳宗元、李德裕所面臨的現實環境不同，柳宗元雖「十年不量移」，
但終有獲赦的機會，反觀李德裕，應是清楚知道以花甲之年貶往南
方，政爭失敗的自己已無回京的可能，故而在詩文中所表現者多是對
「幸且頑健」的自我安慰，及登高懷闕的苦悶心情。

　　遷謫詩人的拘囚感主要是由三種因素決定的，一是自然環境的
包圍。由於貶官所至處所大都遙遠荒惡，或山高谷深，或局促狹小，
致使人的視野乃至心境受到很大的空間阻遏，故極易形成被拘一隅
不見天地的感覺。二是朝廷的律令限制。如元和十二年四月的敕文即
明確規定：「應左降官流人不得補職及流連宴會，如擅離州縣，具名
聞奏。」〔註183〕是年十月敕文再一次申明：「自今以後，流人不得因
事差使離本處。」而早在元和六年，即有關於「准貞元十八年五月十
九日敕，自今以後，流人左降官稱遭憂奔喪者，宜令所司，先聽進
止。」〔註184〕三是謫居時間的久長，「一經貶官，便同長往；回望故
里，永無還期。」〔註185〕李德裕在此，所感受到不僅自然環境的包
圍所造成的拘囚感，更有「回望故里，永無還期」的絕望在。

　　又，〈嶺外守歲〉云：

〔註183〕《唐會要‧卷四十一‧左降官及流人》，頁739。
〔註184〕同上註，頁736。
〔註185〕《全唐文‧卷四七五‧陸贄‧三奏量移官狀》，頁4850。

冬逐更籌盡，春隨斗柄回。寒暄一夜隔，客鬢兩年催。（頁
475，頁 5416）

在理當一家團圓的年夜，詩人卻是身在異鄉，心中的寂寥透過「寒
暄一夜隔，客鬢兩年催」傳神地表達出來。正因自己身在異鄉，故
而更敏銳地察覺到每一天的經過；度過年夜後，也馬上就使詩人聯
想到自己身居嶺外已然兩年，眼看著頭髮因愁而日漸花白，不禁悲
從中來。

晚唐入嶺且有相關詩作傳世的貶謫詩人，以李紳、李德裕最著。
此現象的形成或許是因為唐代中央集權的政治力量，導致了貶謫文化
的盛行；然而，到了晚期，因著地方藩鎮的割據，中央的統治力相形
削弱，左降官也因此大幅減少。並且，晚唐黨爭走向惡化，文人性命
朝不保夕，往往未到貶謫地，便被政治對手謀殺身亡，對於地方自然
也就沒有參與可言。

也因此，在貶謫詩人以外，入幕詩人的嶺南書寫也為本節考察
對象，而在這群入幕詩人中，書寫量大且面向廣者，首推李商隱
〔註 186〕。從史料記載看，在初、盛唐時，幕府節鎮大都緣邊而設，

〔註 186〕 入桂幕的這一年，李商隱作有詩作如次：〈鄂杜馬上念漢書〉（頁
39）、〈桂林〉（頁 49）、〈酬令狐郎中見寄〉（頁 80）、〈岳陽樓〉（頁
114、115）、〈越燕二首〉（頁 117）、〈無題四首〉（頁）、〈桂林路中
作〉（頁 145）、〈席上作〉（頁 160）、〈曉起〉（頁 236）、〈晚晴〉（頁
319）、〈喜舍弟羲叟及第上禮部魏公〉（頁 345）、〈過楚宮〉（頁 357）、
〈深樹見一顆櫻桃尚在〉（頁 377）、〈高松〉（頁 438）、〈訪秋〉（頁
439）、〈離席〉（頁 451）、〈涼思〉（頁 456）、〈夜意〉（頁 461）、〈因
書〉（頁 462）、〈江村題壁〉（頁 466）、〈即日〉（頁 467）、〈念遠〉
（頁 509）、〈自桂林奉使江陵途中感懷寄獻尚書〉（頁 622）、〈五月
十五夜憶往歲秋與徹師同宿〉（頁 682）、〈城上〉（頁 683）、〈朱槿
花二首〉（頁 685）、〈寓懷〉（頁 686）、〈謝往桂林至彤庭竊詠〉（頁
698）。
在李商隱之外，許渾在廣州幕內雖也有許多詩作，但內容集中在詠
廣州鬱林寺及酬贈，較可觀者有〈歲暮自廣江至新興往復中題峽山
寺四首〉其三與其四，其三寫出端州住民的經濟來源、其四則引用
當地方言，並以詩中自註，補足當地風物、民俗資料。謹錄詩如下，
其三：「密樹分蒼壁，長溪抱碧岑。海風聞鶴遠，潭日見魚深。松

重在防禦外敵入侵，朔方、隴右、河東、河西諸鎮即是顯例。「至德之後，中原用兵，刺史皆治軍戎，遂有防禦、團練、制置之名。要衝大郡，皆有節度之額；寇盜稍息，則易以觀察之號。」〔註187〕然而，從中唐開始，隨著時局從動亂到安穩的過渡，中原地區的節度使鎮驟然增多，以前以「治軍戎」為主的節鎮便開始向管理政務的方向轉化，因著職能的改變，所需文士日趨增多。〔註188〕

　　文人在幕府裡的職能，在《新唐書‧百官志》中載：「節度使、副大使知節度事、行軍司馬、副使、判官、支使、掌書記、推官、巡官、衙推各一人，同節度副使十人，館驛巡官四人，府院法直官、要籍、逐要親事各一人，隨軍四人。節度使封郡王，則有奏記一人；兼觀察使，又有判官、支使、推官、巡官、衙推各一人；又兼安撫使，則有副使、判官各一人；兼支度、營田、招討、經略使，則有副使、判官各一人；支度使復有遣運判官、巡官各一人。」如是名目繁多的職官多由文士來擔任即使是掌管軍事訓練和管理的行軍司馬也是文職，由此也可看出幕府對文士的需求量之大。

　　對於唐代文人入幕的情況，明人胡震亨在《唐音癸籤》中曾指出：「唐詞人自禁林外，節鎮幕府為盛。如高適之依哥舒翰、岑參之依高仙芝，杜甫之依嚴武，比比而是。中葉後尤多。蓋唐制，新及第

蓋環清韻，榕根架綠陰（南方有大葉榕樹，枝垂入地生根）。洞丁多斲石，蠻女半淘金（端州斲石，瀧涯縣淘金為業）。南浦驚春至，西樓送月沈。江流不過嶺，何處寄歸心。」其四：「月在行人起，千峰復萬峰。海虛爭翡翠，溪邐鬥芙蓉（南方呼市為虛，呼戍為邐，新州有翡翠虛，芙蓉邐）。古木高生槲，陰池滿種松（木槲花生于他樹槎杵，池沼多松，謂之水松）。火探深洞燕，香送遠潭龍（南方持火於乳洞中，取燕而食，康州悅城縣，有溫媼龍，即蛇也，隨水往舟船至人家，或千里外，皆以香酒果送之）。藍塢寒先燒，禾堂晚並春（種藍多在塢中，先燒其地，人以木槽春禾，謂之禾堂）。更投何處宿，西峽隔雲鐘。」（卷537，頁6132）

〔註187〕《舊唐書‧卷38‧地理志》，頁1389。
〔註188〕唐代幕府的設置及其變革，詳參王壽南：《唐代藩鎮與中央關係之研究》（臺北：大化出版社，1978年）。

人，例就外幕。而布衣流落才士，更多因緣幕府，躐級進身。要視其主之好文如何，然後同調萃，唱和廣。」〔註189〕新進進士按例需外放，科場上不得志的才志之士亦可由此躐級，唐代文人入幕之盛，多緣於此。〔註190〕除了希望能夠透過入幕一展經綸外，唐人入幕也有其現實的一面。沈亞之〈與潞鄜州書〉中就揭示了其時文人的處境，文曰：「且走來閣下之門者，亦不獨盡窮餓吳依而來求粟帛於閣下，亦有抱其智，懷其才，聞閣下好賢而來求臧否於閣下。」〔註191〕可見當時確實有許多文人是為了解決現實民生問題而選擇入幕。並且，在唐代，幕職較之同級州縣官的收入為優，而至中唐以後，這種情況更為突出。

　　尚永亮以為：從唐代方鎮幕府來看，也確實存在對文人的主、客觀方面的需要：其一，大量的文書案牘工作有賴文人來料理；其二，幕府的聲望也要靠有名的文人來宣揚鼓吹；其三，安史之亂後，唐代幕府已由開元時代緣邊而設的的朔方、隴右、河東、河西等有數的幾個發展開來，先後增治了四十多個方鎮，諸如淮南、淮西、嶺南、東南、東北等大都設置了節度使、觀察使、經略使。〔註192〕這些方鎮的節帥有不少即由文官擔任，一些節度使、觀察使還兼著「平章事」（即宰相）的頭銜，被尊稱為使相。從貞元年間始，宰相出朝而任節度使幾已成慣例，著名的如武元衡、裴度、元稹、令狐楚、牛僧孺、李德裕等無不如此。這樣一些節帥位高權重，又出身文人，因而非常

〔註189〕〔明〕胡震亨：《唐音癸籤》卷27。

〔註190〕如將唐代中後期文人作一簡單的排列，可以發現大都有過入幕的經歷，除前面提到的權德輿外，著名的還可以舉出幾十位，如竇群、顧況、裴度、孟郊、韓愈、李翱、李紳、崔群、令狐楚、劉禹錫、楊巨源、白行簡、姚合、杜牧、李商隱、馬戴、杜荀鶴、羅隱等，都曾一度或數度入幕。

〔註191〕《全唐文·卷七百三十五·與潞鄜州書》，頁7593。

〔註192〕據李吉甫所撰《元和國計簿》統計，元和前期之方鎮共有四十八處（見《資治通鑑》卷237），而至唐宣宗時，「開蓮花之府者凡五十餘鎮焉。」（符載〈送崔副使歸洪州幕府序〉）

重視對有才能文士的選拔，注重對幕府文化氣氛的營造，在他們帶動下，幕府辟士蔚爲風氣。〔註193〕《文獻通考·選舉》即引劉貢甫語云：「唐有天下，諸侯自辟幕府之士，唯其才能，不問所從來，而朝廷常收期俊偉以補王官之缺，是以號稱得人。蓋必許其辟置，則可破拘攣，以得度外之士，而士之偶見遺於科目者，亦未嘗不可自效於幕府，取人之道所以廣也。」〔註194〕

宣宗大中元年二月（847A.D.）以給事中鄭亞爲桂州刺史、御史中丞、桂管防禦觀察等使。李商隱即應鄭亞辟，隨附桂州，奏掌書記，冬奉使如南郡，十月編定《樊南甲集》。大中二年，李商隱正月自南郡歸，攝守昭平郡事，二月府罷，流滯荊巴，秋方歸洛。馮浩《玉谿生詩集箋注》云：「按去冬入南郡，春初當還桂州，諸詩每言春寒、春早也。及亞貶，義山即由水程歷長沙、荊門，所謂『破帆壞槳荊江中』者在此夏時，未嘗隨赴循州，送鄭大南覲及後故驛迎弔可證也。」則據此推算，李商隱在桂約八個月。

入鄭亞幕雖然是李商隱自己的決定，但在決策的過程中，也有許多無奈，這樣的心情在〈離席〉（頁 451）中表露無遺，全詩寫隨鄭亞遠赴桂管，乃是迫於現實，京城機會有限，競爭者卻太多，既然如此只能遠隔萬里尋求發揮的機會，而末二句也點出自己的懊惱〔註195〕。許是因爲這樣的心情作祟，在初抵桂林時，李商隱眼中的

〔註193〕　詳參尚永亮：《科舉之路與宦海浮沈：唐代文人的仕宦生涯》（台北：文津出版社，2000 年）。

〔註194〕　《文獻通考·卷三十九·選舉十二》（臺北：臺灣商務印書館，1987年），頁 368。

〔註195〕　〈離席〉詩云：「出宿金尊掩，從公玉帳新。依依向餘照，遠遠隔芳塵。細草翻驚雁，殘花伴醉人。楊朱不用勸，只是更霑巾。」（卷540，頁6212）
　　　　　對自己的懊惱，又可見於〈深樹見一顆櫻桃尚在〉（頁 377），此詩意在慨嘆以自己的才能卻是沉潦於幕府，與當地的人才齊名爭勝，心有不甘。而由此，也可見當時南方人才已逐漸嶄露頭角。
　　　　　本節所引李商隱詩，俱引自葉蔥奇疏注：《李商隱詩集疏注》（臺北：里仁書局，1987 年），爲免註腳浩繁，後文引詩均於詩末標注頁碼，

桂州，誠如〈桂林〉詩云：

> 城窄山將壓，江寬地共浮〔註 196〕。東南通絕域〔註 197〕，
> 西北有高樓〔註 198〕。神護青楓岸〔註 199〕，龍移白石湫
> 〔註 200〕。殊鄉竟何禱，簫鼓不曾休。（頁 49）

首兩句以誇張筆法寫出桂林山多地狹，接著言其地處極遠，僅高樓可以遠望西北的長安，末四句寫風土，極言其荒涼與對當地風俗的無法理解。〈桂林路中作〉亦是書寫這樣的心情：

> 地暖無秋色，江晴有暮輝。空餘蟬噪噪，猶向客依依。村小犬相護，沙平僧獨歸。欲成西北望，又見鷓鴣飛。（頁145）

首兩句寫出桂林的地暖多雨，讓習慣北方秋高氣爽的詩人很難適應。天候多雨，雨罷放晴時卻又已經向晚，在南方似乎唯有蟬聲略近故鄉情味，但當仔細聆聽蟬聲，心神嚮往北方時，舉目所見仍為南鳥，無法成歸的思愁瀰漫全詩。前已述及，北方詩人至此多有尋訪秋天的跡象，李商隱亦不例外，〈訪秋〉即云：「酒薄吹還醒，樓危望已窮。江皋當落日，帆船見歸風。煙帶龍潭白，霞分鳥道紅。殷勤報秋意，只是有丹楓。」（頁 439）

在思鄉的人情之常外，李商隱在桂州幕內，對邊區的政策也提出一己的反思，〈城上〉云：

> 有客虛投筆，無憀獨上城。沙禽失侶遠，江樹著陰輕。邊

不另加註。

〔註 196〕 《方輿勝覽》載：「桂州有湘、灕二江、荔江、陽江。」

〔註 197〕 《方輿勝覽》載：「桂州東浮諸溪，南接瓊崖。」瓊指今廣東省瓊山縣；崖指今海南島崖縣。

〔註 198〕 《桂海虞衡志》：「靈川、興安之間兩山蹲距，中容一馬，謂之嚴關，朔雪至關輒止，大盛則度官至桂州城下，不復南矣。北城舊有樓曰雪觀，所以夸南州也。」

〔註 199〕 〔晉〕嵇含《南方草木狀‧楓人》：「五嶺之間多楓木，歲久則生瘤癭，一夕遇暴雷驟雨，其樹贅暗長三五尺，謂之楓人。越巫取之作術，有通神之驗。」

〔註 200〕 白石湫在桂林府城北七十里，俗名白石潭。

遼稽天尉，軍需竭地征。賈生遊刃極，作賦又論兵。（頁
683）

首句寫自己投筆從戎卻毫無作爲，一身遠客，並無所獲。五六句寫出
當時軍事問題，軍中已經竭盡地方賦稅，卻仍遲遲無法討伐邊寇。又
如〈異俗二首〉（原注，時從事嶺南）：

鬼瘧朝朝避〔註201〕，春寒夜夜添〔註202〕。未驚雷破柱，不
報水齊簷。虎箭侵膚毒，魚鉤刺骨鉐。鳥言成諜訴，多是
恨彤蟾。（頁11～12）

戶盡懸秦網，家多事越巫。未曾容獺祭〔註203〕，只是縱豬
都〔註204〕。點對〔註205〕連鰲餌〔註206〕，搜求縛虎符。賈
生兼事鬼，不信有洪爐。（頁12～14）

〔清〕徐逢源云：「此詩載《平樂縣志》，原注下尙有『偶客昭州』
四字。」葉蔥奇以此詩「蓋商隱攝守昭平郡時所作，因係暫時攝署，

〔註201〕 漢舊儀曰：「昔顓頊氏之有三子，已而爲疫鬼，一居江水爲瘧鬼；
一居若水爲魍魎鬼；一居人宮室區隅，善驚人，爲小鬼。於是以歲
十二月，使方相氏蒙虎皮，黃金四目，玄衣丹裳，執戈持盾，帥百
隸及童子而時儺，以索室中而毆疫鬼也。」古人認爲瘧疾是由於疫
鬼作祟，可以設法逃避，《賓退錄》載高力士流巫州，「李輔國授謫
制，力士方逃瘧功臣閣下。」詳參《文選・卷三・張平子東京賦》
夾註，頁93。
〔註202〕 《廣西通志》：「三春連暝而多寒。」
〔註203〕 獺祭：謂獺常捕魚陳列水邊，如同陳列供品祭祀。《禮記・月令》：
「〔孟春之月〕東風解凍，蟄蟲始振，魚上冰，獺祭魚，鴻雁來。」
此處以獺祭代表打魚。
〔註204〕 豬都：一說指豪豬，《桂海虞衡志》載：「山豬即豪豬，身有棘刺，
能振發以射人。二三百爲群，以害禾稼，州洞中甚苦之。」於此應
指一種鳥雀，在打魚時會咬走魚餌者。《酉陽雜俎》言：「伍相（員）
奴或擾人，許於伍相廟多巳。舊說一姓姚，二姓王，三姓汪，昔值
洪水，食都樹皮，餓死，化爲鳥都，皮骨爲豬都，婦女爲人都……
在樹根居者爲豬都，在樹半可攀及者名人都，在樹尾者名鳥都……
南中多食其巢，味如木芝，窠表可爲履、屩，治腳氣。」
〔註205〕 點對：安排的意思，程夢星註云：「疑唐人方言。」
〔註206〕 龍伯國傳說爲域外之大人國，《列子・湯問》篇載：「龍伯之國有大
人，舉足不盈數步而暨五山之所，一釣而連六鰲，……至伏羲、神
農時，其國人猶數十丈。」（頁154）

並非出於朝命，所以說『偶客』。這年（大中二年）正月，商隱從南郡回桂林後，鄭亞命他暫攝昭平，二月鄭亞即貶官，商隱遂亦罷去，為時至多不到一月。」雖然李商隱至昭平郡不過一月，但至嶺南則已屆一年，也因此在其一中，詩人以「未驚」、「不報」言己對嶺南變換莫測的氣象已習以為常，不以為奇；五六句說當地人民用毒箭利鉤射虎釣魚，以見風俗剽悍。而前面的這六句，都是為了歸結到末聯——「鳥言成諜訴，多是恨彤蟾」人言嘖嘖，均怨恨官吏的殘暴，但未受朝命的自己卻無能為力。

其二的三、五句承首句，先說懸網，次說還未打魚，再說正在安排魚餌；四、六句承二句，先說事巫，次說縱放豬都，再說求符；然後徑落到迷信鬼神作結。為《通志》：「頃年常見州縣有攝官，皆是牧守所自置署，政多苟且，迎新送故，勞敝極矣。」〔註207〕攝署官的李商隱，並無實權，不能有所作為，在攝昭州這短短二十天內，李商隱很清楚因著職務的限制，自己只能消極地因襲舊制，無法有所變革，詩末以為即便賈生至此，也只能迷信，不信天道，在反語中寫出對自己的憤懣。在這兩首詩中，前一首對邊區人民寄予同情，寫出邊吏暴虐的不良影響：其二則憤恨當時邊區政策一味以假神道來愚民，不以正當方式來加以教化，但身為攝署官的自己卻又無能為力的無奈。

李商隱此次入桂州幕，雖有迫於現實的成份，在詩中也流露出思念故國的心情，但或許也是因為此次入幕乃是自己的抉擇，故而詩中出現的「驚懼」意味並不濃厚，甚且入嶺近一年後，詩人對嶺南天象與風俗都有認識與理解，由最初的「殊鄉竟何禱」，到能妥善利用風俗的描繪，寫出對邊區政治的針砭。而由〈異俗〉其二中，也可以看出詩人不忍邊區居民被當作蠻夷對待，不忍他們長期遭「愚化」，展現了詩人對治邊政策的不滿，及其對嶺南居民的同理心。

〔註207〕 《通志・卷五十九・選舉雜議》，頁720。

在貶謫與入幕詩人之外，本土詩人在晚唐嶺南書寫中，也佔了相當重要的一部分。唐代嶺南本土詩人首推張九齡，於此先容分析張九齡詩中嶺南書寫的特色，以為晚唐之對照。

張九齡（678A.D.～740A.D.），字子壽，韶州曲江（今廣東韶關）人，長安二年（702A.D.）進士擢第。〔註208〕張九齡本籍嶺南，於仕宦途中亦有三度入嶺的紀錄，分別為開元四年（716A.D.）奉詔開大庾嶺，次年罷職南歸；開元七年（719A.D.）奉使廣州與開元十八年（730A.D.）轉桂州刺史，兼嶺南按察使〔註209〕，而此三次入嶺，張九齡均有相關詩作記載。

《全唐詩》收張九齡詩作三卷，在韶州期間所作初步估計有五首，然均為友朋間酬作，少述及嶺南當地〔註210〕；二次入嶺有三首，寫入廣州道中所見；第三次入嶺則有兩首，寫赴桂州任時所見。故而謹以二、三次入嶺所作詩作為主，分析張九齡嶺南詩作之特色。

第二次入嶺時，張九齡作〈夏日奉使南海在道中作〉、〈自豫章南還江上作〉與〈巡案自灕水南行〉等，依次分析如下：

> 緬然萬里路，赫曦三伏時。飛走逃深林，流爍恐生疵。行
> 李豈無苦，而我方自怡。肅事誠在公，拜慶遂及私。展力
> 慚淺效，銜恩感深慈。且欲湯火蹈，況無鬼神欺。朝發高
> 山阿，夕濟長江湄。秋瘴寧我毒，夏水胡不夷。信知道存
> 者，但問心所之。呂梁有出入，乃覺非虛詞。（卷 47，頁
> 574）

此次入嶺，乃為奉使，身份與前期的貶官們不同，在寫景中蘊含

〔註208〕詳見《舊唐書》卷九十九〈張九齡傳〉，頁 3097～3099。

〔註209〕詳見傅璇琮主編《唐五代文學編年史》（瀋陽：遼海出版社，1998年），頁 529～656。

〔註210〕此五首分別為〈酬王六霽後書懷見示〉、〈酬王六寒朝見貽〉、〈酬王履震游園林見貽〉、〈陪王司馬登薛公消遙台〉與〈和王司馬折梅寄京邑昆弟〉，前二首錄於《全唐詩》卷四十八，頁 583，第三首錄於卷四十九，頁 599；第四首錄於卷四十九，頁 604，最後一首則錄於卷四十八，頁 582。

個人壯志，故而即使就此踏上「萬里路」，即使遠方深林、流爍都將使旅途更爲艱困，但張九齡頗能自怡，且深信「肅事誠在公」，只要盡心，就能漸收成效。於是「朝發高山」、「夕濟長湄」，只要心中有道，則秋瘴不能侵，容易氾濫的夏潮也將因此而夷平〔註211〕。

> 歸去南江水，磷磷見底清。轉逢空闊處，聊洗滯留情。浦樹遙如待，江鷗近若迎。津途別有趣，況乃濯吾纓。（卷48，頁588）

開元十五年（727A.D.），張九齡任洪州（今江西省南昌縣）刺史，十八年（730A.D.）改授桂州刺史，由豫章（今屬江西省南昌縣）循江南下桂州，書寫沿途所見風光。詩題題爲「南還」，暗示了詩人對於回鄉抱持著濃厚的期待。據《舊唐書・張九齡傳》載，張九齡本因張說事，遭出爲冀州刺史，然因其懸念母老在鄉，故請爲江南一帶的刺史，經過特許後，遂任洪州刺史，三年後方轉桂州都督。渴盼了三年，才得以由洪州回返家鄉，順著這條清澈的南江水，嶺南地區的空闊洗滌了張九齡久歷宦徒的疲憊心靈，遠方的合浦樹彷彿正在等待詩人歸鄉，近處的鷗鳥則有如群來迎集，沿江所見盡是一片生機，甚有趣味，帶給詩人超凡脫俗之感。

> 理棹雖云遠，飲冰寧有惜。況乃佳山川，怡然傲潭石。奇峰岌前轉，茂樹隈中積。猿鳥聲自呼，風泉氣相激。目因詭容逆，心與清暉滌。紛吾謬執簡，行郡將移檄。即事聊獨歡，素懷豈兼適。悠悠詠靡盬，庶以窮日夕。（卷47，頁575）

灕水在今廣西桂林，故可知此詩作於桂州任中。歷經三年的等待，故而此次回鄉任官，可謂一償夙願，而也正因爲這份與家鄉的親

〔註211〕 據《嶺表錄異》卷上載：「沓潮者，廣州去大海，不遠二百里。每年八月，潮水最大，秋中復多颶風，當潮水未盡退之間，颶風作而潮又至，遂至波濤溢岸，淹沒人廬舍，蕩失苗稼，沉溺舟船，南中謂之沓潮。」按九齡此處所謂之夏水，雖非確指沓潮，然廣州去海不遠，沿海易氾濫，影響民生甚鉅，應是當時亟待解決之問題，故列此以爲輔證。

密感，使得其筆下的嶺南風光更爲可親、可愛。嶺南地區的奇山秀水，
深潭怪石，茂林風泉等勝景，都與中原殊異，拓寬了詩人的眼界，從
而洗滌了煩擾的心靈。在這樣的秀麗環境中，一個人也可以活得相當
自適，並可於此安度天年。

　　觀張九齡嶺南詩作，除應制酬作外，多有論及嶺南風貌者，且由
上可知在張九齡眼中的嶺南風光十分特出；而隨著年齡的增長，原本
意氣風發的九齡，對於故鄉的依戀也越來越深，期待能長留嶺南，與
秀麗山水永遠爲伴。

　　張明非以爲：「張九齡的山水詩雖在藝術技巧上多取法於謝靈
運，但在色彩的運用上，卻與『聲色大開』的謝靈運頗有不同，他詩
中景物很少著色，即便著色也只喜愛『青』、『綠』、『白』三種清淡的
顏色，從而形成了和諧鮮明而又清新淡雅的特色，後世中國『青綠山
水畫』即由此濫觴。張九齡的山水詩還能於清澹中透出一股『清拔』
之氣，這是因爲作者氣魄宏大，多攝取大景入詩，而且還善於通過景
物的組合來展示闊大的意境。」〔註 212〕又，葛曉音以爲明人胡應麟
在《詩藪》中所說的張九齡對盛唐詩的主要貢獻是「首創清淡之派」
的觀點，並不確切。因爲就其形式而言，從張九齡的大多數山水詩篇
來看，其特色恰恰是在神龍至開元中清媚詩風流行之時，能以大謝式
的深沉凝重的風格另立一宗；就其內容而言，張九齡繼承陳子昂之
後，能有意識地將建安文人至陶淵明詩中積極進取的人生理想、堅持
直道和清節的高尚情操，以及探求天道時運的深刻思考，引進了山水
詩，使山水詩在探求人生意義的層次上與陶淵明詩趨同，讓山水詩進
入了陶詩的境界，創造出了以感懷爲主兼詠山水的五古體，從而充實
並深化了山水詩的思想感情。〔註 213〕參酌二位學者觀點，細繹張九

〔註212〕　張明非：〈論張九齡山水詩的清澹風格〉，《晉陽學刊》，1991 年第 1
　　　　　期。
〔註213〕　葛曉音：〈唐前期山水詩演進的兩次復變——兼論張說、張九齡在
　　　　　盛唐山水詩發展中的作用〉和〈論山水田園詩派的藝術特徵〉，收
　　　　　入氏著：《詩國高潮與盛唐文化》（北京：北京大學出版社，1998

齡詩，的確可以看出張九齡多攝取大景入詩，在寫作嶺南山水時，也多由山川入手；而由其詩境，更可以看出詩中「堅持直道」的精神，而這樣的精神，也爲其山水詩開拓了更深的意境。

時至晚唐，因著北方的動亂，政治局勢相對穩定的南方，吸引了許多文人遷移至此；而也是在此時，以曹鄴、曹唐爲主的嶺南詩人，以其在地詩人的觀點，寫下了特有的南方觀點，更於其中嶄露鮮明的南方意識。

曹鄴（816A.D.～875A.D.），字業之，桂州人，生平多湮沒〔註214〕，詩人自敘其「作詩二十載，闕下名不聞。無人爲開口，君子獨有言。」（〈城南野居寄知己〉，卷593，頁6879）。應考十年，九次落第，終於大中四年（850A.D.）進士及第。〔註215〕關心民苦，持論不阿，至「中歲便歸休」〔註216〕。報國無門，出仕無路，從此過著「手自鋤」、「讀殘書」的隱居生活，終老於桂林。《唐詩紀事》謂其：「工古風。」〔註217〕〔明〕蔣冕〈曹祠部集序〉更盛讚其詩：「格調高古，意深語健，諸體略備。」〔註218〕今觀曹鄴存詩雖不多，但內容頗稱豐富，或是針對當時的政治事件而寫，著眼於治亂興衰；或反映社會的種種矛盾，傳達了底層群眾的呼聲；或寄寓個人身世之感，均有可觀處〔註219〕。曹鄴生於桂州，終老於桂州，對桂州的感情由是可見。

　　　　　　年），頁76～132。

〔註214〕關於曹鄴生卒年及其仕宦經歷，詳參李純蛟：〈晚唐詩人曹鄴生平略考〉，《西北師範大學學報（哲社版）》，2003年第6期，頁37～39。

〔註215〕〔清〕辛文房：《唐才子傳》（臺北：廣文書局，1969年）。

〔註216〕鄭谷：〈送吏部曹郎中免官南歸〉（頁7728），又李洞亦作有〈送曹郎中南歸時南中用軍〉（頁8271）亦有提及，可知曹鄴約是在此時辭官南歸。

〔註217〕計有功：《唐詩記事》卷63「劉駕條」。

〔註218〕〔明〕蔣冕：〈曹祠部集序〉，輯入《曹祠部集》（蘭州：蘭州大學出版社，2003年）。

〔註219〕關於曹鄴詩歌內容及特色，詳可參許總〈論唐末社會心理與詩風走向〉，《社會科學戰線》，1997年第1期，頁124～131。

今存曹鄴詩，因編年不易，明確寫桂州事者如〈寄監察從兄〉：「賤子生桂州，桂州山水清」（卷 593，頁 6874）；〈寄陽朔友人〉：「桂林須產千株桂，未解當天影日開。我到月中收得種，爲君移向故園栽。」（卷 593，頁 6880）及〈題廣福巖〉：

> 未有天地先融結，方廣高深無丈尺。書言不盡畫難成，留
> 與人間作奇特。（卷 593，頁 6880）

廣福巖在廣西陽朔縣南面，岩洞有如殿堂，可容百餘人，洞內鐘乳石千姿百態，難可具說，也因此詩人稱「書言不盡畫南成」，彷彿在天地誕生前就已存在，獨特風姿令人難忘。

曹唐（生卒年不詳），字堯賓，桂林人。初爲道士，後還俗，舉進士不第（一說於唐太和或大中年間進士）。咸通年間（860A.D.～874A.D.）爲使府從事。〔註 220〕工於詩，尤以遊仙詩著稱。曹唐詩中題材，多取之於神話及六朝志怪小說，而加以變化。所詠仙境及神仙故事，迷離縹緲，瑰麗多姿。設色穠麗，想像豐富，在當時即已相當盛行，《北夢瑣言》載：曹唐同時人「沈詢侍郎清粹端美，神仙中人也。制除山北節旄，京城誦曹唐〈遊仙詩〉云：「玉詔新除沈侍郎，便分茅土領東方。不知今夜遊何處，侍從皆騎白鳳凰。」曹唐詩在當時的流傳由是可見。在〈奉送嚴大夫再領容州二首〉中，曹唐寫道：

> 海風平捲凍嵐消，憂國寧辭嶺外遙。自顧勤勞甘百戰，不
> 將功業負三朝。劍澄黑水曾芟虎，箭劈黃雲慣射鵰。代北
> 天南盡成事，肯將心許霍嫖姚。
>
> 日照雙旌射火山〔註 221〕，笑迎賓從卻南還。風雲暗發談諧
> 外，感會潛生氣概間。蘄竹水翻臺榭溼。刺桐花落管弦
> 閒，無因得躡真珠履，親從新侯定八蠻〔註 222〕。（卷 640，

〔註 220〕　辛文房：《唐才子傳・卷八》。

〔註 221〕　《嶺表錄異》云：「梧州西有火山，下有澄潭無底。山頭夜見火三尺，如野燒然，廣十餘丈。或言水中有寶珠也，焰如火。山產荔枝，四月子丹。以其地熱，故曰火山。」

〔註 222〕　古謂南方的八蠻國。《周禮・夏官・職方》：「辨其邦國、都、鄙、

頁 7342）

在其一中，曹唐以「嶺外遙」倒轉了時人對嶺南的印象。在曹唐之前，思欲赴京一展經綸者多不勝數，貶謫詩人對於五嶺的阻隔，更深感無奈、甚且帶著敵意；但在此處，曹唐卻以嶺外才是逍遙人生的標的。在其二中，則期許對方能早日弭平亂事。繼而再觀其〈南遊〉：

> 盡興南遊卒未迴，水工舟子不須催。政思碧樹關心句，難放紅螺〔註 223〕蘸甲杯。漲海潮生陰火滅，蒼梧風暖瘴雲□。蘆花寂寂月如練，何處笛聲江上來。（卷 640，頁 7343）

身爲南方人，曹唐顯然知道南方山水迷人處，讓人流連忘返。在北客眼中奇異可怖的漲海、陰火、瘴雲等在他眼中看來都有可觀處，「蒼梧風暖」的「暖」字與前期詩人「毒」、「熱」的形容更是大異其趣。在曹唐眼中、心裡，南方不僅可恣意漫遊、逍遙，更能在此地安頓心靈，〈贈南嶽馮處士二首〉云：

> 白石溪邊自結廬，風泉滿院稱幽居。鳥啼深樹斸靈藥，花落閒窗看道書。煙嵐晚過鹿裘溼，水月夜明山舍虛。支頤冷笑緣名出，終日王門強曳裾。

> 寂寥深木閉煙霞，洞裏相知有幾家。笑看潭魚吹水沫，醉嗔溪鹿吃蕉花。穿廚歷歷泉聲細，繞屋悠悠樹影斜。夜靜著灰封釜灶，自添文武養丹砂。（卷 640，頁 7342）

白石湫在桂林府城北七十里，俗名白石潭，曹唐於此透過描寫南嶽馮處士的生活，爲我們開啓南方生活的新視界。李德裕稱嶺南「藥物陳蓺」，曹唐卻稱此處「鳥啼深樹」有「靈藥」；與貶謫、入幕詩人相較，本土詩人很清楚地認知到一己的優勢，雖然遠離於政治核心所在，但

四夷、八蠻、七閩、九貉、五戎、六狄之人民。」《禮記・王制》：「南方曰蠻」，孔穎達疏引《爾雅》李巡注云：「一曰天竺，二曰咳首，三曰僬僥，四曰跋踵，五曰穿胸，六曰儋耳，七曰狗軹，八曰旁春。」後以泛指外族。

〔註 223〕 紅螺：亦稱「紅蠃」，軟體動物名。殼薄而紅，可製爲酒杯。《嶺表錄異・卷下》：「紅螺，大小亦類鸚鵡螺，殼薄而紅，亦堪爲酒器。剜小螺爲足，綴以膠漆，尤可佳尚。」

也因此得以保留了更多純粹、原始的自然風光。「潭魚吹沫」、「溪鹿吃蕉花」此種中土難得一見的景象，在感到奇異的同時，悠適或者驚懼，以何種心情感受風物、自然的不同，存乎一心。

　　嶺南自然與人文之美，在晚唐也廣被注意。從初唐開始，南方就以道教、佛教興盛聞名。《晉書》卷七十二〈葛洪傳〉載：「洪見天下已亂，欲避地南土，乃參廣州刺史嵇含軍事。及含遇害，遂停南土多年。」〔註224〕道教聖地羅浮山因此更爲名世。在李白詩中，即云己：「余欲羅浮隱，猶懷明主恩。」（〈同王昌齡送族弟襄歸桂陽二首〉，卷，頁）〔註225〕詩中也有多首詠羅浮勝景詩〔註226〕，或送人南遊的詩作〔註227〕。而禪宗六祖惠能與多位高僧掛錫於嶺南，也吸引多位僧人南遊。然而，在晚唐以前，南遊者身份主要爲僧人，而唐人詩中所稱的「南遊」主要也集中在荊楚或吳越，往遊嶺南山水之盛，仍待晚唐〔註228〕。

　　曹松（約830A.D.～？）的紀遊作品，在晚唐南遊詩人中顯得相當出色，羅浮山、霍山、桂江等，均有曹松行跡。關於曹松事蹟，兩《唐書》均無本傳，《唐摭言》、《唐才子傳》中記載亦甚爲疏略，且頗有出入，俟傅璇琮在《唐才子傳校箋》爲曹松生平做了大致的清理，曹松隱居洪州與南遊廣州等相關事蹟才有了準據〔註229〕。

〔註224〕　《晉書》卷七十二〈葛洪傳〉，頁1911。
〔註225〕　此處索引李白詩，引自安旗編：《李白全集編年注釋》（成都：巴蜀書社，1990年）
〔註226〕　如〈當塗趙炎少府粉圖山水歌〉：「峨眉高出西極天，羅浮直與南溟連。」〈安陸白兆山桃花巖寄劉侍御綰〉：「時昇翠微上，邈若羅浮巔。」
〔註227〕　如〈禪房懷友人岑倫〉詩序云：「時南遊羅浮，兼泛桂海，自春徂秋不返，僕旅江外，書情寄之。」
〔註228〕　李群玉（811A.D.～861A.D.）在詩中即多次言及對羅浮山的嚮往，與遊歷經過。如〈將遊羅浮登廣陵楞伽臺留別羽客〉（卷568，頁6572）、〈廣州重別方處士之封川〉詩序云：「久約同遊羅浮，期素秋而行。」（卷568，頁6583）與〈送隱者歸羅浮〉（卷569，頁6601）等。
〔註229〕　詳參傅璇琮主編：《唐才子傳校箋》（北京：中華書局，1987年），

　　曹松南遊廣州的時間，傅璇琮據〈南海陪鄭司空遊荔園〉詩，以爲當在咸通五年至十二年，鄭愚鎮南海期間〔註 230〕。在其〈南游〉詩中，詩人提出敏銳的觀察與思考，詩云：

> 直到南箕〔註 231〕下，方語漲海頭。君恩過銅柱，戎節限交州。犀佔花陰臥，波衝瘴色流。遠夷非不樂，自是北人愁。
> （卷 716，頁 8223）

身爲「北客」的曹松，直指「遠夷非不樂，自是北人愁」，寫來使人驚心。在其〈觀華夷圖〉中，更對從北人視角繪製的圖籍提出一己反思：

> 落筆勝縮地，展圖當晏寧。中華屬貴分，遠裔占何星。分寸辨諸岳，斗升觀四溟。長疑未到處，一一似曾經。（卷716，頁 8225）

圖籍背後所展示的，其實是政治權力的宣示。因著疆域的拓展，中土人民開始有了華、夷如此不友善的分辨，中華屬美好的分野，遠裔則僅言是什麼星宿的分野〔註 232〕，而對於罕人涉足的遠方，遑論能繪

頁 143～149。

按：相較於兩《唐書》、《唐摭嚴》與《唐才子傳》的疏略，曹松遊廣經過《廣州通志・流寓志》中被記載，傳載：「曹松，字夢徵，舒州人。奉賈島爲師，累試不偶。南遊廣州，山水勝處必流連累日，嘗至西樵棲遲久之，教其民焙茶。復至盧埃石諮問處士陳陶舊跡，人因改石爲南箕臺云。」同書〈物產志〉則載「顧渚茶」：「自唐詩人曹松移植於西樵，號稱茶山。今山中人多種之爲業，或謂此茶甲天下，春摘者尤盛。」又，〈藝文志〉且載其軼詩〈遊西樵山〉，詩云：「百花成實未成歸，未必歸心與事違。但把壺觴資逸詠，盡教風景入清機。」

〔註 230〕劉亮以爲此說有一定論據，但不夠準確。劉文引曹松諸詩以爲曹松南遊期間曾長期定居在西樵山，且曾遊歷過羅浮、桂江等地，則曹松應在鄭愚鎮南海前就已先抵廣州。詳參劉亮：〈曹松若干事蹟補正〉，《唐都學刊》第 21 卷第 2 期，2005 年 3 月，頁 21～22。

〔註 231〕《詩經・小雅・大東》：「維南有箕。」朱熹注：「箕斗二星，以夏秋之間見於南方。」

〔註 232〕古人以星宿作分野，如楚地爲翼、軫之分野；粵地爲牽牛、婺女之分野，詳參《史記正義・列國分野》，頁 33。

製精準的地圖？詩人檢視「華夷圖」，在這「方寸間的世界」中卻遍尋不著嶺南的位置。詩末詩人以「長疑未到處，一一是曾經」，鮮明地傳達了自己對南方的熱愛，也揭示了北方人對南方認知之粗略。

曹松對南方的熱愛，在其〈羅浮山下書逸人壁〉〔註233〕、〈霍山〉〔註234〕、〈桂江〉、〈南海〉諸詩中尤有體現，詩云：

> 未識佳人尋桂水，水雲先解傍壺觴。篔林次第添斑竹，雛鳥參差護錦囊。（南中有錦囊鳥）。乳洞此時連越井，石樓何日到仙鄉。如飛似墮皆青壁，畫手不強元化強。（卷717，頁8241）

> 傾騰界漢沃諸蠻，立望何如畫此看。無地不同方覺遠，共天無別始知寬。文鮹〔註235〕隔霧朝含碧，老蚌凌波夜吐丹。萬狀千形皆得意，長鯨獨自轉身難。（卷717，頁8241）

曹松所欲誇示的，是南方山水的奇與麗，「奇」表現在特有風物如錦囊鳥、文鮹、老蚌、長鯨，「麗」則表現在成片的斑竹、鐘乳石洞等。而這些南方特有的一切，早於曹松的北客或許也有發現，或許也以為這樣的絕景直乃造化功，但更多時候，他們因思鄉、因政治上的失意而不快。曹松以南遊者的身份，寫出對嶺南山水的留戀，也從過往的北客詩文中理解出「遠夷非不樂」，其間關鍵實在於「自是北人愁」。

因著寫作主體身份的多元化，晚唐的嶺南書寫在書寫面上較前期更為拓寬〔註236〕，而此時詩人也多注意到不僅是記錄風物，更要

〔註233〕〈羅浮山下書逸人壁〉詩云：「海上亭臺山下煙，買時幽邃不爭錢。莫言白日催華髮，自有丹砂駐少年。漁釣未歸深竹裏，琴壺猶戀落花邊。可中更踐無人境，知是羅浮第幾天。」（卷717，頁8241）

〔註234〕〈霍山〉詩云：「七千七百七十丈，丈丈藤蘿勢入天。未必展來空似翅，不妨開去也成蓮。（一作西土文殊曾印跡，大中皇帝舊參禪）。月將河漢分巖轉，僧與龍蛇共窟眠。直是畫工須閣筆，況無名畫可流傳。」（卷717，頁8242）

〔註235〕文鮹，同文鮷。為傳說中的魚名，鳥首，魚尾，有翼，能生珠玉。

〔註236〕在此時期商業描寫尤為出色。昌慶志根據詩作、史料，以為「唐代嶺南商業文化一方面帶有明顯的地域文化特徵，在市場形式、流通手段、對外貿易及其管理方面，都攀上了封建商業文化的高峰；另

去「理解」風物，李紳屢於詩中作註，即為一例。本土文士的發聲，則代表著南方意識已日漸抬頭，同時也反應了當時嶺南經濟、文教上都已有長足的發展〔註237〕。藉由南遊者之筆，吾人更可以發現嶺南已日為中土人士所了解，當地的絕景也吸引大批僧人、隱士、遊者逗留。晚唐嶺南詩的豐富與多元，遂也由此可見。

小結

　　中唐以前，嶺南所在地區以流民居多，到此地的多是因為政治因素，在政治力的影響下來此，多數是不得已，或是遭戍。在嶺南早期居民中，有許多都是這樣的例子。而也因為多數居民是因政治力因素來此，在個人先天的素養上其實相當特出，有其相當獨特的一面，故能以其縱放筆力，為嶺南文學開出新的視野。

　　晚唐時，相較於中原的戰亂，嶺南地區是較為安定的所在，此時期來嶺詩人遂也跟著複雜化，主要可分為貶謫詩人、入幕詩人、本土詩人與南遊者。而藉著考察此時期詩作，可以發現嶺南早期給予詩人的警告意味，或發展上特別遲緩的獨特性都漸漸消弭，取而代之的是在前人耕耘下，急遽成長的經濟實力。經過中唐諸位特出的詩人，特別是韓愈、柳宗元與劉禹錫三人所萃煉出來的文學，重之以其他詩人間的酬唱、交遊，讓嶺南這個地方更為人所知，甚且在戰亂的時代，

　　　　一方面，唐代嶺南商業文化還遺留著奴隸制商業文化殘痕，並因中原儒家文化的介入，在整個嶺南文化中的優勢地位受到了挑戰。」文中針對嶺南海內外貿異的商品類型、流通手段，及海盜、買賣奴婢等衍生的畸形商業主義等問題俱有討論，詳參氏著：〈文學視野下的嶺南商業文化〉，《柳州師專學報》第 20 卷第 2 期，2005 年 6 月，頁 26～29。

〔註237〕　大中五年（851A.D.），時年 17 歲的莫宣卿赴京廷試，中制科狀元，成為廣東歷史上第一個狀元。柳珪作〈送莫仲節狀元歸省〉，詩云：「青驄聚送謫仙人，南國榮親不及君。椰子味從今日近，鷓鴣聲向舊山聞。孤猿夜叫三湘月，匹馬時侵五嶺雲。想到故鄉應臘過，藥欄猶有異花薰。」（卷 566，頁 6560）

自覺地走向南方。嶺南地區也於晚唐，由原本一個罪犯放逐之地，轉
變爲適合人居住的地區，遠離中原的紛紛擾擾，讓晚唐詩人們找到安
身立命的所在。

附論：幸與不幸之間的省思

　　來自中原的「罪人」，至嶺南重新獲得重新被審視的機會。新的
地方給予他們新的機會，讓他們在遠離中原政治惡鬥後，還能一展政
治抱負與長才。這種雙方的良性交流，極爲難得且可貴。

　　並且，在地方志中，我們也可以看到韓柳不斷地被記省，更展
現了地方對這群「失意詩人」的反饋。因著永貞革新的失敗，柳宗
元與劉禹錫在兩唐書中俱有若干不公允的評斷，較諸官方立場的政
治性論述，地方志選擇記取詩人在這塊土地上的深耕痕跡。甚且因
著對詩人的感謝，協助其印行詩集。謝漢強整理柳州地方文獻後指
出：

> 在柳州的地方歷史文獻中，保存有與柳宗元直接有關的文
> 章約有近 50 篇，詩歌上百首。文獻的時間跨度自北宋太平
> 興國年間（977～981）至清代宣統辛亥（1911）的九百多
> 年。其作者絕大部份是在柳州任職的地方官員，也有部份
> 出自朝廷擔任詔書起草的官員和居住柳州或過往柳州的文
> 人學士，而後兩種人作品的出現往往與柳州地方官員對他
> 們的接待、請求有密切關係。這些文獻，反映了柳宗元這
> 位有德於民的刺史當年的所作所爲對柳州文化的重大影
> 響，記載了柳宗元文化在治理柳州一方樂土中起到的重要
> 作用，說明了歷代許多柳州地方官員對柳宗元懷有深深的
> 情結。〔註238〕

在這一段話中，我們可以讀出兩種訊息：一、柳宗元作爲一種全新傳

〔註238〕劉漢強：〈歷代柳州地方官員的柳宗元情結〉，收入孫昌武、陳瓊光
　　　　主編：《柳宗元研究文集——第三屆柳宗元國際學術討論會研究論
　　　　文擷英》（廣西：廣西人民出版社，2005 年 11 月），頁 480。

統的建立；二、唐代以後的柳州官員多致力於保存柳宗元相關文獻，在柳宗元詩文、政績保存上，功不可沒。

在保存柳宗元文獻上，南宋高宗紹興元年（1131A.D.），常同任柳州知州，於任內編就《柳州舊本河東先生集》，序中寫出其編著過程，文曰：「（常同）至謁祠下，退而訪侯遺文，則茫然無有」，「因喟嘆久之。出久所藏及旁搜善本，手自校正，俾鳩良工，創刊此集。其編次首尾，門類後先，文理差舛，字畫訛漏，無不理畢。且委僚屬助成其事。」

雖未及刻印，常同即受召回京，然在職務交接時，常同不忘叮囑繼任的李褫責成其事，《柳州舊本河東先生集》終在紹興四年（1134A.D.）三月初一付梓刊刻。在李褫之後，文安禮繼任柳州知州，又在任內撰成《柳宗元年譜》，於紹興五年（1135A.D.）六月甲子出版。

宋代之後，明代張狲撰有〈柳宗元傳〉，爲柳州地方志收入；清代柳州出身，三任臺灣知府的楊廷理，亦有感於柳文「集版漫漶不可讀，兼多錯誤，無從考訂」，遂訪善本，於「乙巳（乾隆五十年，1785A.D.）秋入京師，購得一部，復從浙中得一部」連同自藏一部，「合三部而校正之」，於乾隆五十三年（1788A.D.）冬十月於臺灣知府任上在海東試院撰寫〈重刻河東先生集序〉後，付刻出版。嘉慶十三年（1808A.D.）其子楊立先又於廣州重加整理補刊，並寫了序言，此本現藏於柳州博物館內。

至如新傳統的建立，則反應在歷任柳州知州多以柳宗元政績自期，如是情況與唐代宦遊嶺南者多以晉朝吳隱之自期相類，也傳達出柳宗元作爲柳州新的「傳統」的型塑。〔註239〕此外，在對柳宗元的

〔註239〕早在北宋紹聖二年，曹甫即撰有〈祭羅池廟文〉，南宋許尹與黃翰亦撰有〈祭柳侯文〉；而歷代的柳州地方官員，也都希望能以柳侯祠作爲教化基地，透過祭祀活動讓柳州士子了解並進而效法柳侯文章。詳見劉漢強：〈歷代柳州地方官員的柳宗元情結〉，頁 487～490。

政治評價上，柳州地方志也顯得較爲公允與積極。會永貞革新敗，兩
唐書對於永貞黨人的評價多不公允〔註240〕，韓愈在〈柳子厚墓誌銘〉
中亦對子厚有「不自貴重顧籍，謂功名可立就，故坐廢退」的評述
〔註241〕。韓柳交誼，前人論之甚詳〔註242〕，韓愈在〈柳子厚墓誌銘〉

〔註240〕 王壽南以爲：「綜觀叔文之黨十三人，八司馬較與叔文親近，均無
　　　　 品德不良之記載，餘五人則僅王伾、呂溫二人之品德可以非議。故
　　　　 大體言之，叔文黨人不可誣爲『群小』、『邪黨』。」詳參氏著：〈論
　　　　 王叔文之爲人及其失敗之原因〉，載於《唐宋史研究》，頁22。

〔註241〕 韓愈對永貞革新的評價，劉健明整理前人論述，以爲：「韓愈抨擊
　　　　 王叔文等人的主要地方在於王叔文等利用患病的順宗去控制朝
　　　　 政，這和韓愈的治道思想有明顯的衝突。……韓愈是一個有抱負的
　　　　 人，他極有意於政治上求發展，自然會熱衷於功名。他也是生活於
　　　　 現實世界的個人，自然有個人的恩怨愛憎。韓愈批評王叔文等人，
　　　　 動機有否藉機求上進和報私怨，個人雖有懷疑，也不能完全否定。
　　　　 但韓愈撰〈永貞行〉及在《順宗實錄》中抨擊王叔文等人，絕非求
　　　　 上進或報私怨等簡單理由可以解釋清楚。從韓愈的治道思想，分析
　　　　 王叔文等人利用患病的順宗去推行改革時政，其動機及政策可能是
　　　　 善良的，但他們的行爲，破壞君臣的職分，危害朝廷的紀綱，這是
　　　　 韓愈深惡痛絕的，所以招致韓愈猛烈的抨擊。不明白這點，純從個
　　　　 人恩怨、個人動機或個人社會地位去考慮，絕難得出全面的答案。
　　　　 而傳統史書對王叔文等人的改革，貶多於褒，也不能理解爲傳統史
　　　　 官有階級偏見或成敗論英雄，而是王叔文等人利用患病的順宗去控
　　　　 制朝政，推行他們的改革計畫，在帝制時代，卻有僭越的嫌疑，韓
　　　　 愈的評論實代表了這樣的看法。」詳參氏著：〈韓愈對永貞革新的
　　　　 評價〉，《唐代文化研究論文集》，頁822～836。

〔註242〕 全祖望論及韓愈貶陽山事時，嘗謂：「退之寄三學士，及別竇司直
　　　　 云云，是因陽山之貶，而歸過於柳劉者，殆不一口，退之雖不遽信
　　　　 人言，而其中亦不盡帖然也。然吾以爲子厚必無排退之之事，使其
　　　　 有之，則後此豈有靦顏而託之以子女者？特其不能力爭於伾文，則
　　　　 誠足抱友朋之愧，而人言亦有自來矣……謂其中年竟未嘗有纖毫之
　　　　 相失者，非也。古人於論交一事，蓋多有難言者，而陽山一案，關
　　　　 係舊史，又不獨爲世之處功名之際，妬才嫉能，遺棄故舊，而妄藉
　　　　 口於古人者戒也。殆退之銘子厚，力稱其以柳易播之舉，夫同一子
　　　　 厚也，豈獨於退之爲小人，於夢得爲君子乎？吾之退之是時，亦固
　　　　 諒前事之盧矣。」呂正惠分析全祖望語，結合相關史料後指出：「全
　　　　 祖望相信韓愈之貶是王叔文排擠，這件事還可保留。但他指出兩
　　　　 點，很值得深思。一、當王、韋掌政時，韓、柳因立場不同，不可
　　　　 能無『纖毫之相失』；二、但以朋友之道而言，兩人都無大節之虧，

中對柳宗元的評斷顯然已是較爲委婉的說詞，因著革新失敗所受到的排擠、打壓，在柳宗元詩文中表露無遺〔註 243〕，而由柳宗元的詩文中，亦可讀出永貞黨人在其時可謂聲名狼籍。

然而，面對形同被中央政治場域遺棄的柳宗元，後代柳州地方官對柳宗元政治上的評價多數則顯得較爲公允及客觀。宋代田錫在〈題羅池廟碑銀文〉中，稱其「惟公之行，希聖希賢」，黃翰亦贊之「惟公之政，祖龔述黃」，對柳宗元參與永貞革新事，選擇由正面角度來詮解柳宗元對朝政的用心。至如柳宗元在柳治績，則更是有口皆碑，稱其「一麾出守，惠此南方。龍城雖遠，勿敢怠荒。動以禮法，率由典常」，使「公無負擔，私有積倉。居處有屋，濟川有航」。宋代劉斧更直言其：「不薄彼人，盡仁愛之術治之」，並稱在他的治化下，柳州

不然柳宗元死前不可能託孤，而韓愈也未必肯『經紀其家』。」詳參全祖望：〈韓柳交情論〉，錄於氏著《鮚埼亭集外編》卷三七；呂正惠：《元和詩人研究》，又近人方介亦撰專文探討，詳參氏著：〈韓、柳交誼與相互影響〉，《國立編譯館館刊》第 1 期（1994 年 6 月），頁 109～134。

〔註 243〕吳在慶以爲柳宗元雖在〈寄許京兆孟容書〉講過「宗於於眾黨人中，罪狀最甚。」也時有負罪之感，但內心也頗有辯白之意，一遇到適當的機會就會自我辯解稱冤。在〈寄許京兆孟容書〉中，柳宗元即稱己：「宗元早歲，與負罪者親善，始奇其能，謂可以共立仁義，裨教化。過不自料，勤勤勉勵，唯以忠正信義爲志，興堯、舜、孔子道，利安元元爲務，不知愚陋不可以彊，其素意如此也。末路厄塞臲卼，事既壅隔，狠忤貴近，狂疎繆戾，蹈不測之辜。」而這番自我辯解的話，在〈與裴塤書〉中亦言及，文曰：「僕之罪，在年少好事，進而不能止。儔輩恨怒，以先得官。又不幸早嘗與游者，居權衡之地，十薦賢幸乃一售，不得者譸張排恨，僕可出而辯之哉？性又倨野，不能摧折，以故名益惡，勢亦險，有喙有耳者，相郵傳作醜語耳，不知其卒云何。中心之悊尤，若此而已。」同樣的意思在〈與蕭翰林俛書〉中也有表述。詳參吳在慶：〈柳、劉在貶地的起居情感及其變化述略〉，收入孫昌武、陳瓊光主編：《柳宗元研究文集——第三屆柳宗元國際學術討論會研究論文擷英》，頁 88～89。

而由柳宗元的屢次自白，吾人亦可見永貞革新敗後，柳宗元遭「譸張排恨」的痛苦處境。

人才瞭解到「太守乃眞愛我者也」〔註244〕。

相較於中原，地方釋出了更多的善意，而這樣的善意不僅表現在柳州，也展現在陽山。面對韓愈在陽山的政績，後人亦給予高度評價。蘇軾於〈潮州韓文公廟碑〉中即贊韓愈：「始潮人未知學，公命進士趙德爲之師，自是潮之士皆篤於文行，延集齊民，至於今，號稱易治。」明正統四年（1439A.D.），陽山知縣王岷的《重修儒學記》亦載：「廣之陽山縣在叢山之中，爲天下之僻處。昔昌黎韓子嘗爲令於其地。自公過化六百餘年，怡風尚在。」萬曆二十年（1952A.D.），知縣吳楚才在《陽山縣知縣題名記》中則稱：「蓋自唐貞元始有一唐退之，流風善政，遺澤庚桑，短篇大章，鏗鏘簡策。……信知韓公以陽山顯，陽山實以韓公重也。」又，萬曆三十九年（1611A.D.），知縣馮大受亦在〈祭韓文公文〉中說：「扶輿磅礡，草木未宣。伊誰宣之，實籍名賢。百粵歸化，肇自韓年。蠻夏錯處，聲教猶偏。先生出宰，乃不鄙夷。示以品則，撫以仁慈。民有子弟，我其教之。民有饑寒，我其字之。課農洞峒，鳴琴釣魚。高文摩崖，秀句鐫壁，人誦詩書。家安衽席，橫悍漸消，心面咸革也。考姓萬人一姓，死也尸祝千秋。」後人對韓愈的評價不僅記載在歷代編修的《陽山縣志》上，且把韓愈常去的牧民山，改稱爲賢令山，讀書寫詩的地方稱爲讀書台，遊覽憩息的山洞稱爲游息洞，以銘韓愈教化之功。

韓愈與柳宗元在潮州與柳州的例子，展現了地方對謫宦詩人的善意。而韓柳二人在謫居期間，也非全然的苦悶。因著政治上的不得

〔註244〕 〔宋〕劉斧在〈柳子厚柳州立廟〉中記載：「民有鬥爭至於庭，子厚分別曲直使去，終不忍以法從事。於是民相告：『太守非怯也，乃眞愛我者也。』相戒不得以訟。後又教之植木、種禾、蓄魚，皆有條法。民益富。民歌曰：『柳州柳刺史，種柳柳江邊。柳色依然在，千株綠拂天。』」
又，柳宗元在柳治績，前人論之甚詳，詳可參徐亦亭：〈柳宗源開拓了嶺南西部民族教育〉，《民族教育研究》1999 年第 1 期，頁 37～39 與劉紹衛：〈柳宗元與柳州民族地域文化關係〉，《柳州師專學報》，2004 年第 3 期，頁 10～13。

意，因著離家萬里，會有愁與怨其實都是人情之常，在這些悲苦情緒外，詩人對於地方並非全然漠不關心，他們不僅善盡了地方官的職責，也發揮詩人的觀察力，描繪了多彩的嶺南風情畫〔註245〕。

吳在慶在梳理柳宗元謫居心情時，發現也許是因著謫居時間的拉長，在日益習慣柳州生活後，柳宗元的心境轉變得較爲平靜，甚且在其詩中，還透露出在此地長養終老的訊息。而透過詩作的稽索，吾人也可以發現宦遊者也因外於京城政治中心，時間上較爲自由，得以飽覽山水，前舉韓愈次峽、柳宗元、劉禹錫訪禪等詩作，均爲明證。

此外，較諸中央官員，地方官員有更多的遊歷經驗，接觸的生活面廣，從而開創了寫作的面向與深度。蔣寅指出：「與台閣詩及方外詩人相比，地方官詩人的生活動蕩不定，充滿吏役的憂勤、別離的悲傷。多難的經歷使他們對人類情感有更豐富而深刻的體驗，發爲詩歌就成爲最動人的情感表現。」〔註246〕

〔註245〕 因著地方志記載的闕如，沈宋在這點上並無明確表現。許是因兩人謫居時間太短，且宋之問第二次被貶時，身份屬流人，因此也無法有太多作爲。
　　　　 因貶官而開啓政治生命另一章者又如李紳，據《肇慶府志》載李紳在端州（今高要），「自檢益嚴」，很有善政，端州人甚爲之感泣。公餘之暇，以詩自娛，且令家屬搬來同住，表示要安居下去。離任時，端州百姓留其衣帶，立祠紀念。
〔註246〕 蔣寅：《大歷詩人研究》（北京：北京大學出版社，2007年5月），頁6。

第五章　結　論

　　本論文以唐詩中的嶺南作爲主要研究對象，首先藉由唐前史籍、詩作的考索，檢視唐前嶺南地區如何被型塑，以爲本研究的基礎；接著以《全唐詩》爲主要文本，考察唐人對於嶺南地區風土民情的書寫。綰合前文，可歸納出幾點研究心得如下：

一、唐前嶺南圖像的型塑過程

　　自秦迄隋，在將嶺南納入中原版圖的這一千多年間，嶺南地理位置與行政區域普遍存在模糊性，嶺南義界的成形更是歷時漫長。在國力耗弱時，甚且容易被棄置。

　　而藉由移民與蒼梧郡名的討論，標示「南方」此一相對性概念，隨著政治力量的征服與移民的拓邊，有逐漸往南移動的趨勢，移民對於嶺南地區的開發，更是功不可沒。然而，與移民同時進駐嶺南的遊宦素質良窳不齊，直接導致嶺南地區紛爭難以止息，歷代都爲此付出相當慘痛的代價，甚者消耗國力。

　　嶺南地區在古人心目中是陽氣過剩，地勢低下，又兼多雨溽濕，蘊藏地癘的地區，對於人的健康極爲不利，居此易於感疾。雖然唐前對於「瘴」的症狀雖已有一定程度的認識與觀察，但「瘴」的盛行卻仍讓中土人士卻步，致使唯「貧窶不能自立者」才求補長吏，吏治不良遂也可以想見。

在史籍之外，本文也全面閱讀、並整理《先秦漢魏晉南北朝詩》，初步探討得出先秦至魏晉，因其政權核心集中於北方，故而對南方的書寫甚是寥落，北齊、北周甚至付之闕如；時至南朝，偏安江左，隨著長江流域的開發，嶺南地區逐漸有文人涉足，甚且有詩人長居於此，故而詩作呈現出較豐富的面向，所載的嶺南風物也較爲細膩，但質與量仍不夠豐富。

二、唐代前期詩作中的嶺南意象

在唐代前期，是唐詩人探索嶺南的第一步。此時因著入嶺的詩人多是帶罪之身，且人數上並不多，因此前朝的相關意象仍是被延續，寫作面也並不大，主要集中在對一己冤屈的抒發，及友人間的酬贈，劉長卿的貶謫詩與送人入嶺詩即明顯反映出前朝意象的延續。

然而，在這些愁苦的貶謫詩外，張說、杜審言與沈宋等詩人在初期的試探與畏懼後，也慢慢將視角拓及嶺南的在地生活，而這也使得嶺南的書寫漸漸有別於南朝，在描寫的題材、層面上也有都漸有拓寬的趨向。

三、中、晚唐詩作中的嶺南意象

中唐以前，嶺南所在地區以流民、謫宦居多，到此地的多是因政治力的關係。但也因爲多數居民是因爲政治力因素來此，因此在個人先天素養上其實相當特出，有其相當獨特的一面，能以其縱放筆力，爲嶺南文學開出新的視野，韓愈、柳宗元與劉禹錫即是最顯著的例子。

晚唐時，相較於中原的戰亂，嶺南地區是較爲安定的所在，此時期來嶺詩人遂也跟著複雜化，主要可分爲貶謫詩人、入幕詩人、本土詩人與南遊者。而藉著考察此時期詩作，可以發現嶺南早期給予詩人的警告意味，或發展上特別遲緩的特性都漸漸消弭，取而代之的，是在前人耕耘下，急遽成長的經濟實力。經過中唐諸位特出的詩人，特別是韓愈、柳宗元與劉禹錫三人所萃煉出來的文學，重之以其他詩

人間的酬唱、交遊，讓嶺南這個地方更為人所知，甚且在戰亂的時代，
自覺地走向南方。嶺南地區也於晚唐，真正由一個罪犯的放逐之地，
轉變為適合人居住的地區，遠離中原的紛紛擾擾，讓晚唐詩人們找到
安身立命的所在。

　　透過對唐前及唐詩中嶺南意象的研究，讓我輩在瞭解嶺南如何被
書寫，及其背後所代表的意義後，也發現唐詩人對於唐前嶺南圖像的
汰與擇，並在前人書寫基礎上，進一步加以新變、代雄。張高評於
《自成一家與宋詩宗風》中嘗云：「宋人面對唐詩的燦爛，一則感慨
盛極難繼，一則覺悟『處窮必變』，於是以學唐變唐為手段，以創意
造語為方法，期許『自成一家』為目的。用心於避舊壁熟，致力於趨
生趨新。」〔註 1〕在唐詩中已能發現唐詩人在使用前朝意象外，有其
新變，則至宋後，是否宋人也在前朝基礎上學唐、變唐？如何學？如
何變？偏於何者？此議題將作為筆者未來繼續深入探究的方向。

〔註 1〕氏著：《自成一家與宋詩宗風》（臺北：萬卷樓出版社，2004 年 11 月
　　　　1 日），頁 67。

參考書目舉要

一、古籍類（依編者朝代排序）

1. 《二十五史》（北京：中華書局，1975～1981 年）。

2. 〔戰國〕呂不韋著，陳奇猷校注：《呂氏春秋校釋》（臺北：華正書局，1985 年）。

3. 〔周〕孫武撰，魏武帝注，魏汝霖註譯：《孫子》（臺北：臺灣商務印書館，1991 年）。

4. 〔漢〕劉安撰，高誘注：《淮南子》卷十八〈人間訓〉（臺北：中華書局，1981 年）。

5. 〔漢〕桑欽撰，〔後魏〕酈道元注，楊守敬、熊會貞疏，段熙仲點校，陳橋驛復校：《水經注疏》（南京：江蘇古籍出版社，1989 年）。

6. 〔漢〕桓寬：《鹽鐵論》（天津：古籍出版社，1983 年）。

7. 〔漢〕楊孚：《異物志》（北京：中華書局，1985 年）。

8. 〔北魏〕楊衒之：《洛陽伽藍記》（北京：中華書局，1991 年）。

9. 〔晉〕嵇含：《南方草木狀》（板橋：藝文印書館，1966 年）。

10. 〔隋〕巢元方著、丁迪光校注：《諸病源候論》（北京：人民衛生出版社，1991 年）。

11. 〔唐〕王燾撰、高文鑄校注：《外台秘要方》（北京：華夏出版社，1993 年）。

12. 〔唐〕劉恂：《嶺表錄異》（臺北：臺灣商務書局，1966 年）。

13. 〔唐〕張九齡等撰：《唐六典》（臺北：臺灣商務印書館，1976 年）。

14. 〔唐〕王冰訂補、近人楊維傑校釋：《黃帝內經》（臺北：台聯國風

出版社，1984 年）。

15. 〔唐〕李吉甫編：《元和郡縣圖志》（臺北：臺灣商務印書館，1968年）。

16. 〔唐〕李肇：《新校唐國史補》（臺北：世界書局，1968 年）。

17. 〔唐〕白居易原本、〔宋〕孔傳續撰：《白孔六帖》（臺北：臺灣商務印書館，1983 年）。

18. 〔唐〕柳宗元著：《柳宗元集》（北京：中華書局，2006 年 9 月）。

19. 〔唐〕釋皎然著：《詩式》（臺北：臺灣商務印書館，1965 年）。

20. 〔唐〕韓愈：《順宗實錄》（板橋：藝文印書館，1966 年）。

21. 〔宋〕司馬光編著、〔元〕胡三省音註：《資治通鑑》（北京：古籍出版社，1956 年）。

22. 〔宋〕王欽若等編：《冊府元龜》（北京：中華書局，1960 年）。

23. 〔宋〕李昉等編《太平廣記》（北京：中華書局，1961 年）。

24. 〔宋〕王溥撰：《唐會要》（北京：中華書局，1955 年）。

25. 〔宋〕嚴羽：《滄浪詩話》（臺北：里仁書局，1987 年）。

26. 〔宋〕吳曾：《能改齋漫錄》（臺北：臺灣商務印書館，1966 年）。

27. 〔宋〕李昉著《太平御覽》（臺北：臺灣商務印書館，1992 年六刷）。

28. 〔宋〕周去非著，楊武泉校注：《嶺外代答校注》（北京：中華書局，1999 年）。

29. 〔宋〕曾敏行：《獨醒雜志》（上海：上海古籍出版社，1986 年）。

30. 〔宋〕范成大撰、嚴沛校注：《桂海虞衡志校注》（南寧：人民出版社，1986 年）。

31. 〔元〕馬端臨編：《文獻通考》（臺北：臺灣商務印書館，1987 年）。

32. 〔明〕胡震亨：《唐音癸籤》（臺北市：臺灣商務印書館，1972 年）。

33. 〔明〕姚廣孝等奉敕修：《永樂大典》（臺北：世界書局，1962 年）。

34. 〔清〕清聖祖御定：《全唐詩》（北京：中華書局，1960 年版）。

35. 〔清〕沈德潛《唐詩別裁·凡例（一）》（臺北：商務印書館，1956年 4 月）。

36. 〔清〕阮元校勘：《十三經注疏》（台北：藝文印書館，1955 年初版）。

37. 〔清〕董誥等編：《全唐文》（北京：中華書局，1987 年）。

38. 〔清〕屈大均：《廣東新語》（北京：中華書局，1985 年）。

39. 〔清〕辛文房：《唐才子傳》（臺北：廣文書局，1969 年）。

40. 〔清〕謝啓昆等修、〔清〕胡虔等纂：《〔嘉慶〕廣西通志》（上海：上海古籍出版社，2002 年）。

41. 〔清〕黃瓚修、朱汝珍纂：《廣東省陽山縣志》（臺北：成文，1974 年）。

42. 屈守元、常思春主編：《韓愈全集校注》（成都：四川大學出版社，1996 年 7 月）。

43. 陶敏、易淑瓊校注：《沈佺期宋之問集校注》（北京：中華書局，2001 年）。

44. 陶敏、陶紅麗校注：《劉禹錫全集編年校注》（湖南：岳麓書社，2003 年 11 月）。

45. 陳荊和編校：《校合本大越史記全書》（東京：東京大學東洋文化研究所附屬東洋學文學セ ンタ一刊行委員會，昭和 59～61 年）。

46. 陳貽焮：《增訂註釋全唐詩》（北京：文化藝術出版社，2001 年）。

47. 章如愚：《山堂考索》卷 51〈輿地門·兩廣〉（北京：中華書局，1992 年）。

48. 楊伯峻：《列子集釋》（北京：中華書局，1979 年）。

49. 逯欽立輯校：《先秦漢魏晉南北朝詩》（北京：中華書局，2006 年）。

50. 葉蔥奇疏注：《李商隱詩集疏注》（臺北：里仁書局，1987 年）。

51. 儲仲君：《劉長卿詩編年箋注》（北京：中華書局，1996 年 7 月）。

52. 顧紹柏校注：《謝靈運集校注》（臺北：里仁書局，2004 年）。

二、近人相關研究論著（依姓氏筆劃順序排序）

1. Aurousseau（鄂盧梭）著、馮承鈞譯：《秦代初平南越考》（臺北：商務印書館，1971 年）。

2. Edward W. Said（愛德華·薩依德）著、王志弘等譯：《東方主義》（臺北：立緒文化，1999 年）。

3. Gunther Hirschfelder（顧恩特·希旭菲爾德）著、張志成譯：《歐洲飲食文化》（臺北：左岸文化，2004 年）。

4. H. Maspero（馬伯樂）著、馮承鈞譯：《秦漢象郡考》（臺北：臺灣商務印書館，1971 年）。

5. Italo Calvino 著，王志弘譯：《看不見的城市》（臺北：時報文化，1993 年）。

6. Mike Crang 著，王志弘、余佳玲、方淑惠譯：《文化地理學》（Cultural

Geography）（臺北：巨流圖書，2003 年）。

7. Roman Herzog（羅曼‧赫爾佐克）著、趙蓉恒譯：《古代的國家——起源和統治形式》（北京：北京大學出版社，1998 年）。

8. 仇江選注：《嶺南歷代文選》（廣東：廣東人民出版社，1993 年）。

9. 王麗英：《道教南傳與嶺南文化》（武漢：華中師範大學出版社，2006 年）。

10. 王基倫：《大唐詩豪——韓愈詩選》（臺北：五南圖書出版公司，2000 年 8 月）。

11. 卞孝萱、張清華、閻琦著：《韓愈評傳》（南京：南京大學出版社，1998 年 12 月）。

12. 卞孝萱、卞敏著：《劉禹錫評傳》（南京：南京大學出版社，1996 年）。

13. 方鐵、方慧：《中國西南邊疆開發史》（昆明：雲南人民出版社，1997 年）。

14. 呂士朋：《北屬時期的越南：中越關係史之一》（臺北：華世出版，1977 年）。

15. 李平日：《韓江三角洲》（北京：海洋出版社，1987 年）。

16. 李東華：《中國海洋發展關鍵時地個案研究（古代篇）》（臺北：大安出版社，1990 年）。

17. 李德超編：《嶺南詩史稿》（基隆：法嚴寺，1998 年）。

18. 林庚：《唐詩綜論》（北京：清華大學出版社，2006 年 7 月）。

19. 林慶彰、蔣秋華編：《啖助新春秋學派研究論集》（臺北：中央研究院中國文哲研究所籌備處，2002 年 9 月）。

20. 尚永亮：《科舉之路與宦海浮沈：唐代文人的仕宦生涯》（台北：文津出版社，2000 年）。

21. 胡阿祥：《魏晉本土文學地理研究》（南京：南京大學出版社，2001 年）。

22. 范行準：《中國病史新義》（北京：中醫古籍出版社，1989 年）。

23. 香港城市大學中國文化中心編：《嶺南歷史與社會》（香港：香港城市大學出版社，2003 年）。

24. 施懿琳：《從沈光文到賴和——台灣古典文學的發展與特色》（高雄：春暉出版社，2000 年）。

25. 查屏球：《從游士到儒士——漢唐士風與文風論稿》（上海：復旦大學出版社，2005 年 5 月）。

26. 前野直彬著、洪順隆譯：《唐代的詩人們》（臺北：幼獅文化出版，1978 年再版）。

27. 耿貫一主編：《流行病學》（北京：人民衛生出版社，1985 年）。

28. 孫昌武：《柳宗元評傳》（江蘇：南京大學出版社，2002 年 4 月）。

29. 徐復觀：《中國藝術精神》（臺北：臺灣學生書局，1976 年）。

30. 馬伯英：《中國醫學文化史》第十四、十五章〈生態狀況改變對醫學的影響〉、〈疾疫流行與災難激發機制〉（上海：上海人民出版社，1994 年）。

31. 章行嚴：《柳文探微》（臺北：華正書局，1981 年）。

32. 許倬雲：《江心現明月》（臺北：三民書局，2004 年）。

33. 陳祖言：《張說年譜》（香港：中文大學出版社，1984 年）。

34. 陳寅恪：《唐代政治史述論稿》（臺北：臺灣商務印書館，1994 年）。

35. 陳寅恪：《金明館叢稿初編》（上海：上海古籍出版社，1982 年）。

36. 陳貽焮：《論詩雜著》（北京：北京大學，1989 年）。

37. 張采田：《玉谿生年譜會箋》（臺北：臺灣中華書局，1984 年）。

38. 張榮芳、黃淼章：《南越國史》（廣州：廣東人民出版社，1995 年）。

39. 張磊等編：《嶺南文化志》（上海：上海人民出版社，1998 年）。

40. 張劍光、陳蓉霞、王錦等著：《流行病史話》（台北：遠流出版社，2005 年）。

41. 張躍：《唐代後期儒學的新趨向》（臺北：文津出版社，1993 年）。

42. 曹道衡：《南朝文學與北朝文學研究》（南京：江蘇古籍出版社，1998 年）。

43. 曾大興：《中國歷代文學家之地理分布》（湖北：湖北教育出版社，1995 年）。

44. 喬象鍾、陳鐵民編：《唐代文學史》（北京：人民文學出版社，1995 年）。

45. 傅璇琮：《唐代詩人叢考・李嘉祐考》（北京：中華書局，1980 年）。

46. 傅璇琮主編：《唐五代文學編年史》（瀋陽：遼海出版社，1998 年）。

47. 傅錫壬：《牛李黨爭與唐代文學》（臺北：東大出版社，1984 年）。

48. 馮承鈞著：《中國南洋交通史》（臺北：臺灣商務印書館，1962 年）。

49. 湯承業：《李德裕研究》（臺北：臺灣學生書局，1974 年）。

50. 楊式挺：《嶺南文物考古論集》（廣州：廣東省地圖出版社，1998 年）。

51. 楊承祖：《張九齡年譜》（臺北：國立臺灣大學文學院，1964 年）。

52. 蒙文通：《古史甄微》（臺北：臺灣商務印書館，1980 年）。

53. 廖幼華：《歷史地理學的應用——嶺南地區早期發展之探討》（臺北：文津出版社，2004 年）。

54. 趙岡：《中國城市發展史論集》（北京：新星出版社，2006 年 6 月）。

55. 趙沛霖：《先秦神話思想史論》（臺北：五南出版社，1998 年）。

56. 葛兆光：《中國禪思想史——從六世紀到九世紀》（北京：北京大學出版社，1995 年）。

57. 葛曉音：《詩國高潮與盛唐文化》（北京：北京大學出版社，1998 年）。

58. 蔣寅：《大歷詩人研究》（北京：北京大學出版社，2007 年 5 月）。

59. 蔣寅：《大歷詩風》（上海：上海古籍出版社，1992 年）。

60. 劉淑芬：《六朝的城市與社會》（臺北：學生書局，1992 年）。

61. 劉學銚：《中國歷代邊疆大事年表》（臺北：南天書局，1979 年）。

62. 鄭毓瑜：《文本風景——自我與空間的相互定義》（臺北：麥田出版，2005 年）。

63. 錢鍾書：《談藝錄》（臺北：書林出版社，1988 年）。

64. 戴偉華：《唐代使府文學》（桂林：廣西師範大學出版社，1998 年）。

65. 蕭璠：《春秋至兩漢時期中國向南方的發展》（臺北：國立臺灣大學文學院，1973 年）。

66. 鍾惺：《唐詩歸》（上海：上海古籍出版社，2002 年）。

67. 嚴耕望編：《唐代交通圖考》（臺北：中央研究院歷史語言研究所，1985 年）。

68. 譚其驤主編：《中國歷史地圖集》第二冊（上海：中國地圖出版社，1985～1987 年）。

69. 譚優學：《唐詩人行年考續編》（成都：巴蜀書社，1987 年 8 月）。

70. 羅宗強：〈古文運動何以要到韓、柳出來才開了新局面〉，收入中國唐代文學學會、西北大學中文系合編：《唐代文學論叢》（西安：陝西人民出版社，1986 年），頁 237～255。

71. 羅聯添：《韓愈研究》（臺北：學生書局，1988 年增訂三版）。

72. 羅聯添：《柳宗元事蹟繫年暨資料類編》（臺北：國立編譯館中華叢書編審委員會，1981 年）。

73. 顧頡剛、史念海：《中國疆域沿革史》（北京：商務書局，1999 年）。

74. 龔鵬程：《唐代思潮》（宜蘭：佛光人文社會學院，2001 年）。

三、期刊論文（期刊、論文集）

1. 〔日〕杉本直治郎著：〈秦漢兩代における中國南境の問題〉，《史學雜誌》第 59 編第 11 號。

2. 〔日〕佐伯義明：〈關於秦代之象郡〉，《史學雜誌》第 39 編第 10 號。

3. 〔美〕安東尼・C・于著、牟懷川譯：〈中國詩歌的黃金時代〉，收入中國唐代文學學會、西北大學中文系合編：《唐代文學論叢》（西安：陝西人民出版社，1986 年），頁 282～293。

4. 王川：〈漢代蒼梧郡文化興盛論〉，《廣西民族研究》，1994 年第 1 期。

5. 王文進：〈論南朝邊塞詩對盛唐邊塞詩的影響〉，收入中國唐代學會、中正中文系、歷史系合編：《第五屆唐代文化學術研討會論文集》（高雄：麗文文化，2001 年），頁 45～61。

6. 王少軍：〈科舉制度下貶官文學的三種型態〉，《寧夏大學學報（社會科學版）》，1997 年第 2 期，頁 63～67。

7. 王泳：〈柳子厚黨事之剖析〉，《大陸雜誌》第二十九卷第五期、第六期。

8. 王芸生：〈論二王八司馬政治革新的歷史意義〉，《歷史研究》，1963 年第 3 期。

9. 王承文：〈唐代的左降官與嶺南文化〉，收入鄭學檬，冷敏述主編《唐文化研究論文集》（上海：上海人民出版社，1994 年），頁 514～523。

10. 王承文：〈六祖惠能與唐初嶺南文化考論〉，《中山大學學報（社會科學版）》，1998 年第 3 期，頁 9～17。

11. 王東春：〈論韓愈和中唐文士的思想特徵〉，《復旦學報（社會科學版）》，1995 年第 1 期。

12. 王祥：〈北宋詩人的地理分布及其文學史意義分析〉，《第四屆宋代文學國際學術研討會》。

13. 王夢鷗：〈王昌齡生平及其詩論——王昌齡被殺之謎試解〉，收入中國唐代學會編：《唐代研究論輯》第三輯（台北：新文豐，1992 年），頁 177～212。

14. 方介：〈由種樹看柳宗元對生命的關懷〉，收入中國唐代學會、中正中文系、歷史系合編：《第五屆唐代文化學術研討會論文集》（高雄：

麗文文化，2001 年），頁 3～16。

15. 方介：〈由種樹看柳宗元對生命的關懷〉，輯入中國唐代學會、中正大學歷史系編：《第五屆唐代文化學術研討會論文集》（高雄：麗文文化，2001 年 9 月）。

16. 方介：〈韓、柳交誼與相互影響〉，《國立編譯館館刊》第 1 期（1994年 6 月）。

17. 方瑜：〈柳宗元詩中的寫景與抒情〉，收入氏著：《唐詩論文集及其他》（臺北：里仁書局，2005 年），頁 205～240。

18. 方瑜：〈劉夢得的土風樂府與竹枝詞〉，輯入氏著：《唐詩論文集及其他》（臺北：里仁書局，2005 年）。

19. 方瑜：〈寂寞與超越——試論杜甫長安出遊詩四首〉，收入氏著：《唐詩論文集及其他》（臺北：里仁書局，2005 年），頁。

20. 方瑜：〈大鵬與深淵——試讀李白〈襄陽歌〉〉，收入氏著：《唐詩論文集及其他》（臺北：里仁書局，2005 年），頁。

21. 毛漢光：〈中古官僚選制與士族權力的轉變——唐代士族之中央化〉，收入中國唐代學會編：《唐代研究論集第一輯》（臺北：新文豐出版社，1992 年），頁 283～324。

22. 甘懷真：〈唐代官人的宦遊生活〉，收入《第二屆唐代文化研討會論文集》（臺北：學生書局，1995 年）。

23. 左鵬：〈漢唐時期的瘴與瘴意象〉，《唐研究》第八卷，2002 年，頁257～275。

24. 余天熾：〈南越國「和輯百粵」民族政策初探〉，《華南師範大學學報》，1885 年第 2 期。

25. 余偉超：〈早期中國的四大聯盟集團〉，《香港中文大學中國文化研究所學報》，1988 年第 19 期。

26. 朱世陸：〈漢武帝時代江南、嶺南經濟地位的變遷〉，《中國社會經濟史研究》，2000 年第 1 期。

27. 朱家興：〈宋之問生平事蹟考辨〉《大陸雜誌》第八十九卷第二期，1994 年 8 月。

28. 朱達鈞：〈唐代對安南文教風俗之漢化〉，《中興史學》第 6 期（2000年 4 月），頁 31～60。

29. 朱榮智：〈中國傳統文人的三種生命情調——以屈原、陶淵明、蘇東坡爲例〉，收入慶祝莆田黃錦鋐教授八秩嵩壽論文集編委會編：《慶祝莆田黃錦鋐教授八秩嵩壽論文集》（臺北：文史哲出版社，2001 年），頁 99～108。

30. 向志柱：〈生命與文學的突圍〉，《江漢論壇》，2001 年第 7 期，頁 87～89。

31. 江立中：〈遷謫文學與岳陽人文精神〉，《雲夢學刊》，1999 年第 3 期。

32. 任士英：〈隋唐時期流外官員與明清時期吏員的淵源關係〉，《河北學刊》，2003 年第 1 期，頁 152～156。

33. 呂正惠：〈初唐詩重探〉，《清華學報》第十八卷第二期（1988 年 12 月）。

34. 呂正惠：〈「內斂」的生命形態與「孤絕」的生命境界——從古典詩詞看傳統文士的內心世界〉，收入氏著《抒情傳統與政治現實》（臺北：大安出版社，1989 年），頁 209～236。

35. 呂正惠：〈物色論與緣情說——中國抒情美學在六朝的開展〉，收入氏著《抒情傳統與政治現實》（臺北：大安出版社，1989 年），頁 3～34。

36. 呂正惠：〈元和新樂府運動及其政治意義〉，收入氏著《抒情傳統與政治現實》（臺北：大安出版社，1989 年），頁 61～82。

37. 呂正惠：〈中國文學形式與抒情傳統——從比較的觀點看中國文學〉，收入氏著《抒情傳統與政治現實》（臺北：大安出版社，1989 年），頁 159～207。

38. 吳在慶：〈卞著《劉禹錫年譜》辨補〉，收入中國唐代文學學會、西北大學中文系合編：《唐代文學論叢》（西安：陝西人民出版社，1986 年），頁 225～245。

39. 吳在慶：〈柳、劉在貶地的起居情感及其變化述略〉，收入孫昌武、陳璟光主編：《柳宗元研究文集——第三屆柳宗元國際學術討論會研究論文擷英》。

40. 吳曉棠：〈生命中不能承受之重——論中國古代知識份子的仕宦情節〉，《伊犁師範學院學報》，2001 年第 3 期，頁 10～13。

41. 李乃龍：〈道士與唐詩〉，《江蘇社會科學》，2000 年第 4 期。

42. 李東華：〈漢書地理志載中印航海行程之再檢討〉，《史原》第八期（1978 年 9 月），頁 47～59。

43. 李栖：〈白居易的貶謫行旅與其詩作〉，收入劉昭明主編：《旅行與文藝國際會議論文集》（臺北：書林出版社，2001 年），頁 101～138。

44. 李純蛟：〈晚唐詩人曹鄴生平略考〉，《西北師範大學學報（哲社版）》，2003 年第 6 期。

45. 李浞：〈隋唐間天下文人的客游之風〉，《學術月刊》，1999 年第 4 期，頁 82～88。

46. 李樹桐：〈元和中興之研究〉，收入中國唐代學會編：《唐代研究論輯》第三輯（臺北：新文豐，1992 年），頁 361～418。

47. 李濤：〈我國瘧疾考〉，《中華醫學雜誌》第 3 期（1936 年）。

48. 李耀南：〈雲南瘴氣（瘧疾）流行史〉，《中華醫史雜誌》第 3 期（1954 年）。

49. 何寄澎：〈悲秋——中國文學傳統中時空意識的一種典型〉，《臺大中文學報》第 7 期，1995 年 4 月。

50. 何寄澎：〈簡論唐代古文運動中的文學集團〉，收入中國唐代學會編：《唐代研究論輯》第三輯（台北：新文豐，1992 年），頁 343～359。

51. 何寄澎：〈論韓愈之「以詩爲文」——兼論韓文寫作策略之形成及影響〉，收入氏著：《典範的遞承：中國古典詩文論叢》（臺北：文史哲，2002 年），頁 83～125。

52. 何寄澎：〈從山水遊記看柳宗元貶謫以後的心境變遷〉，收入氏著：《典範的遞承：中國古典詩文論叢》（臺北：文史哲，2002 年），頁 127～145。

53. 何寄澎：〈從美學風格典範之變異論元和詩歌的文學史意義〉，收入氏著：《典範的遞承：中國古典詩文論叢》（臺北：文史哲，2002 年），頁 25～51。

54. 邢義田：〈漢代的以夷制夷論〉，《史原》第五期（年月），頁 9～53。

55. 邱燮友：〈唐代民間歌謠的結構〉，收入中國唐代學會編：《唐代研究論集第一輯》（臺北：新文豐出版社，1992 年），頁 477～495。

56. 邱燮友：〈杜甫心目中的李白〉，收入政大中文系編：《第三屆中國唐代文化學術研討會論文集》（臺北：政治大學中國文學系，1997 年），頁 411～425。

57. 昌慶志：〈文學視野下的嶺南商業文化〉，《柳州師專學報》第 20 卷第 2 期。

58. 周振鶴：〈秦漢象郡新考〉，收入氏著：《學臘一十九》（濟南：山東教育出版社，1999 年）。

59. 周振鶴：〈秦代洞庭、蒼梧兩郡懸想〉，《復旦學報（社會科學版)》，2005 年第 5 期。

60. 周勛初：〈魏晉南北朝時期文壇上的模擬之風〉，收入朱傑人等編：《慶祝王元化教授八十歲論文集》（上海：華東師範大學出版社，

2001 年），頁 97～101。

61. 周憲：〈旅行者的眼光——從近代遊記文學看現代性體驗的形成〉，收入劉昭明主編：《旅行與文藝國際會議論文集》（臺北：書林出版社，2001 年），頁 405～424。

62. 林文月：〈潘岳陸機詩中的「南方」意識〉，《臺大中文學報》第 5 期（1992 年 6 月）。

63. 林久貴：〈略論陳寅恪先生的史料學觀點及方法〉，《中國文化月刊》第 265 期（2002 年 4 月），頁 29～42。

64. 林伯謙：〈由韓愈道統論談佛教付法與中國文化的交互影響〉，收入吳雪美、徐瑋琳編輯《唐代文化學術研討會論文集》（臺北：東吳大學中文系，2000 年）。

65. 林風、陳睿：〈洗夫人時代高涼的社會性質〉，《茂名學院學報》，2005 年第 5 期。

66. 林惠勝：〈試析韓愈送僧徒的詩文：兼論其對佛教的態度〉，收入成功大學中文系編：《第四屆唐代文化學術研討會論文集》（臺南：成功大學教務處出版組，1999 年）。

67. 林富士：〈中國疾病史芻議〉，發表於中央研究院歷史語言研究所「生命醫療史研究室」主辦：「『疾病』的歷史」研討會（2000 年 6 月 16～18 日）。

68. 林錦源：〈赤鱲角考古發展史〉，《當代史學評論》第 2 卷第 4 期，1999 年 10 月。

69. 尚永亮：〈人生困境中的執著與超越——從對屈、賈、陶的接受態度看中唐貶謫詩人心態〉，《社會科學戰線》，2001 年第 4 期。

70. 尚永亮：〈論元和五大貶謫詩人的生命沉淪和心理苦悶〉，《吉首大學學報（社會科學版）》，1997 年第 2 期，頁 43～49。

71. 尚永亮：〈忠奸之爭與感士不遇——論屈原賈誼的意識傾向及其再貶謫文化史上的模式意義〉，《社會科學戰線》，1997 年第 4 期，頁 90～97。

72. 尚永亮：〈寓意山水的個體憂怨和美學追求〉，《文學遺產》，2003 年第 3 期。

73. 金穎若：〈試論中國旅遊文學的含義和範圍〉，《貴州民族學院學報》，1997 年第 2 期，頁 74～77。

74. 武伯倫：〈唐代廣州至波斯灣的海上交通〉，《文物》，1972 年第 6 期。

75. 胡道靜：〈如何看待今本《南方草木狀》〉，《香港大學中文系集刊》

第 2 期（1987 年），頁 99～101。

76. 胡楚生：〈韓愈對於儒學發展的貢獻〉，收入吳雪美、徐瑋琳編輯《唐代文化學術研討會論文集》（臺北：東吳大學中文系，2000年）。

77. 胡楚生：〈韓愈贈序文的寫作技巧〉，收入中國唐代學會、中正中文系、歷史系合編：《第五屆唐代文化學術研討會論文集》（高雄：麗文文化，2001 年），頁 215～224。

78. 段塔麗：〈秦漢王朝開發嶺南述論〉，《陝西師範大學學報（哲學社會科學版）》，2000 年 6 月。

79. 范秀玲：〈儒風砭骨憂黎元——我國古代貶謫文人的精神歸宿〉，《長春師範學院學報》，1999 年第 6 期。

80. 范家偉：〈六朝時期人口遷移與嶺南地區瘴氣病〉，《漢學研究》第 31 期（1998 年 6 月）。

81. 范家偉：〈漢唐時期瘧病與瘧鬼〉，發表於中央研究院歷史語言研究所「生命醫療史研究室」主辦：「『疾病』的歷史」研討會（2000年 6 月 16～18 日）。

82. 施懿琳：〈憂鬱的南方——孫元衡《赤嵌集》的臺灣物候書寫及其內在情蘊〉，《成大中文學報》第 15 期，2006 年 12 月。

83. 柯慶明：〈從韓柳文論唐代古文運動的美學意義〉，收入中國唐代學會編：《唐代研究論輯》第三輯（臺北：新文豐，1992 年），頁 319～342。

84. 柯萬成：〈從「臣道」觀點論韓愈〈鱷魚文〉之思想淵源〉，收入中國唐代學會、中正中文系、歷史系合編：《第五屆唐代文化學術研討會論文集》（高雄：麗文文化，2001 年），頁 199～214。

85. 馬泰來：〈《南方草木狀》辯偽〉，《香港大學中文系集刊》第 2 期（1987 年），頁 103～125。

86. 章群：〈論唐開元前的政治集團〉，收入中國唐代學會編：《唐代研究論集第一輯》（臺北：新文豐出版社，1992 年），頁 745～771。

87. 章繼光：〈宋之問貶流嶺南詩論〉《求索》1999 年第五期。

88. 章繼光：〈在榮辱中升沉的詩魂——宋之問、李紳遷適嶺南與詩歌創作關係之比較分析〉，《中國韻文學刊》，2001 年第 2 期。

89. 徐亦亭：〈柳宗源開拓了嶺南西部民族教育〉，《民族教育研究》1999年第 1 期，劉紹衛：〈柳宗元與柳州民族地域文化關係〉，《柳州師專學報》，2004 年第 3 期。

90. 徐旭生：〈我國古代部族三集團考〉，收入氏著《中國古史的傳說時

代》（臺北：里仁書局，1999 年）。

91. 徐奇堂：〈唐宋時期嶺南文化的發展及其原因〉，《廣州大學學報》，2002 年第 1 期，頁 65～69。

92. 徐恒彬：〈試論楚文化對廣東歷史發展的作用〉，收入中國考古學會編輯：《中國考古學會第二次年會論文集》（北京：文物出版社，1982 年）。

93. 凌純聲：〈中國古代海洋文化與亞洲地中海〉，《海外》第 3 卷第 10 期（1954 年），頁 7～10，收入氏著：《中國邊疆民族與環太平洋文化》（臺北：聯經出版社，1979 年）。

94. 高明士：〈隋唐教育法制與禮律的關係〉，收入《唐研究》第四卷，1998 年，頁 151～164。

95. 高明士：〈隋唐廟學制度的成立與道統的關係〉，收入中國唐代學會編：《唐代研究論集第一輯》（臺北：新文豐出版社，1992 年），頁 325～380。

96. 唐曉濤：〈唐代貶官與流人分布地區差異研究——以嶺西地區為例〉，《玉林師範學院學報》，2002 年第 2 期。

97. 袁鐘仁：〈罕為人知的嶺南唐朝賢相劉瞻〉，《嶺南文史》，2000 年第 3 期，頁 30～31。

98. 耿慧玲：〈七至十四世紀越南國家意識的形成〉，收入中國唐代學會、中正中文系、歷史系合編：《第五屆唐代文化學術研討會論文集》（高雄：麗文文化，2001 年），頁 593～627。

99. 孫鐵剛：〈「士」字的原義和「士」的職掌〉，《史原》第五期（年月），頁 1～8。

100. 區家發：〈廣東先秦社會初探——兼論三十八座隨葬青銅器墓葬的年代與墓主人問題〉，《學術研究》，1991 年第 1 期。

101. 曹家齊：〈唐宋驛傳制度變跡探略〉，收入氏著《宋史研究叢稿》（臺北：新文豐，2006 年），頁 1～32。

102. 陳元朋：〈漢唐間的食禁與疾病〉，發表於中央研究院歷史語言研究所「生命醫療史研究室」主辦：「『疾病』的歷史」研討會（2000年 6 月 16～18 日）。

103. 陳友冰：〈千古唯有謫仙詞——談唐代幾首詠廬山瀑布詩〉，收入氏著：《中國古典詩文（二）比較篇》（臺北：萬卷樓圖書，2000 年），頁 115～123。

104. 陳友冰：〈春蘭秋菊　一時之秀——談唐代兩首送別詩的不同風格和手法〉，收入氏著：《中國古典詩文（二）比較篇》（臺北：萬卷

樓圖書，2000 年），頁 85～92。

105. 陳友冰：〈情相似而調相異——論陶淵明的兩首田園詩同異〉，收入氏著：《中國古典詩文（二）比較篇》（臺北：萬卷樓圖書，2000年），頁 61～66。

106. 陳友冰：〈在濃縮中開拓昇華——論幾首思鄉詩的繼承和創新〉，收入氏著：《中國古典詩文（二）比較篇》（臺北：萬卷樓圖書，2000年），頁 17～26。

107. 陳友冰：〈從「日午雞鳴」到「夕陽西下」——再談思鄉詩的繼承和創新〉，收入氏著：《中國古典詩文（二）比較篇》（臺北：萬卷樓圖書，2000 年），頁 27～36。

108. 陳永正：〈嶺南詩派略論〉，《嶺南文史》，1999 年第 3 期，頁 13～15。

109. 陳長琦：〈漢唐間嶺南地區的民族融合與社會發展〉，《華南師範大學學報（社會科學版）》，1996 年第 5 期。

110. 陳良佐：〈自然環境對中國古代農業發展的影響〉，收入《中央研究院國際漢學會議論文集》，〈歷史與考古組〉（臺北：中央研究院，1981 年）。

111. 陳俊強：〈唐代「重罪」的探討——以恩赦為中心〉，收入成功大學中文系：《第四屆唐代文化學術研討會論文集》（臺南：成功大學教務處出版組，1999 年），頁 891～924。

112. 陳俊強：〈唐代「量移」試探〉，收入中國唐代學會、中正中文系、歷史系合編：《第五屆唐代文化學術研討會論文集》（高雄：麗文文化，2001 年），頁 655～669。

113. 陳偉：〈秦蒼梧、洞庭二郡芻論〉，《歷史研究》，2003 年第 5 期，頁 168～172。

114. 陳勝崑：〈中國南方風土病的歷史研究〉，《科學月刊》第 12 期（1979 年 12 月），頁 64～69。

115. 陳新雄：〈追隨東坡遊蹤的詩詞創作〉，收入劉昭明主編：《旅行與文藝國際會議論文集》（臺北：書林出版社，2001 年），頁 1～46。

116. 陳澤泓：〈嶺南早期歷史試探〉，《廣東史志》，1996 年第 1 期。

117. 陳龍廷：〈相似性、差異性與再現的複製：清代書寫臺灣原住民形象之論述〉，《博物館學季刊》第 3 期（2003 年 7 月），頁 91～111。

118. 曹萌：〈略論中國歷代宮廷文學體派價值〉，《古今藝文》第 4 期（2002 年 8 月），頁 4～17。

119. 郭啓瑞：〈唐代前期（A.D.618～755）反逆案的處置〉，收入中國唐

代學會、中正中文系、歷史系合編:《第五屆唐代文化學術研討會論文集》(高雄:麗文文化,2001 年),頁 629～654。

120. 許明:〈司馬青衫濕幾許,無限愁容遷須磨——談謫時期的白居易對《源氏物語・須磨卷》的影響〉,《殷都學刊》,2001 年第 2 期,頁 82～85。

121. 許倬雲:〈古代中國的面貌——從現有的考古資料說起〉,收入氏著:《江心現明月》(臺北:三民書局,2004 年),頁 50～58。

122. 曾昭璇、曾憲珊:〈「番禺」與「番禺城」古地名考釋〉,《羊城今古》,1992 年第 3 期。

123. 張肖梅:〈劉禹錫與王韋集團〉,《國立編譯館》第十一卷第二期。

124. 張秀巒:〈淺議隋唐旅遊文化的幾個特點——兼談同期的山東旅遊文化〉,《濟南大學學報》,2002 年增刊,頁 17～18。

125. 張明非:〈論張九齡山水詩的清澹風格〉,《晉陽學刊》,1991 年第 1 期。

126. 張高評:〈記遊與遷謫——以東坡山谷詩為例〉,收入劉昭明主編:《旅行與文藝國際會議論文集》(臺北:書林出版社,2001 年),頁 141～177。

127. 張高評:〈北宋使遼詩之主題與風格〉,收入吳雪美主編:《宋元文學學術研討會論文集》(臺北:東吳大學中文系,2002 年),頁 453～518。

128. 張偉然:〈唐人心目中的文化區域及地理意象〉,收入李孝聰主編:《唐代地域結構與運作空間》(上海:上海辭書出版社,2003 年)。

129. 張誠:〈試論趙佗對開發嶺南的貢獻〉,《史學月刊》,1997 年第 2 期。

130. 張榮芳:〈唐代的隋史著述及其對隋的評論〉,收入成功大學中文系編:《第四屆唐代文化學術研討會論文集》(臺南:成功大學教務處出版組,1999 年),頁 413～439。

131. 張蜀蕙:〈北宋文人飲食書寫的南方經驗〉,《淡江中文學報》第 14 期,2006 年 6 月。

132. 張蜀蕙:〈流動的生命經驗與空間對話——從白居易、蘇軾「歷杭」作品看其南方意識的形成〉,發表於中國唐代文學學會、北京首都師範大學文學院合辦:「唐代文學國際學術研討會論文集」,頁 2～19。

133. 張蜀蕙:〈現實經驗與文本經驗的南方——柳宗元貶謫作品中的疆界空間〉,《唐代文學研究》,頁 606～619。

134. 張嘉鳳:〈「染易」與「傳染」——以《諸病源侯論》爲中心試論漢唐之際醫籍中的疾病觀〉,發表於中央研究院歷史語言研究所「生命醫療史研究室」主辦:「『疾病』的歷史」研討會(2000 年 6 月 16～18 日)。

135. 逯耀東:〈魏晉玄學與個人意識醒覺的關係〉,《史原》第期(年月),頁 1～15。

136. 連清吉:〈吉川幸次郎的中國文學論〉,《中文學報(淡江大學)》第 12 期(2005 年 6 月),頁 69～98。

137. 黃正建:〈韓愈日常生活研究——唐貞元長慶間文人型官員日常生活研究之一〉,收入《唐研究》第四卷,1998 年,頁 151～164。

138. 黃桂:〈韓愈與潮州若干史實辨析〉,《汕頭大學學報(人文科學版)》,1999 年第 3 期。

139. 黃展岳:〈兩廣先秦文化〉,收入《文物與考古論集》(廣東:文物出版社,1987 年)。

140. 黃清連:〈唐代的文官考課制度〉,收入中國唐代學會編:《唐代研究論集第一輯》(臺北:新文豐出版社,1992 年),頁 381～476。

141. 黃樹紅:〈嶺南詩歌值得研究〉,《廣東教育學院學報》,1997 年第 4 期,頁 22～26。

142. 覃聖敏:〈秦代象郡考〉,《歷史地理》第 3 輯。

143. 曾一民:〈唐代廣州之內陸交通〉(臺中:國彰出版社,1987 年 4 月)。

144. 曾守正:〈唐修正史史官地域性與文學思想〉,《淡江大學中文學報》第 6 期(2000 年 12 月),頁 45～68。

145. 曾守正:〈唐初史官制度與史家文學思想〉,《中文學報(淡江大學)》第 7 期(2001 年 6 月),頁 63～90。

146. 曾守正:〈《舊唐書・文苑傳》的文學思想〉,《中文學報(淡江大學)》第 12 期(2005 年 6 月),頁 121～144。

147. 程昭星:〈唐宋時期流謫海南的文士〉,《文史雜誌》,1997 年第 1 期,頁 40～41

148. 勞榦:〈象郡、牂牁和夜郎的關係〉,《史語所集刊》第 14 本(1949 年)。

149. 馮漢鏞:〈瘴氣的文獻研究〉,《中華醫史雜誌》第 3 期(1981 年)。

150. 傅樂成:〈唐型文化與宋型文化〉,收入中國唐代學會編:《唐代研究論集第一輯》(臺北:新文豐出版社,1992 年),頁 239～282。

151. 傅璇琮、倪其心:〈天寶詩風的演變〉,收入中國唐代文學學會、西

北大學中文系合編：《唐代文學論叢》（西安：陝西人民出版社，1986 年），頁 1～21。

152. 葛兆光：〈權力、教育與思想世界〉，收入朱傑人等編：《慶祝王元化教授八十歲論文集》（上海：華東師範大學出版社，2001 年），頁 117～121。

153. 葛曉音：〈論初、盛唐詩歌革新的基本特徵〉，收入氏著《漢唐文學的嬗變》（北京：北京大學出版社，1990 年），頁 85～110。

154. 葛曉音：〈論唐前期各族文化交融的主導傾向——從西域文明對初盛唐詩的影響談起〉，收入政大中文系編：《第三屆中國唐代文化學術研討會論文集》（臺北：政治大學中國文學系，1997 年），頁 327～345。

155. 楊式挺：〈廣州古城始建於何時〉，《羊城今古》，1992 年第 6 期。

156. 楊柳：〈論初唐詩壇〉，收入中國唐代文學學會、西北大學中文系合編：《唐代文學論叢》（西安：陝西人民出版社，1986 年），頁 1～21。

157. 楊雅惠：〈行旅與問道：宋代詩畫中由地理經驗到意蘊世界的轉換〉，收入劉昭明主編：《旅行與文藝國際會議論文集》（臺北：書林出版社，2001 年），頁 179～239。

158. 楊墨秋：〈宋之問賜死欽州考〉，《學術論壇》，1982 年第 6 期。

159. 臺靜農：〈論唐代士風與文學〉，收入中國唐代學會編：《唐代研究論集第一輯》（臺北：新文豐出版社，1992 年），頁 81～97。

160. 廖幼華：〈唐代廣西相思埭之探討〉，收入中國唐代學會、中正中文系、歷史系合編：《第五屆唐代文化學術研討會論文集》（高雄：麗文文化，2001 年），頁 743～761。

161. 廖育群：〈關於中國古代的腳氣病及其歷史的研究〉，發表於中央研究院歷史語言研究所「生命醫療史研究室」主辦：「『疾病』的歷史」研討會（2000 年 6 月 16～18 日）。

162. 廖美玉：〈杜甫「歸田意識」的形成與實踐——兼論越界的身分認同與創作視域〉收入陳文華主編：《杜甫與唐宋詩學：杜甫誕生一千二百九十年國際學術研討會論文集》（臺北：里仁書局，2003 年），頁 419～487。

163. 廖美玉：〈中古詩人如何走向「獨善」之路〉，收入《中國中世文學國際學術研討會論文集》（上海：復旦大學古代文學研究中心，2004 年），頁 1～28。

164. 廖美玉：〈纏綿與超曠的交響——李白記憶身世的兩種譜系〉，發表於中國唐代文學學會、北京首都師範大學文學院合辦：「唐代文學

國際學術研討會論文集」，頁 2～24。

165. 廖蔚卿：〈論中國古典文學中的兩大主題——從〈登樓賦〉與〈蕪城賦〉探討「遠望當歸」與「登臨懷古」〉，《幼獅學誌》第 17 卷第 3 期，1983 年 5 月。

166. 蒙文通：〈秦象郡爲漢日南郡考辨〉，《越史叢考》（1983 年 3 月）。

167. 蔡振念：〈沈宋貶謫詩在詩史上之新創意義〉，《文與哲》第 11 期，2007 年 12 月。

168. 蔡振念：〈論杜甫的記行詩〉，收入劉昭明主編：《旅行與文藝國際會議論文集》（臺北：書林出版社，2001 年），頁 73～99。

169. 蔡振念：〈杜甫對韓孟詩派的影響〉，收入中國唐代學會、中正中文系、歷史系合編：《第五屆唐代文化學術研討會論文集》（高雄：麗文文化，2001 年），頁 253～278。

170. 歐陽峻峰：〈韓愈謫陽及其險怪詩風的形成〉，《周口師專學報》，1998 年第 6 期。

171. 廣東省博物館：〈廣東考古結碩果・嶺南歷史開新編〉，收入《文物考古三十年》（廣東：文物出版社，1979 年）。

172. 廣東省博物館：〈廣東大埔縣古墓葬清理簡報〉，《文物》，1991 年第 11 期。

173. 廣東省博物館：〈廣東省饒屏縣古墓挖掘簡報〉，《文物資料叢刊》，1983 年第 8 期。

174. 劉佐泉：〈高涼馮氏族屬辨析〉，《湛江師範學院學報》，2005 年第 2 期。

175. 劉振婭：〈貶謫與唐詩〉，《廣西教育學院學報》，1999 年第 1 期，頁 49～56。

176. 劉淑芬：〈隋代南方政策的影響〉，《史原》第 10 期（1980 年 10 月），頁 59～79。

177. 劉淑芬：〈隋煬帝的南方政策〉，《史原》第 8 期（1978 年 9 月），頁 61～95。

178. 劉啓貴：〈我國唐朝流放制度初探〉，《青海社會科學》，1998 年第 1 期，頁 86～90。

179. 劉亮：〈曹松若干事蹟補正〉，《唐都學刊》第 21 卷第 2 期，2005 年 3 月。

180. 劉國盈：〈韓愈與僧人〉，《首都師範大學學報（社會科學版）》，1994 年第 4 期。

181. 劉漢強：〈歷代柳州地方官員的柳宗元情結〉，收入孫昌武、陳瓊光

主編:《柳宗元研究文集——第三屆柳宗元國際學術討論會研究論文擷英》(廣西:廣西人民出版社,2005 年 11 月)。

182. 劉健明〈張說改政事堂為中書門下的因由〉,收入政大中文系編:《第三屆中國唐代文化學術研討會論文集》(臺北:政治大學中國文學系,1997 年),頁 113～126。

183. 鄭毓瑜:〈歸反的回音——漢晉行旅賦的地理論述〉收入衣若芬、劉苑如主編:《世變與創化——漢唐、唐宋轉換期之文藝現象》(臺北:中央研究院中國文哲研究所,2000 年)。

184. 霍然:〈論唐代美學淵源於北朝〉,《吉林大學社會科學學報》,2002年第 1 期,頁 122～128。

185. 錢志熙:〈試論「四靈」詩風與宋代溫州地域文化的關係〉,《第四屆宋代文學國際學術研討會》。

186. 錢穆:〈雜論唐代古文運動〉,收入中國唐代學會編:《唐研究論集第一輯》(臺北:新文豐出版社,1992 年),頁 27～79。

187. 錢穆:〈蒼梧九疑零陵地望考〉,收入前揭氏著:《古史地理論叢》(臺北:東大出版社,1982 年,或聯經出版社,1998 年)。

188. 蕭璠:〈漢宋間所見古代中國南方的地理環境與地方病及其影響〉,《中央研究院歷史語言研究所集刊》,1993 年 4 月。

189. 蕭麗華:〈宴坐寂不動,大千入毫髮——唐人宴作詩析論〉,收入政大中文系編:《第三屆中國唐代文化學術研討會論文集》(臺北:政治大學中國文學系,1997 年),頁 167～196。

190. 顏崑陽:〈論唐代「集體意識詩用的社會文化行為現象——建構「中國詩用學」初論」〉,收入成功大學中文系編:《第四屆唐代文化學術研討會論文集》(臺南:成功大學教務處出版組,1999 年),頁27～67。

191. 儲仲君:〈秋風夕陽的詩人——劉長卿〉,《唐代文學研究》第三輯(廣西:廣西師範大學出版社,1992 年)。

192. 韓淮準:〈龍腦香考〉,《南洋學報》第 2 卷第 1 輯。

193. 簡宗梧:〈唐文辭賦化之考察〉,收入成功大學中文系編:《第四屆唐代文化學術研討會論文集》(臺南:成功大學教務處出版組,1999年),頁 68～91。

194. 戴金波:〈遷謫文學:透視人文精神形成的窗口〉,《中國圖書評論》2002 年第 3 期。

195. 蕭璠:〈秦漢時期中國對南方的經營〉,《史原》第 4 期(1973 年 10月),頁 17～54。

196. 蕭璠：〈中國歷史上的一些生活方式與幾種消化道寄生蟲病的感染〉，發表於中央研究院歷史語言研究所「生命醫療史研究室」主辦：「『疾病』的歷史」研討會（2000 年 6 月 16～18 日）。

197. 蕭璠：〈漢宋間文獻所見古代中國南方的地理環境與地方病及其影響〉，《中央研究院歷史語言研究所集刊》第 1 期（1993 年 4 月），頁 67～171。

198. 龐京周：〈中國瘧病概史〉，《醫學史與保健組織》第 1 期（1957 年）。

199. 譚澎蘭：〈韓愈論佛骨表的緣起及其內容分析〉，《筧橋學報》第 2 期（1995 年 9 月）。

200. 顧頡剛：〈古史中地域的擴張〉，原載《禹貢》，1934 年第 1 卷第 2 期，收入唐曉。

201. 峰、黃義軍編：《歷史地理學讀本》（北京：北京大學出版社，2006 年）。

202. 顧學頡：〈白居易與永貞革新〉，《文史》第十一輯。

203. 龔勝生：〈2000 年來中國瘴病分布變遷的研究〉，《地理學報》第 4 期（1993 年）。

204. 羅宗濤：〈唐人詠雲詩試探〉，收入政大中文系編：《第三屆中國唐代文化學術研討會論文集》（臺北：政治大學中國文學系，1997 年），頁 129～165。

205. 羅時進：〈許渾南海之行考〉，收入氏著：《唐宋文學論叢》（西安：陝西人民出版社，1993 年），頁 168～178。

206. 嚴耕望：〈唐代文化約論〉，收入中國唐代學會編：《唐代研究論集第一輯》（臺北：新文豐出版社，1992 年），頁 1～25。

四、學位論文

1. 方介：《柳宗元思想研究》（臺北：國立台灣大學中國文學研究所碩士論文，1981 年）。

2. 甘懷真：《唐代京城社會與士大夫禮儀之現象》（臺北：臺灣大學歷史研究所博士論文，1993 年 12 月）。

3. 李建崑：《韓愈詩探析》（臺北：國立臺灣師範大學國文研究所博士論文，1991 年）。

4. 呂正惠：《元和詩人研究》（臺北：私立東吳大學中國文學研究所博士論文，1983 年）。

5. 林伯謙：《韓柳文學與佛教關係之研究》（臺北：私立東吳大學中國文學研究所，1993 年博士論文）。

6. 馬楊萬運：《中晚唐詩研究》（臺北：國立臺灣大學中國文學研究所博士論文，1975 年）。

7. 張玉芳：《唐詩中的罪與罰——唐代詩人貶謫心態與詩作研究》（臺北：國立臺灣大學中國文學研究所碩士論文，1997 年）。

8. 張肖梅：《劉禹錫研究》（臺北：國立臺灣大學中國文學研究所碩士論文，1981 年）。

9. 劉菁菁：《劉禹錫的文學研究》（臺北：國立政治大學中國文學研究所碩士論文，1985 年）。

五、網路資料

1. 中央研究院漢籍電子文獻——瀚典全文檢索系統
   網址：http://www.sinia.edu.tw/ftms-bin/ftmsw3

2. 中華民國期刊論文索引影像系統
   網址：http://www2.read.com.tw/cgi/ncl3/m ncl3

3. 故宮【寒泉】古典文獻全文檢索資料庫
   網址：http://210.69.170.100/S25/

4. 國家圖書館全國博碩士論文資訊網
   網址：http://datas.ncl.edu.tw/theabs/1/

附　錄

東漢嶺南地區變亂簡表

時　間	變亂地區	變亂人物	平亂者	經　　過	資料來源
建武十六年～十六年	交趾	徵側	馬援	（側）甚雄勇。交阯太守蘇定以法繩之，側忿，故反。於是九眞、日南、合浦蠻里皆應之。	卷 1〈光武帝紀〉、卷 24〈馬援傳〉
永元十二年～十四年	日南郡象林縣	蠻夷	郡兵	日南、象林蠻夷二千餘人寇掠百姓，燔燒官寺	卷 4〈和帝紀〉、卷 86〈南蠻傳〉
元初三年	蒼梧、鬱林、合浦、南海	蠻夷	御史任遵	蠻夷反叛，一年間平定	卷 5〈安帝紀〉
永和元年～三年	日南、象林、九眞、交趾	蠻夷	交趾刺史張喬、九眞太守祝良	蠻夷區憐等數千人攻象林縣，燒城寺，殺長吏。交趾刺史樊演發交趾、九眞二郡兵萬餘人救之。兵士憚遠役，遂反	卷 6〈順帝紀〉、卷 86〈南蠻傳〉
建康元年	日南	蠻夷	交趾刺史夏方	蠻夷千餘人復攻燒縣邑，遂扇動九眞，與相連結。	卷 6〈冲帝紀〉、卷 86〈南蠻傳〉

永壽三年～延熹三年	九眞、日南	蠻夷	九眞都尉魏朗	蠻夷叛，太守兒式討之，戰歿	卷7〈桓帝紀〉、卷67〈魏朗傳〉
延熹五年	長沙、桂陽、蒼梧、南海、交阯	長沙、零陵賊	馮緄、陳奉等	長沙、零陵賊合七八千人，自稱「將軍」，入桂陽、蒼梧、南海、交阯，交阯刺史及蒼梧太守望風逃奔，二郡皆沒	卷38〈度尚傳〉
延熹八年	桂陽、零陵	桂陽胡蘭、朱蓋	度尚、抗徐	荊州兵朱蓋等，征戍役久，財賞不贍，忿恚，復作亂，與桂陽賊胡蘭等三千餘人復攻桂陽，焚燒郡縣。	卷38〈度尚傳〉
光和元年	合浦、交阯、九眞、日南	烏滸蠻	交阯刺史朱儁	合浦、交阯烏滸蠻叛，招引九眞、日南民攻沒郡縣。	卷8〈靈帝紀〉、卷71〈朱儁傳〉、卷86〈南蠻傳〉
中平元年	交阯	交阯屯兵	交阯刺史賈琮	前後刺史率多無清行，上承權貴，下積私賂，財計盈給，輒復求見遷代，故吏民怨叛。中平元年，交阯屯兵反。	卷31〈賈琮傳〉
董卓亂時	交州	夷賊	士燮等	交州刺史朱符爲夷賊所殺，州郡擾亂。	《三國志》卷49〈士燮傳〉

六朝嶺南地區變亂簡表

時間	變亂地區	變亂人物	平亂者	經　　　過	資料來源
咸合三年	廣州始興	張璉	曾勰	前交州刺史張璉據始興反，進攻廣州，鎮南司馬曾勰等擊破之。	《晉書・成帝紀》
太元五年	交阯、九眞	九眞太守李遜	杜瑗	拒交州刺史滕遯之赴任。	《晉書・孝武帝紀》、《宋書・杜慧度傳》

元興三年～義熙七年	廣州、交州	盧循	劉裕、杜慧度	盧循竊據廣州，拒抗劉裕，遣使通好瑗，瑗斬之	《晉書・盧循傳》、《宋書・杜慧度傳》、《宋書・武帝紀》
義熙十三年	廣州	徐道期	劉謙之（始興相）	徐道期流寓廣州，無士行，爲僑舊所陵侮。因刺史謝欣死，合率眾不逞之徒作亂，攻沒州城，殺士庶素憾者百餘，傾府庫，招集亡命，出攻始興。謙之破走之，進平廣州，誅其黨與，仍行州事。	《晉書・安帝紀》、《宋書・劉康祖傳》
建武四年	交州	李長仁	陳伯紹	交州人李長仁據州叛。攻廣州，殺刺史羊希	《南齊書・東南夷傳》
天監四年	交州	交州刺史李凱	長史李畟	據州反	《梁書・武帝紀》
天監十五年	交州	阮宗孝	交州刺史李畟		《梁書・武帝紀》
大同七年～太清二年	交州	李賁	陳霸先	交州土民李賁攻刺史蕭諮，寇擾多年	《梁書・武帝紀》、《陳書・高帝紀》
大寶元年～太建二年	交州	李天寶、趙光復		李賁餘黨續亂	同上
太建元年	廣州、衡州	廣州刺史歐陽紇	章昭達	被召還，抗命	《陳書・歐陽紇傳》
太建三年	交州	李佛子		承李天寶，仍號南越帝，稱帝凡 32 年